吱吱 著

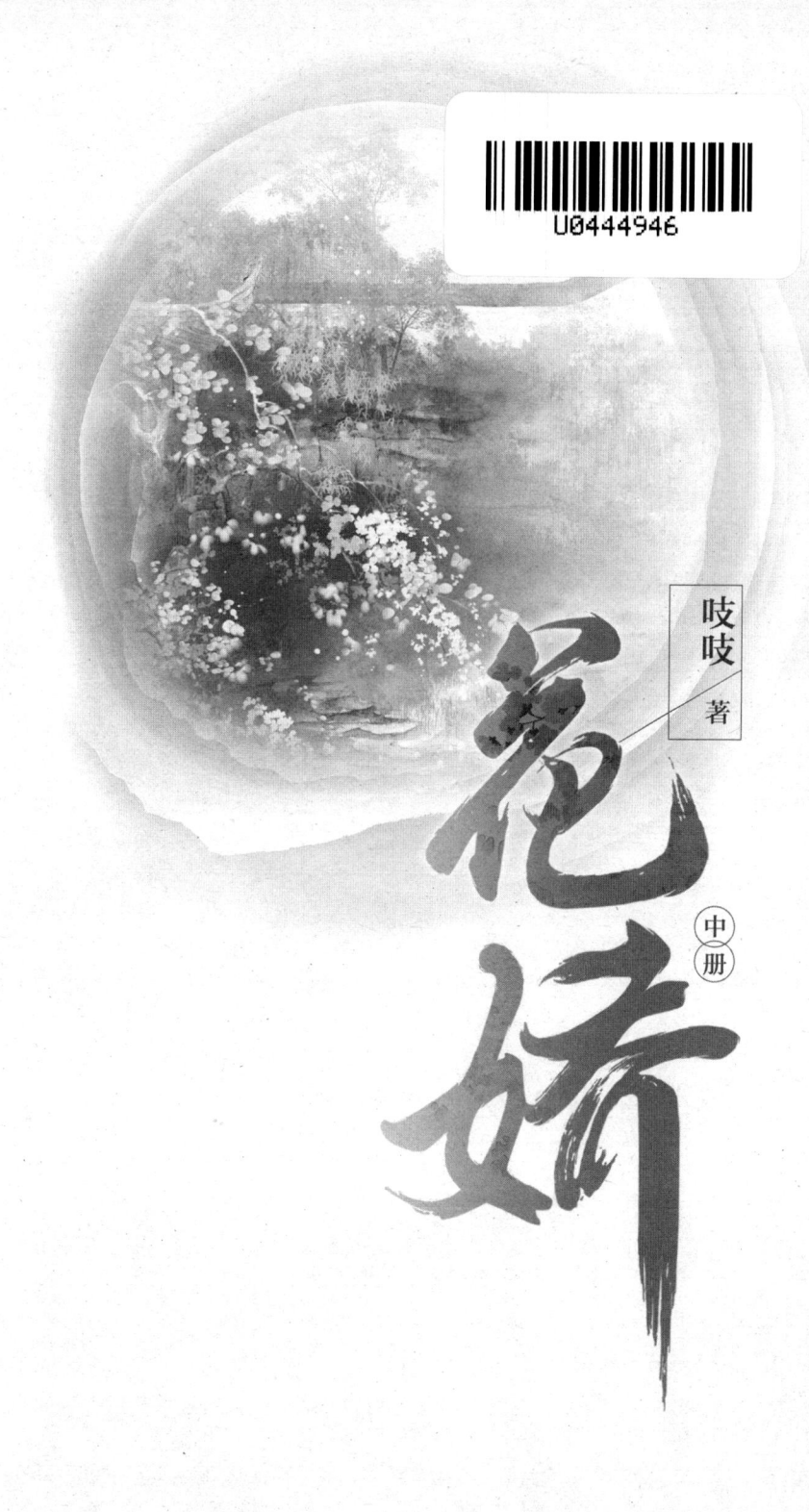

花娇 中册

重庆出版集团
重庆出版社

目录

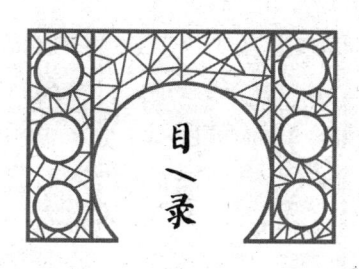

第十九章 后果 /001

第二十章 秘密 /013

第二十一章 商议 /026

第二十二章 节礼 /039

第二十三章 道歉 /052

第二十四章 教训 /066

第二十五章 生疑 /079

第二十六章 过年 /092

第二十七章 好意 /104

第二十八章 拍卖 /117

目录

第二十九章 退亲 /131

第三十章 谣言 /144

第三十一章 消息 /156

第三十二章 江家 /169

第三十三章 入股 /182

第三十四章 失败 /195

第三十五章 做客 /208

第三十六章 说动 /221

第十九章　后果

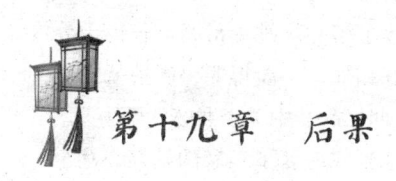

郁家开始准备给马秀娘出嫁的添箱，郁棠也把自己之前在银楼里订的头面拿了出来。

陈婆子看了不免惊呼："你一个未出阁的姑娘家，送这么贵重的东西，会不会太过了些？"

郁棠实在很想报答梦中马秀娘对她的善意。

陈氏平时就很宠溺郁棠，此时虽然也觉得郁棠送的东西有些贵重，却没有阻拦，还笑着替郁棠解释道："礼尚往来。阿棠还没有出阁，等到她出阁的时候，秀娘也会送她差不多的东西，算不得什么。"

陈婆子嘀咕道："您这也太宠着大小姐了！"

陈氏笑着摸了摸郁棠的头，道："她长大了，以后这个家都要交给她的。和谁近，和谁远，以后都由她说了算。她有要好的朋友，我看着高兴，怎么就说是太宠着了呢！"

陈婆子还是觉得陈氏太纵容郁棠了，笑着摇头，照着陈氏的吩咐去库房里拿了两块上好的料子给马秀娘做添箱。

郁棠看着也觉得自己的东西给得太贵重了，反倒是陈氏安慰她："各讲各的交情。你觉得合适就行了。"

陈氏自从知道卫小山的事全是郁棠出的力，就觉得自家的女儿长大了，懂事了，家里的事应该渐渐交一部分给她拿主意了。人际交往，就是陈氏放开的第一步。

郁棠心中有些不安地和陈氏去了马家。

因为婚期临近，马秀娘早已经不出门，每天不是在家里做绣活，就是接待来家里给她添箱的女眷。见了郁棠，她很是高兴，和陈氏打了一个招呼就欢欢喜喜地把郁棠拉进了自己的内室，亲自给郁棠沏了杯花茶，就问起郁棠的近况来。

郁棠也没有瞒着马秀娘，把和李家的恩怨告诉了马秀娘。

马秀娘听得目瞪口呆，半晌才回过神来，却不是感慨李家的无耻，而是问起了裴宴："真的像他们说的那样英俊吗？待人是不是很和善？你有没有机会和他说话？"

这算是什么情况？郁棠愕然。

马秀娘捂了嘴笑，悄声告诉她："我听阿爹说，杭州顾家和沈家都想把女儿嫁给裴家的三老爷，在请人打听裴三老爷的事呢！"

在郁棠心里，裴宴一直是长辈般的存在，除了第一次她觉得裴宴长得十分俊美之外，其余的时候一直觉得裴宴这个人很不好相处，不能得罪，压根就没有去关注他的婚事。此刻听马秀娘这么一说，她不由回忆起梦中关于裴宴的婚事来。

可她在脑子里过了好几遍，也没有想起来他到底是娶了谁家的姑娘，甚至，她印象里都没有关于裴宴孩子的消息。他真的就像个影子，平时并没有人会注意到，每每注意到这个人，都是临安城里有大事发生。那他梦中到底娶了谁呢？生了几个孩子？是男孩还是女孩呢？郁棠越想越觉得模糊。

她不由道："现在裴三老爷还在孝期，应该不会议亲吧！"

"那当然。"马秀娘笑道，"可等到裴三老爷除了服再请人来提亲，肯定就晚了——顾家和沈家都想把女儿嫁给他，肯定还有像顾、沈这样的人家也在打裴三老爷的主意，他们肯定得早点下手啊！"

郁棠听着不由笑了起来："瞧你说的，裴三老爷好像块肥肉似的，人人都要抢。"

马秀娘毫不掩饰地道："裴三老爷何止像块肥肉，我看，像块唐僧肉，就看谁家有这本事把他给抢到手了。说到这儿，我倒想问问你，你的婚事你们家可有什么打算？总不能因为李家的事就耽搁了吧？那个李夫人，真是有病，为了娶你就做出这么多事来。你瞧着好了，等我成了亲，我就把这件事帮她给宣扬出去，看到时候谁家敢和他们家结亲！"

郁棠很是感激地拉了马秀娘的手。不管是梦中还是现在，马秀娘对她都是那么的热诚。

她叮嘱道："这件事很复杂，我阿爹和姆妈都已经插手了，我们暂且先看看长辈们会怎么做好了。你呀，高高兴兴地做你的新嫁娘好了。"郁棠不想把马秀娘牵扯进来。她应该有个无忧无虑的婚姻生活，不能为了她的事平添很多的苦恼，何况她并没有把李家要娶她的真正缘由告诉马秀娘。

马秀娘想了想，觉得郁棠说得有道理，但她还是对郁棠道："那你有什么事要我帮忙的就说一声。千万别和我客气。"

郁棠连连点头，道："我把你当我的胞姐一样，有事自然会请你帮忙的。"

"这还差不多！"马秀娘满意地笑着，抓了福饼给她吃。

郁棠将给她添箱的首饰拿了出来。

马秀娘非常惊讶，她原本不准备收的，但看郁棠给得诚心，想着以后再还郁棠一份大礼就是了，也就没有客气，笑盈盈地将东西收下了。

又有马秀娘玩得好的小伙伴们随着各自的母亲过来给马秀娘添箱。马秀娘就介绍郁棠和她们认识。

郁棠梦中这个时候在守孝，没有亲自送马秀娘出阁，这时倒认识了好几个马秀娘的闺中好友。

既然能和马秀娘玩得好的，脾气性情都是和马秀娘相投的，不出所料，和郁棠也是一见就很投缘。马秀娘的表妹甚至责怪马秀娘怎么不早点把郁棠介绍给她们认识，七月半放河灯的时候她们也就能多个伴了。

郁棠梦中因为母亲生病，常在家里陪伴母亲，并不怎么出来走动。现在，因缘际会搭上了裴家的关系，使得母亲的病情大为好转，又因此改变了父母梦中的命运，她心情大好，比之前活泼又懂事了不少，这才能和这些小姑娘一见面就玩得到一块儿去，当然怪不到马秀娘。

马秀娘是个喜欢维护朋友的人，并不说从前的郁棠如何，只说是自己没有想到，给表妹赔了不是，把这件事给揭了过去。

郁棠更加觉得马秀娘好了。马秀娘出阁，她忙前忙后，足足忙了四五天。等到马秀娘出阁的那天，她哭得稀里哗啦，比马太太还伤心，把马太太都弄得哭不下去了，当场就调侃陈氏道："这不知道的还以为是我们家的小闺女呢，我看也别跟着你回去了，就留在我们家给我做闺女好了。"

旁边的人哄堂大笑。郁棠觉得很是委屈，抽泣着道："马姐姐出了阁，就要服侍公婆、伺候姑叔了，您，您一点也不担心吗？"

"我有什么好担心的？"马太太指了不远处的章公子，道，"你姐夫要是敢动你姐姐一根手指头，我立刻带人去把她接回来。"

屋里的女眷们再次大笑。

陈氏哭笑不得，把女儿搂在怀里，一面拿了帕子给她擦脸，一面嗔道："你这孩子，今天是喜事，你别看你马伯母哭得伤心，那也是做做样子。你倒好，真的哭了起来。"

郁棠不好意思地躲在了母亲的怀里，又引起了大家的一阵笑。可也因为有了这个插曲，马秀娘嫁得倒是一派喜庆，是临安城里少有的笑着送出门的姑娘家。

马秀娘的婚事过后，李家那边的事也有了结果。先是李家的大总管和两个流民都被判了流放三千里。接着按照之前李家答应的，李大总管的妻儿和在李府当差的姻亲都被赶出了李家。至于说李大总管在被流放的时候，李家是否关照了送押的衙役照顾他，李家赶出来的那些仆妇到底有几个真正是李大总管的姻亲，郁家就是有心也无力知道。

吴老爷也安慰郁文："这种事李家能服软就已经不错了，不可能做到干净彻底的。"除非李家倒了台。

郁文也明白，谢了吴老爷，并没有在这件事上和李家多计较，和吴老爷约了一个时间，去昭明寺看李端披麻戴孝给卫小山做法事。临安城里的人这才知道卫小山的死居然与李夫人有关。

大家议论纷纷，觉得李夫人虽是女流，可心肠也太狠了些。他们李家的孩子是孩子，别人家的孩子就不是孩子了？并且都在私底下觉得，还好郁家没有答应这门亲事，不然就算是郁小姐嫁过去了，也只怕是会天天被婆婆立规矩，折磨得不轻。

有人说起了李端的婚事："不知道顾家的大小姐嫁过来后，她敢不敢为难顾家的大小姐。"

"这还真说不好！"有人觉得李夫人就是平生太顺了，没有一颗体谅人的心，"顾小姐出身再好有什么用？嫁到了李家，就是李家的媳妇，还不是李家说了算。"

"怕就怕顾家大小姐也不是个好惹的。"也有人在那里幸灾乐祸，等着看李家的笑话。

林氏则是自从知道李端要披麻戴孝给卫小山做法事，就气病了。她头缠着白色抹额，面色枯黄地靠在床头，一把将李竣手中的汤药碗推开，药汁差点就洒在了李竣身上。林氏冲着李竣大喊大叫："你是死人吗？我怎么跟你说的？你竟然就让你阿兄去了昭明寺！他以后可是要做大官的，是要入阁拜相的，怎么能让你阿兄去给那个什么也不是的泥腿子披麻戴孝？我和你爹还没死呢！你让你阿兄的脸以后往哪里搁？你是不是一直就盼着这一天呢！"

李竣有苦说不出。他只能小心翼翼地再把汤药端到母亲面前，低声劝道："娘，这件事阿兄已经写了信给阿爹，阿爹自然会拿出个主意的，您就别管了。您的身体要紧，先喝了这碗汤药再说。"

林氏只要想想承载着自己毕生夙愿的宝贝儿子在给别人披麻戴孝做法事，胸口就像插着把刀似的，谁的话都听不进去了。她拍着床沿，好像那些被骗了一角碎银子的泼妇似的冲李竣嚷着："我不喝，你去把你阿兄叫回来！就说我快要病死了，要他回来侍疾！"

这怎么可能？裴家作保，李家宗房答应，全临安城里有头有脸的人都盯着，他阿兄怎么能言而无信！

李竣满嘴苦涩，低声哄着母亲："娘，您先把这药喝了。等您把药喝了，我就去找我阿兄！"

"你现在就去！"林氏已经上过当了，不再相信李竣，"你先把你阿兄找回来我再喝药。"

两人僵持在了那里。林氏大骂李竣不孝，要李竣去把李端换回来。李竣低着头，只当没有听见。李家正房里，不时传来林氏哭天抢地的声音。

郁棠站在自家书房的大书案前，细细地打量着那幅平摊在书案上的《松溪钓隐图》。原本，她为了把郁家择出来，是准备把这幅画送给李家的。可现在，她不愿意了！李家杀了卫小山，想就这样毫发无损，那是不可能的。

郁棠冷笑。她要是不能报了这个仇，还做什么人！

李家花了那么多的功夫，付出了那么大的代价，迟早还是要想办法把这幅画拿回去的。她想报复李家，前提却是不能把郁家牵扯进去。最好的办法就是像梦中一样，还是把这幅画"送"到李家的手里，但这幅画还是不是原来的内容，那就没有谁会保证了。

但如今有个为难的地方。在还原这幅画的时候，她还没有这个心思，现在想把画卷里藏的内容改一改，就得把这幅画重新拿去装裱。有这样手艺的人不多，况且这件事还涉及一些秘密，容易连累别人。钱师傅又离开了杭州城，最简单的办法反而变成了最难办的了。她得另想办法！

郁棠在书房里待了好几天，直到卫太太来家里做客，为着卫小山的事来向郁棠道谢，她这才暂且把这件事放下，去陪卫太太说话。

"小山的事，我听我们家老爷和小川都说过了。"卫太太抓着郁棠的手不放，满脸的感激，"要是没有你，我们家小山就这样不明不白地去了。我生的全是儿子，最稀罕闺女了。你要是不嫌弃，就把我当家中的长辈走动，没事的时候就去乡下看看我。"话说到这里，眼泪都要落下来了。

郁棠原本就对卫小山有愧，听了这话忙朝陈氏望去。

陈氏每每想起这事总觉得好像是老天爷的意思似的，他们两家兜兜转转的，总能走到一块儿去。女儿是她掌心的宝，她是不愿意女儿喊谁"干爹""干娘"的，可架不住卫太太的眼泪，不由得眼眶一湿，朝着女儿微微颔首，道："卫太太，这话我早就想跟您说了，只是这些日子事太多，一时也没能顾得上。您要是不嫌弃，我们拜个干姐妹好了，让我们家这闺女认了您做姨妈。"

卫太太原本也没指望着郁棠能认自己做个干亲，陈氏这么一说，她哪有不答应的？

两个大人痛痛快快拜了干姐妹，郁棠改了口喊卫太太做"姨妈"，两家摆了正式的认亲酒席，卫太太给了郁棠改口费，陈氏也给了卫家的几个小子改口费，两家热闹了一天。只有卫老爷，私底下埋怨卫太太："拜什么干亲，等过几年，说不定能让阿棠嫁到我们家来呢！"

卫太太"呸"了卫老爷一声，道："你打什么主意我能不知道？小川年纪太小，要是两人看不对眼呢？别好好的亲家变仇家，这件事你听我的准没错。"

卫老爷不作声了，和卫太太商量着李竣给郁家赔礼的事："说是明天上门，我们要不要去给郁家撑撑腰？"他们家儿子多。

"当然要去！"卫太太想也没想地道，"我当初为何要和郁家结干亲？不就是想着郁老爷是个实在人，我们也不能亏了他们家。李家若是上门给郁家赔礼，反说出什么不好听的话来。我们往那里一站，当场就能辟谣，免得让阿棠那丫头做了好事，却把自己给牵连进去了。"

因为婚事不成被绑架了，这件事不管怎么样说出去都不好听，卫太太怕到时候李家作妖，倒也不是杞人忧天胡思乱想。卫老爷觉得卫太太说得有道理。

第二天卫老爷带着几个儿子全都去了郁家。

李端此时已经给卫小山做完了法事，临安城里说什么的都有，但议论最多的，还是说李端不愧是李家最有出息的子弟，不仅胸襟宽广，而且为人质朴有担当，为着家中仆人做错的事在卫家行子侄之礼，是个坦荡君子，是个能做大事的。他的名声不损反升。

郁棠一听就知道是李家有人在引导舆论。这就和梦中李家的那些手笔如出一辙。

等李竣到郁家负荆请罪的时候，郁棠是防着李家的，通过曲家兄弟提前请了几个帮闲在周围转悠，若是有人说出于郁家不利的话来，就及时辩解，谁知道卫家几兄弟却一起过来了。几个人高马大的小子在郁家门口那么一站，说闲话的人都少了。只有李竣，满脸通红地在郁家大门口给郁文磕了三个头，算是赔礼道歉了。

郁文对李竣的印象原本就不错，加之这些事其实都与李竣无关，他也不忍心让李竣给李家背锅。等李竣磕过三个头之后，就把李竣扶了起来，叮嘱了几句"以后行事当稳重一些"之类的话，就请了李竣回屋里喝茶。不仅没有为难他，还给他台阶下。

李竣受宠若惊，混混沌沌地跟着郁文进了门。临安城的人不免要传郁家有气度，为人厚道之类的话。

郁文没有多留李竣，喝了茶，做足了姿态，就送了李竣出门。

李竣唯唯诺诺地告辞，出了门，却被郁棠叫住。她道："你这些日子还骑马吗？"

李竣望着她依然娇俏的面容，心中隐隐作痛，苦笑道："这段时间事多，哪里有时间骑马！"

这就好。一码事归一码事。郁棠道："那你就在家里好好地修身养性。出了这样的事，家里肯定会有段时间乱糟糟的。"

李竣点头，心里却道：你与其这样关心我，往我心口撒盐粒，还不如见到我就怒目以对，让我死心更好。只是李竣知道，这些话，他再也没有资格说给郁棠听了。

"我知道！"他黯然点头，离开了郁家。

郁棠则松了一口气。梦中，李竣就是在这几天坠马的，现在发生了这么多的变化，他应该也没有心情去和朋友纵马游玩，也算是变相地救了他自己一命。不过，郁棠还是有点怕梦中的事情发生，她花银子请了卖水梨的阿六盯着李竣，若是李竣骑马出门，就立刻拦了李竣，说她找他有事。至于是什么事，郁棠还没有找到借口。

结果到了出事的那天，李竣还是出了门——傅小晚几个见他这些日子不好的事情一件接着一件，就邀他骑马出门游玩。

李竣没有心情。昨天他的母亲收到了父亲的回信，让林氏择日送他去日照，他的父亲要亲自指导他功课。若是从前傅小晚来邀他出门，他就是心里不舒服也会忍着不快出门去，但现在，他更多的是想和傅小晚几个说说话。他这么一走，还不知道什么时候才能回来。

他们没有骑马出游，而是去了沈方的宅子，喝茶听曲闲聊，直到月上柳梢头才回府。

郁棠这边得到了消息，悬着的心这才彻底地放了下来。这样一来，她能做的事都做了，李竣的性命算是保住了，从今以后，她和李家也就再无瓜葛了。将来有仇报仇，有冤报冤，不用再顾忌什么了。

十月初四，李竣启程离开了临安城。郁棠并不知道。她随着家中的长辈和兄长一起在老宅祭祖。

只是他们刚刚回到郁家老宅坐下，五叔祖就一瘸一拐地走了进来，说是有人要拜访他们，问他们见还是不见。

自从七叔父出事之后，即便郁文承诺会给五叔祖养老送终，五叔祖也像一夜之间被抽了筋似的，做什么事都没有了精神，每天只是蹲在门口抽着自己种的旱烟。前些日子还崴了脚，郁文给他请了大夫他也不好好吃药，就这样拖着有一日没一日的，谁劝也不听。

郁文看着不免叹气，温声对五叔祖道："您脚不好，就别忙前忙后的了。是谁要见我，我自己去看看就成了。"

五叔祖就是觉得自己对不住郁文和郁棠，闻言有些苦涩地笑了笑，道："你不用管我，我自己的脚，我自己知道。要见你的是鲁家宗房的人，就是那个死之后你给他厚葬了的鲁信那个鲁家的人。"说到这里，五叔祖忍不住又道："我看他们还带了个小孩子来，我寻思着，是不是鲁家宗房想把这孩子过继给鲁信，所以找你来说这件事。"

这原本不关郁家什么事，但鲁信的后事是郁家帮着办的，若是鲁家宗房想给鲁信过继一个后嗣，于情于理都应该来跟郁家打个招呼，承郁家这份人情才是。

郁文没有放在心上，又关切地叮嘱了五叔祖几句，才去见了鲁家的人。

还真给五叔祖猜中了，这不又到了十月初一一年一度大祭祖宗的时候吗？鲁家宗房就商量着得给鲁信过继个子嗣供奉他的香火才行，并对郁文道："从前是气他们家没把宗房放在眼里，可人死如灯灭，有些事还是算了，免得让后世子孙说起来，觉得我心眼太小。他一个鲁家的子孙，也不好让你们郁家帮着祭拜。这不，我们几个族老一商量，就把这小子过继给了鲁信。不过，孩子还是跟着他自己的亲生父母一起过日子，逢年过节的时候去给鲁信上炷香就是了。"

郁文觉得这样也好。他和鲁信的交情是他这一辈儿的事，总不能连累着后世子孙每年都去祭拜鲁信吧！何况郁棠并不喜欢鲁信。

"您有心了！"郁文代表鲁信向鲁家的宗房道谢。

鲁家宗房这才道出真正的来意："那您看，鲁信也不余什么东西了，就那个破宅子，他也卖给了外人，总不能让这孩子什么念想也没有吧！我听说您从杭州城回来的时候，还带了几件鲁信生前用过的东西，能不能，能不能就给这孩子算了？说起来，也算是这孩子过继给鲁信的一个凭证……"

郁文一愣。他之前和郁棠有过很多的猜测。想到过李家会再让人来偷，想过有人会来抢，等到李家和郁家闹过一场之后，他甚至想过李家会不会因此知难而退，从此不再打他们郁家的主意。令他没有想到的是，鲁家的人会在这个时候上门讨要鲁信所谓的遗物。

郁文有一瞬间的犹豫。这遗物原是准备引李家上钩的，如果给了鲁家，鲁家会不会也被牵连到这其中去？航海舆图利益巨大，谁也不知道李家背后是不是还有别人，不知道这背后的人到底是什么背景，什么行事做派。

鲁家宗房脸上闪过一丝贪婪之色。鲁信的遗物，他们原本也没有想要，但前些日子他无意间知道鲁信留下的一幅画是前朝的真迹，在市面上最少也能卖个三五百两银子。这就让人有点眼红了。那郁文安葬鲁信，最多也不过花了二十几两银子，凭什么白得这幅画？这画按理就应该落在他们鲁家手里。这么一想，鲁家宗房就不免有些着急，道："郁老爷，我也知道，是您厚葬了鲁信，按理呢，我们不应该把东西再要回去。可我是鲁家的宗房，总不能就这样不管鲁信的嗣子。我这也是名分所在，没有办法的事。还请郁老爷好事做到底，把鲁信的遗物归还给我们鲁家，我们感激不尽！"说完，起身给郁文行了个礼。

郁文倒是想把东西还给鲁家，但他有点拿不定主意怎么办，索性用话拖着鲁家宗房，道："他留下来的东西也不多，我一时还没有好好整理。这样，等过了这几日祭祀，您再到家里来，我们商量着看这件事怎么办！"

鲁家宗房生怕郁文反悔，但又不好催得太急，怕引起郁文的怀疑，忙道："那行！你们什么时候回临安城？我到时候带着这孩子去拜访您。"

郁文推道："后天我们才回去。要不，约了五日后吧！"

鲁家宗房讨价还价，郁文说了半天，定了三天后去郁家拿东西。

郁文无奈地点头，送走了鲁家的人就背着陈氏几个悄悄把郁棠拉到前院的香樟树下说话。

他把刚才的事一五一十地告诉了郁棠，道："你说，我们该怎么办好？"不知不觉中，他已经把女儿当主心骨了。

鲁信遗物的事，他们早就散播出去了，可不管是鲁家的人还是李家的人，迟迟都没有动静。偏偏这个时候刚跟李家结束了争论，鲁家就想到了过嗣，还来拿遗物，若说这件事后面没有蹊跷，郁棠第一个不相信。不过，她的想法已经发生了根本的改变。从前她只想把这个烫手的山芋给丢出去，现在，她却拼尽全力也要把幕后的人烫得手指起泡才能让她心中的愤恨有所缓解。

"那就给他们。"郁棠冷冷地道，"不过，我们给鲁伯父收殓，也花了不少银子，他们家想把东西拿回去，怎么也得把我们家的亏空补给我们吧？"

"这不大好吧！"郁文没有多想地反对道，"说不定他们也是被人利用了。"

"如果他们不心生贪念，会被人利用吗？"郁棠不为所动，不屑地道，"就算这是个大坑，也是他们自己要跳进来，难道还要怪我们没有警告他们不成？就算是三岁的孩童也知道没有天上掉馅饼的事，他一介宗房，居然相信有这样的好事，难道我们还要手把手地告诉他不义之财不可贪的道理吗？"

郁文被女儿说服了，道："那他们上门的时候我们怎么说？直接向他们要银子吗？要多少合适？"

郁棠道："像他们这种人，您越是直接向他们要银子，他们越不会怀疑。当初鲁伯父不是把那画卖了两百两银子给您吗？我们也不要多的，就两百两银子好了。"

"这么多！"郁文吓了一大跳。

郁棠却胸有成竹，道："您听我的，准没错。他们能为了幅画做出杀人逼婚的事，能用银子解决的事那都不是事。"

郁文有些不安地应下了。

郁棠请曲家兄弟去查。果然，是有人怂恿着鲁家宗房说鲁信的遗物里有幅画值四五百两银子。郁棠沉思了良久。

等到了鲁家宗房带着鲁信所谓的嗣子上门拜访的时候，郁文没有绕圈子，提出要两百两银子，还按照郁棠告诉他的话大言不惭地道："当初那幅画就卖给了我两百两银子，至于说安葬费什么的，我和他兄弟一场，就当是我资助他的，算了。"

鲁家宗房骇然，道："怎么这么多银子？"

郁文故作高深地喝着茶。鲁家宗房咬了咬牙。若是那画能卖五百两银子，给了郁家两百两，他们家还能得一半多。那人还等着要画呢！

为了避免夜长梦多，鲁家宗房心头滴着血答应了，当即回去向怂恿他们来拿遗物的人借了两百两银子送到郁家，写了个交割文书，把鲁信的"遗物"拿走了。

郁文望着放在厅堂大圆桌上雪白雪白的四个大银锭子，觉得自己像做梦似的，问郁棠道："我们就这么容易赚了两百两银子？"

郁棠看着四锭雪花银也笑了起来，道："正好，给阿兄娶媳妇用。"还和父亲开玩笑道："姆妈从前给我准备的那些嫁妆我是不是能保住了？"

"保住了，保住了！"郁文微笑地摸着女儿的头，调侃道，"为了奖励你之前的大方，这锭五十两的就给你做体己银子了，你想买什么就买什么去！"

之前为了郁远定亲的事，陈氏把从前积攒下来的一些布料之类的拿去给了王氏用于郁远的聘礼。这可真是意外之财！郁棠笑得眼睛都眯成了月牙儿，忙将那锭银子揣在了怀里，然后和郁文去了陈氏那里。

有些事郁文和郁棠都有意瞒着陈氏，陈氏自然不知道这银子是郁氏父女敲诈鲁家得来的，还以为是郁文做了好事，得了鲁家人的谢礼，看到银子自然是喜出望外，但知道郁文给了郁棠五十两银子之后还是不免嗔怪丈夫："她小小年纪，要用什么难道我们还拘了她不成？你怎么能一口气给她这么多银子呢？"

郁文素来大方，况且此时他并不把郁棠当成养在深闺不谙世事的小姑娘看待，闻言忙道："她也不小了，手里有钱，心中不慌。你就不要管了。"

陈氏见郁棠紧紧地护着那五十两银子，觉得自己就算是计较估计也拿不回来了，干脆两眼一闭，装作什么也没有看见算了，遂也不再提银子的事，和郁棠说着马秀娘的事："她刚主持了婆家的祭礼，听马太太的意思，婆家的人对她十分满意，她也想趁着这机会立立威，想请你们去她家里玩。你去的时候记得好好穿戴打扮一番，别丢了秀娘的脸。"

郁棠连声应下，准备去马秀娘家串门。临安城却又发生了一件大事，李家宗房要和李端这一支分宗。李家宗房还想请裴宴做中间人，和汤知府一起主持分宗的事。

大家听到这个消息惊得下巴都要掉下来了。分宗这种事，临安城里已经好多年都没有发生过了。用郁文的话来说："还是我小时候，你太爷爷那个时候发生过一次。"

陈氏忙问："那会有什么影响？"

郁文想了想，道："实际上也没什么。不过是两家人不在一块儿祭祀罢了。可我想不通的是李家宗房。李端这一支眼看着蒸蒸日上，他们怎么就愿意和李端这一支分宗了？"

郁棠关心的却是另一件事，她道："阿爹，那裴三老爷答应给李家做中间人了吗？"

郁文也不知道，寻思着道："应该会答应吧！李家在临安城好歹也是有头有脸的人家。"

郁棠听着喝了口茶。梦中的裴宴可比这个时候神秘多了，轻易不出面做什么事。如今他刚刚接手裴家宗主还没一年，就已经出面主持了两次纠纷。不知道是因为现在他的确入世了很多呢，还是因为她和裴宴接触多了，对他的事更了解了。

吴老爷来和郁文八卦这件事的时候，郁文不免也问起这件事："裴三老爷到时候会去做中间人吗？"

"说是三老爷不在临安城。"吴老爷低声道，"李家宗房和李端去请了好几次都说不在家。之前我们还以为是裴三老爷不想掺和到这件事里去，前两天一打听才知道，裴三老爷去了杭州城，到今天还没有回来呢！听县学的沈教谕说，好像是有御史到杭州城来了，那御史是裴三老爷的同年，浙江布政使请了裴三老爷过去陪客。"

郁文听了直摇头，道："裴三老爷这还在孝期呢！"

"可也不能只顾着去了的不顾着还在的。"吴老爷不以为然，道，"等除了服，裴家大老爷已经不在了，长房的两位少爷年纪还小，没有功名，裴三老爷回家继承祖业，那裴家二老爷起复就很重要了。裴家三老爷就算不为自己，也得为裴家打算啊！"

郁棠使劲地回忆着，梦中好像裴家二老爷起复之后官做得挺大，具体是什么她不记得了，但李家提起这个却是比较忌惮的。

郁文道："那李家要等裴三老爷回来了再分宗吗？"

吴老爷左右看了看，见只有郁棠在屋里摆弄茶点，也就没有放在心上，压低了声音道："你还不知道吧？李家宗房的和李端大吵了一架，具体吵的是什么内容没有传出来，不过，多半和你们家的事脱不了干系。"

郁文不解，道："和我们家的事脱不了干系？"

"嗯！"吴老爷颔首，道，"你想想啊，从前李端这一支没有显赫之前，李家宗房也帮了他们这一房不少。等到李端这一支发达了，宗房那边除去免了税赋，还得了什么好？可李端这一支出事，却把他们宗房也给拖下了水。现在李家宗房那边不是还有个秀才吗？有了这个秀才，就能一直免税赋。这样仔细想想，李端这一支行事手段这样狠毒，与其到时候被李端这一支拖累，还不如趁这个机会分了宗，和李端这一房断得干干净净，大家各过各的。"

这是郁文和郁棠都没有想到的。他们家和李端家吵了一个架，居然会吵出这样一个结果来。

郁文还是觉得李家宗房这么做太冒险了，道："可李秀才今年已是不惑之年，万一……"

万一他去世了，李家就又得交税赋了。这可不是一笔小钱。会连累整个李家的。弄不好，会引起李家族人的反感，换宗房的。

吴老爷狡黠地道："你这还看不出来？这背后肯定是有人给李家宗房撑腰啊！不然李家宗房怎么敢有这么大的胆！"

郁文还是没有明白。

吴老爷直摇头，笑道："你还真是傻人有傻福，看不出来就算了。今天我来是另有一件事求你，想请你帮我拿个主意。"

郁文不是那纠结的人，想不通就把这件事给抛到了脑后，问起吴老爷的来意来。

吴老爷道："有桩生意想问你有没有兴趣——我有个侄儿，在宁波那边做生意，他们那边有个船队马上要下海了，他想弄批瓷器入股。我前些日子刚刚把家里的油坊重新修缮了，手头没有那么多银子，你要不要和我一起参一股？"

郁文从来没有想过和邻居一起做生意，何况还是他完全不懂的海上生意。

吴老爷也知道，道："你也不用这个时候就回我。你先和家里人商量商量。要是觉得有风险家里又有多余的银子，也可以借给我，我按五分利算给你。"

郁文还真是一时拿不定主意,和吴老爷寒暄了几句,吴老爷就起身告辞。

郁棠在想着这件事。梦中,她为了父母的葬礼,最后把这宅子都卖了,是在大伯父家出的阁。虽然没有和吴老爷做邻居了,但吴老爷家的事她还是听说过一些——吴家没有落魄,吴老爷也没参与过海上生意。现在到底是哪里不对,让事情发生了如此大的改变呢?难道是从鲁家那里得来的那两百两银子?没有了梦中的经验,郁棠难以判断这件事可行还是不可行。这让她有点沮丧。

郁文问她意见的时候,她道:"能不能先让人打听打听那是个什么船队?"如果她有印象,是有可能知道这支船队的吉凶的。只要能平安回来的船队,都能赚大钱。出海一趟不容易,有哪些船平安回来了她不一定知道,但若是出了事,都会有些传闻传出来的。

郁文有自己的看法,他道:"我是不喜欢这样的生意的。照我的意思,我不想别人的,别人也不要想我的。吴老爷若真是铁了心要做这门生意,我们家就借银子给他好了。万一还不了,就当我们家没有白得鲁家那两百两银子!"

郁棠抿了嘴笑。她爹就是这样的性格。

"不如把阿兄叫来商量商量。"郁棠更相信郁远的判断,"阿兄这些日子帮着大伯父打点铺子里的事,听到的见到的总比我们多。"

郁文觉得有道理,叫郁远过来说话。

郁远是反对这件事的。他道:"自从我上次去了杭州,就一直在关注杭州城的生意。我听人说,出海的生意水很深,若真是要参股,我们得事先把这些事都打听清楚才是。隔行如隔山,不能看着别人赚钱我们就眼红。"

郁棠同意郁远的意见,但郁文出于朋友义气,还是借了一百两银子给吴老爷。郁棠知道后不由望天。她觉得,他们家永远都不可能成为有钱人。

很快,李家宗房和李端家分宗的事有了结果。

李家宗房有些急不可待,没等李意那边写信回来说同意还是不同意,就强行和李端家分了宗。

大家都觉得李家宗房有点急,但李家宗房放了话出来,说李端家这一房违背了祖训,又不愿意受宗房节制,与其这样大家闹得不愉快,不如彼此分开,各过各的好。

李家因为求婚不成绑架了郁棠,家仆还擅作主张指使流民杀人的事又被临安城的人翻出来议论起来。说什么的都有,但总的来说,还是觉得林氏做事太狠毒,李家家风不行。

李端急得嘴角冒泡。林氏在家里大发雷霆:"这都是哪些人在嚼舌根?阿端,这件事不能就这样算了!原来我们是顾及宗房那边,谁知道我们让了步,他们还不领情。分了宗也好,你们兄弟两人好好读书,不过几年光景,说不定能成第二个裴家。"

哪有这么简单的事？李端不好在母亲面前诉苦，正要笑着应诺，就听见有男子用促狭的口吻道："姑母这是在发什么脾气呢？亏得表弟孝顺，事事都顺着您。要是我，早和我娘顶起嘴来。"

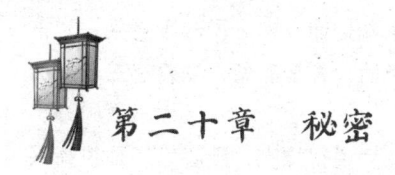

第二十章 秘密

母子俩回头，看见个穿着紫红色镏银团花锦衣的英俊男子笑盈盈地走了进来。

"阿觉！"林氏高兴地大声道，扶着身边丫鬟的手就要站起来，"你什么时候过来的？怎么也不提前打声招呼，我好让你表弟去接你。"

来人正是林氏娘家的侄儿林觉。他是林氏胞兄的长子，从小就长得漂亮又能说会道，是最讨林氏喜欢的侄儿。林觉没等她站起来就快步上前，赶在小丫鬟伸手之前扶住了林氏。

"姑母！"他亲亲热热地喊了林氏一声，笑道，"您这里又不是别的地儿，我这不是想给您一个惊喜吗？没想到惊喜变成惊吓了！"他说着，若有所思地瞥了李端一眼，继续对林氏道："我没有吓着您吧？早知道这样我就该让小厮提前来通禀一声了。"

他语气里带着浓浓的后悔之意，让林氏听着心疼不已，忙道："你姑母是这么胆小的人吗？再说了，别的我不敢夸嘴，这管家的本事你姑母可是数一数二的。能不声不响地跑到我屋里来的，不是你们这几个常来常往的还能是谁？"

这点林觉倒不否认。和李端打了声招呼，表兄弟两人就扶着林氏在外间的圆桌前坐下。丫鬟上了茶点。

林氏问林觉："这次来是路过还是准备住几天？淮安那边的事都处理得怎样了？家里的生意还好吧？你父亲的身体可还好？"

林觉笑道："父亲的身体挺好的，家里的生意这些年得姑父援手，也一切都顺利。我这次来，也是因为淮安那边的生意都办妥了，一是来给姑母说一声，免得您担心。二来也是想谢谢您，要不是姑父帮着出面，这次只怕是要血本无归了。说起来，这家里还是得有个读书人啊！"

林氏不住地点头，道："所以我督促你两个表弟要好好地读书。"李意现在不过是个四品的知府就已经让林家的生意更上一层楼了，如果像裴家那样，岂不是银子像流水似的往家里灌！

林氏想起了林觉刚刚出生的长子,道:"你那个媳妇儿娘家虽然富足,可底蕴到底差了些。以后等你大表弟成了亲,就把孩子接到这边来教养。不说读个进士举人的,怎么也得读个秀才出来。你看杭州城的那些大户人家,生意做到顶尖的,十之八九都是秀才出身。只有这样,才能和那些做官的搭上话,出了事才能有人保着。"

林觉深以为然,连连点头,提前向林氏和李端道谢。然后说起来意来:"正巧这段时间没什么事,来陪陪您,也和表弟说说话。若是能见一见裴家三老爷那就更好了。"

最后一句才是主要的吧!林氏想着,但侄儿话说得漂亮,她心里还是很高兴的:"行!你就在这里多住几天。临安城别的不行,风景倒还雅致,你每次来都行色匆匆的,这次就在这里多住几天,让你表弟带着到处走走看看。闲着无聊了,搭个船,去杭州城当天就可以往返。"

林觉立刻起身道谢,陪着林氏又闲聊了一会儿,见林氏面带几分倦色,这才和李端一起告辞,由李端陪着去了休息的客房。不过,林觉一进门就把身边整理箱笼和李家派过来打扫房舍的仆从都赶了出去,关上了门,从随身的一个箱笼里翻出一个画轴来笑着递给了李端:"怎么样?我说你们那法子行不通吧?最终还是得看我的。喏,鲁信的'遗物',你看看是不是你家在找的那幅舆图?"

李端讪然地笑道:"已经拿到手了?"自从听到鲁信还有遗物的消息,他们就开始打这遗物的主意。只是没有想到林觉的主意进展得这样顺利。

李端忍不住为自己辩解:"主要还是阿峻看上了郁家的姑娘,一箭双雕的事,我也就顺水推舟地答应下来了。"

鲁家的事虽然进展顺利,可若是有心人想查很容易就能查出这幅画是落在谁的手里了。海上生意的利润太丰厚了,相比之下杀人灭族根本就不算什么。李家的底子还是太薄了,经不起折腾,何况还有个裴家压在头顶,如果让裴家来分一杯羹,那他们家就永远只能看裴家的眼色行事,那李家还有什么前程可言?他奋斗一生又有什么意义?

林觉心中得意,但并不想得罪李端这个未来可能给他们林家带来无限利益的表弟。他不仅没有和李端争论输赢,还顺着李端的话道:"若是我,我也愿意。只是没有想到郁家会这么倔。不过,好歹这幅画拿到手了,我们得快一点。等到裴家发现,这画已经到了彭家手里了。他们裴家再厉害,还能厉害过彭家去不成?"

福安彭家,是福建第一家。家里不仅出过两任阁老,而且现在的彭家七老爷彭屿还是天子近臣,都察院右都御史,负责纠察百官,就是裴宴的二师兄、工部尚书、东阁大学士江华,也不敢在彭屿面前放肆。想要得到这幅画的,就是彭家。

而李意,这几年一直想调到京城去。裴家太守旧,步子太慢。他好不容易搭上了彭家,彭家也愿意帮他,他们家自然也要投桃报李,帮彭家拿到这幅画作为投名状。

只是李家的根基在临安,在和彭家形成能紧紧绑在一起的利益关系之前,李家并不愿意得罪裴家,也不能得罪裴家,否则一力降十会,现在的李家可是吃不消的,何必弄出这么多事来?

李端笑了笑没有作声。彭家要这幅画,不是非他们李家不可,可他们李家,却非彭家不可。现在说什么都没有用,画是林觉拿到的倒是真的。天下没有能包得住火的纸,李端也没想能永远瞒着裴家,但怎么着也得让李家在彭家跟前站住脚了才能让裴家知道。

他问林觉:"你不会是亲自出的面吧?"

"我怎么会这么傻?"林觉觉得自己这个大表弟读书读得有点傻了,看了李端一眼,道,"当然是请别人出的手!就是这个人,也是我身边的心腹管事去联系的。只说这是幅古画,我有路子能卖到喜欢这画的人手里去,拿到当铺最多也就当个四五百两银子,可经了我的手,却能卖到上千两银子。那人就上当了,花了四百两把画买下来,又五百两银子卖给我。虽然有点多,但就当是花钱买个消停,我也没给他多压价。"

知道这画能卖上千两银子,却四百两买的,五百两卖,这也是个实在人。李端佯装倒吸了口凉气的样子,笑道:"这人倒也不贪。"

"所以说,做生意得看是什么人。"林觉在这上面有点得意,道,"你看我,跟着我爹走南闯北的,从来就没有因为合伙人出过什么问题。所以我说,彭家是能干大事的,跟着他们家一准不错。"

李端不置可否。在这一点上,他和林觉的看法相反。他觉得彭家很贪婪。福建九支船队,彭家的船队是最大的,并且拥有福建大半数的船只。可当他们家无意间知道了左大人在这幅画里藏了幅航海的舆图之后,怕被别人得手,还不是想尽办法要得到它,不过,这也是人之常情,谁愿意自己的睡榻边又增加一只老虎呢?

李端和林觉说起这幅画来:"我们是就这样送到彭家去,还是先看看这幅画对不对路?"

他倒没觉得郁家能发现这幅画中的秘密,而是怕就像鲁信交代的那样,连他也不知道这幅画里的秘密,结果他们拿错了东西。

林觉精明地道:"当然是得想办法看看这幅画里的那幅舆图。若是彭家反悔怎么办?"除了验货,他们最好也拿捏个彭家的把柄,把这舆图临摹一份,防着彭家翻脸不认人。他们和彭家毕竟不是一个等级,彭家要收拾他们易如反掌,他们想反抗彭家却不容易。特别是中间还夹着一个裴家——如果没有这件事,他们还可以向裴家求助,一旦他们和彭家的交易曝光,裴家不收拾他们就是好的了,别指望着裴家还能护着他们。

表兄弟俩说到这里，交换了一个互相能看得懂的眼神。李端道："这件事就交给我好了。"

林觉准备在这里多停留一段时间就是为了这件事。他得亲眼看到那幅舆图才放心！他也会亲自把这幅舆图带回福建，送到彭家。这也是一开始他们家和李家商量好了的。打虎亲兄弟，上阵父子兵。不管是林家还是李家，现在都太弱了，紧紧地抱成一团，才有可能把家业做起来。两人商量着找谁来重裱这幅画。

郁棠久等的消息终于有了回音。鲁家背后的人果然就是林觉。关于这幅画，她想了很多。觉得李家若是没有林家帮忙，是不可能做成海上生意的，那这件事林家肯定是知情的。而和李家来往最密切的，就是林觉了。他来的频率远远超过了一个相隔几千里的亲戚。

郁棠就想办法画了一幅林觉的画像给小梅巷卖水梨的阿六看，让他盯着李家的大门，这个人一上门立刻就告诉阿苕。又把这幅画像给了曲家两兄弟看，让他们盯着和鲁家交易的那个人，看那幅画最后是不是落到了林觉的手里。

还好有梦中的那些事，她等来了她要的结果。

林觉拿到画之后，肯定会想办法拿到舆图的。

梦中，他们找的就是钱师傅。所以梦中那幅画上才会有了钱师傅的落款"春水堂"，郁棠才能识破李家的伎俩。因为有她插手，钱师傅远匿京都，李家未必能找得到他。就算能找得到他，也需要时间和精力。那现在李家会找谁来拆这幅画呢？或者说，会拿在手中私底下研究多久？

郁棠尽量设身处地从李家的角度去考虑，想推测出李家下一步会怎么做。但不管李家怎么做，她现在更急于知道的却是李家后面到底还有没有其他人，如果有，又是谁？

要知道，海上生意可不是那么好做的。一般的人也就是出钱参个股，这是赚钱最少的。真正赚钱拿大头的是船队。但组一个船队，可不是那么简单的。除了要有船，有熟练的船工，有经验的船长，还得要有自己的码头、自己的仓库、在市舶司备案……别的都好说，有钱就能解决。但其中两样最难，一是在市舶司备案，这得有官府的路子；二是要有有经验的船长。前者，非世代官宦不可；后者，非世家底蕴不可。世代官宦，可以保证不管市舶司由谁掌权，船队都可以拿到备案，通行无阻。世家底蕴，才可能培养或是拥有一个有经验的船长。

李家既不是世代官宦，又没有世家底蕴，拿到航海舆图，他们只能找人合作。能和他们家合作，又必须得是能符合以上两点的世家大族。梦中，李家和林家联手，是在福建做生意的。他们找的合作方，十之八九是福建那边的世家大族。

郁棠此时只恨自己出身平凡，眼界不够宽广，没办法推测出李家梦中是和谁家在合作。

她想来想去也没有头绪，只能去问佟大掌柜："福建那边，可有这样的人家？"

佟大掌柜尽管见多识广，可若是放眼整个朝野和所有世家，他还没有这个能力和见识。

他笑道："这种事整个临安，甚至是整个杭州，只怕能回答您的都没几个。最好是去问下裴家的两位老爷！"

"裴家二老爷和三老爷吗？"郁棠心里隐隐早有答案，只是有些不死心，抱着侥幸的态度还是最先来找了佟大掌柜。

佟大掌柜笑道："除了两位老爷，难道郁小姐还有其他的人选不成？顾、沈等人家肯定也知道，只是郁小姐和他们非亲非故，这种事也不是逮着个人就能知道的，当然两位裴老爷是首选了。"

郁棠苦笑。裴家二老爷她只在裴家老太爷送葬的时候远远看过几眼，再站在她眼前她估计也不认识。至于裴家三老爷，她倒是很想去找他，可他未必愿意见她啊！

郁棠一下子陷入了两难的境地。

佟大掌柜给她出主意："要不，让您父亲去问问县学的沈教谕？说不定他知道。"

郁棠眼前一亮，可又怕自己四处打听，消息没问到，却把自己的意图弄得尽人皆知了。

"我再想想。"她道，辞别了佟大掌柜，正要回家，小佟掌柜和她擦身而过，冲着佟大掌柜道："三老爷回来了，刚到码头，您要不要去打声招呼！"

"要去的，要去的。"佟大掌柜忙道。这可真是凑巧了。

郁棠略一思忖，也跟着佟大掌柜往码头去："我也去跟裴三老爷打个招呼。前几天杨御医刚走。"可能是得了裴家的交代，杨御医看诊比平时用心不说，又给陈氏换了个方子，陈氏吃了之后说感觉明显好多了。就凭这点，郁棠觉得自己也应该积极主动地去给裴宴道个谢才是。

佟大掌柜笑眯眯地带着郁棠去了码头。

码头依旧很热闹，大家看到裴三老爷就远远地给他行礼，他却面无表情，非常的倨傲。郁棠撇了撇嘴，和佟大掌柜一起走了过去。

裴宴一抬头就看见了郁棠。

她乌黑的青丝高高地绾在头顶，扎了个道髻，穿了件半新不旧的褐色小厮衣裳，却映衬得她的皮肤更加光洁细腻白皙、面孔更加美艳，宽大的衣裳更是让她原本就玲珑有致的曲线看着如山峦起伏，更加明显，根本掩饰不住她女扮男装不说，她还大摇大摆的，一副不怕别人看出来的坦荡。她怎么又这副打扮出门乱晃？郁文怎么也不管一管？

裴宴皱了皱眉，没等郁棠走近先沉了脸，等到郁棠走近，他已不悦地道："郁小姐，你怎么在这里？可是有什么事要佟大掌柜帮忙？"

他第一次见郁棠，郁棠就在忽悠佟大掌柜。这小姑娘，无事不登三宝殿。她肯定不是无缘无故来找佟大掌柜的。

郁棠闻言心中一喜。她就怕裴宴不答理她，只要他答理她，她总有办法让裴宴帮她这个忙。

"裴三老爷，"她热情地上前给裴宴行了个福礼，道，"杨御医来给我姆妈瞧病了，还给换了个药方，我们家还没有好好地向您道谢呢！"

道谢就不用了。别再扯着他们家的大旗做出什么有损裴家声誉的事就行了。如果是别人，裴宴就毫不留情地告诫对方了，可之前他曾经误会过郁棠，他就觉得自己应该原谅郁棠几次，当是他的赔礼。因而他心中尽管不满，但还是没有吭声，反而仔细地打量起郁棠来。

裴宴这才发现，郁棠的眼睛很漂亮。不仅又黑又亮，而且还水灵灵的，仿佛会说话。就像此时，她虽然脸上带着笑，看着很热情，可眼睛里却透着些许的狡黠，让他想起那些话本里算计人的狐狸精——虽然他也没有见过狐狸精是怎样的，可他就觉得，若是有狐狸精，此时就应该是郁棠这个样子的。问题是，他就算知道郁棠像个狐狸精似的在算计他，他已经决定原谅她几次了，他总不能刚刚做了决定就改弦易辙，对付郁棠吧？

裴宴不动声色朝后小小地退了一步，道："郁小姐，你要做什么？"他看上去好像和平时没有什么两样，可郁棠莫名就突然捕捉到了他一瞬间的迟疑和让步。

郁棠不知道裴宴为什么会有这样的改变，可她却敏锐地感觉到了，自从上次裴宴帮他们家主持公道之后，裴宴这次再见到她，对她的态度明显温和了许多。难道是因为知道自己之前误会她了？猜测归猜测，郁棠可不愿意和自己突如其来的好运气作对。她决定立刻抓住这次机会，想办法从裴宴嘴里套出点有用的东西来。

"裴三老爷，您可真厉害！"或许是之前裴宴太高冷，或许是裴宴在临安城的地位太高，让郁棠没有办法把他和李竣、沈方等人相提并论。她拍起裴宴的马屁来没有一点负担，反正她最不堪的样子他都见过了，她还有什么好装的，"您这火眼金睛，一眼就知道我找您有事。"

裴宴见她这样直白，反而松了口气，心里觉得颇为舒坦。他最怕别人和他在这些小事上拐弯抹角，不知道是觉得他太傻，还是想在他面前表现得聪明点，一件微不足道的事都要他去花心思猜，偏偏又被他一眼看透。

"你说！"裴宴道。

郁棠喜出望外。她没有想到裴宴这样爽快。说不定她从前用错了方法。郁棠想着，话却一点也没有耽搁，道："我能和您单独说两句吗？"

裴宴看着人来人往的码头，也觉得这里不是说话的地方。但他只是向旁边走了几步，站在了一棵老榕树下，道："你有什么事就直说吧！"一副她的事不足以让他再找个地方的模样。

可真是傲啊！郁棠忍不住在心里腹诽，可是人在屋檐下，不得不低头。她有求于他不说,而且除了他,还没有更好的人选可求。

"是这样的。"郁棠没敢抱怨,她怕自己一抱怨,就连这个机会也没了,忙跟上前去,声音不高不低,距离不远不近地道,"吴老爷想约我阿爹做海上生意,我上次去您家,看到您家花厅的彩绘琉璃扇门可真漂亮……"

她观察着裴宴的表情。

裴宴随意听着,一点炫耀的意思都没有。

可见觉得那些彩绘琉璃扇门好看的是裴家老太爷了。

郁棠就不多说了,越过这个话题,继续道:"我就想,您可能对那些卖舶来货的商贾很熟悉,就想向您打听个事。福建那边,有哪些官宦人家自己有船队的,想看看谁家的船队最厉害,看看我们家要不要跟着吴老爷做这生意。"

她满口胡话,裴宴却没有怀疑。

郁文不靠谱,是他在知道郁棠上当之后还需要女儿去帮他讨要卖画的银子时就有的印象;参股海上生意,临安城不多见,可在杭州,有好多姑娘家为了给自己赚点胭脂水粉钱都喜欢找个船队来参股。郁家这位大小姐又是个不安分的,知道这件事,打这样的主意,简直是顺理成章的。至于说这件事是她自己的主意,还是她打着吴老爷或是郁文的旗号,他反正决定给她赔个不是了,只要好处是落到了她的手里就行了。这些小事他没有精力,也没有兴趣知道。

"你为什么不参股宁波那边的船队?宁波那边船队多做的是瓷器和丝绸,福建和广州那边却多走的是瓷器和香料,丝绸和瓷器比香料好做。"裴宴随口说了一句,然后把郁棠想要知道的告诉了她,"福建那边,最大的船队是福安彭家的。他们家在市舶司那边常年占着个位分,走船的也都是二三十年的老手了,迄今为止,还是五年前出过一次事,不过,那次出事是同一时间出海的所有船队都出了事,不只是彭家一家。你们要是想参股福建那边的船队,彭家是首选。"

郁棠心中的小人在跳舞。她没有想到裴宴这么好说话,她胡编了几句她自己都不相信的话,裴宴居然什么也没有问,就把她想知道的消息告诉了她。

想当初,他虽然误会她在当铺碰瓷,但他发现她扯着裴家的大旗威胁鲁信的时候,也只是轻描淡写地教训了她几句。还有在郁家老宅,她被那些混混追的时候,他救了她,见郁家有人过来了,一声不吭地就走了。可见他这个人只是外表冷漠,其实还是很愿意帮助人的。

不过,郁棠觉得自己还是挺能理解裴宴的。他代表的是裴家,身份地位不一般,若是对谁都热情,不假辞色,大家岂不是会一窝蜂地拥上来求他?他是帮还是不帮呢?有些人懂得感恩,受了裴家的恩惠会记在心里,像他们家。可更多的人看着你轻易地就答应了帮忙,觉得你不过是举手之劳,成了是应该的,不成反会落下很多埋怨。这种事她看得可多了。

裴宴总得有些自保的手段才行。

之前郁棠还觉得裴宴待那些敬重他的百姓太倨傲了，现在也不觉得了。她满怀感激之情，忙道："好的，好的。我都记住了。"

裴宴看着她望向自己那亮晶晶的眼睛，脸仿佛都发着光。他觉得好像看到母亲养在身边的那只小白狗，每次见到他都会这样充满了信任和期待地望着他……裴宴忍不住撇了撇嘴角。

听郁文说的那些事，她不是挺聪明的吗？怎么他说什么她就信什么？就她这眼神，郁文看着估计也拒绝不了，难怪由着她在外面乱跑。裴宴皱了皱眉，觉得自己得帮着郁文管管这小姑娘才行。

他道："你们家是准备和吴老爷一起入股船队了？定下哪支船队没有？准备入股多少银子？还是以货入股？"

郁棠听着，都要给裴宴跪了。这可是她想了很多办法都没有打听到的消息，听裴宴的口气，他对这些都很熟悉？机不可失，时不再来啊！

郁棠顾不得许多，急急地道："还没有决定和不和吴老爷一起入股，只是听说有这么个生意。您可能不知道，我们家是做漆器生意的，对这海上的生意一点也不了解。我阿兄说，得去好好打听打听才行。"然后她很有心机地道："也不知道我阿兄能不能打听到些什么，杭州城我们除了佟二掌柜，谁也不太熟悉。"

想问他就问，偏偏找出这么多的理由来！裴宴斜睨了郁棠一眼。不悦之情溢于言表。

郁棠心中突然一悟，猛地想到刚才两人的对话。难道裴宴喜欢直来直去？这很有可能哦！他每天接触那么多的人，时间宝贵。如果每个人在他面前都这样地"委婉"，他就是猜这些人的来意都得猜得秃头。

想到这里，郁棠不禁仰头朝裴宴的头顶望去。裴宴的头发乌黑浓密，而且发根处很不听话地直立着，可见头发又粗又硬。听那些婆子们说，这样的人通常脾气都不好。以她的经验，脾气不好的人，通常也多心地善良。这些念头在郁棠的脑海里不过是一闪而过，她已凭着直觉开口道："若是三老爷不急着回去，我想趁机请教一下三老爷，杭州城那边，您有没有推荐的船队或是商家？"

入股海上生意，也分很多种形式。有些是直接拿着银子去找船队，有些则是跟着一些大商铺入股，这些商铺入股，通常都是以货易货的。

裴宴面色微霁。他的确不愿意因这些小事而耽搁时间。郁棠能明明白白地提要求，再好不过了。

他道："杭州城里的那些商家自诩身处江南第一城，自大得很。个个都以赚朝廷帑币为荣，海上的生意，也不过是个搭头，随意而为。若是你们家有意做这门生意，得去苏州城。那边做这生意的人很多。几个比较大的铺子，什么四海绸缎庄、一品香香料铺、景德瓷器行都和宁波那边的船队有来往。不过，更具体的我也不是很清楚。你要是想问最近出海的船队，等会儿让你阿兄去问裴满就是了。"

这可真是得来全不费工夫啊！要不是身份不对，时机不对，她都要给裴宴磕个头了。

"好的，好的！"郁棠想着裴宴帮了她这么大的忙，很狗腿地点头哈腰，盼着有个什么事能报答裴宴一下心里才踏实。

裴宴见她乖乖受教，心里颇为舒服，又吩咐了她几句"我会跟裴满打招呼的，你们到时候直接去找他就行了"之类的话，然后上了来接他的轿子，打道回了府。

佟大掌柜立刻关心地走了过来，道："你刚才都和三老爷说了些什么？我看三老爷的脸色还挺好的！"

郁棠立马把裴宴夸奖了一通，将自己向裴宴打听来的消息告诉了佟大掌柜。

佟大掌柜非常意外。裴宴真不是个好说话的人，他能这样对待郁小姐，可见对郁文很是尊敬，对郁家也颇为看重。

"那就好！"佟大掌柜怕郁棠不知道好歹，告诉她道，"三老爷小的时候就跟着老太爷行走四方，年纪轻轻又考上了庶吉士，眼光见识都非同一般。他既然这么说，你记得跟你阿兄说一声，让他尽快去找满大总管。"

"我记住了！"郁棠再三向佟大掌柜道谢，欢天喜地回了家。

郁远知道郁棠偶遇裴宴，求了裴宴指点自家的生意，高兴之余不免有些惶恐，在心底暗暗给自己打了半天的气，这才找到了裴满。

裴满已得了裴宴吩咐，自然是知无不言，言无不尽，让郁远对苏杭两地的商家都有了个大概了解，甚至是福建和广州那边的船队也都知道了个七七八八。

他回家后不住地对郁棠感慨："我从前还不服气，凭什么别人家能做那么大的生意，我们家怎么就不行？现在看来，我们家跟这些世家大族还真是隔着十万八千里远呢。我也不定那么高的目标了，这一生能想办法让你侄子侄女们都读书，把生意做到杭州城去，让你侄子们能在我的肩膀上再进一步，我这一生就圆满了。"

初生的牛犊不怕虎。老师傅都是很胆小的。

郁棠抿了嘴笑，问郁远："阿兄，那我们要不要和吴老爷入股？"

郁远道："不仅我们不能入股，也要跟吴老爷说一声。"说到这里，他压低了嗓子，道："这次宁波那边的船队，据说是为了和苏州的四海绸缎庄打擂台，临时拉的班子，照裴大总管的意思，得慎重。"

四海绸缎庄？这名字在裴宴刚提起来的时候郁棠就觉得很耳熟。她仔细地想了想，道："四海绸缎庄是不是那个皇商？"他们家有很多的分店，在杭州的分店就在裴家当铺的旁边，郁棠有点印象。

梦中，他们家的船队一直是江南最好的船队，直到江家崛起之后，他们家才败落的。在此之前，和他们家打擂台的商家都没有什么好下场。

"就是那家。"郁远也有印象，他点头道，"四海绸缎庄是苏州最大的商贾之一了。他家连着组了几次船队，船队都平安归来。赚了个盆满钵满，惹得很多老商家都很眼红，这才联合起来组了这次船队。"

"那是得跟吴老爷说一声。"郁棠紧张地道，"吴老爷待我们家不薄，几次出手相助，我们可不能眼睁睁地看着吴老爷的银子打了水漂。"

郁远也是这个意思，他出了郁家就去了吴家。

吴老爷被他的表兄说动了心，不是郁远三言两语就能说服的，但裴宴的名头还是让他有所收敛，原本准备投五千两银子的，改投了一千两。

他的表兄非常不满，可最终船队有去无回，他的这个表兄倾家荡产，从此落魄下去，让他冷汗淋漓。从此吴老爷对裴宴言听计从，成了裴宴在临安城里最忠心的拥护者，这是大家都没有想到的。

郁远这边，真的去了趟苏州城，打听海上的生意，看郁家有没有机会入一股。至于郁棠，则请了人去打听福建彭家的消息，她再和梦中自己知道的那些事一一对照，觉得李家幕后的人，多半就是彭家了。这让郁棠想起一件事来。

李端因为娶了顾曦，生下儿子之后，林氏觉得自己的这个孙子身份比较显赫了，有一次甚至想让李端的长子和彭家的一个嫡女联姻。顾曦觉得孩子还太小，还看不出品行好坏，不是联姻的好时机，而且还劝林氏："彭家和裴家喝不到一个壶里去，我们这么做，裴家怕是会不高兴。要不，我找个机会去拜访一下裴家老安人，看看裴家的意思再说？"

后来这件事不了了之。不知道是因为顾曦拿此事做借口打消了林氏的念头，还是裴家对这件事颇有微词，但有一点肯定是对的，彭家和裴家不和。是这个时候已经不和了，还是之后发生过什么事有了罅隙，郁棠却不知道。最简单的方法就是直接去问裴宴。可裴宴会告诉她吗？

郁棠有些犹豫，又想起梦中的那些事。她一开始不也觉得自己从此以后就得在李家终老了吗？但她不服气，不甘心，积极地去抗争，去争取，去谋划，她还不是从李家堂堂正正地走了出来！什么事都只是在心里翻来覆去地空想而不去尝试，那什么也做不成！郁棠这次依旧穿了身小厮衣裳，去求见裴宴。

裴宴看着郁棠那身穿着打扮就觉得头痛。他道："你就不能穿得整整齐齐地来见我？"

她穿得不整齐吗？郁棠低头打量自己，看着自己身上的粗布褐衣不由得报着嘴笑了起来，道："三老爷，我这不也是没有办法了吗？虽说是掩耳盗铃，但若不这样做作一番，别人看着总归是要说闲话的。"

"难道你这样就没有人说闲话了？"裴宴不能理解郁棠的想法，道，"你这样，大家一看就知道是女扮男装。"

"是啊！"郁棠笑，笑容甜美，"可大家也都知道我是想遮掩一二，那些心存善意之人，会当作没看见。那些喜欢说三道四的，不管我穿成怎样都会说三道四。

与其让那些对我心存善意的人心中不安，还不如就让那些喜欢说三道四的人议论好了。"

这又是什么歪理！裴宴觉得脑袋更痛了。

他道："你以后再来，给我规规矩矩地穿戴好了，坐个轿子过来。"

也就是说，她若是再来求见裴宴，裴宴还愿意见她啰！郁棠喜出望外，眼里有着掩饰不住的欢喜："一切都听三老爷的。"她有求于人，自然要按照人家的规矩来。

裴宴这才觉得心里好受了些，道："你来找我有什么事？你阿爹可知道？"

郁棠讪然地笑道："是我自己有事来找您的，我阿爹还不知道呢！"然后她补充道："主要是这件事我不好跟我阿爹说，就直接来找您了！"

裴宴听着有些意外，道："是什么事？"

郁棠既然已经找上门来了，就没有准备再兜圈子，她直接问道："裴家和福安的彭家可有什么恩怨？"

"你怎么会这么问？"裴宴一愣，道，"是为了海上生意的事吗？我们两家虽然说不上关系密切，却也没有什么罅隙，若是有什么大事，倒还可以互通有无。"

也就是说，裴家是在此之后和彭家不和的。

郁棠斟酌着，把鲁信卖假画的事告诉了裴宴。当然，关于梦中的事她统统没说，只说是当时心里起了疑，就好奇地去查了查。

裴宴听着，眉头皱了起来，越听，眉头皱得越厉害，到最后，脸色都有些不好了。

他道："你是说，你觉得李家一心要求娶你，你觉得不对劲，所以才去查证的？"

裴宴说这话的时候，不禁仔细地端详起郁棠来。

个子不高，但腿很长，看起来就比实际的个子要高一些。皮肤雪白，细腻中透着红润，看上去就显得精神饱满，神采奕奕的。一双眼睛又大又明亮，看人的时候亮晶晶的，闪烁着些许的好奇，让她的神色带着几分俏皮，但她的眉毛浓黑，鼻梁直挺，嘴唇丰润，不像别的刚刚及笄的女孩子，不管长得多漂亮也都透着几分青涩，而是显得落落大方，温婉中带着几分妩媚，很大气，也透着几分不安分。

这样的女孩子，无疑是很能吸引人的。她怎么会觉得李家一心要求娶她不对劲呢？当然，也有很多女孩子养在深闺，不知道自己的美。可显然郁家这位大小姐不是。她在昭明寺的时候，就非常清楚地知道怎样利用自己的优势，知道怎样吸引别人，特别是男孩子的注意。他觉得她梳堕马髻，然后头上戴朵大花之类的打扮更适合她。反而是那种双螺髻之类的，冲淡了她骨子里隐隐透露出的不驯，反而没有了那种让人眼前一亮的鲜明特色。

郁棠哪里知道这一瞬间的工夫对面的男子就想了这么多，她道："是啊！我又不是什么国色天香，我家又不是什么高门大户，谁会非我不可？李夫人还说是因为李家二公子无意间见过我一回。我就想，哪有这么巧的事。有一天听说李家二公子他们在昭明寺里雅集，就特意去撞了撞李家二公子。结果他根本就不认识我……"

啧！这又是一个误会。裴宴觉得喉咙像被人捏了一下似的不舒服。难道是这些日子秋花开了，空中的花絮和花粉太多了？

裴家几代家主都喜欢花树，院子里到处都种的是各种花草树木。要不是他让人拔了一些，家里一年四季都有花，到处都是花粉香，一天到晚惹得人打喷嚏，非把他逼疯不可。

他不禁咳了两声，这才感觉喉咙好了一点，道："也就是说，你那天去昭明寺，是有意的？"

郁棠一见到裴宴就会变成"眼观四路，耳听八方"的状态。此时听裴宴这么一说，她忍不住眨了眨眼睛，道："我那天去昭明寺，您知道？"

他当然知道。裴宴望着郁棠。只见她满脸的困惑，明亮的眼睛就又开始说话，仿佛在问他"难道你当时在场"。莫名地，他觉得有些坐立难安。不过，他立刻就释然了。

他平生坦坦荡荡，所做之事无不可对人言。那天在昭明寺，明明看到了郁家大小姐，却当作没有看见似的，还站在藏经阁的二楼看了半天的大戏。当初他这么做，当然没有什么错。那时他们又不认识。但此刻让他承认，他又觉得非常不自在，也许是因为和郁家大小姐渐渐熟悉了起来，贸贸然这样承认，显得他有些冷漠吧！

裴宴在心里想着，含含糊糊地把这个话题给糊弄了过去，道："你现在怀疑是彭家指使的李家来谋取鲁信手中的航海舆图？"说到这里，他朝着郁棠笑了笑。是那种扯了扯嘴角的笑，有点皮笑肉不笑的味道。可偏偏他的眼睛里有光，一种洞察世事的光，让他的模样很是吸引人，也让她有种无所遁形的感觉。

郁棠觉得脸有点发烧，低声道："我，我这不是怕大水冲了龙王庙，一家人不认识一家人吗？我是想让李家倒霉的，可万一要是连累到了裴家，那可真是天大的罪过了！"

这小姑娘，真的很有意思。明明心里有千百个鬼点子，说出来的话却是大义凛然，一脸正气，也不知道她怎么能有这样的底气。

裴宴突然有点懒得为难她了，道："你放心，我们两家没有什么利益关系。要是真的争起来了，他们家不会对我们家手下留情，我们家也不会对他们家忍耐退让的。"

那就好！郁棠拍了拍胸。各地有各地的地头蛇。临安城的地头蛇就是裴家。彭家把手伸到了临安城，她于情于理都应该来给裴宴报个信。还好没有表错情！

裴宴问她："那当初你们一家人去杭州，就是去请人看那画的？"

虽然知道不可能瞒得过他，但他想也没想就把这些前因后果给联系起来了，郁棠此时才觉得自己来给裴家通风报信有点草率。

好在裴宴见她面露犹豫之色，没有追问，而是沉吟道："那幅舆图你可还记得？能不能跟我说说？"

郁棠脑子转得飞快。那舆图他们家拿在手中那么长的时间，想尽了办法也没有看出个子丑寅卯来。但李家不同，李家毕竟是读书人家，比他们郁家见多识广，说不定很快就能把这舆图研究透彻了。就算他们家研究不出来，还可以把舆图交给彭家去研究。彭家的读书人更多，见过世面的人也更多，若是像梦中那样，等这幅舆图落到了彭家人的手里，李家和林家因此和彭家做起了海上生意，发了家，她告诉裴家又有什么意义呢？

她想报复李家，难道还要等李家壮大了之后再下手？那是傻瓜吧！

郁棠一咬牙，干脆地道："那舆图，我们家的人也不认识。不过，我们怕到时候说不清道不明的，就请人临摹了一份。您要是感兴趣，我这就回家去拿给您。"

裴宴听着，来了兴趣。这位郁小姐，花样可真多！

他道："你这是早就留了一手。不过，鲁家来向你们家讨要遗物的时候，你怎么就没有想到拿幅假图给他们？"

当然原因很多。逢人只说三分话，未可全抛一片心。她当然不能都告诉裴宴了！郁棠一副老老实实的样子道："一是我们不知道他们认不认识这舆图，怕被查出来。二来是怕我们家没有能力阻止，若是他们家拿了这舆图和别人一起组了船队，照着假舆图出海，恐怕会死很多的人——我们家虽和李家有仇，却也不能明知不可为而为之，害了别人的性命。最好的办法就是把这舆图给散播出去，让这舆图不值钱。这样，李家就未必能搭得上彭家这条船了。"

李家发财的梦就破碎了。这可比给他们一幅假画好多了。当然，她就算是想给他们一幅假画，也得在那个时候找得到能作假的人才行啊。总不能再拖着钱师傅下水吧！况且钱师傅已经不在杭州城里了。

裴宴听着却是神色一怔。

一般的人都会弄幅假的舆图给李家，可郁家却走了一条和众人相反的路。

是郁家太善良了，还是太蠢了？裴宴竟然一时无话可说。心里却有点佩服郁家人清正，让他高看一眼。

郁棠却觉得丢出去了一个大包袱。如果裴家也有了这样一幅舆图，就能和彭家一争高下了。就算是裴家不想参与去跟彭家一争高下，也可以把这舆图送给彭家的竞争对手。要是裴家对这幅画感兴趣，那就更好了。她就把画送给裴家，还能报答裴家的些许恩情。总之，只要李家拿着的舆图不是唯一一份，他们家在彭家面前就没有那么重要了。李家还敢背着裴家勾结外乡人，哼，就是裴家的怒气，也够他们家喝一壶的了。但这还不是郁棠想要送给李家的大礼。她还想送李家一件礼物。可要先把舆图的事处理好了。

郁棠道:"三老爷,我这就回家去把舆图给您拿过来。"

裴宴却阻止了她,道:"这件事不急。我倒有个主意,你要不要听一听?"

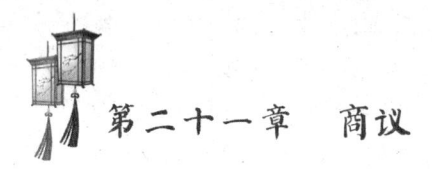

第二十一章 商议

裴宴要给她出主意?!她居然还能遇到这样的好事!郁棠听着,都激动得不知道说什么好了。

裴宴不由得翘起了嘴角,真心实意地笑了起来。没有了讽刺的眼神,没有了不屑的表情,他的笑,像夏日炙烈的阳光,有点刺眼,却也不可否认的是极其明亮。

郁棠看着有点傻眼。这才是真正的裴宴吧?可自己干了什么,竟然能有幸见到裴三老爷这么真实的表情?郁棠摸不着头脑,觉得自己回家之后得好好地把两人说过的话都回忆一遍,必须得知道裴宴为什么笑,下次再见面的时候,务必得给裴宴留下个好印象。报复李家,她还指望着裴宴出大力气呢!

"您快说。"郁棠脸不红心不跳地拍着裴宴马屁,那语气,要多真诚有多真诚,"您见多识广,出的主意肯定比我们自己想出来的高明成百上千倍。您说,我都听您的。"

裴宴的嘴角忍不住又抽了抽。这小丫头是不是以为他是个傻瓜啊?捧起人来直白得简直像个小狗在摇尾巴,自以为高明,却让人一眼就能看透。可他却并不觉得讨厌。这大概就是因为长得好看的人都容易被原谅吧!

裴宴在心里腹诽,面上却不显,道:"你临摹了几份《松溪钓隐图》?"

郁棠想也没想地道:"没有临摹《松溪钓隐图》,只临摹了一份舆图,不过我们都没有看懂那张舆图。"

从前她不知道有卫小山的事,想着若是有谁想要那幅画就给谁好了,正好把他们家从这里面择出来。可自从证实了卫小山的死与她的婚事有关,是李家指使的之后,她就改变了主意。就算她不得好死,死后要下十八层地狱,她也要给卫小山报仇。把那幅真画给了鲁家不说,她还想要从这幅画上下手,让李家落得个永远都不能翻身的结果才行。那幅临摹的《松溪钓隐图》她准备先隐藏下来,以后再拿出来用。但这件事就与裴宴,与裴家没有什么关系了,裴宴也不必知道了。

裴宴笑道:"那你先把你们请人临摹的那幅舆图给我看看,我看看那图值不值得再给你个主意。"

肯定值得，不然梦中李家怎么能一夜暴富？但这话她不好告诉裴宴，只能"嗯"了一声，准备回去拿舆图。

裴宴却叫住了她，嫌弃地道："你规规矩矩穿件正经衣裳再来。"

郁棠讪讪然地笑，目光不由自主地打量着裴宴。

他穿了件月白色的细布道袍，看上去非常朴素，可那细布洁白柔韧，闪着白玉般的光泽，是松江特产的三梭布，贡品，一匹这样的细布，堪比一匹织金的锦缎。他通身没有饰品，只拿了串十八子的佛珠在手上把玩。那佛珠，既不是紫红色的小叶檀也不是黄色的黄花梨，而是桐木色，看上去平淡无奇，却散发着淡淡的甜香，识货的仔细看看就知道这是绿檀木的佛珠，是海外的舶来物，非常罕见。当年李家得了一串，林氏视若珍宝，轻易不拿出来示人，还曾说过要把这样一串佛珠当传家宝珍藏起来。至于他脚上那双黑色的千层底布鞋，则是用同色的丝线绣满了万字不断头的花纹……这通身的讲究，都藏在漫不经心的随意间，藏在细微的差别间。

郁棠垂下眼睑，在心里给了裴宴一个鄙视的目光。裴家的三老爷，也太不表里如一了，难怪嫌弃她了！

郁棠怕裴宴看出自己的不以为意，忙应了声"好"。

裴宴满意地"嗯"了一声，又道："跟郁老爷说一声。请他也过来一起商量商量。"免得那幅画压根没什么价值，却让人误会他欺负小姑娘家。

"是哦！"郁棠应着，这才觉得这件事还是应该由她阿爹来和裴宴商量的好。她立刻回了家。

郁文去了长兴街的铺子还没有回来。听陈氏说，她大伯父在江西那边进了一些货回来，今天到苕溪码头，她大堂兄要去接货，铺子里没有人看着，郁文去帮忙了。

郁棠差了人去请郁文回来，自己则去书房里把那幅临摹的舆图找了出来，吩咐双桃打了水进来，重新服侍她梳洗。

堕马髻，粉红色碗口大的山茶花，莲子米大小的南珠耳环，油绿色镶着金色牙边的遍地金褙子，粉色的杭绸素面百褶裙，同色的素面掐云纹的鞋子。

郁棠仔细地看了看镜中的那个美人，笑着给自己做了个鼓劲的动作，然后出门去等郁文去了。

陈氏看着大吃一惊，道："你这是做什么？去马秀娘家吃酒也没有看见你打扮得这样隆重，难道是要去见谁？"

"去裴家拜访。"郁棠有些沮丧地道，"我有点事要去求见裴三老爷。"

陈氏倒没有疑心。在她心目中，裴宴是和郁文一个辈分的人，何况裴宴宅心仁厚，庇护一方乡邻，女儿去见裴宴，就如同去拜访长辈似的，打扮得隆重点显得更尊重，打扮得朴素点则显得更亲近，无论如何都不为过。

"你们去找裴三老爷什么事？"陈氏好奇地问，"是为了赋税减免的事吗？"

去年金华那边受了水灾，金华新上任的知府请求朝廷减免两年的赋税，朝廷同意了。临安去年也受了水灾，不过只有四五个村落罢了。有人见金华那边免了赋税，也打起这个主意来。这几天还有人怂恿着郁文联名去请汤知府出面。

郁文觉得受灾的面积不大，而且众志成城，未必不能把损失补回来，找个理由给推了。就有人把主意打到了裴宴的身上。

"那倒不是。"郁棠笑道，"是为了鲁伯父那幅画过去的。这幅画最后落在了李家人手里，这件事总得让裴三老爷知道才是。"

一山不容二虎。李家这些日子蹦跶得厉害，裴家也应该给李家一个教训了。

陈氏点头，一面给她整理鬓角，一面叮嘱她："那你去了要听话，别大大咧咧的把那里当成自己家似的，想吃就吃，想喝就喝。姑娘家，还是要讲点形象的。"

如果她姆妈知道她已经在裴宴面前用手抓过猪蹄吃了，不知道会不会被气得吐出一口老血。

郁棠紧紧地抿住了嘴，不想发出任何一个音节。

好在郁文很快就回来了，父女俩在书房里说悄悄话。

知道了来龙去脉，郁文抱怨道："你这孩子，事先干什么去了？要是裴三老爷不相信你呢？"

郁棠总不能说这是她的一种感觉吧。

她道："您是一家之主，又是临安城里数得着的读书人，偏偏裴三老爷的脾气现在谁也摸不清楚，您去找他，他答应了还好说，若是不答应呢，您总不能拿热脸去贴他吧？还是我去合适些！就算说错了话，别人也只当我是个小孩子，不会放在心里的。"

郁文觉得女儿说得有道理，重新梳洗后，和郁棠一起去了裴府。

裴宴不太习惯等人，送走了郁棠之后，他就去了自己位于外院的书房。这个书房，通常都是用来处理庶务的，颇令人放松。郁棠和郁文走进书房的时候，他正懒洋洋地躺在一张竹藤做的不倒翁躺椅上，喝着新上市的岩茶，秋日正午的阳光暖暖地照进来，让他看起来如这秋日的阳光般惬意。

"郁老爷和郁小姐来了！"他没有端架子，站起来和两人打着招呼，视线则落在了郁棠身上。

不错，娇娇滴滴的像朵春天的海棠花，这才是女孩子该有的样子。他微微颔首，露出满意的神色。

郁棠松了口气。心里却在琢磨着，原来裴宴欣赏这样的做派，还好她浓眉大眼，清丽不足，美艳有余，不然还真的经不起这样的打扮。以后来见裴宴，就这样装扮好了，毕竟她有求于人。

郁文则是受宠若惊。裴宴的形象太随和，对待他们如同对待老朋友。郁文从来没有见到过这样的裴宴，忙给裴宴行礼，嘴里道着："打扰了！"

裴宴摇了摇头，看着小丫鬟们进来上了茶点，把门关上，然后开门见山地对郁棠道："那幅舆图你们带来了吗？我们还是先看看舆图吧！如今海上生意好做，大家都想来分一杯羹，各找各的路子，各组各的船队，各家有各家的航海图……"

他一面说，一面接过郁棠手中的舆图，将它平摊在了书案上，然后转身去拿了面凹凸镜出来。

郁文顿时激动了，道："您手里这是凹凸镜吧？做得可真精巧！也是舶来货吗？"

裴宴不解地看了看手中的凹凸镜，随即恍然道："正是凹凸镜。我前几年去广州城玩的时候，无意间发现的，就买了下来。你要看看吗？"说着，把凹凸镜递给了郁文。

郁文极为好奇地拿在手中前后左右看了半晌这才还给裴宴，并道："让您见笑了。我对这些小东西很感兴趣。"

裴宴想到自己从前误会了郁小姐还没有正式给郁家道过歉，不以为意地道："郁老爷要是喜欢，这个我就送给你好了。我还有一个，放在杭州城那边的宅子了。"

"哎呀，不用了！"郁文红着脸推辞，"我就是看看。"

"没事。"裴宴说着，已拿了凹凸镜去仔细看那幅舆图。

郁家父女顿时屏气凝神，等着裴宴的结果。

裴宴刚开始看那航海舆图的时候还带着几分因为见过很多海图的漫不经心，可越看，他的神色越严肃。

难道这舆图有什么不妥？虽说郁棠对自己的推断有信心，可她面对的是裴宴，年纪轻轻就中了进士，曾经在京城六部观过政，见多识广的裴宴，她心里不免有些怀疑起自己来。

裴宴则在暗中倒吸了一口凉气。他又重新将那舆图仔细地察看了一遍。

郁棠到底没能忍住，有些战战兢兢地道："三老爷，这舆图……"

裴宴把手中的凹凸镜丢在了这幅临摹的舆图上，皱了皱眉，面色凝重地走到了书案旁的小圆桌边，指了指圆桌旁的圈椅，道："我们坐下来说话。"

郁文和郁棠不由交换了一个不知所措的目光，然后小心翼翼地坐了下来。

裴宴亲自给父女俩各续了杯茶，这才沉声对二人道："你们能不能把怎么发现这幅舆图的详细经过再重新给我讲一遍？"

郁文看着裴宴肃穆的表情，知道这件事很有可能非常重要，不敢添油加醋，又怕自己说得不清楚影响了裴宴的判断，指了郁棠道："这件事是你发现的，还是你来给三老爷好好说说。"

郁棠组织了一下语言，把事情的经过详细地讲了一遍。

其间裴宴一直很认真地听着。

父女俩的说辞大同小异，可见郁家能发现这件事纯属意外。

也就是说，李家是知道这幅画有问题的。

其中还牵扯到福安彭家。

裴宴等到郁棠说完，想了想，道："我原以为这只是一幅普通的舆图。你们家既然不想卷入这场纷争，就想了个能帮你们家脱困的主意——把这幅舆图拿出来，裴家做委托人，帮你们拍卖了，价高者得。你们家既可以得些银子，又可以名正言顺地摆脱这件事。这也算是郁老爷做了好事的报酬。"

郁棠听着觉得眼前一亮。

裴三老爷的这个主意可真是太好了！

与其遮遮掩掩地让人怀疑他们家已经知道舆图的内容，不如公开拍卖，让那些有能力、有势力，还能自保的人家得了去，你们有本事去找人家的麻烦啊，别欺负他们郁家。

他们郁家只不过是个平凡普通的商户而已。

可听裴宴这语气，现在好像又不能这么做了。

郁棠心里着急，忍不住打断了裴宴的话，急切地道："那现在又为什么不行了呢？三老爷您可真是厉害，转眼间就想出了这样的好主意。"

这马屁她拍得心甘情愿。

如果裴家愿意做这个中间人出面帮他们家拍卖这幅舆图，他们就能彻底地从中择出来了。而且，有能力拍到这幅舆图的人，不可能是无名无姓的家族，就算不能像福安彭家那样显赫，恐怕也不是那么好惹的。

到时候李家就好看了。

辛辛苦苦花了那么多精力弄来的舆图不是独一份了，那他们在彭家面前又还有什么能拿得出手呢？

她热切地望着裴宴。

郁文也热切地望着裴宴，道："是这幅舆图有什么问题吗？这图虽然是请人临摹的，但临摹的人手艺很好，还悄悄增加盖了私章的。"

万一有什么不妥，不知道找钱师傅还有没有用。

裴宴这才惊觉自己无意间卖了个关子。他笑道："倒不是这舆图有什么问题，而是这舆图太珍贵了。是拍卖，还是以此入股哪家的商铺，还得你们自己拿个主意。"

这笑容，也太灿烂了些吧？

那一瞬间，仿佛冰雪消融，大地回春，他整个面孔仿佛都在发光，英俊得让人不能直视。

郁棠看着裴宴的脸，半晌才回过神来。这次他也应该是真笑。自己何其幸运，居然一天内看到裴宴两次真心的笑容。郁棠在心里啧啧称奇，不敢多想，朝父亲望去。只见父亲神情呆滞，好像被这消息砸中了脑袋似的。她忙喊了一声"阿爹"。

郁文一个激灵，脑子开始重新转了起来：他们郁家家底单薄，这舆图太珍贵了，拿在他们手里，就如同三岁的小孩舞大刀，根本举不动，不是把别人割伤，就是把自己给割伤。从现在的形势看，他们会被割伤的概率远比割伤别人的概率大得多。"

郁文立马就有了决断。他道："三老爷，这是幅什么舆图？怎么会像您说的那么贵重？我们要是想像您所说，依旧请了裴家做中间人，能把这舆图给拍卖了吗？"

裴宴颇为意外，目光却是落在了郁棠身上。他知道，郁家的这位大小姐是很有主见的，郁文未必能管得住她。

郁棠是赞成父亲的决定的。有多大的碗，就吃多少的饭。吃着碗里的，还看着锅里的人，通常都不会有什么好下场。她虽然也好奇这舆图是如何的珍贵，但怎样能把郁家从这场龙卷风似的事件里择出来，全家平安无事才是最重要的。郁棠连忙朝着裴宴点了点头，表达了自己的意见。

裴宴自嘲地笑了笑。他突然知道自己为何愿意帮郁家了。不是郁小姐长得漂亮，也不是郁文为人豁达，而是郁家的人一直都看得很通透。哪怕是富贵滔天，可也要能承受得住才行。他见过太多的人，在权势的浮云中迷失了方向，包括年轻时的他自己。这才是郁家最难能可贵的。特别是郁小姐——郁文有这样的心性，与他的年纪和阅历有关，从他不再去考举人就可以看出来，并不稀奇。但年纪轻轻的郁小姐也有这样的胸襟和气度，就令人刮目相看了。

他深深地看了郁棠一眼，决定在这件事上再帮郁家一次。

"虽然同是海上生意，你们可知道海上生意也是分好几种的？"裴宴收起戏谑之心，郑重地道，"当朝市舶司有三处，一是宁波，一是泉州，一是广州。而海上行船的路线，不是去苏禄的，就是去暹罗或是去锡兰的，可你们这张舆图，却是去大食的。"

郁文和郁棠听得脑子晕乎乎的，面面相觑。苏禄是哪里？锡兰又是哪里？大食很重要吗？

郁棠不想父亲在裴宴面前没面子，抢在父亲说话之前先道："三老爷，您这话是什么意思？是去大食的船很少吗？所以这幅舆图很值钱？"

"不是！"裴宴看出父女俩都不懂这些，细心地解释道，"我朝现有的船队，不管是去苏禄也好，去暹罗也好，最终都希望这些东西能卖去的是大食，因为大食是个非常富庶的王国。从前我们谁都不知道怎么直接去大食，所以只能把货贩到苏禄、暹罗等地，再由他们的商贾把东西贩到大食去。你们这幅舆图，是条新航线，是条我们从前想去而一直没能去的航线，而且这条航线是从广州那边走的，就更显珍贵了。"

郁文父女还是没有听懂。

裴宴就告诉他们："朝廷因为倭寇之事，几次想闭关锁海。特别是宁波和泉州的市舶司，各自都已经被关过一次了。最近又有朝臣提出来要裁撤这两处的市舶司。若是廷议通过，这两处的市舶司有可能会被再次裁撤，船队就只能都从广州那边走了。你说，你们这幅舆图珍不珍贵？"

郁文和郁棠都瞪大了眼睛，也就是说，他们家就更危险了。父女俩不由异口同声地道："拍卖！裴三老爷，这舆图就拍卖好了。"

郁文甚至觉得拍卖都不保险，改口道："裴三老爷，您想不想做海上生意？要不，我把这舆图送给您吧？我们不要钱。就当是报答您帮拙荆找大夫的谢礼了。"

裴宴脸色发黑。他做好事，居然还做成了巧取豪夺！

郁棠觉得她爹这话说得太直白了，像是甩锅似的，再一看裴宴，脸黑黑的，她的脑子前所未有地飞快地转了起来，话也飞快地说出来："阿爹，您这就不对了。裴三老爷要是想要这幅舆图，直接跟我们交易就是了，怎么会又说替我们家作保，拍卖这幅舆图呢？"

"是啊，是啊！"郁文这才察觉自己说错了话，朝着裴宴讪笑。

郁棠则怕裴宴一甩手不管了。

只有裴家这样的人家，才有可能邀请到和彭家势力相当的世家大族来参加拍卖，才能保证他们家的安全。她好话像白送似的不住地往外蹦："三老爷可不是这样的人！您不知道，我从前去裴家当铺的时候就遇到过三老爷……"她噼里啪啦地把两人的几次偶遇都告诉了郁文。

郁文汗颜，给裴宴道歉："都是我说话没过脑子……"

裴宴看着郁棠那红润的小嘴一张一合地，感觉身边好像有几百只麻雀在叽叽喳喳地叫似的，脑壳都有些隐隐地疼。他打断了郁棠："行了，行了，从前的事就不要再提了。"

郁棠就不提从前的事，继续捧着裴宴："可我觉得您说的真的很有道理。最好的办法就是拍卖了。不过，既然这幅舆图这样珍贵，您说，我们能不能请人多临摹几份，然后把它们都拍卖出去。我从小就听我大伯父说，做生意最忌讳吃独食了。你吃独食，大伙儿眼红，就会合起伙儿来对付你。要是多几家一起做生意，他们总不能每家都嫉妒吧？"

裴宴简直不知道说什么好。这小丫头，还跟他玩起心眼来。怕郁家不能置身事外就直说，拐这么大个弯，不就是想他们裴家，他裴宴出面背这个锅吗？不过，裴宴还是觉得郁家的这位小姐头脑很灵活，很机敏，他不过刚开了个头，她就能举一反三，想出很多招来。把这舆图临摹好几份，亏她想得出来……

裴宴摸了摸下巴，突然觉得这个主意还真是不错。做生意的确忌讳吃独食，有这样心思的人通常都很难成为成功的大商贾。这幅舆图有多珍贵，他虽然跟郁家父女解释了一番，但郁家父女未必能有真实的感受，只有那些做海上生意的世家大族才知道。

裴宴想了想，对于请什么人来拍这个舆图，他在心里列出了一份名单，对郁文和郁棠道："那你们有什么打算？舆图你们家要保留一份吗？还是全都甩出去？"通过这件事，他也看清楚了。郁家的人虽然心性通透，但胆子也比较小，不是喜欢冒险的人家。

郁文和郁棠再次异口同声。不过，郁文说的是"当然不留"，郁棠说的却是"当然要留"。

父女俩第一次出现了分歧，不禁互相看了一眼。

裴宴也颇为意外。郁文的反应是在他意料之中的，郁棠的反应却出乎他的意料。他不由问郁棠："你的意思是？"

郁棠当然知道把这个锅甩出去是最好的，可她这些日子真是受够了。不是，应该说梦中就已经受够了。李家不过是出了几个读书人，就可以左右他们郁家人的命运。这次的事对郁家来说，是一次危机，也是一次机遇。有了这份舆图，他们家就有机会和当朝的世家大族接触。若是操作得当，甚至可以从他们手中分一杯羹。可她也知道，郁家太不够看了。她想不被这些世家大族们吃掉，最好的办法就是找一个同盟者。

郁棠刚才虽然阻止了父亲把锅甩给裴宴，可她心里却是非常赞同父亲的话的。这件事，他们家必须和裴家绑在一起，才有可能全身而退，才可能以此为契机，拿到哪怕一点点的话语权，不再是谁都能欺负他们郁家了。因而，郁棠此时最重要的是得说服裴宴。不仅说服他帮助郁家，而且还得说服他发财的时候能带上郁家。只有上了裴家这条船，他们家才能借此机会得到发展、壮大。她的侄儿侄女们才能读书入仕，才有可能世代官宦。不知道裴家最开始是靠什么起的家？

郁棠想得虽多，可也不过是瞬间的事。实际上，裴宴见她不过略微沉思了片刻，就对他说道："今天是李家，明天就有可能是王家，是陈家，我不想我们郁家永远都像现在这样，遇到什么事都无力反击。裴三老爷，我知道您是个明事理的人，我有个主意，想先听听您的意见。"

这就是想抓着这次机会让家里翻身的意思了！

裴宴一直以来都非常欣赏那些不服输、积极向上的人，郁棠的话不仅没有让他觉得反感，反而觉得这个女孩子很有韧劲，不管遇到什么事，只要有一丝的可能，她都会抓住不放。唯一的缺点可能就是她太年轻了，又受闺阁的限制，没有太多的见识。如果他把她培养出来，再由她去牵制李家……裴宴想想都觉得很有意思。

"你说！"他语气温和，眼中有着他自己都不知道的纵容。

郁棠松了一口气。她现在已经隐隐能从裴宴的一些小动作和语气中感受到他的情绪。裴宴此时明显是很高兴的，虽然不知道有什么值得高兴的……

郁棠忙道："我知道裴家不稀罕这些。但不管怎么说，我们也是临安人，从前受裴老太爷诸多庇护，现在又受您的诸多恩惠。这样说可能有点不好，却是我的心里话。我想把我们家的这份舆图和裴家共享，想请裴家带着我们家赚钱，让我们家也能有钱供子弟读书,谋个好点的出身。"

要说这舆图裴宴不动心是不可能的,可他觉得海上生意这个事虽然赚得多,风险也大,最最主要的,是很麻烦,需要打通的关节太多,要做的事太琐碎,他无意把有限的时间都浪费到这上面去。他想也没想地道:"我们家人手不够,没办法做这桩生意。你要是有意,我可以帮你介绍个合伙人。"

这就是委婉地拒绝了。郁棠感到非常惊讶,直觉裴宴不是这样的人,可看他的表情,却又十分真诚,显然是真心不想做这桩生意。是因为不知道这生意到底有多丰厚的利润吗?

她不禁道:"三老爷,我们家只相信您。您要不先打听打听海上生意的事之后再做决定?"

裴宴笑了起来,道:"我有个师兄就是广州人,他们家就是做这个生意的,否则我怎么能一眼就看出这是张从广州那边出海的舆图呢?"

郁棠面色一红,还想说服裴宴,却听裴宴道:"你们家也知道有所为有所不为,我们裴家也有裴家的祖训,郁小姐你就不要多说了。你要是同意由我出面给你介绍一个合伙人,拍卖的时候我就把人叫过来,在拍卖之前你们先见上一面。"

裴家从前就吃了太出风头的亏。他们家的祖训是闷声发大财。这种浑水,他才不去蹚呢!

郁棠不死心,郁文却觉得裴宴已经做到仁至义尽了,不能再麻烦裴家了,就朝着郁棠摆了摆手,示意她不要再说,然后对裴宴道:"那拍卖得到的银子您七我们家三。"

裴宴哈哈地笑了起来,道:"你知不知道到时候有可能拍出多少银子?"

这还是郁棠第一次看见裴宴大笑。与翘起嘴角时的笑不同,他大笑的时候神色轻松惬意,不仅没有显得轻浮,反而让人觉得老成持重,可靠踏实,与翘起嘴角笑时的明亮刺眼完全不同。怎么会有人这样?郁棠眨了眨眼睛。难道这又是他不为人知的另一面?

郁文那边却诚挚地道:"裴三老爷,我虽不通庶务,可我也知道,如果没有您,那些世家大族是不可能规规矩矩地参加什么拍卖的。舆图被抢都是小事,我们家的人能留下性命就已经是大造化了,更不要说还能得多少银子了。这件事,全是托了您的福。您要是不同意,这舆图我们也不拍卖了,舆图留下,您是烧了也好,扔了也好,送人也好,都与我们家无关。我们家就当没有这幅舆图。"

裴宴不悦。

郁棠立马安抚他道:"三老爷,我阿爹他不会说话,您别生气。我们都知道您是为了庇护我们家才做的这些事,我阿爹这么说,也是为了能报答您一二。别的不说,您让杨御医每个月都来给我姆妈请平安脉,我们家就恨不得给您立个长生牌位才好。"

长生牌位？什么乱七八糟的？裴宴打断了她的话，道："这些事于我不过是举手之劳，你们不用这样。"

　　郁棠看得出他的确是真心，不知道该说他是太傻还是太过沽名钓誉，只好改口道："既然如此，那我们就一切都听您的安排好了。"

　　裴宴面色微霁，端茶送客，道："我这边有了消息，就让裴满通知你们。"

　　郁棠看着，拉着郁文起身告辞。

　　郁文不免责怪她："你刚才怎么能这么跟三老爷说话呢？他说不要我们就真的不给？以后谁还敢帮我们家的忙？"

　　郁棠解释道："您刚才也看到了，三老爷是真的不想要我们家的什么好处。再说了，三老爷原意是想帮我们，若是收了我们的好处，那这件事岂不是变了味道？您要名声，难道三老爷就不要？我是觉得与其像您这样闹得三老爷不高兴，还不如想想以后怎么样能再报答三老爷。"

　　"可三老爷什么也不缺啊！"郁文无奈地道，"我们之前不就没有找到机会报答他吗？"

　　郁棠笑道："这样不是更好？以后我们就有借口逢年过节都来给他送节礼。他总不能连这点面子都不给。再说了，他不收，难道以后的三太太也不收？三太太不收，以后他的子孙们也都不收吗？说不定因为这个，我们家能和裴家搭上关系，坏事变好事呢！"

　　有求于人，就得脸皮厚一点。

　　"也只能如此了！"郁文叹气。

　　两人回到家中，郁远正在院子里等着他们。

　　"叔父，阿妹。"他迎上前来扶了郁文进屋，道，"我把铺子那边收拾好就过来了。您和阿妹怎么突然就去了裴家？可是出了什么事？"

　　郁文和郁远去书房里说话。

　　郁远听了事情的始末，惊得下巴都要掉下来了。他用刮目相看的眼神望着郁棠，感慨道："你怎么这么大胆子？要是裴三老爷不答应帮忙呢？要是裴三老爷也觊觎那幅舆图呢？"

　　那个人是那么的清高，怎么会做出这样的事来？可她无意和大堂兄说那么多，而是笑道："可事实证明，我还是有点运气的。裴三老爷不仅帮了我们，还为人清正高洁，侠肝义胆，是个能以性命相托的人。"

　　郁文和郁远连连点头。郁远甚至感叹道："阿妹是个有福气的人。"

　　郁文想想，还真是这样。他赞同道："你阿妹的运气的确不错。"

　　郁棠苦笑。她的运气，都是靠她用梦中的性命换回来的，靠她的不认命得来的。可能梦醒一次，她的运气的确是变好了，那她就更不应该浪费这样的好运气，不仅要改变自己的命运，也要改变家人的命运才是。

自从那幅《松溪钓隐图》落到郁家至今已有半年，其间一件事接着一件，郁家上下始终陷在一种焦躁的情绪中，现在终于能把这个锅甩出去了，不管是郁文还是郁远，都觉得如释重负，感觉久违的安宁悠闲的生活马上就又能重新回到他们身边了。

"舆图的事，我们听裴三老爷的就行了。"郁文高兴地对郁远道，"家里可以开始准备过年的事宜了。"

郁远面色通红。他和相小姐已经下了聘，过年的时候就得往相家送年节礼，商量婚期了，而且长兴街那边的铺子也得开张了。

郁文就叮嘱他："相小姐的情况特殊，我等会儿让你婶婶去卫家问问，看相小姐是在卫家过年还是回相家过年。若是相小姐留在卫家过年，这年节礼你恐怕要一模一样地送两份才是。"

一边是养恩一边是生恩，哪边都不好怠慢。

郁远连连点头。

郁文让陈氏去卫家拜访。

陈氏素来少与人应酬，家中的事也多是郁文当家，虽然觉得卫太太人很好，也投缘，可这样的事她心里却没什么底，特别是这段时间郁棠表现得非常出彩，连郁文都开始听她的意见，在心理上她也渐渐开始依赖起自己的女儿来，见郁文这么说，就拉上了郁棠："你陪我一道过去，正好给你卫姨妈问个安。"

自裴家一别，郁棠忙着舆图的事，有些日子没有见到卫家的人了，觉得这个时候自己也应该去卫家给卫太太等人问声好，遂高高兴兴地应下了。

陈氏见状，索性把她又拉去了裴家的银楼，给郁棠打了几件适合小姑娘戴的金银首饰，并道："我估摸着过了正月十五就能把你阿兄和相小姐的婚期定下来了，过年的时候家里肯定有很多客人，你到时候得打扮得漂亮一点才行。"

这个时候，也正是让各家太太都认识郁棠的时候，也正是请各家太太帮着郁棠说亲的好时机。

郁棠倒没有多想，她这几天都在琢磨裴宴的事。那人自己穿着打扮都那样讲究，偏偏还要做出一副朴素的模样来，简直是个道貌岸然的家伙。他还喜欢姑娘家打扮得花枝招展的，一点都不符合他给人的印象。这个人私底下肯定有很多花样子。

快过年了，拍卖的事还没有音讯，之后是和谁家合作也还需要他帮着拿主意，并且介绍合伙人给自家，郁家怎么也得送个合他心意的年节礼才好。要是临安城买不到，那就让阿兄去趟杭州城。还有顾家那边。顾曦和她胞兄顾昶关系最好，李端家闹得和李家分了宗，她还得探探顾家对这件事会怎么看。再就是李家宗房为什么要和李端家分宗也得打听清楚。说不定以后还能用得着……

郁棠想起来就觉得一大堆事，但现在没有了性命之忧，心情不再像从前那样急切，觉得一切都还有希望，她反而不觉得是麻烦了，等定好首饰的样子，就怂恿着陈氏去古玩店看看:"得给裴三老爷选件能当年节礼的东西。"

陈氏摸了摸荷包,道:"要不你和你爹来逛?"

郁棠笑道:"裴三老爷什么东西没有?送他年节礼,得花心思去淘,花银子就能轻易买到的东西,他未必喜欢。贵重倒在其次,要紧的是有趣。"

陈氏想想也对,道:"那也跟你阿兄说一声,他在外面的时候,兴许能遇上什么合适的。"

郁棠笑盈盈地点头,和陈氏进了不远处的古玩铺子。

陈氏看到有个荷花池的笔洗,想到刚才新定的几件首饰,不由道:"你从前不是喜欢那些简单明快的样式吗?现在怎么净选些花啊朵啊的?"

郁棠笑道:"不好看吗?"

"好看。"陈氏笑望着女儿,真心实意地道,"我们家囡囡明眸皓齿的,戴那些花啊朵啊的才好看。只是你从前倔,嫌麻烦。现在难道是长大了?"

不是,是怕下次裴宴还要她穿得"规规矩矩"的。只是这话她不好跟母亲说,笑着指了旁边的一个汝窑梅瓶道:"姆妈,您看!漂不漂亮?"

陈氏道:"当然漂亮。可这梅瓶?"他们家就是不给郁远定了婚期也买不起。

郁棠抿了嘴笑,道:"我就是让您看看。"总有一天,她能想买什么就买什么的。

陈氏松了口气。

郁棠看到旁边有个青铜的兽形铺首门环,看不出铸的是什么神兽,但神兽的样子看上去古朴粗犷,还带着几分厚重感。她不由笑着对陪同的小伙计道:"你们铺子里还卖这个?"

小伙计对自家铺子里的东西如数家珍,闻言笑道:"小姐有所不知,这门环是很有讲究的。您可认出来这是个什么神兽?是个貔貅。您没有想到吧!这还不是最神奇之处。"说着,小伙计将那兽形门环拿了出来,接着拉下衔环,就见从兽嘴里吐出一个和那神兽一样的小兽来。

郁棠和陈氏都觉得有点意思。

小伙计见了,就又拉了拉那新吐出的小兽衔环。小兽嘴里又吐出一个更小的小兽来。

"有趣,有趣!"郁棠道,等小伙计把那新吐出的小兽都塞了进去,她又动手拉了一遍。

小伙计见她感兴趣,忙介绍起这个门环的历史来:"这是前朝晋阳大长公主秘室的门兽,掌管着财物,原本是一对的,另一只失落了……"这种没有办法证明其传承序列的东西,多半都是在胡吹。

郁棠道:"要不,我拿去给佟大掌柜看看。"

那小伙计闭了嘴。

郁棠问他:"这个门环多少银子?"

小伙计犹豫了片刻，道："十两银子。"

郁棠和他还价："你去问问掌柜的，二两银子卖不卖？"

小伙计憋得面色通红地去找了掌柜过来，二两银子成交了。

陈氏一直没有出声，等出了古玩铺子才低声道："你，这是准备送给裴三老爷的？"

"嗯！"郁棠笑道，"当作是探路石。若是他留下了，以后我们就知道送什么了。"

陈氏不置可否，郁文也觉得有意思，在家里玩了半天，才找了个锦盒装了，准备随着给裴家的年节礼一起送过去。

至于卫家那边，相小姐明年开春就出阁，虽然往年都是在卫家过年，但今年相家的老安人亲自派了人来接，说是相小姐不在相家出阁，已经是不对了，若是这时候还不回去过年，这是不要她活了。

卫太太不敢再留相小姐，苦笑着对陈氏道："这孩子，回去之后还不知道怎么被折磨呢！"

陈氏安慰卫太太："最多也就这一个春节，忍一忍，就当是菩萨让她渡的劫，以后就都是好日子了。"

卫太太摇头，不欲和他们说这些，拉着郁棠说起过年拜年的事来："初四就和你姆妈一起过来，到时候你嫂嫂也回来了，我让她陪着你打马吊。"

相小姐直笑，道："姑母，看桃花、吃果子、投壶，哪样不好玩，打什么马吊？"

大家都笑起来。郁棠很喜欢相小姐的爽朗，突然间觉得她都亲近了许多。

从卫家回来，她开始帮着母亲准备年节礼，郁博这个时候也从江西回来了。他风尘仆仆的，带了一船货不说，还从江西挖了两个漆器师傅过来。安顿师傅，重建作坊，陈设货品，拟定重新开张需要宴请的人，大伯父那边忙得不可开交，给相家和卫家送礼的事就交给了陈氏。

郁棠也跟着忙起来了。

裴宴也有些忙，但他的忙又比郁棠好一些，家里的一切行事都有惯例，他只需要在超出惯例的事上拿主意就行了，加上大家都要过年，周子衿也回去了，他反而比平时更清闲，能做些自己想做的事。

他把精力放在了拍卖舆图的事上。

郁家父女走的时候，把舆图留在了他这里。他先是想自己试着临摹一幅，后来发现太麻烦了，还不如他自己画一幅来得快。他就给那位家里做海上生意的师兄陶安写了封信，让他派个人来他这里临摹舆图，并且告诉陶安，是幅从广州到大食的航海舆图。

陶安没给他回信，等过了腊八节，陶家的大总管和陶安的一个幕僚直接带着两个能临摹舆图的师傅赶到了临安城，同来的，还有两大箱黄金。

"我们家老爷说了，裴家也是诗书传家的世家大族，三老爷更是高洁清肃，些许阿堵物，不过是我等借居裴府的补贴，还请三老爷别放在心上。"陶家的大总管十分地谦卑，"我们家老爷怕耽搁了三老爷的事，一接到三老爷的信就让我们直接从广州那边赶了过来，您有什么要求，只管吩咐就是。"

裴宴在心里"嘶"了一声。他这个师兄在同门中素有"孟尝君"的称号，平时就很大方，可大方到这个份上……他撇了撇嘴角，如果不是为了帮郁家，他就装聋作哑当不知道了。

"你们家老爷还有什么其他的吩咐没有？"他直接道，"若是没有，你们吃过饭就开始帮我临摹舆图吧！"

"有的，有的。"陶大总管想到自家老爷在信里嘱咐过他一定要有话直说，急忙道，"我们家老爷还说，如果方便，能不能结束后让我把两位师傅再带回去？"

会临摹的师傅通常都会有很大的风险，就和那些会定穴修墓的师傅一样，遇到秘辛之事，很有可能就回不去了。陶家要把两个师傅讨回去，当然不是单纯为了保住两个师傅的性命，而是借此问裴宴，能不能让陶家分这一杯羹！

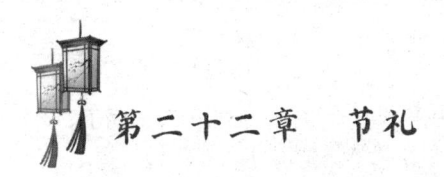

第二十二章　节礼

陶家祖上是大商贾，商而优则仕。入仕后，他们家生意做得更大了，是广州乃至整个南方最富有的家族之一。海上生意不过是他们家族产业的一部分，族中的船队就有七八支，这种看得懂舆图还能动手临摹的人才虽然不多，但也不至于少了谁就转不动。听陶大总管的意思，若不是这舆图对陶家太重要，为了保守秘密，陶家把人送出来就没准备再带回去。

裴宴笑道："先把舆图临摹好了再说。"能临摹舆图的人对于郁家来说是千金难求，对于他来说，却也很容易。他"求助"于陶安，本意就是吸引陶家来参加竞拍，陶大总管的话正中他下怀。只是他除了通知陶家，还让人把消息透露给了他的二师兄，也就是工部尚书、东阁大学士江华。

江华长媳，是湖州武家的女儿。武家是靠漕运起家的。家里也有五六支船队。怎么也得等武家的人来了，他才好看情况是不是答应陶家。

裴宴含含糊糊的，陶大总管肯定会多想。

他寻思着，裴宴是不是觉得他没有资格谈这件事，那这件事还得请陶家现在主事的陶清，也就是陶安的胞兄亲自来趟临安城才行。当然，在此之前，他得先看到舆图，确认下那舆图是否的确如裴宴所说，是条从广州通往大食的新航线才行。

他和同来的陶安的幕僚交换了一个眼神。陶安的幕僚上前自我介绍了一番，和裴宴套了套关系，感觉到裴宴对他们的印象还不错，这才留下了两个临摹的师傅，退下去歇了。

舆图是不是真的，两个师傅都有航海的经验，看一眼就能判断出来真伪。唯一没法确定的是这舆图上标出的航线是否真的安全。

到了晚上，陶大总管就得到了确切的消息，他立刻安排让暗中跟随而来的人去给陶清送信。

临安城是裴家的地盘，只要裴宴有意，来了一个生面孔他都能立刻知道，何况他还派了人盯着陶家的人，别说只是让陶清知道此事，他此时恨不得能让陶大总管把舆图的一部分悄悄地送回去，陶家好派个船队去试航一段。雁过留声。等那些世家大族知道这舆图不仅是真的，还能平安行船，那才是开价的好时机。

他因此吩咐裴满："前面的一小段舆图可以让他们传回陶家，后面的却不能再让他们得手了。"

裴满连连点头称是，眼睛里满是兴致勃勃的光亮，与他平日里给人的印象大不相同。

裴宴笑道："你这是无聊了？"

裴满笑道："无聊倒不至于，只是临安城里没什么事做，觉得刀都要锈了。"

那还不是无聊了？裴宴笑了笑，道："很快你就会忙不过来了。"

裴满知道裴宴肯定会邀请很多有实力的人家来参加拍卖，只是裴宴的邀请名单都还没有完全定下来，名帖也还没有送，他觉得自己应该还有段时间做准备，谁知道他刚从裴宴的书房出来，胡兴就兴冲冲地走了进来。

两人遇到不免要打声招呼。裴满问他："您这是怎么了？"像过年似的，高兴得脸上都泛油光了。

胡兴没想瞒着裴满。一来裴满是大总管，统领裴家内外所有仆从，二是裴满手段了得，上任不过几个月的时间，就已经把家里大大小小，里里外外的仆妇佣人们都收拾得服服帖帖的了，他就是不告诉裴满，自有想巴结奉承裴满的人主动告之，他又何必和裴满对着干，自家找死呢？他还想长长久久地在这个位置上坐下去，若是能传给他的儿子，那就更好了。

"是湖州武家的人。"胡兴兴奋地道，"他们家的大老爷亲自来给我们家送年节礼了。听那口气，还有单独给咱们三老爷的。"

湖州武家的大老爷，是武家的当家人。

三老爷替代长房成为了裴家家主，裴家的其他几房看似认了，没有一家来闹事的。可在胡兴看来，那几房说不定是出于对裴老太爷的敬重，这才忍下来的，私底下还不知道是怎么想的呢？说不定等到裴老太爷的孝期一过，除服礼上就能争起来。特别是李家宗房前些日子和李端那一房分了宗，谁敢说这里面没有裴家人的手笔？谁又敢说这不是裴家其他几个房头在试探裴宴？

这是裴宴接手裴家以来过的第一个春节，这个时候来送年节礼的人家当然是越多越好，越显赫就越显得三老爷有能力、有人脉。如果是像湖州武家这样从前和裴家根本没有往来的一方豪门那就更好了——这可是裴宴自己的人情，与裴家没有关系。要不是裴宴的缘故，武家怎么可能由家主出面亲自来给裴家送年节礼？

他可是投靠了三老爷的。他现在已经绑在了三老爷的车上，一荣俱荣，一损俱损。像湖州武家这样的人家，当然是来得越多越好。

裴满不用猜就知道胡兴的那点小念头，他笑着道了句"那你快去给三老爷通禀一声，也免得让武家大老爷久等"，就和胡兴擦肩而过，去忙自己的事去了。

胡兴不由摸了摸脑袋。裴满这样有点冷漠啊！难道是自己有什么事冒犯了裴满？只是这个时候也不是想这些的时候，胡兴欢天喜地去了裴宴的书房。

裴满转身却是去见了郁家来送年节礼的阿苕。

阿苕能见到裴满，不是因为他运气好，正巧碰到了裴满，而是因为裴宴对郁家的重视，裴满这样在裴宴身边服侍的人自然也就顺着他的心意重视起郁家来。

裴满在小偏厅前的抱厦见了阿苕，详细地询问起郁家的年节礼来。

那些等在小偏厅里由裴家管事登记礼单的人不禁都非常地羡慕，纷纷议论起郁家来。也有那看不惯郁家突然"暴发"的，却又不敢当着裴家人非议郁家，忍着满心的不甘，出了裴家就管不住自己的嘴了："听说郁家的大小姐长得十分漂亮，很多年轻小伙都想去他们家当上门女婿。也不知道郁老爷在挑什么，或者是另有打算？"

因为都是各家有头有脸的管事，心里纵然是再不痛快，也不会像那些乡间泼妇，什么话都敢往外说。

自然就有怀着同样心思的人接了话茬道："听说郁家的那位大小姐敢穿了小厮的衣裳还管着家里的事，要是我有侄儿，肯定是不能娶这样的姑娘的！"

"那也得看你们家侄儿有没有这个本事把人给娶回去。"有人调侃，"郁家可是说了，人家姑娘是要留在家里招婿的。没看李家的二公子都是不行的。"

"谁知道是不愿意把姑娘嫁出去，还是没办法，嫁不出去啊！我瞧着那姑娘大胆得很，行事也厉害得很，那可不是一般姑娘家能有的手段。"那些意有所指的，哄笑着各自散了。

郁家却不知道郁棠被人非议了。

阿苕指了其中的一个锦盒，特意道："这是我们家老爷从古玩铺子里淘到的，说非常有趣，送给三老爷打发时间或是压个宣纸什么的。"其他东西也不过是些鸡鸭鱼肉、茶酒糖果，和平常乡邻送的差不多，没什么特别的。

按理，像郁家这样的人家，裴家都没空去送回礼，记下礼单，当场就会按着差不多的物价把礼还回去，或是送些米粮或是送些油面，有时还会封个红包什么的。但郁家，裴满觉得还是派个人去送回礼更好些，遂笑着把锦盒单独立了账，到了晚上，亲自把锦盒送去了裴宴屋里。裴宴已梳洗更衣，换了日常的衣服，身上搭着个黑貂皮子，正斜歪在罗汉榻上听着小童子阿茗拿了本厚厚的礼单在那里唱名。

阿茗穿着件茜红色的锦缎棉袄，脸圆圆的，胖胖的，像个善财童子似的，让人看着就觉得喜庆。

见裴满进来了，裴宴示意阿茗停下来，道："什么事？"眼看着就要过年了，天天都有人找裴宴示下。

裴满在烧了地龙的抱厦待了一个下午，进了裴宴这个连个火盆都没有的房间，身上的热气一下子就都散了，指尖都有些冷。

"郁家送给您的。"他把锦盒递给裴宴后，就把双手笼在了衣袖里，然后有些怜悯地喊了阿茗一声，道，"你下去吧！这里我先服侍着。"

裴宴火气旺，屋里烧了地龙就流鼻血，又闻不得银霜炭的味道，到了冬天只用皮、棉御寒，他身边服侍的人也就只能跟着受冻。

阿茗以为裴满有什么话要私下跟裴宴说，连连点头，给裴宴行了礼，就把礼单交给了裴满，跑回自己烧了地龙的屋里取暖去了。

裴宴喜欢四季分明的气候，却并不阻止身边的人享受四季如春，一面接过锦盒问着"这是什么东西"，一面开了锦盒，露出青铜的门环。

"什么东西？"裴宴挑了挑眉，拿出来迎着光线看了看。

裴满传达了阿茗的话。

裴宴很快就发现了那兽形门环的秘密。

"还挺有意思的！"他随手把门环放在了旁边的小几上，道，"这估摸着是前朝的小玩意，郁家也算有心了。"

他从小就喜欢这些杂件，手里这样的东西很多，比这精巧、有趣的多了去了，这个门环也说不上有什么稀罕的。不过，既然是别人送的，他也不会乱扔就是了。就放在书房里当个镇纸好了。

裴宴对裴满道："武家的人，我让胡兴安排在了东边的客房。明天我准备设宴招待他们，你准备一下。如果陶家的人想打听点什么，也不用阻止。"

除了两个临摹师傅，陶家的人住在东南边的客房，和武家的人隔着个花圃，要打听什么，非常的方便。

这是要让两家先斗一斗啰！裴满会意，笑着应了，翻开之前阿茗读到的地方，准备继续给裴宴读礼单。

裴宴抬手做了个"不用"的手势，道："这是武家送来的礼单，你先拿去看看，比照着准备一份回礼。然后看看送来的东西里有没有什么有趣的东西。"

裴满知道他的爱好，恭敬地应诺，退了下去。

裴宴就有些无聊，随手拿了那个门兽环，去他二哥那里说了说过年的事，又去给他母亲问了个安，想了想，转身又去了外院的书房。

之前接待过郁家父女的地方，此时除了裴宴的书房，各个房间都灯火通明，账房、管事、文书、小厮都忙得脚不沾地。虽然大家都压低了声音在说话，却依旧比旁的地方要嘈杂，迎面而来的热气则让裴宴嫌弃地皱了皱眉。

"三老爷！"众人听到动静，见进来的是裴宴，纷纷上前行礼。

裴宴点头，目光落在了裴满的身上。

裴满忙道："武家那边的礼单已经誊好了，我们几个管事正商量着准备回礼。"话说到这里，他顿了顿，道："您这会儿不过来，我也准备等会儿去见您的——武家送的东西有些贵重，我让账房算了算，最少也值一万两银子。其中有七千多两是指明给您的。"明显是有求而来。

但裴府的其他人不知道缘由，一个个用敬佩的目光望着裴宴，好像才认识这个人似的。

裴宴撇了撇嘴角，摩挲着手上门兽环的磨砂衔环，想着郁家要分给他七成收益。

要是知道他只这两天就收了这么多礼品，这对父女还不知道怎样地惊讶呢。

"那就收下。"裴宴自从和他二师兄翻脸之后，就对二师兄身边的人和事都不怎么待见了，"我不收，人家心里也不踏实啊！"

裴满笑着应是，此时又有小厮跑了进来，喘着气道："三老爷，提学御史邓学松邓大人来访。"

裴宴很是意外。此时天色已晚，他和邓学松虽然是同门，但邓学松出身寒门，性格孤傲，两人之间的关系很是平常。按理，邓学松不会在这个时候来拜访他。难道和舆图有关？

裴宴摸了摸下巴，去了见客的暖阁。

邓学松四十来岁，又高又瘦，留着山羊胡子，半闭着眼睛坐在太师椅上，任由胡兴围着他献着殷勤，看不出在想些什么。

见到裴宴，他傲气地朝着裴宴点了点头。

邓学松也不怎么喜欢裴宴，觉得裴宴天资聪慧却任性妄为，很多人求而不得的天赋他却不以为意。可两人是同门，他就是再不待见裴宴，也不能互相拆台。好在是上次他帮过裴宴一次，这让他比较有底气。

两人寒暄过后，邓学松就直接说明了来意："我听说湖州武家的大老爷在你这里？你可知道湖州武家最早是做什么的？"

裴宴在心里"啧"了一声，觉得已经不用多想就能肯定邓学松也是为那舆图而来。只是不知道他是想帮谁家说项，能这样直白地就顶江华的亲家，可见托他出面的也不是什么等闲人家。只是他们为何不直接出面来找他，要找邓学松做这个中间人？"

裴宴佯装不知，笑道："武家好歹是我二师兄的亲家，我怎么会不知道？"

话一说出口，裴宴心中一动。周子衿都听说他和他二师兄闹翻了，这些人不会也是这么想的吧？这就有点好玩了！

裴宴想着，把手边的果盘朝着邓学松推了推，道："尝尝，陶子然让人从广州给我捎来的福饼，我尝了尝，果真是名不虚传。"

陶安字子然，在工部做主簿的时候，邓学松是他的下属。邓学松听着神色微僵，显然是已经知道陶家人都做了些什么了。

裴宴呵呵地笑了笑，拿了块福饼递给邓学松："吃饼，吃饼！"

邓学松勉强吃了块饼，赞了几句好吃，想了想，觉得自己比不得裴宴和陶安能说会道，索性道："那我也就不兜圈子了。泉州印家于我有恩，让我来给他们做个中间人，还请遐光见上一面。"

泉州印家，和福州彭家、龙岩利家，被称为福建三大族。泉州印家，是做茶起家的，后来被龙岩利家压了一头，改做了海运。福建如今的船队，除了彭家的之外，剩下大多是印家的。印家不如利家一心一意，也不如彭家有权有势，但他们家也有自己的优势——这么多年来，印家一直致力于族学，帮了很多读书人。三家里面，反而是他们家的消息最灵通，行事最灵活，也最机变。

裴宴之前就犹豫过要不要把印家也给勾过来。如今好了，不用他出面，印家自己就跳出来了。裴宴也不和邓学松打太极了，直言道："咱们都不是外人，我也就有话直说了。要是哪里说得不对，您到时候还得给我兜着点。那舆图一时还不知道是真是假，我也就没有声张。不过，我正巧有件事想麻烦印家。要是这件事成了，那舆图无论如何我也会算他们一股的。"

邓学松听着心头一跳，道："算一股？"

裴宴笑道："您不会以为这么大的事，只我们这几家人就能吃得下去吧？"

邓学松是个一心只读圣贤书的人，对生意上的事既不喜欢也不关心，闻言脸上一红，道："你也说我们不是外人，你说吧，要我干什么？"

裴宴也不客气了，道："我有件事想请印家帮忙，您让他们家来个能说得上话的人。"

能让裴宴开口相求，还以海上生意为诱饵，邓学松就知道这件事不简单。他能做的都做了，接下来也就不想蹚这浑水了。

"行！那就这么说定了。"他很干脆地站了起来，道，"今天也不早了，我还要连夜赶回杭州城去。你也别留我，马上岁末就要考核了，我不能耽搁了正经差事。"

裴宴没有强留，亲自送了邓学松出门，路上提起郁文的事："虽只是个秀才，岁考不在您那里，您好歹打声招呼，能照看点就照看着点。"秀才每年都要考核，若是考核不过关，是有可能会被革了秀才功名的。

邓学松没有多问，反正这个人情是裴宴承了，他道："你放心，这件事我知道该怎么做。到时候让人报个信给你。"

裴宴想着这也算是那个门兽环的谢礼了。看着邓学松的轿子顶着寒风出了小梅巷，裴宴又去了趟处理庶务的外书房。

各处还是那么忙碌，几个管事却围在被他顺手丢了个门兽环压账册的书案前，议论着那个门兽环："没想到三老爷也有一个。早知道这样，要么我把店里的那个送过来，或是向三老爷讨了过去也行啊，凑成一对，这才值钱。"

裴宴奇道："哪里还有个门兽环？"

那管事就笑道："是古玩铺子里，有个和这个一模一样的门兽环，不过前几天卖了，后悔也来不及了。"

裴宴听着神色就有点古怪，道："什么时候卖的？卖了多少银子？"

管事笑道："就是这几天的事。您也知道，这东西原本就不怎么值钱，又是单个，就更不值钱了。我们卖了二两银子。要是早知道您这里有一个，最少也能卖一百两银子。"

"哦！"裴宴面无表情地应了一声，道，"那你们忙吧，我回去歇了！"

几个管事毕竟是看他眼色行事的，察言观色的本领个顶个的厉害，立刻就意识到他很不高兴。

众人面面相觑，不知道哪里让他不高兴了。他们彼此交换着眼神，不知道该说什么了。

好不容易等到裴宴走了，裴满忍不住给了其中一个人一巴掌，道："还不好好干活去？难道想几天几夜都不睡了吗？"

那个说话的管事惊呼着抱住了脑袋，忙放下门兽环去对账了。

裴满看着泛着青光的门兽环，觉得像个烫手的山芋，不知道该怎么办好，可也不能就这样丢在这里不管吧！

他想了又想，招手喊了阿茗过来，悄悄叮嘱他："你找个机会悄悄地把它放到三老爷的书架上。"什么时候三老爷去翻书发现了，那是缘分。没能发现也不会丢。

阿茗照着吩咐去放了门兽环。

印家的人第二天中午就赶到了临安城。

他是印家宗子，也是下一任的印家宗主。

在来之前，他们家就仔细地打听过裴宴，知道这是裴宴接手裴家宗主的第一个春节，就和武家想到一块儿去了，觉得裴宴肯定要立威。他们大车小车，拉了快十马车的东西来拜见裴宴。

那天郁棠正巧陪着母亲去给马太太家送年节礼，坐在轿子里撩了轿帘看了个清楚。回去之后陈氏还和郁文道："难怪裴老太爷要把这宗主之位传给三老爷了，就今年这年节礼，可比往年热闹百倍。以后裴家会越来越兴旺吧！你说，裴家会不会搬到杭州城去？"

把锅甩出去了，妻子的病又有了名医调理，女儿也越来越听话，家里的事都能搭把手了，郁文的日子过得不知道有多舒心，又开始过起了关在书房里雕印章看闲书的日子。他寻思着等开春郁远成了亲，郁棠的婚事也能定下来了，他得给女儿雕个印章才好。以后女儿管家，可以凭印章支付银子或者收账，想想就觉得有派头。

"不会！"他一面打量着印章的模样，一面随意地道，"裴家要想搬早就搬了。再说了，杭州城也不是那么容易扎根的。"

夫妻两人慢悠悠地说着闲话，郁棠心里却有点着急了。看这样子，拍卖的事要拖到年后了。不知道这些来送年节礼的人和舆图拍卖有没有关系，她轻轻地叹了口气。

李端这边却是焦头烂额。

为着这舆图的事，他和林觉这段时间都没怎么出门，就是家里的年节礼，也是林氏在安排，可有几家却非得他这个嫡长子去才算敬重，偏偏那画的事进展得很不顺利。

他们好不容易打听到杭州有个钱师傅，谁知道钱师傅早已搬走不知去向。他又请父亲帮忙，从日照那边请了个师傅过来，不知道是这位师傅的手艺不行还是他们的运气不好，画到了这个师傅手里，的确是分成了三份，可中间的那幅舆图却在分离的时候被毁坏了一小段。

如果是其他的图还好，可这是舆图，一小段，在实际航海中很可能就是差之毫厘，谬以千里了，没有办法保证安全。

眼看着要到春节了，彭家那边派人来送了年节礼。来的人虽然只是彭家的一个小管事，来的时候也是不动声色的，送的东西也很是平凡普通，可他还是从那个小管事的话里听出了催促的意思。往深里想想，甚至还表露出"若是你们李家不行，多的是人家想上赶着给彭家帮这个忙"的意思。

也不怪彭家等得不耐烦了。从他们家主动接手这件事到现在已经大半年了。春节过后，无论如何他们也得把这幅画送到彭家去了。在此之前他们要是还不能把舆图送到彭家去了，他们家的能力就要受到质疑了。他们得另找手艺过硬的师傅把那段损毁的舆图给修复了不说，还得把这画还原好送到彭家去。找谁修复，成了一个大问题。

林觉一直没走，眼看着就要过年了，再拖下去，他根本来不及在春节前赶回福建，而且舆图的事，也比他想象的要复杂得多，他不由得开始有些浮躁起来。

"要不，就把这幅画当作年节礼赶在年前送到彭家去？"他给李端出主意，"反正我们照着他们的意思把画拿到了手，至于说这一点弄坏了的地方……船队是彭家的，他们说不定有办法能知道该怎么走？难道我们还去组建一支船队不成？既然生意的大头是彭家的，再亏，也是他们亏得多。"

这话说得太无赖，而且这样一来，李家在彭家眼里就没有那么重要了。和虎狼一起做事，要比他们更狠，才能立得住脚，才能得到这些人的尊重。

李端眉头皱成了一个"川"字。

林觉道："要不，你先去送年节礼？天天这样盯着，也盯不出一朵花来。就当去散散心了。"

也只能如此了。李端原想先去裴家的，可想到裴宴对他们家的态度，心就冷了半截，决定还是先去汤知府那里。汤知府毕竟是父母官，是外客，先敬外再尊内，也不为错。李端在心里琢磨了一会儿，去了汤知府那里。

汤知府正和自己的心腹师爷在书房里说着悄悄话："你可看清楚了，真是湖州武家的人？"

"真是湖州武家的人。"师爷提起武家，声音都小了几分，"而且来的还是武家的大老爷，当家人。"

汤知府挠起脑袋来。湖州知府，是他的同年。两人为官之地不远，又是一个品阶，共同语言比旁人多，来往也密切。别人不知道，他却听湖州知府说过，武家祖上说是漕运出身，那还真是自从武家的姑娘嫁到江家之后抬举他们家的话。武家从前就是湖匪，从洗白到现在才不过三代，现在杀个把人还是常有的事。就湖州知府，都给他们家擦过好几次屁股了。武家，可是个大煞星。他们怎么会和裴宴有来往？

他问师爷："你说，我要不要去裴家给裴遐光拜个早年？"

汤知府也不怎么喜欢裴宴，觉得相比起驾鹤西去的裴老太爷，裴宴简直没把他这个知府放在眼里，他在背地里总是"裴宴""裴老三"地喊。可现在知道他居然和湖州武家有来往，他连"裴宴"和"裴老三"都不敢喊了。

既然是心腹，那就是最了解汤知府的人了。师爷忙道："您肯定得去给裴三老爷拜个早年啊！从前左大人在浙江为官的时候都说过，要想做好父母官，就得和当地的乡绅世家打好关系。左大人多厉害的人物都说出这样的话来，我们这样的普通官吏，自然要有样学样了。"

汤知府听到了自己想听的，满意地点头，道："那就事不宜迟，早点过去，免得裴遐光觉得我这个人倨傲。实际上我是最最亲民的了！"

只是他的话音刚落，就有小厮进来禀说李端来给他送年节礼了，他虽然有点不耐烦李端打乱了他的安排，但李家的年节礼向来不薄，他还是颇为高兴地见了李端。

汤知府和李端寒暄了几句，就端茶送客了，李端感觉汤知府没有平时待他热情。他不免有些奇怪，等从衙门出来，就让轿子停在衙门的拐角处，撩着轿帘等了一会儿，就看见汤知府带着师爷往小梅巷去了。

李端心里火辣辣地难受。说起来裴宴不过比他大个三四岁，可两人之间却仿若隔着天壤，别人根本不会把他们相提并论不说，甚至还总把他当成裴宴的晚辈。说来说去，不过是裴家比李家势大。这一次，他怎么也得想办法登上彭家这条大船才是。

　　李端派了人盯着汤知府。一个时辰之后，他知道汤知府在裴家吃了闭门羹——裴宴没有见汤知府，而是派了裴满陪着汤知府喝了杯茶就打发了汤知府。李端望着他书房前的那一丛依旧翠绿的方竹，心里五味俱全，不知道是什么滋味。

　　裴宴不是有意不见汤知府的，只是汤知府来得有点不凑巧。

　　郁家的漆器铺子腊月十八重新开业，郁家来给裴家送帖子。

　　郁博和郁远当然没敢想裴宴会理会这样的事，也不敢想这帖子会送到裴宴的案头。他们只指望到时候裴家能派个小厮送个开业的贺帖去，他们家能放在铺子最显眼的地方，来往的商客知道这铺子有裴家的庇护就行了。谁知道郁博和郁远刚把帖子送到了专管他们这些乡邻往来的管事手里，出门时就碰到了胡兴。

　　胡兴这些日子可真是春风得意得很。来给裴家送年节礼的可都是江南一带数得着的豪门大户，来送礼的人还都是那些人家里当家或是掌权的，送的年节礼大头都是给三老爷本人的，小头才是给裴家的。这岂不是说明这些人能给裴家送年节礼，全是看在三老爷的面上，全是因为和三老爷有私交！他当初没有听原先那个大总管的话，没有质疑老太爷的决定可真是个再正确不过的选择了。

　　因而当他看到郁博父子就立刻想到了郁文父女，还有今天他去请三老爷示下时无意间看见的那个被三老爷放在书架上的青铜门环。

　　胡兴通过自己这段时间仔细认真的观察，觉得三老爷这个人是有点小小的怪癖的，比如说新做的衣裳，三老爷明明就很喜欢，也要放个十天半月才会拿出来穿，有些甚至会放到下一季再说。像这样子东西送来没几天就出现在他的书房里，而且还是顺手就可以拿到的地方，可见三老爷对郁家送的礼有多满意了。

　　他是服侍三老爷的人，郁家既然是得了三老爷青睐，他自然也要敬着郁家，看重郁家了。

　　"哎哟，这不是郁家大老爷吗？"他笑眯眯地上前行了个礼，关切又不失亲昵地道，"您这是过来有什么事？怎么不让小厮去给我说一声？您这样，可太见外了！"

　　郁博和郁远都有点傻眼。裴家的这位胡总管常陪着杨御医去给陈氏把脉，要说胡总管和郁家的谁有交情，那也是和郁文有交情，什么时候他们也和胡兴这么熟了？特别是郁博，才刚刚回来，更是不知道发生了什么事。从前他有什么事来裴家，可是要想办法才能凑到那些管事们身边的，更别说是胡兴这样的总管了。

　　他看了郁远一眼。郁远也纳闷，不过，他比父亲知道得多一些，转念也就猜出了缘由。

他小声地提醒了父亲一声"是叔父",然后笑着上前给胡兴回了礼,说明了来意,又客气地随口说了一声让胡兴也过去凑个热闹。

胡兴立刻应了,和郁氏父子说了会儿话,自作主张地让他们等一会儿,并道:"我去帮你们向三老爷讨一句话你们再走,也免得你们白跑一趟。"

郁博和郁远听了都面露诧异。

胡兴却没有管他们,笑着自顾自地去了礼房,要了郁家的请帖,又去了裴宴那里,眼睛笑成了一道缝地给正在练字的裴宴请了个安,把请帖递给了裴宴,这才恭敬地道:"郁家的漆器铺子要开业了,郁大老爷和郁大少爷来给您送请帖,您看,您有什么要吩咐的吗?"

郁家吗?裴宴脑海里跳出郁小姐一本正经扯着裴家大旗吓唬鲁信的面孔,随后又想到了那个值二两银子的青铜门兽环。

他冷冷地道:"这种事还要我告诉你怎么做吗?当然是惯例如何就如何。"

裴家的惯例,派分管此事的管事包个二两银子送个封红就行了。

可裴老太爷的惯例,远亲不如近邻,裴家既然在临安城里落了脚,就要和这些乡绅、乡邻人家打好交道,除了封红,他还会在那些人家上门给他送帖子的时候问上几句话以示关心。如果能得了他老人家的看重,还会亲自上门祝贺一番的。

郁家显然是裴老太爷的惯例啊!要不是他喊住了郁氏父子,郁家怎么会在第一时间就能知道裴宴的决定呢?

胡兴在心里为自己的机智暗中鼓掌。

"好嘞!我这就去跟郁大老爷说一声。"他屁颠屁颠地走了。

裴宴觉得他的情绪有点不对,但小厮来说陶清从广州赶了过来,他一时也就没有多想,去见陶清去了。

陶清四十来岁,中等个子,身材消瘦,皮肤黝黑,高颧骨,长脸,长相十分普通,是属于那种丢在人群里就找不着了的人。可就是这样一个人,却在十五岁丧父之后为家中的弟妹和孀居的母亲撑起了一片天,在陶家众子弟中脱颖而出,成为号称广州第一家的陶家的掌权人。不仅陶安尊重这个胞兄,裴宴也很尊重他。

"大兄!"他跟着陶安称呼陶清。

陶清冷峻严肃的面孔露出一丝笑意:"遐光,你还好吧?"

自从父亲去世,还是第一个人这样问他。裴宴眼眶微湿,道:"我还行!这日子总归是要过下去的。"

陶清点了点头,并没有多安慰裴宴,而是道:"你能这样想就好,等过几年你再回头看,这些事也不过是你脚下的一道坎而已。迈过来了,收获会更多。"

"多谢大兄!"裴宴说着,请陶清在圆桌前坐下,道,"我会记着您的话的。"

陶清笑了笑,道:"你和子然都是聪明人,不需要我多说,你们心里都有数。我相信你们。"说完,看着小厮给他们上了茶点退了下去,屋里只剩他们两个人了，这才又道："你也别和子然玩那些虚头巴脑的，我也不和你兜圈子，你说吧，你准备怎么办？"

陶安和裴宴一样，是家中的幼子，小的时候都有段桀骜不驯的日子。两人京城认识之后，一见如故，立刻就成了好朋友。陶清几次行商经过京城去看陶安的时候，陶安都把裴宴拉着作陪。陶清看裴宴就像看到小时候的陶安，何况裴宴格外英俊，若是他想对一个人好的时候简直就像观世音菩萨座下的金童，陶清看着就很喜欢，对裴宴非常亲厚。

裴宴能感受到陶清对自己的善意，和陶氏兄弟自然也就越走越近。听陶清这么说，他也没有隐瞒，直言道："那舆图是我无意间得到的。现在有两件事，一是不知道那舆图是真是假，想让大兄帮着先试航一段。二是这舆图原是福州彭家看中的，为了得到这幅舆图，彭家颇花了些心思，还在临安城整了些事出来，我就想知道彭家是怎么知道这幅舆图的。"

生意做到了陶家这个份上，就不仅仅只是货物买卖的事了，还必须得要清楚朝堂风向，不然朝廷一个决定出来，很可能几辈人做起来的生意就做不下去了，甚至还有可能易主。这也是不论陶家也好、彭家也好，每代都要辛辛苦苦供出几个读书人来的缘故。

陶清能掌管陶家，就不是个等闲之辈。裴宴没说出来的话他一听就明白。他不由沉吟道："试航是小事，我这就吩咐下去，让他们不放假，赶在龙抬头之前给你个音信；但彭家那件事，恐怕还得你自己想办法——彭家这两年，和三皇子走得很近，怕就怕他也是给别人做嫁衣。朝堂这块，我们家不如你们家，但既然你跟我这么说了，肯定是有我们家能帮得上忙的地方，你尽管跟我说就是了。凭我们两家的交情，无论如何也会帮你办到的。"

当今皇上有三个嫡子。嫡长子已经夭折了，嫡次子成亲多年却没有生下儿子，嫡三子倒是有两个儿子，却排行第三。本朝的规矩，立嫡立长。眼看着皇上年事已高，常有御史上折催皇上立下储君，可皇上都视同耳边风，留中不发，不仅朝中的大臣为难，那些想站队的人也很为难。

裴宴道："我也是担心彭家是给人做嫁衣，所以我让印家的人帮着去打听了。要知道，这舆图当年可是落在了左光宗的手里。"

左光宗死得并不光彩。因为当时触犯了南边大多数世家豪门的利益，他被先帝责难的时候，几乎是墙倒众人推，不仅没有人为他说话，他死后，他的几个儿子也都在流放途中不明不白地死了。还是皇上登基之后，重新给他恢复了名誉。而如今所谓的左氏后人，不过是左光宗堂兄弟的后嗣。

"如果当初这舆图是落在他手里的，他不可能不拿出来。"裴宴道，"至少福建和广州的那帮官员会想尽办法保住他的性命。"

陶清听了笑道："遐光，你和子然一样，从小到大都一帆风顺的，想要什么就能得到什么,有时候行事不免多了几分悲悯之心。"

这话不止陶清说过,裴宴的恩师张英也说过。裴宴不以为然。难道一帆风顺还是错不成?一帆风顺也是一种能力。有能力一帆风顺,为何还要去受苦受难呢?

陶清知道他是听不进去的,亦不多说了,道:"我们陶家在大沙的那个仓库你去过吧?若是我问你,谁最清楚仓库里面的事,你肯定说是分管管事。可实际上,最清楚库房里事的,却是门房。每个库房放的是什么货,什么时候搬进去的,是谁搬进去的,搬进去的这些人领头的是谁,谁的力气最大,哪天搬的货最多……"

裴宴一下子明白了陶清的意思。

"您是说,除非这舆图是左大人主持画的,否则这舆图是从哪里来的又去了哪里,左大人未必知道!"他沉思着喃喃地道,"那个鲁信的父亲曾经做过左大人的幕僚,如果他知道,是不是还会有其他人也知道呢?或者,他不知道,但有其他人是知道的……"

他说得含糊不清,陶清却听得明白。他温声道:"正是这个道理。你与其去京城里查,不如查查这些人的关系。说不定会有新发现。"如果涉及的是两位皇子,这生意再赚钱,陶家和裴家的关系再好,他们也不会去碰的。

裴宴也知道这个道理。他道:"我之前是想,最了解对方的,通常都是对方的敌人而不是朋友,我才找了印家去查彭家,但又有些担心印家会对我有所隐瞒,所以想借您的手再去印证一下印家给我的消息对不对、全不全。好在是我们想到一块儿去了。多的话我就不说了。这幅舆图能不能拍卖,就看彭家是怎么知道这幅舆图的了。"

陶家和印家、彭家都有些生意往来,但陶家是裴宴所说的"朋友",若说打听消息,他们家也很适合。

陶清笑道:"你能这么想就最好了。我之前还担心你把官场上的那一套拿到生意场上来了。"

官场上高调任性一点都不要紧,反正裴宴有个厉害的恩师还有几个厉害的师兄,可生意场上却讲究和气生财,有时候高调反被坑了都不知道。裴宴管着家里的庶务,就得管理家中的生意,可他最不耐烦的,就是与人打交道了。他想想就觉得余生无趣。郁棠的笑脸突然就从他的脑海中蹦了出来。那小姑娘真是个见人说人话,见鬼说鬼话的主,就算胡说八道被他当场捉住了,她也可以心不跳脸不红地继续胡诌,还脸皮特别厚,为达目的怎么弯腰屈膝都可以做得毫不费力。这样的人,应该才适合做生意吧?

裴宴叹气。偏偏这个时候汤知府来访,他当然没什么心情,而且还像从前那样任性地直接来了个"不见"。

陶清很不赞成,告诫般地喊了声"遐光",道:"那可是你们的父母官!"

裴宴毫不在意地挥了挥手,道:"那也得看是什么样的父母官了。这种软绵绵不知所谓的人,就算是在我这里吃了闭门羹又怎样?"

他若是敢像郁小姐那样面上事事都顺着他,见到他好话一箩筐,背着他该干什么还干什么。比如说,把个只值二两的门环装在锦盒里当古玩送给他;比如说,查出那个卫小山是李家害死的,就敢揪着李家不放。能弯腰,也能挺胸。他倒敬这姓汤的是条汉子,把他当成座上宾。裴宴这么一想,越发瞧不上汤知府了。

"您别管这些小事了,"他道,"您难得来一趟,反正也没办法赶回广州过年了,就在我这里过年好了。"

"那怎么能行?"陶清不想破坏裴宴的心情,顺着裴宴道,"我在杭州城又不是没有宅子,在你们家住着过年算是怎么一回事?好了,我是悄悄来的,你也不用送我了,我还悄悄地走。有了消息,我立刻让人来告诉你。"说着,他站了起来。

裴宴自然不能让他就这样走了,可陶清坚持,还道:"你别以为我不知道你打的是什么主意,你要是真想把这舆图甩出手,还真不能大张旗鼓地送我。至于说试航的事,我会想办法让印家知道的。对了,除了印家,你觉得还有谁家应该知道?否则我不清不楚的,无意间要是坏了你的大事,你不得跳脚?"

"如果能行,给利家也说一声。"裴宴呵呵地笑道,"彭家当然也要告诉他们,但不能这个时候就告诉他们家,得等到我们把这舆图分了再告诉他们。"这样也就达到了郁小姐的目的。

"行!"陶清爽快地应了。裴宴送陶清从裴家的角门离开了。

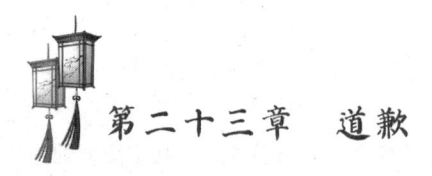

第二十三章 道歉

裴宴这边所有的事都按照他设想的在有条不紊地进行着,郁棠这边则有点慌乱。

先是她摸不清楚裴宴那边事情顺不顺利,其次是家里的铺子没能赶上今年春节前的旺市——因为大伯父郁博在江西待的时间太长,回来的时候已进了腊月,他们紧赶慢赶,选了腊月十八开业,可按照惯例,腊月二十二三,小年之前的那几天集市上的铺子就都要歇业了,直到来年过了十五才开业。今年的生意是没有什么收益了,只能赶在年前开业,讨个好彩头了。

因为这个,郁棠也被大伯父叫去铺子里帮了两天的忙。用她大伯父的话来说,就是她不懂怎么做生意可以，但不能不懂家里的银钱往来："就算招了女婿上门，家里一年赚多少钱，是亏损还是盈利，必须自己心里有数，不然很容易被人糊弄。"

郁文和陈氏都觉得有道理，让郁棠穿着粗布衣裳在后面库房里记账，还要求郁棠："以后每隔五天就来铺子里一趟，你得知道咱们家铺子里卖的都是些什么东西，每样东西赚多少钱。"

郁棠听了在心里直摇头。难怪大家都不愿意做上门女婿呢！他们家也算是厚道的了，可这上门女婿还不知道在哪里，就开始事事处处地防备着了。任是心甘情愿入赘到他们家来的，只要不是个傻的，被这样对待了估计心里都会不舒服，又谈什么信任和依赖？夫妻间若连最基本的信任和依赖都没有了，又谈什么琴瑟和鸣？也许，招个上门女婿未必就能把所有的困难都解决了。

郁棠一面在心里浮想联翩，一面拿着账册站在库房的门口登记着进出的货品。

郁棠祖父还在的时候，他们家是有自己的小作坊的，还能做剔红这样工艺复杂、需要手艺的物件，可等到她祖父去世，她父亲那时候还没有考中秀才，家里供了两三代的大师傅突然被苏州那边的一个百年老铺给挖走了，家里剔红的手艺就只有她大伯父一个人会了。偏偏他们家子嗣单薄，她大伯父经此事之后性情越发地慎重，招来的几个徒弟在家里干了十几年他都还藏着掖着不愿意把手艺完全教给徒弟，自己一个人又忙不过来，出的剔红物件越来越少，精品几乎没有，铺子里的生意也就一年不如一年。

大伯父不去想办法招有天赋的徒弟，反而寄希望于郁远。郁远倒是老老实实地学了几年手艺，可不知道是天赋的缘故还是大伯父不擅长为人师表，郁远的手艺平平，反而还不如她大伯父的大徒弟夏平贵。

夏平贵六岁就在郁家当学徒，比郁远大个两三岁，是郁棠祖父在世时代儿子收的徒弟，小的时候是住在郁家的。后来郁棠大了，考虑到男女有别，王氏让他搬到铺子里去住。长兴街走水，王氏宁愿把他安排到郁家的老宅，也没有让他重新搬回郁家。

这次铺子落成，夏平贵带着几个师弟又搬回了铺子。夏平贵和郁棠虽然不常见面，却是一起长大的，偶尔去郁家，也会碰到郁棠。见郁棠在库房门口帮着记账，他让铺子里的粗使婆子去灌了个汤婆子过来递给了郁棠："大小姐，天气太冷了，你捂着点，小心着了凉。"

整个漆器铺子，除了郁家的人，郁棠也就只认识夏平贵。她笑着朝夏平贵道了谢，接过了汤婆子。

夏平贵老实忠厚的脸上泛起笑意，说了句"不客气"，继续督促着家中的小伙计们把货品入库。

郁棠见库房里还有两张黑漆素面的四方桌，她不由问夏平贵："怎么我们家还卖家具不成？"

她小的时候跟父亲来铺子里玩的时候曾经进过库房。在她的印象中，库房里全是一格一格的架子，架子上面摆放着各式各样、大大小小的漆器盒子和匣子，从装点心的九格攒盒到装胭脂的匣子都有。怎么现在像个杂货铺似的？

夏平贵犹豫了一会儿，见郁博和郁文几个站在前面的铺面商量着陈设的事，这才压低了声音道："我们这儿离杭州城太近了，如今外面又都开始流行螺钿了，要剔红的人家讲究的又是工艺，不卖些桌椅提盒之类的，生意就更不好做了。"

郁棠没听懂。

夏平贵就给她解释："从前嫁女儿娶媳妇的，总得买一两件剔红漆的匣子装东西，可自从三年前江西盛家的人把铺子开到了杭州城，杭州城那边就流行起买螺钿的匣子了。"

家里毕竟是开漆器铺子的，螺钿她也是知道的，用螺壳与海贝打磨好了镶嵌在匣子上。螺贝在光线下闪烁着七彩的光泽，有着宝石般的光彩，有些好面子又买不起镶百宝匣子的人就会买这种来代替。但人的喜好有千千种，有些有底蕴的人家就特别不喜欢珠光宝气的东西，何况镶的还不是宝石而是宝石的替代品螺贝？

郁棠想了想，道："难道盛家有什么新工艺，螺钿能比剔红卖得便宜很多？"

夏平贵眼露赞赏之色，佩服地道："大小姐真聪明。的确如您所说，他们家如今做出了一种叫'衬色螺钿'的，本色的比一般的螺钿便宜很多，若是想要其他的颜色则可以定制，定制就又比一般的颜色要贵很多。既打出了名号，也做出了生意。现在如日中天，听说浙江布政司千秋节的时候送的就是他们家做的一张十二扇的百鸟朝凤的屏风。"说到这里，他迟疑了一会儿："不过，我们铺子主要还是图样，好多年都没有变……"

这话说得委婉，郁棠还是听明白了。她道："你是说，我们家剔红的工艺不行？"

夏平贵红着脸含含糊糊地应了一声，郁棠也没有听清楚他说的是什么，但意思却是懂了。

她半晌没有吭声。

梦中，他们家的铺子被烧了之后就卖了，她也不知道他们家的生意到底怎样，后来郁远赚了钱，她大伯父想重振家业，但还没有等到她大伯父把家业做起来就去世了。现在他们家花了大力气重新把铺子修了起来，又花大钱进了很多的货，总不能苟延残喘吧？这是她最不能忍受的。花了同样的时间，同样的精力，却没有别人做得好，就得找原因、想办法。

她望着库房里堆砌的各种器物在心里叹气，这些货她都不愿意多看几眼，何况那些买东西的人？不知道能不能推迟开业，想办法重新调整货品？

郁棠把王氏拉到一旁，悄悄地问她。

王氏听了苦笑，搂了搂郁棠，低声道："好孩子，你有心了。你大伯父做了一辈子的生意，这些道理怎么会不知道？可我们修铺子还欠着裴家的银子呢，哪里还有多余的钱进货？再说了，好的器物都是各家铺子留着做镇店之宝用的，怎么可能轻易地卖给我们家？就算是卖给了我们家，有客商看中了，我们家也做不了，反而容易惹出事来，还不如不摆出来呢。"

郁棠一愣，道："是因为没有银子吗？"

王氏顿了顿，声音更低了："也不完全是银子，还是家里没有人手……"

就是家里没有这手艺。这倒和夏平贵说的一样。

这些年来铺子都是大伯父在经营，她怕问得深了，大伯母脸上无光，支吾了几句，就和大伯母回到了铺面里，找了个机会拉了郁远说体己话："那几个从江西请回来的师傅手艺怎么样？你觉得仅靠这几个人能行吗？"

郁远这几天也正为这事犯愁。他道："那几个师傅的手艺都一般。其中有个人还不错，但他擅长的是描金，我们家是做剔红起家的。阿爹的意思，描金便宜，我却觉得有些本末倒置。"

每家漆器铺子都有每家的特点。他们家花了好几代人才把剔红的名声做出去，这个时候改做描金，而且还是他们家不熟悉的工艺，结果可想而知，郁棠赞同郁远的观点。

郁远这段时间和郁博为这件事已经争执过好几次了，王氏坚定地站在郁博这边，还说什么"欲速则不达，先用描金赚点钱，然后再想办法找些你叔父的秀才朋友们帮着画些新的剔红图样，铺子慢慢也就能缓过来了"之类的话。现在突然遇到个和他想到一块去的，他平日里强压下去的怨气骤然间就有些压不住了，忍不住道："我也不知道阿爹是怎么想的，描金再好，那也不是我们家的手艺。这样丢了自家的根本，郁家拿什么立足啊？"

梦中两父子就为这事吵过。郁棠笑道："你不是说要去杭州城开铺子吗？"

郁远脸色通红，道："阿爹要是一意孤行，我就去杭州城开铺子去。"说完，又怕郁棠误会，忙道："这可不是你嫂嫂的意思。是我自己的意思。她还当不了我的家。"

郁棠看他一副此地无银三百两的样子，哈哈大笑起来。

郁远觉察到自己说错了话，也跟着腼腆地笑了起来。

郁棠觉得这样未必不好。梦中郁远已经证明了自己的能力都没能说服大伯父，目前还是跟在父亲身后学艺的小子，更不可能说服大伯父了。与其父子俩闹得不愉快，还不如暂时先分开，各自经营各自的，反正这家业最终是留给郁远的。

当然，郁棠也有点小小的私心。她想像梦中的江灵那样，做个能赚钱养活自己也能养活家人的奇女子。不管怎么说，这个时候想要改变些什么也已经晚了。请帖已经送出去了，重新开业的日子也定了，有什么想法，只能以后慢慢和大伯父、大堂兄商量了。

郁棠把进出库房的货品仔细地检查了一遍，把账册交给了大伯父。

郁博抽查了几件，见均是条理清楚、账货相符，表扬起郁棠来："不错，不错。先从熟悉咱们家铺子的东西开始，以后慢慢学会看账本，学会做账，就没人能糊弄得住你了。"

郁文听了呵呵地笑，觉得自家的女儿还是很聪明的，说不定还有经商的天赋，只是从前被女子的身份给耽搁了。他想了想，对兄长道："阿兄，明天开业，要不让阿棠也来店里帮忙吧？"

说是帮忙，当然不能让郁棠当街沽酒，最多也就是在铺子后面的库房看着点出货，免得伙计手忙脚乱地拿错了东西。

郁博既然想培养郁棠，肯定是希望她常来铺子里走动的。王氏在娘家的时候，就是这样跟着父兄做生意的，郁棠祖父之所以相中王氏，也是因为王氏有能看账目的本事。

"行啊！"他很爽快地就答应了，并对郁棠道，"明天你大伯母也会过来，你就跟着你大伯母，先认认人。"铺子重新开业，第一天相熟的人家、生意上的朋友都会来道贺。

郁棠忙应了。

王氏亲热地拉了郁棠的手，笑着嘱咐她："穿件寻常普通的衣裳就行了，女孩子家帮着家里看铺子，最忌讳的就是穿得太艳丽，让人觉得你别有用心似的。要让人觉得你是来做事的，不是闲着来玩的。你可明白？"

"明白！"郁棠笑着应道。

衣饰也是一种语言。女眷多的场合你穿得花枝招展，别人以为你是要出风头、拔头筹，倒也无可厚非。可若是男子多的场合，又是有生意往来的，别人会以为你居心不良，想使美人计，常常会生出很多误会来。

陈氏则有些担心，道："要不，等开了业再让阿棠过来帮着看铺子？"

郁棠主动安慰母亲："看铺子哪天都成。明天过来主要是认人，以后遇到什么事，也好知道去找谁。"

哪些人可交，哪些人不可交，她没有时间也没有机会去了解，就只能指望着长辈的指点。

她还想着把那舆图拍卖出去之后做点小生意贴补家用呢，不认识人，怎么和别人合伙？梦中那个叫江灵的女子那么厉害，也要借助兄长的力量，她可没那么自大，觉得自己比江灵还要精明强干。

郁博欣慰地点了点头，对郁文道："阿棠真的懂事了，你以后就等着享福吧！"

"那是，那是！"郁文毫不掩饰自己的骄傲。

王氏等人都抿了嘴笑。

回到家中，陈氏和郁棠翻箱倒柜地，好不容易决定了开业时穿的衣服，又反复叮嘱了郁棠半天"跟着你大伯母，别随便乱走动"之类的话，这才放了郁棠歇息。

郁棠有些睡不着。

她想到梦中嫁到李家的第一年，林氏为了给她个下马威，让她好好地守寡，她求了几次想回娘家送年节礼，都被林氏装聋作哑地避开了话头。偏偏她年纪轻，脸皮子薄，明知道林氏在整治她也不好怼回去。直到腊月二十三，眼看着第二天就是小年了，林氏才不紧不慢地让贴身的婆子拿了给郁家的年节礼礼单，让她回去送年节礼。她顾不得心中的愤怒，带着双桃回了娘家。家里冷冷清清的，只做了祭祀的鱼肉，大伯父一家三口围在桌子前，就着咸菜喝着粥……直到现在，她还清楚地记得大伯母发现她进来时把菜碗挡在身后的模样。现在，一切都不同了，但她还要朝着更好的方向去。

郁棠思绪万千，在不知不觉中睡着了。第二天，她被一阵阵的爆竹声给惊醒了。

猛地从床上坐起来，郁棠还有些犯糊涂，以为自己还在借居的庵堂里，过了半晌才回过神来。

她叫了双桃："怎么回事？这还没到小年，谁家就放起爆竹来了？"

双桃笑眯眯地道："是相家，来给我们家送年节礼了，老爷就让放了挂爆竹。"

郁棠没想到相家还会给他们家送年节礼，一面掀了被子起床，一面道："相家是谁来送的年节礼？"

相氏是郁家未来的长媳，家里的人来送年节礼。夫家若是看重这门亲事，中间是要设宴招待来客的，而且还要把家中的姑爷、舅爷什么的都接过来作陪。当然若来的只是个管事，那就另当别论了。

双桃笑道："是相小姐的兄弟。"

郁棠道："那铺子里怎么办？"

双桃道："大老爷说了，我们家老爷和大少爷留下来陪客，您和大老爷先去铺子那边，等这边送走了相少爷，再赶过去。不能耽搁了吉时。"

也只能这样了。郁棠和郁博、王氏去了铺子。

天色还早，天气又冷，长兴街上三三两两的人中，不是正准备开铺子的，就是在扫大街的。

郁棠下了轿子，哈了口气，问大伯父："舞狮的都说好了吗？"

舞狮摘红的事是郁远负责的，今天他在家里招待相家的人，她怕有交代不到的地方。

郁博道："阿远就怕事出万一，去请舞狮是带着平贵一起去的。他不在这里，还有平贵，你不用担心。"

她大堂兄办事越来越妥帖了。郁棠笑着应"是"，和郁博一起从后院进了铺子。

大掌柜就是她大伯父，几个小伙计有走水之后留下来的，也有几个是新招的，后面的作坊和库房里的人，除了从江西过来的，就是她大伯父的徒弟。她走进去的时候特意观察了一下，发现江西师傅带过来的人在一边做事，她大伯父的徒弟在另一边做事，泾渭分明。

她不由微微蹙了蹙眉。这不是什么好现象啊！

郁棠寻思着自己要不要经常来铺子里看看，夏平贵走了进来，看见她大伯父，忙道："师父，外面的事都照着大少爷的意思安排好了，只等吉时就行了。"

郁博看了看沙漏，觉得时间差不多了，问夏平贵："裴三老爷到了没有？"

夏平贵一愣，拔腿就往外跑，嘴里还喊着："我这就去看看。"

郁博不太喜欢夏平贵，主要是因为同样跟着他学艺，夏平贵的手艺就是比郁远好一些。当然，郁远是少东家，跟夏平贵拼手艺没有什么意义，但夏平贵的手艺很快就要出师了，郁远这个少东家少不得要依靠他几分。郁博怕夏平贵像之前的师傅那样自立门户，对他就格外严厉。

郁棠很是意外，道："裴三老爷也来吗？"

郁博说起这件事免不了有些得意，道："原本是不来的。但我们去送请帖的时候正巧遇到了胡总管。胡总管特意去帮我们禀了一声，说是到时候会来的。"

真是没想到，裴宴居然会参加这样的活动。郁棠眨着眼睛，想象着在硝烟四起的爆竹声中，刺鼻的浓烟中裴宴没有表情的面孔，嫌弃的眼神……不知道为什么，她想想就觉得非常有意思。可惜临安城里几乎都是老铺子，裴宴没有太多的机会参加这样的活动！

夏平贵又跑了回来，喘着气对郁博道："没有，我仔细地把周围都看了一遍，没有看见裴三老爷，也没有看见裴家的轿子或马车。"他说完，犹豫了一会儿，轻声道："也没有看到裴家来送贺礼的。"

"难道是有事耽搁了？"郁博喃喃地道，望着记录时间的沙漏有些心急——最多还有一刻钟就到了开业的吉时了，外面已传来了人潮的喧哗声。

夏平贵也有些着急。临安城只有郁家一家漆器铺子，说起来是别家没这手艺，最重要的是郁家有个秀才老爷，别的商家不想跟郁家争这个风头，免得打起官司来郁家有人能站在公堂上说话，别人家得跪着。

如果今天裴三老爷能来道声恭贺，以后那些巡街的衙役都要高看郁家的铺子一眼，更不要说有帮闲敢来闹事了。

"要不，我再去看看？"夏平贵道。

郁棠阻止了夏平贵："裴三老爷是裴家宗主，做事稳妥。若是不来，肯定会提前打招呼的，我们按吉时开业就是了。"

郁博和夏平贵都不太相信的样子。

郁棠想到自己几次和裴宴打交道，对裴宴非常有信心，她道："我和三老爷打过交道，了解他的为人，您放心好了，他是个言而有信的人！"言而无信也不可能在人前立得住脚。

郁博相信了，不再说什么，问了问夏平贵外面的事，就把郁棠留在了铺子里，

058

自己和夏平贵从后院出了铺子,准备前面的开业典礼去了。

郁棠想了想,悄悄上了二楼,将窗户推开一点小缝隙朝下面眺望。

铺面门口已满是拥挤的人群,有的是来看热闹的,有的是来恭贺的,还有的是想趁着开业打折来买点便宜东西的。郁博带着夏平贵,满面春风地和来客打着招呼,郁棠甚至看到了吴老爷和卫老爷,却没有看到裴宴或是裴家的人。

难道真的出了什么纰漏?郁棠捏着帕子的手紧紧地绞在了一起。裴宴会来参加他们家铺子的开业典礼,对她大伯父来说,是件极荣耀的事,她大伯父肯定早就放出风去了。要是这次裴宴没来,他们郁家会受非议不说,裴宴的声誉也会受到影响。裴宴不会临时反悔了吧?以裴宴的倨傲和任性,他真干得出这样的事,但以裴宴的骄傲和聪明,他不应该这么做。

郁棠想到之前她和裴宴的种种阴差阳错。不会是又发生了什么她不知道的事吧?郁棠心里乱糟糟的,就看见大伯父踮着脚,朝小梅巷的方向又张望了几眼。是在看裴宴为什么还没到吗?万一裴宴要是真没来怎么办?要不要提前想个说法?

郁棠在心里琢磨着,看见佟大掌柜带着两个小厮送了贺礼过来。她松了口气。佟大掌柜好歹也算是裴家的人,要是今天裴宴真的没有出现,勉强也能有个说法。不过,裴宴为什么没有来呢?是胡兴传话有误,还是他被什么事给绊住了?

郁棠看见她大伯父笑盈盈地迎上前去,向佟大掌柜抱拳问好,亲亲热热地说着话。

吴老爷等人见了也都围了过去。

夏平贵挤进去在大伯父耳边说了几句话。大伯父皱着眉头朝铺子里望了望,无奈地吩咐了夏平贵几句。夏平贵眉宇间也露出几分无奈,然后郁棠就看见他转身站到了铺子门口的台阶上,高声地喊了句"吉时已到"。

旁边准备多时的爆竹"噼里啪啦"地炸了起来。硝烟四起,小孩子们捂着耳朵跑,大人们则站到了一旁。

郁棠被硝烟熏得关了窗户。

很快下面又响起了锣鼓声,舞狮开始了。

郁棠忙吩咐双桃:"你快下去看看,裴三老爷来了没有。"

双桃应诺,噔噔噔地跑下楼去。

郁棠在楼上静静地站了一会儿,双桃噔噔噔地又跑了上来,神色有些沮丧地道:"没有!裴三老爷没来。"

"那裴家的其他人呢?"郁棠问。

双桃道:"也没来,没有看见裴家的人。"

郁棠心里拔凉拔凉的。不管胡兴是怎么传的话,郁家的帖子裴家是收到了的,郁家的铺子开业裴宴是知道的。就算是他自己不能来,或者是不想来,也应该派个人来才是。他这样，难道真是发生了什么她不知道却又令裴宴讨厌郁家的事？那舆图的事怎么办？

郁棠心里有点慌，匆匆下了楼。

外面的舞狮已经结束了，她大伯父和佟掌柜等人正笑着准备剪彩。郁棠准备从后门溜出去找裴宴。

外面突然一阵喧哗，有人喊道："裴三老爷来了！"

郁棠心中一喜，也顾不得合适不合适了，提着裙裾就跑了出去。

她大伯父等人更是喜出望外，彩也不剪了，一窝蜂地都朝裴宴的轿子涌去，也就没人注意到郁棠出现得不合时宜。

"裴三老爷！"郁博没想到峰回路转，就在他已经失望要放弃的时候，裴宴来了。他激动之下，伸手就要去给裴宴撩轿帘。还好旁边的裴满眼疾手快，赶在他之前撩了裴宴的轿帘。

裴宴穿着身月白色的细布素面襕衫，外面披了件玄色貂皮大衣，映得他的面色如素色瓷釉般苍白，简直比吹过的北风还要寒冷，不知道的，还以为他是来参加葬礼的。

郁博看着就打了个寒战，觉得自己伸出去的手特别失礼，说话也结巴起来："裴，裴三老爷……"

"郁大老爷！"裴宴没等郁博把话说完就打断了他的话，道，"不好意思，来晚了。您也知道，我还在孝期，有些场合不方便立刻就出现了的。"

裴宴的面色依旧有些冷，可说话的语气却颇为平和，何况他的解释有理有据，郁博如释重负般地松了口气，忙道："应该的，应该的。"说完，他才惊觉自己这样的应答有些不适合——既然知道裴三老爷还在孝期，就算是裴三老爷出于礼貌答应了来参加开业典礼，他也应该给裴三老爷一个台阶，婉言谢绝才是。这件事，是他做得不对。为了搭上裴家，他们做得太激进了。

"裴三老爷，请后堂喝茶！"郁博虽然不是个十分灵活的人，但这么多年做生意的经验，让他立时就想到了对策，立刻让出道来，做了个请裴宴进店的举动。

裴宴没有客气，昂首挺胸往铺子里走去。

后面跟着的裴满则微笑着和认识的乡绅或是掌柜们打招呼，裴满后面跟着的胡兴却是低头含胸，像个鹌鹑，生怕和别人的目光碰上了似的。可偏偏他是裴老太爷在世时就用的人，在场的就算是他不认识别人，别人也都认识他，纷纷和他打着招呼。他只好强笑着抬头和人打招呼，却不知道，他笑得比哭还难看。

众人好奇，却因为裴宴在场，无暇顾及他，也就没有人去问他到底怎么回事了。

那边裴宴下轿走了几步就看见了站在大门角落的郁棠，穿了件靓蓝色的细布褙子，乌黑的青丝绾成了双螺髻，戴了朵鹅黄色的并蒂莲的绢花。要不是那绢花上还带着两滴不知道是什么做的露珠，显得颇为新颖，看上去就和烧茶倒水的小丫鬟没什么区别。

裴宴心里顿时就冒起了无名火。怎么又把他的话当耳旁风，怎么就没有一刻消停的时候。他睁大眼睛就瞪了过去。

郁棠正沉浸在裴宴突然到来的喜悦中，被裴宴这么直直地瞪了一眼，她一时间就有些蒙了。她又怎么惹着他了？郁棠立马反省自己……低头看了看自己素净的褶子……想到裴宴要她"打扮得规规矩矩"地去见他……

她一溜烟地跑回了后堂，寻思着自己现在回家去换件衣服，不知道来不来得及，就看见裴宴也往后堂走来。大伯父这是要在后堂招待他奉茶吧？像裴宴这样的人，来了自然是座上宾，不单独到后堂奉茶，难道还站在铺面给人观看吗？郁棠被自己蠢得都要哭了。可这个时候她也没有地方可去了。与其这样躲躲闪闪像个贼似的，还不如大大方方地出去打个招呼，解释几句，说不定还能挽回点印象。

郁棠想着，轻轻地咳了一声，走上前去给裴宴行了个礼："裴三老爷！"

裴宴用眼角扫了她一下，傲然地"嗯"了一声，和她擦肩而过，坐在了正堂的太师椅上。

郁博愣了愣，感觉到裴宴好像很生气的样子，可又说不出哪里生气，为什么生气，只好低声吩咐了郁棠一句"快让人去上杯好茶"，然后屁颠屁颠地招待裴宴去了。

就是大伯父不这么吩咐，郁棠也会用最好的茶点招待裴宴的。

她立刻就领着双桃退到了旁边的茶房去了。

吴老爷、佟大掌柜等人都涌进了后堂，胡兴却垂头丧气地去了茶房。

他是认识郁棠的，见郁棠在那里沏茶，就和郁棠打了声招呼："郁小姐，我借您家的茶房歇会儿。"

胡兴是裴家的总管，虽然排序第三，可也代表着裴家的面子，郁棠当然希望他和郁家的关系越近越好。

"您只管歇着！"她热情地道，"双桃，去把刚刚给裴三老爷装的点心再装一盘来给胡总管尝尝。这可是我阿爹前些日子去杭州城时买回来的。"

郁棠说着，还给胡兴顺手倒了杯茶。

"不敢当，不敢当！"胡兴立刻站了起来，忙弯腰接过了茶盅，对去给他装茶点的双桃道，"小姑娘你就别忙了，我怎么好吃和三老爷一样的点心？你给三老爷送去就行了。"

郁棠有意和他打好关系，笑道："说是给三老爷的，佟大掌柜不也一样要尝尝的？我们家也没有什么好东西，您是走四方，吃南北的人，也不知道您能不能瞧得上眼，要是不合胃口，您多多包涵！"

"哎哟，看郁小姐说的。"胡兴闻言，眼珠子转了转，想到郁文去裴家的时候几次都带着郁棠，他心中有了一个主意。

"郁小姐，您等会儿忙不忙？"他试探着问郁棠。

换做梦中的郁棠是听不出胡兴的言外之意的，现在的郁棠已经懂得了这些人情世故。

"后堂有双桃呢！"她笑吟吟地道，"我就是来帮忙看着点的，有什么事可忙的！"

"那就好，那就好！"胡兴装模作样地叹了口气，一副要和郁棠说体己话的模样，道，"您是不知道啊！为了你们郁家，我可把三老爷给得罪狠了。等这次完事回了裴家，这裴府三总管不知道还是不是我呢。"

郁棠听着心中一动。脑海里生起来的第一个念头是难道胡兴想讹郁家的银子？

"这话怎么说？"她立刻做出一副惊愕的样子，关心地问。

胡兴又佯装怅然地叹了口气，道："我看着你阿爹和我们家三老爷关系挺好的，从前也有这样的例子，所以你们家来送帖子的时候，我就自作主张答应了三老爷会来道贺的事，谁知道三老爷……"他到现在都记得自己去提醒裴宴时候不早了，应该出门去给郁家道贺时裴宴那铁青的面孔……他不由得打了个哆嗦。

"您说，我这不是好心办了坏事吗？"他继续朝着郁棠吐槽，"三老爷虽然还是来了，可谁又知道三老爷到底是怎么想的呢？"

这次三老爷能来，全是他会错了意办错了事，根本不是郁家的面子，他凭什么做了好事不留名，连个感激都没有？这件事必须说给郁家的人听，还得说得没有什么痕迹。

郁棠目瞪口呆。所以说，这一切都是误会？裴宴是被迫来参加他们郁家的开业典礼的了！

郁棠想到刚才裴宴那张像三九天飘雪的面孔，也打了个哆嗦。

"那您怎么不早点让人来说一声，我们也好跟别人解释一番啊！"郁棠觉得自家不能背这个锅，急急地道，"裴三老爷来不来都不要紧，您来或是裴家的哪个管事来也都是一样的。"

她话音还没有落，就感觉到后背有点发冷。郁棠不禁回头。就看见裴宴面如锅底地站在茶房的门口。裴宴怎么会来这里？他不是应该被众人当成座上宾簇拥着在后堂奉茶吗？他脸色这么难看，不会是因为听到了自己刚才说的话吧？可她刚才也没有说什么啊！

郁棠仔细地回忆自己刚才说过的话，旁边的胡兴却表现得非常夸张，"腾"地一下子站了起来不说，还一副胆战心惊的模样磕磕巴巴地道："三、三老爷，您、您怎么来这里了？您是要拿什么东西或是有什么话要吩咐吗？"

郁棠也回过神来。是啊，也许裴宴是有什么事才过来的呢？

她忙笑道："三老爷，您有什么吩咐？"务必得让裴宴感觉到宾至如归才好。

要知道，按照胡兴的说法，他完全是被胡兴的错误给连累了，为了保住郁家的颜面才不得不过来的。不要说裴宴这样倨傲的人了,就是换成别人,也会非常恼火的,也不怪他脸色不好看。郁棠想想就替裴宴难受,对他的态度就更柔和了。

"三老爷,您有什么事直接吩咐我也可以。"她语气温和地道。

裴宴一句话都不想说。胡兴这混账东西自作主张安排他的行程不说,他想着要给郁家人几分面子强忍着不快过来了,结果郁小姐不仅不领情,还说什么"随便派个管事也是一样"的话出来。早知道是这样,他就连个管事都不必派,随便打发个人过来送个贺礼就行了,何必担心郁家面子上好不好看,还亲自赶了过来……

他懒得搭理郁棠,目不斜视地从茶房门口走了过去。后面跟着的是面露歉意的裴满。

他低声向郁棠道歉:"三老爷昨天晚上几乎一夜没睡,今天一大早好不容易有了点睡意,又被胡总管给吵醒了。心情有点不好,还请郁小姐多多包涵。"

一夜没睡?是为了舆图的事吗?郁棠颇为意外,随后又觉得有点感激。她忙笑道:"多谢裴大总管相告,刚才胡总管也告诉了我一些事。说起来,还是我们家做事没有经验,既然知道三老爷要过来,在三老爷过来之前就该先派人去向大总管请教三老爷都喜欢喝些什么茶,吃些什么东西,我们也好提前准备好了。现在慌慌张张的,也难怪三老爷不高兴了。"

说出来的话既婉转又不卑不亢,裴满立刻就对郁棠另眼相看了。难怪郁老爷做什么事都喜欢带着他这个女儿了。裴满就决定给郁棠指条明路。

"郁小姐客气了。"他笑道,"三老爷向来是说话算数的。这次三老爷来得有些晚,还请郁小姐跟郁大掌柜解释几句。按理,我们家三老爷不必亲自来这一趟的,可三老爷觉得,虽然你们家没有派人提前去问一声,那也是因为答应这事的人是胡总管,错在胡总管,错在我们府上。三老爷也犹豫着是不是派个管事过来送个贺礼就算了,又怕你们家满心欢喜地盼着他过来,让你们家的人失望,让别人看了笑话,这才决定亲自走一趟的。只是没想到还是迟了点。"

也就是说,裴宴能赶过来,是克服了很大困难的,是为了保全郁家的面子才亲自过来的。

郁棠再联想到刚才自己说的话。他们家的确是有点不知道好歹了。谁做了好事都想留名,何况是裴宴这样做什么都爱憎分明的人。

郁棠汗颜,忙道:"大总管,全是我的错。不知道三老爷出来是要做什么?我去给三老爷道个歉!"

裴满见她明白了,很高兴,觉得自己的一番苦心总算没有白费,就含笑指了指旁边的账房,低声道:"我们家三老爷还在孝期,就不参加剪彩仪式了。我陪着三老爷到你们家账房那边坐一会儿,等剪完彩,再见一下专管长兴街这边的张捕快就回去了。"

郁棠恍然，犹豫着要不要现在就去给裴宴问个安。

在旁边装死的胡兴听到裴满刚才说"错在胡总管"的时候就觉得自己命不久矣，可谁又愿意坐以待毙呢？

此时他不由得赶紧见缝插针，低眉顺眼地走到了裴满和郁棠的身边，深深地躬身作揖道："求两位指点我，给我指条生路，给我们家上下几十口人一条生路。"

裴满一直觉得胡兴戏太多，但裴宴这次一当上家主就已经一口气把裴老太爷在世时用的两个总管都给撸了，特别是原先的大总管，走得还很难看，再把胡兴也给撸了，不免会让府里人心惶惶的，这才把他留下来的。这次他又出了这么大的纰漏，他觉得裴宴就算不处置他，也不会让他留在裴府担任这么重要的差事了。

裴满想到郁棠在场，不想把家里的矛盾暴露在外人面前，搪塞道："有什么事回去再说！"

等回去，那可是一点挽救的办法都没有了。

胡兴快要哭出来了。他也不管三七二十一，病急乱投医地朝郁棠求情："郁小姐，我真不是有意的。我们家三老爷是面冷心热，自三老爷当家以来，整个临安城也就只有郁老爷有这样的体面能常常见到我们家三老爷了，我这才误会……"

他的话还没有说完，裴满已是眉头紧锁。这个胡兴，怎么说话呢？虽然他觉得裴宴待郁文只是寻常，可胡兴当着郁小姐的面这么说，岂不是会让郁家觉得裴家根本没有把郁家放在眼里？那三老爷这样赶过来又有什么意义呢？

裴满不满地打断了胡兴的话："我不是说了有什么事回去再说吗？要不你还是先回去吧，家里也还有一大堆事要做。"

请哪些人家来参加舆图的拍卖，裴宴这几天已经把名单列了出来，只等陶家那边试航没有问题，再把消息悄悄放出去，裴家就要开始正式下帖子了。在此之前他们还要准备好拍卖的地方，安排来客的住宿，避免有仇的两家发生冲突等等，还有很多事要忙，他哪里有空和胡兴在这里胡扯？

他目光严厉地盯着胡兴，硬生生地让胡兴闭上了嘴。

郁棠却已清楚了这其中的前因后果，她不好意思地向裴满笑了笑，试探着道："大总管，您看，我要不要单独去给三老爷道个歉？事情变成这样，我们家也是有责任的。"

虽然她心里觉得裴家的责任更大一些，可人在屋檐下，不能不低头，她只好背了这锅，认了这错啊！

裴满还是很了解裴宴性格的，他来这儿说了那么多话，也是希望郁棠能有所表示，让裴宴的心情好一点，这样接下来两家的合作也能愉快些。

"应该的。"他若有所指地道，"三老爷喜欢清静，郁大掌柜也就没有安排人作陪。"也就是说，裴宴这个时候是一个人了！

郁棠承了裴满的情，谢了又谢，去了账房。

裴宴坐在账房的太师椅上喝茶，只有一个小厮在旁边服侍着。

郁棠忙上前给裴宴行了个福礼，笑道："三老爷，没想到您会来参加我们家铺子的开业典礼，准备不周，还请您多多担待。这不，我刚拉了大总管和三总管想打听您都有些什么忌口，结果大总管告诉我说您等会儿就走，不留在这里用饭了。我让人去给您准备了一桌素席送去裴府，请您无论如何都赏光收下。"

裴宴扬着下颔看了郁棠一眼，淡淡地道："郁小姐不必客气。我喝杯茶就走。素席什么的，无须这么麻烦了。"说完，看了裴满一眼。

裴满立刻轻轻摇了摇头，表明自己什么也没有说。裴宴感觉心底的烦躁消散了一点。

郁棠热情地试着和裴宴说些闲话："家里最好的就是这信阳毛尖了，也不知道您喝不喝得惯。好在临安城最大最好的茶叶铺子离我们家不远，您要是不喜欢信阳毛尖，我这就让人去买点您喜欢喝的。"

说到这儿，裴宴觉得自己心里的一团火又开始烧了起来。他忍不住冷冷地道："到我们家铺子里给我买我喜欢的茶叶？"

郁棠一愣，讪讪然地笑。她忘了临安城最大、最好的茶叶铺子就是裴家的。可她不去裴家的茶叶铺子里买，她能去哪里买？

郁棠随口敷衍着裴宴："要不等过些日子我大兄去杭州的时候我让他带点回来好了。"

郁家和相家已经定了三月十六的婚期，在此之前王氏准备去杭州城给郁远准备点成亲用的东西。陈氏自入冬之后就没再病过，身子骨比从前强了很多，也准备到时候带了郁棠，随着王氏一起去杭州城逛逛，买点东西。

裴宴觉得郁小姐简直是冥顽不化，冷冷地笑了笑，没有搭理她。

郁棠一头雾水。这又是怎么了？难道这种说法也不行？裴三老爷，可真是喜怒无常啊！郁棠也懒得惯着他了，反正她好话说尽他也不领情，还不如该干什么干什么去。通过裴宴能亲自来给他们家开业道贺这件事，她更加觉得裴宴不仅是个言而有信的人，而且还是个极其遵守诺言的人。只要是他答应了的事，不管是他直接答应的，还是通过别人间接答应的，哪怕他心里再不愿意，他也会践诺的。所以舆图的事，裴宴不管对郁家有什么看法，他一定会妥妥帖帖地把这件事办好的。郁棠的底气又足了几分。

她也不管裴宴是高兴还是不高兴了，径直吩咐双桃："去跟夏平贵说一声，让他亲自去旁边的茶叶铺子买几种顶好的茶叶过来，再去酒楼订一桌最好的素席送裴府。"

裴宴要不要是他的事，送不送却是他们郁家的礼数。

第二十四章 教训

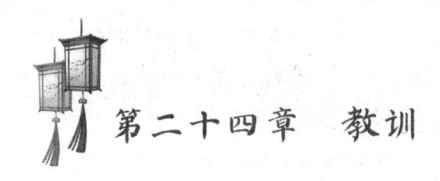

裴宴见郁棠对自己的话置若罔闻，气得肝疼。

他原本想，这样不知好歹的东西，他也别管了，就让她自生自灭好了。可偏生郁棠吩咐完了双桃，又凑到他面前，笑盈盈地温声道："三老爷，我知道您不稀罕这些，也知道今天的事是我们家不应该。您就让我去买点好茶招待您吧，要不然我以后都会心里不安生的。素席也是这样，您还在孝期，不方便留您在这里多坐，总得让我们尽尽心。您要是觉得不好吃，就赏了下面的人，好歹是我们家的一点心意。"

最最要紧的是，要让别人都知道郁家对裴宴的感激之情，在舆论上补偿一下他亲自来参加郁家开业典礼的委屈。只是这话她不能说。凭她的直觉，她要是把这番话这么直白地说出来了，裴宴肯定是要翻脸的。

裴宴看着眼前这张笑得仿若春花灿烂，又带着点讨好的面容，心里的郁气好像慢慢地消散了一些。算了！他一个男子，何必和她一个小姑娘家计较。再说了，谁年轻的时候不犯点错呢？要紧的是能改正错误。他不妨就指点她一下好了。

裴宴面色微霁，轻轻地呷了一口茶，语气淡然地道："让你的小丫鬟回来吧，我也不差你那口茶。怕就怕你家的伙计事事处处都替你当家，以为那五两银子一斤的茶看着和那五百两一斤的茶没什么两样，干脆就买了五两银子一斤的茶回来，被传了出去，让人家以为我喜欢喝粗茶，以后走到哪儿都喝那像洗锅水似的茶水。我难受，别人也难受。"

什么意思？郁棠有点发蒙。她已经吩咐双桃让人买好茶了，五百两银子一斤的茶他们家是买不起的，就算买半两回来待客也是没办法去充这个门面的，可也不至于买那五两银子一斤的茶来招待他啊。还有，什么叫以后走到哪里都喝的像洗锅的水，他难受，别人也难受。他难受能理解，别人为什么也跟着难受？

郁棠望着裴宴锐利的眉眼，突然间明白过来。这家伙，是在讽刺她。她开始都没有听出来。可这怪她吗？谁出言讽刺还能像他那样，一脸平静不说，语气还不高不低，不温不火，淡然如水似的。难道说话都能不透露情绪的吗？郁棠在心里吐着槽，想把裴宴骂一顿都不行。这个人，如此小心眼，如此喜怒无常，她要是脑筋转得稍微慢一点，他不知道又会自己在脑子里瞎想些什么了。

郁棠脑子转得飞快。茶叶……低廉……以为他喜欢喝粗茶……倒也与他一贯以来爱惜羽毛,喜欢装模作样的做派相符。至于别人难受,是指他往来无贫贱之家,别人家若想用粗茶招待他还得专程去买吗?

已经过去了几息工夫,郁棠还没有想明白自己到底是哪里做错了,可账房里静悄悄的,一开始在账房里服侍的小伙计早在她进来的时候就不知道躲到哪里去了。裴满和胡兴则低着头像个木头桩子,生怕人发现了他们似的。双桃见到裴宴就直哆嗦,被她派了差事,立刻一溜烟似的跑了。她要是不搭话,这屋里就没有第二个声音,再过几息,她好不容易调节起来的气氛又要变得凝重起来了。

和裴宴说话可真费劲啊!郁棠在心里感慨着,面上却不敢流露半分,只好胡诌道:"看您说的,礼轻情意重嘛!不管是五两一斤的茶叶还是五百两一斤的茶叶,总归是想让您宾至如归,都是一份心意……"

只是她的话还没有说完,就听见裴宴冷哼了一声,道:"这么说来,二两一个的门环也是礼轻情意重啰?"

郁棠猝不及防地被裴宴这么讽刺一下,惊得差点一个趔趄,摔一跤。脑海里第一个念头是他怎么会知道那门环二两银子一个的?第二个念头是裴宴难道想这个时候和她算这个账?第三个念头是完了完了,以裴宴那倨傲的性格,肯定以为他们家是在糊弄他!

郁棠来不及细想,先喊冤道:"三老爷,您误会了。送您那门环,是我的主意。是我和阿爹去古玩店里逛的时候,我瞧着那门环好玩,就想着让您也高兴高兴……"

裴宴挑了挑眉,毫不客气地打断了她的话,道:"包得那样好,又说是在什么古玩铺子里淘到的,可见也是想当成重礼送出去的。那就别教收礼的人知道那是二两银子一个的东西啊?在我的铺子里买了东西送给我,也就你这脑袋瓜能想得出这样的主意了。怎么,如今还想在我的铺子里买了茶叶招待我?在我的酒楼里定了素席送给我?你那脑子里除了方便,能不能想点别的?礼轻情意重?我收到这样的东西,你来给我看看?我从哪里能找你们家的情意?"

郁棠的脸涨得通红。可这能怪她吗?整个临安城还有几家铺子不是他们裴家的。她倒是想买点好东西,可除了裴家的铺子,她能到哪里去买?心里虽然这样挣扎,可她的理智更清楚,这件事的确是她做得不对。至少,就没有什么诚意。可谁能料到他这么一个大忙人,会知道自己家那么多铺子里居然还有卖这样一个门环啊!郁棠不由惊骇,他不会是连他们裴家铺子里所有的东西都知道吧?这,这应该不可能啊!

裴宴突然发现,郁小姐不仅有张灿烂的面孔,那双黑白分明的眼睛也时时刻刻都在说着话,从来不会平静如水。

瞧她看他的眼神,他不用动脑子都知道她在想什么。裴宴又忍不住冷笑,教训她道:"天下间没有能包住火的纸,你既然做出了这样的事,就要想到有被人戳穿的那一天。与其用什么礼轻情意重之类的话搪塞别人,不如好好想想送礼的时候应该说些什么。"

郁棠唯唯诺诺地点头。可裴宴看她那样子，还是根本不明白自己到底说了些什么。

他想了想，索性开门见山地道："什么事情都贵在真诚。你若是觉得那门环有意思，送礼的时候就要告诉别人这东西不值钱，就为图个好玩，随意装在个匣子里就行了。若是觉得那门环是个古董，送礼的时候就要把这东西的传承讲出来。像你这样敷衍了事的，二两的东西却装进十两的锦盒里，还是在别人自己家的铺子里买的，你说，谁会喜欢这样的礼物？"

这是在告诉她应该怎么做人吗？郁棠完全惊呆了，半晌才反应过来。还真是，裴三老爷真的是在告诉她怎么行事做人！

郁棠立刻激动得不知道说什么好了。有一种人，把你当自己人才会教训你。就像她第一次遇到裴宴，连她的解释听都不愿意听，可现在，他居然在指点她哪里做错了。这可真是一步登天啊！可见她的努力还是有收获的。这世上还有比这更让人觉得付出是有意义的吗？

郁棠觉得自己的眼眶都有点湿润了，忙表忠心道："三老爷教训得是，我记住了。我以后一定不会再犯同样的错误了。"她想到他那别扭的性格，又忙补充道："我这就让人去把双桃叫回来。铺子里有什么茶叶，我就用什么茶叶待客，您也不是那挑剔的人。至于素席，还是要让人送您府上去的，但一定要定酒楼里能定到的最好的素席。"

总算他的口水没有白费。裴宴的脸色又好看了一些。

郁棠松了口气，又有些心疼她要定素席的银子，估计没有五六十两是拿不下来的，而且素席向来比酒席还贵，难道银子就不能省一点吗？

他不是要名声而且是雅名吗？郁棠突然想到一个主意，为了家里的银子，她立刻斟酌地道："三老爷，您看，我把隔壁酒楼的素席换成昭明寺或是其他庵堂的素席行吗？"

这样格调够高了吧！而且寺里的师父知道了这是给裴家送的素席，一定会做得又好又不怎么要银子的——若是银子要多了，还怎么向裴家化缘要香火银子啊？毕竟庙里打的可都是艰苦朴素的旗子啊！

裴宴望着郁棠那双清澈如水却又时不时闪过一丝狡黠的眼眸，心情又好了一点。孺子可教！这小姑娘，聪明是真聪明，可惜落在了郁氏这样平常普通的人家，父母没什么见识，也教不了她什么东西，倒是有点明珠蒙尘了。

"可以！"裴宴觉得自己素来是个实事求是的人，好就是好，坏就是坏，既然郁小姐想出了个又省钱又风雅的主意，那自然是要肯定的。

她就说嘛，裴宴这个人，明着喜欢朴实无华，骨子里实际上最喜欢的还是奢侈华丽。但不管怎样奢侈华丽，还得表现得朴实无华。郁棠觉得自己对裴宴又有了一层新的了解，他在她心里也变得亲切了起来。

她立刻找了之前在账房服侍的那个小伙计去把双桃追回来，又去找了在后面库房和小作坊里看着的大伯母，请她派人去昭明寺安排素席，并小声叮嘱大伯母："要让人知道这是我们家孝敬裴家三老爷的。"

这不是在昭告天下他们家得了裴家的庇护吗？于郁家可是有百利而无一害的。大伯母有什么不答应的。

"知道了。"王氏笑着应道，"你放心，这件事我知道该怎么办。一定会办好的。"

郁棠还有些担心，忙道："过之而犹不及。"

"知道，知道。"大伯母若有所指地朝她笑了笑，道，"肯定不会让人非议我们郁家巴结裴家的。"

郁棠抿了嘴笑。

等郁文和郁远送走了相家的人赶过来的时候，裴宴已经走了，郁博正招呼着请吴老爷等来恭贺铺子开业的乡绅、掌柜们去酒楼吃酒。见到郁文，郁博忍不住笑着把正要和吴老爷等人打招呼的弟弟拉到了一旁，低声道："我们家阿棠，可了不得了。今天裴三老爷过来，要不是她，就得出大事了。"

这一听就是郁棠又立了什么功劳。郁文立刻笑了起来，十分感兴趣地道："那你快说说，到底是怎么一回事？"

郁博就把裴宴过来是郁棠招待的，郁棠还非常贴心地安排了一桌素席送到了裴府的事告诉了郁文，最后还感慨道："当时我们都没有想到。郁棠送的还是昭明寺的素席呢！"

昭明寺到临安城有半天的路程，等闲人家他们肯定是不会送的，这次能接了郁家的单子，也是因为郁家是给裴家送素席。这样一番大张旗鼓地张罗，不到明天，大家都会知道裴宴亲自去给郁家的铺子开业道过贺了。郁家为了感谢裴宴，专程订了素席送去裴府。

郁文喜上眉梢，觉得自家的闺女可惜是个姑娘家，要不然肯定比郁远有出息。可这话他不好说，说出来好像是他阿兄没有把儿子教好似的，他只能在心里暗暗得意，嘴上还谦虚地道："哪里，哪里，都是阿兄和阿远教得好。不然她一个小姑娘家的，谁会听她的啊！"

郁博倒没有那么多的想法，弟弟自谦，他肯定要客气几句。兄弟两人你一句我一句地互相吹嘘了一会儿，眼看着来道贺的宾客都在夏平贵的引领下往酒楼去了，这才打住话题，一起过去招呼客人。

郁远则默默地跟在父亲和叔父的身后，想着相家来人说的话。

他和相小姐的婚期定了下来，听相家的意思，如今富阳的人都说相太太苛待继女，相太太在家里大发雷霆，相老安人的意思，这婚事一定要大办，让大家都知道相家对相小姐的重视。郁家小门小户的，这边的婚礼要用的鸡鸭鱼肉什么的，都由他们相家承担，郁家只管放开手脚筹备婚事。

　　说这话的时候王氏不在场，郁文和陈氏都不好当家做主；郁远又是小辈，也不能随意开口说话，大家含含糊糊地把相家的人送走了。但相家的意思在那里，等会儿忙完了铺子里的事，回到家里，父亲和叔父肯定要商量这件事该怎么办了。

　　对于相小姐，他是很同情的。出生在那样的人家，谁也不愿意，所以相家提出来的要求虽然有些侮辱人，但郁远却不想让相小姐为难。他只是有点担心有这样的岳家，只怕以后还有得折腾的时候。不过，他也不准备全都听相家的，免得相家以为他们郁家好欺负，有事没事的就提这样那样的要求。可是怎样才能既不让相小姐难过又能保全郁家的颜面，郁远还没有想出能两全的计策。刚才听了父亲的话，他突然有点想去找郁棠拿个主意。不管怎么说，郁棠是女孩子，女孩子天生都擅长处理家宅里的事。裴三老爷她都搞得定，肯定也能搞得定相家的人。郁远这么一想，顿时觉得人都振作了起来。

　　等到酒楼那边的酒席散场时，他去付了酒席钱，然后找了个借口悄悄地溜回了铺子。

　　郁棠还没有走，陈氏也赶了过来，跟王氏一起，三个人围坐在账房的小书案前说着话，看见郁远进来，她们都不约而同地打住了话题，王氏甚至露出了个强撑出来的笑容对他道："你回来了！酒楼那边还顺利吧？你阿爹有没有喝多？你怎么没有和你阿爹、你叔父一道回来？"

　　郁远想了想，也没有拐弯抹角，直言道："姆妈、婶婶，你们是在说我和相家的事吧？"

　　王氏和陈氏交换了一个眼神，略一思忖，觉得没有必要瞒着郁远。王氏遂道："是啊，我和你婶婶正在说你和相小姐的婚事。这相家，可真是麻烦，弄得我们家答应也不是，不答应也不是。刚刚你婶婶还在说，这是你自己的婚事，只要你愿意，其他都是次要的。相家怎么说，我们家就怎么做好了。"说来说去，全都是银子闹的。要不是没钱，抬头嫁女儿，低头娶媳妇，不管相家提出什么样的要求郁家只管答应就是。

　　郁棠低着头在旁边听着长辈们说话，心里却在想着也不知道裴三老爷把拍卖的事安排在了什么时候，在大堂兄成亲之前能不能拿到银子？若是拿不到银子，能不能把家里的老物件当一当？

　　谁知道郁远听了却看向郁棠，问道："你觉得呢？我们家应该怎么办？"

　　王氏和陈氏目瞪口呆。郁棠一时也没有反应过来。

　　郁远只好道："我听阿爹说了，裴三老爷过来的时候，多亏是你机敏应变。相家的事，你也帮我出个主意呗？"听这口气，郁远还是想维护相小姐的，只是不满意相家的人。

　　郁棠松了口气。这就好。她最怕阿兄和相小姐在婚礼期间生了罅隙，影响了夫妻感情。这件事她无论如何都得帮忙啊！

郁棠脑子飞快地转着，她道："相家只说要婚礼盛大，可这婚礼盛大也不一定就是要花很多的银子啊！也可以是规格很高啊。比如说，把临安城里有功名的人家都请来喝酒……"

这样一来，酒席就不需要请很多的人，别人说起来也有面子。相家要的不就是面子吗？

郁远几个眼睛一亮，齐声道："这是个好主意。"

王氏道："若是能请了裴三老爷来就更好了。"

郁棠汗颜，道："裴三老爷都还在孝期，我们家铺子开业他已经来过了，阿兄的婚礼我看就算了吧！"齐大非偶。同样地，他们家和裴家地位相差颇大，关键的时候请他们家帮个忙也就算了，平日的交际应酬还是算了吧。

王氏点头，觉得郁棠说得有道理，和郁远商量着请客的名单来。

郁家因为人丁单薄，来来往往的多是青竹巷的乡亲，最多也就坐个七八桌，再加上临安城的读书人，不会超过十二桌，这样一来就什么问题都解决了。

乡亲好说，乡绅和读书人，估计还是得郁文出面。

郁棠却没有第一时间去磨墨，而是和王氏、陈氏商量："阿兄的身份，要不要提一提？"

如果郁远作为郁家唯一的子嗣，一肩挑两房，郁远成亲，郁文也是公公之一，他的朋友自然要来捧场。可这样一来，郁棠将来就是嫁人而不是招婿了。这么做有利也有弊。

王氏没等陈氏说话已出声道："这件事不用和你大伯父、你阿爹商量了，就说是侄儿成亲，不能把话说死了，别让阿棠的婚事再出现什么波折。"

在王氏看来，郁棠的婚事放话要招婿是件好事——若是能招了好女婿上门，自然就什么都不用说。万一两三年后郁棠的婚事还没有着落，这个时候再把郁棠嫁出去也不算太迟，还是能挑个好人家的。

陈氏当然也是这么想的，在这件事上她就没有大方地开口说同意了，毕竟这关系到郁棠的终身幸福。她虽然也疼爱侄儿郁远，可相比起亲生女儿，她当然是疼亲生女儿多一些。王氏能这样为郁棠着想，陈氏还是领她这份情的。

她道："大家也别着急，等惠礼和大伯回来了，我们再好好商量商量，总能想出办法来的。"

王氏点头，四个人又围坐在一起商量了半天。好不容易等到郁博和郁文陪着吴老爷等人回了铺子，两兄弟都喝得满脸通红，舌头有点发硬，这事也就不好在这个时候说了。直到第二天郁氏兄弟酒完全醒了，两家人才重新坐下来商量相家的要求。

郁博当然是不同意。他气得不轻，道："我们郁家向来是有多少米就吃多少碗饭，他们相家这样喜欢徒有其表的人家，我们高攀不起。"

郁远当时脸就白了。阿兄这是怕婚事起波折？

郁棠再次感受到了郁远对这门亲事的在乎。要知道在梦中，高家提的一些并不太过分的要求郁远都反应冷淡，高氏还没有嫁过来两家之间就有了矛盾，郁远更是没有为高氏求过情，低过头。这是她阿兄的缘分到了吧？

郁棠眯了眼睛笑，给大伯父端了盘柑橘过去，朝着郁远使眼色，把主场留给了家中的长辈，和郁远在刮着寒风的屋檐下说话。

"你都这样不安了，阿嫂肯定也很不安。"她怂恿着郁远，"她如今又住在相家，消息不通。你要不要想办法去安慰安慰阿嫂？"

郁远开始还有些嘴硬，在郁棠促狭的目光中不由得也软了下来，低声道："怎么，怎么安慰她？"

郁棠笑道："我给阿嫂做几朵绢花，你让人送过去。"

郁远忙追问："这样行吗？"

"肯定行啊！"郁棠道，"小姑给嫂子送绢花，谁还能说什么不成？不过，让我给嫂子做绢花，我可是有条件的。"

郁远听着就给了郁棠一个爆栗，道："你一个做小姑的，给嫂子做绢花还敢讨价还价？"

郁棠抱着头直嚷郁远有了嫂子就没了妹子，把郁远臊得脸上能滴血，小声求饶，并且答应他成亲的时候给郁棠打个五两的银手镯这事才算完。

玩笑开过了，郁棠说起正事满脸的严肃："我要去趟杭州城，阿兄你陪我一道。"

去杭州？！郁远愕然。

郁棠看了看屋内。

昏黄的灯光下，几位长辈正说得热火朝天。

她这才把声音又压低了几分，道："我之前不是说过吗？不会就这样轻易放过李家的。我想去杭州，会会那位顾家二房的大小姐。"

"你是说李端的未婚妻？"郁远脸色微变。

郁棠点头。

"不行！"郁远立刻道，"君子报仇，十年不晚。李家的事，我一定会给你一个交代的，但你不能再牵扯进去了。"

他的妹妹，这么好。怎么能因为李端那个人渣就一辈子都背负着卫小山的死？要背，这祸事也应该由他这个阿兄来背。阿棠，要高高兴兴地成婚生子，幸福平安地活着。

"阿兄，我知道你担心我。"郁棠将心比心，梦中，她也是希望郁远能过得幸福快乐的，所以才捧着李竣的牌位嫁到了李家，"可有些事，我不自己亲自去做，会一生都不安宁。何况，有些事，并不是你想象的那样。"

郁远困惑地道："你这话是什么意思？"

郁棠没有吭声。

顾曦，是个非常漂亮的女子。不仅长相漂亮，而且气质优雅，是那种在人群里随意一站就能吸引人目光的漂亮。

梦中，她刚嫁过去的时候，顾曦不太瞧得起她。究其原因，顾曦觉得能让自己家的姑娘嫁个死人，不是贪李家的钱就是贪李家的名，是郁家的家风不正。可后来，郁棠做人做事渐渐挺直了腰板，她反而对郁棠和颜悦色起来。林氏有时候为难她，顾曦还曾暗中帮过她，两人还曾惺惺相惜。

后来李端觊觎她的事被顾曦发现，顾曦恨她恨得咬牙切齿，要不是两人同样都是李家的媳妇，她还顶着个贞节守寡的头衔，李家还指望着她挣个贞节牌坊回来，顾曦都能亲手杀了她。

再后来，大约是知道李端不可能放弃她，只要郁棠还在李家，李端就有可能做出惊天丑闻来，影响到李端的仕途不说，甚至还会影响到顾曦两个儿子的名声，顾曦就开始怂恿着李端让郁棠离开李家，这样一来，郁棠的娘家又不得力，李端就能收郁棠为外室。

李端因而对顾曦刮目相看，夫妻俩的关系也因此前所未有地亲密起来。

而顾曦，没有办法对付同为妯娌的郁棠，却能对付身为李端外室的郁棠。

梦中的郁棠，在知道了顾曦的打算之后，对顾曦曾经暗中帮助过她而产生的那些感激之情、因李端觊觎她而产生的那些不自在统统都消失殆尽了。她甚至怀疑，她大伯父和大堂兄的死会不会也与顾曦的这个主意有关。

在她想要离开李家去调查大伯父和大堂兄死因的时候，她毫不犹豫地利用顾曦帮了她一把。

可以说，郁棠是这个世上最了解顾曦的人之一，爱则爱到尘埃里去，恨则恨到骨子里去。梦中，顾曦先出手对付了她，现在，她决定先出手对付顾曦。当然，什么事都有好的一面也有坏的一面，就看人怎么选择了。也许，她先行出手，于顾曦也是一次机会。

郁棠淡淡地笑。郁远看得胆战心惊。

他怎么觉得自己的妹妹笑得像要去做坏事的样子，有些不怀好意？

"你，你要干什么？"他急切地道，"你可别乱来啊！要不然我不仅不会带你去杭州城，还会把这件事告诉叔父。"

郁远毫无威慑力地威胁着郁棠。

郁棠呵呵地笑。她的这个傻哥哥，总是这样偏心地庇护着她。

"我知道。"郁棠笑眯眯地道，"我不会做傻事的。我只是想把李家做的那些事都告诉顾家的人，让顾小姐知道李端是个怎样的人。"

郁远听罢顿时如释重负，道："对啊！那李端不是什么好人。若是顾家知道了李家做的那些事，肯定会退婚的。你这样也算是帮了顾小姐一把。"他说完，犹豫道："要不等过了年再去？"

郁棠一愣，随后不悦地道："他们李家掳我的时候怎么就不管我们家是不是要祭祖呢？我们凭什么管他们顾家要不要过年？"

"好吧！"郁远道。

郁棠冷哼。若是顾、李两家能这样就把亲退了，未尝不是顾曦的幸运，可怕就怕顾家并不觉得这是件大事。但以她对顾曦的了解，顾曦知道李端做了些什么事之后，肯定会瞧不起李家，瞧不起李端的。

特别是李家用了这么多的手段最终却以失败告终。那顾曦嫁过来，还会因为爱慕着自己的丈夫而处处忍让、礼待林氏吗？郁棠很想知道。

"那你陪不陪我去杭州城？"她拉着郁远的衣袖道，"你要是陪我去杭州城，我就给阿嫂做朵粉红色并蒂莲的绢花，保证她戴出去没有一个比她漂亮的。"

郁远立刻就心动了。他想了想，道："能不能在那并蒂莲上歇对蝴蝶？"

郁远是见过郁棠做的绢花的，那些虫鸟尤其精美别致，是别家都没有的。

"啧啧啧，"郁棠喜欢这样的郁远，有所追求，有所爱，但她还是忍不住打趣哥哥，"阿嫂还没有进门呢，你就开始欺负妹妹。你知不知道，那些虫啊鸟啊的最花工夫，等闲的绢花最多也就一两天的工夫就能做好，可若是点缀了虫鸟，就得四五天。你就不怕我眼睛花了吗？"

"我，我没这意思！"郁远大窘，又不愿意放弃让郁棠帮相小姐做个更好看的绢花，只好道，"好妹妹，等你成亲的时候，我让你阿嫂帮你做鞋袜。"

"我成亲的时候才不做鞋袜呢！"郁棠得意地道，"我让阿爹直接到成衣铺子里去定做。"

郁远没了办法，急得团团转。

郁棠哈哈大笑，道："那你陪不陪我去杭州？"

"去，去，去。"郁远立刻道。

"那你想个咱们去杭州的借口。"郁棠继续奴役郁远。看郁远的样子，等他结婚了，他肯定是对老婆孩子最亲，她是指使不动了，趁着现在还有机会，就不能随便放过他。

郁远立马答应了。郁棠这才满意地和郁远回到燃了银霜炭大火盆的厅堂内。

不知道是为了报复李家，还是惦记着安抚相小姐用的绢花，郁远很快就想好了带郁棠去杭州城的借口——郁家的漆器铺子重新开业了，知己知彼，方能百战百胜，他得去杭州城看看别人家的漆器铺子里都卖的是些什么样子的货，带了郁棠去则是由她帮着看看那些漆器上都雕的是些什么图样，最好是能回来再描个图给师傅们看看。明年开春也好知道做些什么漆器放在铺子里卖。

"阿棠她能行吗？"郁文怀疑道，"她画个画眉像山雀似的，你就不怕她把图样画成四不像？"

郁棠气得不想说话。

郁远则笑道："可阿棠聪明啊！要是只是想去描个图样，我还不如带铺子里的师傅呢！"

"那倒也是。"郁文听着又得意起来，吩咐郁棠道，"你可得看仔细了，别让你阿兄回来后没办法在你大伯父面前交差啊！"

"您就放心好了，"郁棠大言不惭地道，"等我和阿兄回来，明年保证让铺子里卖的货大变样。"

郁文和郁博压根不相信，只当郁棠是在说大话，却也同意了郁远带郁棠去杭州城看看的事。陈氏还悄悄地给了郁棠二两银子，让她看到自己喜欢的东西就买点回来，还道："要是没有喜欢的也别乱买，等到明年开春了，我和你大伯母还会去趟杭州城，到时候再给你买点穿的戴的也不迟。"

郁棠开开心心地应了。

坐船那天郁棠又穿了件油绿色粗布素面褙子，梳着丫髻，拢着衣袖挽了个青色的粗布印花包袱，包了同色的粗布头巾，和郁远去了杭州城。

路上郁远怕她吹了风，寻了个角落的位置，去向船家讨了热水给郁棠灌了个汤婆子塞到怀里，悄声问她："你准备怎么给顾家报信？"

别人的事郁棠可能说不清楚，顾曦的事她可太了解了。

为了不让郁远担心，郁棠悄声道："我早就打听清楚了。那顾小姐有个乳娘，从前是顾太太的陪嫁丫鬟，对顾小姐再忠心不过了。她有个儿子在顾家武林门那里一个卖绸缎的铺子里当小伙计，每隔半个月，顾小姐的乳娘就会想办法出府去看看这个儿子。到时候我们去碰碰那个乳娘，装作无意地把李家的事告诉那个乳娘。乳娘听了流言蜚语，肯定是要去打听的。我寻思着过了这些日子，临安城的这些事也应该传到杭州城里去了。"

郁远连连称好，道："若是顾家因此能和李家退了亲就最好不过了。"

郁棠没有回话，而是转移了话题，道："这次我们还是住在如意客栈吗？"

如意客栈离武林门有点远，但老板、老板娘都很熟，前面还是裴家的当铺，佟大掌柜的弟弟在那儿当大掌柜，想想就觉得亲切。

郁远估计也是这么想的，道："你不是说还要买点做头花的材料吗？那边离得近一点。"

郁棠就抱怨道："阿兄，你以后要学得机灵点。谁家的并蒂莲上落的是蝴蝶？蝴蝶翩跹，却成双成对，转眼即逝。要落，也落的是蜻蜓。以后你要是不懂这些，就问阿嫂，别自己拿主意。这次我们去了杭州城，我好好帮你找找，做几滴露珠落在并蒂莲上，那才好看呢！"

郁远嘿嘿地笑。很快船到码头，他们买了点吃的，去了御河街如意客栈。

老板和老板娘都还记得郁棠。他们不仅热情地招待郁棠兄妹住店,老板娘还专程给郁棠挑了个僻静的客房,亲自打了热水给她梳洗。郁棠自然是谢了又谢。

老板娘低下头让她看自己发间的绢花:"上次你来的时候送给我的。大家都说好看。戴出来一次被夸一次。"

郁棠抿了嘴笑,就又请了老板娘陪她去逛卖头花材料的小巷。她准备这次多做几朵头花,等到她阿兄和相小姐回门的时候,能拿回相家显摆。

郁远知道后松了一口气。他正要去武林门那儿打听消息,正愁不知道怎样安排郁棠。

"那你小心点。"他叮嘱妹妹,"买完了东西就回来,我晚上不在客栈里用晚膳,已经跟老板交代过了。到时候老板娘会把晚膳端到你屋里的,若是你用了晚膳我还没有回来,记得把房间门窗关紧了,早点睡,有什么事我明天再跟你说。"

郁棠还是第一次托大堂兄做这样的事,不免有些担心他露了马脚被顾家的人盯上,或是遇到什么危险的事,拉了他的衣袖关心地道:"你万事都要小心点。打不打听得到消息好说,最要紧是要平平安安的。你也说了,君子报仇,十年不晚。留得青山在,不怕没柴烧。这次我们不行,下次再想其他的法子就是了。你要是有什么事,我也不想活了。"

"你胡说八道些什么呢?"郁远听着哭笑不得,道,"让你少看些话本、少去听戏,你当耳边风。你少想些有的没的。你以为我去做什么啊?给你打听顾小姐乳娘的消息固然重要,最要紧的是我们家铺子里的生意。去武林门,也是去找姚三儿的,顺带着才是去帮你打听消息。"

自从上次来杭州城和姚三儿联系上之后,郁远就和他走动起来。前些日子他还请人带了年节礼给姚三儿。他们家铺子开业,姚三儿也请人带了贺礼到临安。

这样就好!郁棠嘻嘻地笑,道:"那阿兄早去早回。记得给我带镇北城家的卤猪头。"

"你一个姑娘家家的,吃什么卤猪头?!"郁远无情地道,"要给你带,也是带桂花糕、芡实粉、窝丝糖。"说完,怕郁棠还缠着他让他买这买那的,他一心软,又会像从前那样什么都答应了,他索性朝着郁棠挥了挥手,说了声"我走了,你自己小心",就头也不回地出了客栈。

郁棠气得腮帮子鼓鼓的,却也没办法,只好和老板娘去了隔壁卖头饰的小巷子,然后看到有卖栗子糕的,她买了二斤,托客栈的小伙计送去给佟二掌柜,并让那小伙计带话:"上次来杭州城多谢佟掌柜照顾,原本想从家里带点土仪过来的,结果都没有杭州城里卖的好吃。就干脆在隔壁巷子买了些糕点。东西平常,不成敬意。还请佟掌柜多多包涵。等哥哥回来了,再专程去拜访佟掌柜。"

她被裴宴教训之后,回去后好好地跟着郁文学了学礼节。知道这个时候想去拜访人,人不能直接去,而是要提前送个名帖或是差人送个果点什么的,先和人打过招呼了，约定了时间再去，这才叫有礼有节；还吸取了给裴宴送礼的经验教训，拿出诚意来，实话实说。

佟二掌柜接到糕点果然很高兴，因郁棠是以郁远的名义送的糕点，佟二掌柜让小伙计回话也是带给郁远的，说是明天晚上在铺子的后院设宴，请郁远过去喝一盅。

郁棠做主代郁远应了，又让那伙计帮着买了几坛上好的金华酒，等郁远回来。

郁远是赶在宵禁前回来的。

他喝了酒，脸通红通红的，两眼有些发直，说起话来也颠三倒四的。

郁棠没办法，想着等得了舆图拍卖的钱，得给郁远买个贴身的小厮才行。他们家不是什么大户人家，郁远从前跟着的小厮说是服侍郁远的，实际上多半的时候是在服侍她大伯父；而且郁远马上要成亲了，相小姐虽说是在农庄长大的，但不差钱，到时候身边恐怕也有好几个服侍的，她不能让她大堂兄太寒酸了。

念头一起，就有点止不住。

她塞几个铜钱请客栈的小伙计帮着照顾郁远梳洗，自己则去找老板娘，想请她帮着介绍个相熟的靠谱的牙婆准备给郁远买个贴身的小厮。

老板娘颇为意外，笑道："哎哟，你们家这日子是越过越好了。"

像郁家这样的人家，身边服侍的通常都分得不是那么清楚。这次要专程给郁远买人，要不是家里发了财，肯定不会如此大方的。

郁棠无意多说，笑道："我阿兄快要成亲了，总不能身边连个跑腿的人都没有。"

"那倒是。"老板娘笑着一口应下，去忙着给郁棠寻人暂且不说。郁远第二天一大早起来，头疼得想撞墙，端了早餐进来的郁棠可没个好脸色给他。

"活该！"郁棠道，"谁让你喝那么多的。身边连个跟着的人都没有，要是摔到哪里了看你怎么办？你可是答应过我要好好的！"

郁远不好意思地笑，讨好她道："阿棠，我昨天帮你打听清楚了。要是顾家那边没有什么要紧的事，顾小姐的乳娘明天就应该会去铺子里看她儿子。说起来这件事也挺巧的，姚三儿的铺子就在顾家铺子的后面，姚三儿不仅和顾小姐乳娘的儿子认识，和他们家铺子的几个掌柜也都认识。据他说，他们家那个三掌柜就是个嘴碎的，特别喜欢说东说西，因为这，他们大掌柜对他很不满意。他心里也清楚，想趁着和顾家还有点香火情，就想找个小点的铺子当大掌柜。听说我是从临安城来的，想在杭州城开铺子，他对我特别热情。我昨天喝多了，就是因为他在酒席上一直劝酒来着。"

很少有掌柜会换东家的，若是换了东家，没有旧东家的推荐信，新东家也不敢用这个人的。

郁棠听说这个三掌柜嘴碎就有点不太喜欢，道："要是你来杭州城开铺子，你会用这个人吗？"

"不会！"郁远也不喜欢嘴碎的人。

郁棠想到裴宴教训她的话，道："我们利用他是利用他，但不能因此让他觉得我们以后会请他做铺子的掌柜，这两件事要分清楚。"闹出恩怨来就不好了。

郁远捂着又开始疼的头，瓮声道："我知道。是姚三儿，怕我被他们看不起，就说我要来杭州城开铺子了。我当时就说了，我是很想来的，可我爹不让。这件事十之八九是做不成的。我最多也就是过来看看，过过眼瘾。"

郁棠点头。

郁远说起盛家的漆器铺子来："走进去一看就让人觉得他们家铺子里的东西特别好。可再仔细一看，卖得并不是太贵。当然，也有些东西卖得很贵，但我总感觉它们卖得贵也是有道理的。他们家的那些漆器的图样，真的很新颖。不说别的，同样是福禄寿的漆盒，他们那雕工，栩栩如生的，我们家真的比不上，更别说他们家还有'衬色螺钿'这样的手艺……"

他说着说着，神色变得沮丧起来："我没好意思多看，正巧和姚三儿约的时间也快到了，就赶紧走了。我回来想想这样不行，今天还得去看看。"

郁棠能感受到他心中的痛苦。郁远虽然是个少东家，也跟着郁博跑了一些地方，可他到底只是个还没有及冠的少年，初来乍到，又是名家名店名品汇集的江南第一城杭州城，肯定会有种珠玉在侧的不自在。梦中，她刚嫁到李家的时候，面对漂亮大方的顾曦，她也曾生出过这样的自卑感。

"我陪你一块儿去。"郁棠道，"正好我也是快要出阁的年纪了，若是那'衬色螺钿'真如传说中那么好，等明年开春陪着姆妈和大伯母过来的时候，也可以买一两件物什回去。"

主要是她这样去盛家的铺子里逛，给了郁远充足的理由。郁远有了底气，举止行动间自然也就能大气起来。那些铺子里的掌柜和伙计们个个火眼金睛的，想得也多，发现他们穿着粗布衣服却敢随意观看他们家东西的时候，肯定会以为他们是哪个大户人家出来历练的子弟，自然也就不敢怠慢他们了。大堂兄也可以通过这件事学些待人处事的方法。

郁棠暗中为自己的主意点头，莫名又想起了穿着朴素细布衣裳却拿着珍稀物件把玩的裴宴，很容易让那些狗眼看人低的人摔个大跟头。郁棠骤然间感受到了裴宴的恶趣味。

她不由擦了擦额头并不存在的汗，这才把佟二掌柜请客的事告诉了郁远："我们今天出去逛逛，晚上得早点回来。你也可以趁机向佟二掌柜请教一下杭州城的生意经。"

郁远有些紧张。他这还是第一次离开父亲和叔父的带领，独自应酬像佟二掌柜这样有身份地位的前辈。但他不是个退缩的性子，既然郁棠都已经帮他筹谋好了，他就会尽力去做好的。

至于今天白天，他们决定上午去逛杭州城盛家的漆器铺子，下午去姚三儿那里见见顾家的三掌柜，说说李家的事，最好那个时候顾曦的乳娘正好经过。

拿定了主意，兄妹俩用过早膳，换了身干净整洁的衣裳，就往武林门去。

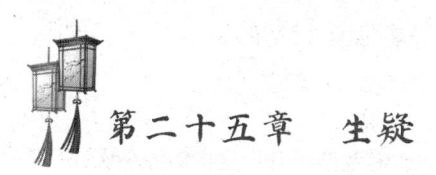

第二十五章　生疑

武林门周围最多的是绸缎铺子。或者是因为马上要过年，各家的铺子开不了几天就要歇业了，街上的人特别多，比肩接踵的，一眼望去，哪里都是人头。

郁棠紧紧地跟在郁远身后，左顾右盼，打量着周围的店铺，没一会儿就看见了盛家的漆器铺子。

八间宽的门面，大红色人高的招幌，看着和旁边的铺子差不多，黑漆的门扇上却镶着透明的玻璃。大冬天的，别人家铺子都挂着厚厚的棉布帘子，只有他们家，能模模糊糊地看见里面的人影，一眼望去就与众不同。

待走近了，她发现盛家漆器铺子里迎来送往的小伙计个个都长得眉清目秀不说，还全都穿着一色的鹦哥绿潞绸袍子，脊背挺得笔直，脸上全都洋溢着热情的笑容。看见郁棠被人挤了一下，一个小伙计还主动上前帮她拦了一下人潮，关切地对她道："小姐，您小心点。没有挤到哪里吧？"

郁棠笑着向小伙计道谢。

小伙计不知道是忙得太热了，还是不好意思，脸红通通的，忙将她和郁远迎进了铺子，并没有出现她来之前预想的什么狗眼看人低的情景。

郁棠想想家里那几个看人都小心翼翼的伙计，不由在心里暗暗叹气。

等进了铺子，她才发现，铺子里也是人山人海的。她见过的漆器铺子的货架都是开放式的，大家可以随便摸随便拿在手里看。盛家的铺子却有柜台拦着，东西全放在透明玻璃柜里，要看什么，柜台后的小伙计就拿什么给客人看。只有那些大型的漆器，如屏风之类的货品是放在多宝阁旁边的空地处，可以任由人观看、赏玩的。所以铺子里的人虽多，却不用担心丢了东西。

郁远昨天就来看过了，此时不由和郁棠低语："看，他们家的生意有多好！"

郁棠不动声色地点了点头。

那小伙计殷勤地道："公子、小姐，你们想买什么？要不要推荐？眼看着要到春节了，公子小姐是要买了东西送长辈呢，还是进来看看？要是送长辈呢，就到这边来瞧瞧，看有没有合适的。若是进来看看，我就给你们介绍一下我们家都卖些什么，以后需要什么，再来我们店里仔细看看。"

这些小伙计都是经过特别训练的。郁棠在心里想。梦中，她见过这样的铺子伙计。只是那些铺子里的伙计没有盛家漆器的伙计穿得好，也没有他们家的伙计这么精神。潞绸，可是一些乡绅老爷才穿得起的料子，盛家居然给铺子里的小伙计穿，财大气粗得很，也难怪她阿兄会气短。何况像盛家这样训练铺子小伙计的，估计在杭州城也是第一家。

只是不知道这法子是不是他们家发明的。

以后几年大家都会跟着学，就是临安城，也有些铺子开始这样训练小伙计。

这样看来，他们家不仅是货卖得好，在铺子的管理和人事上也很有自己的一套。

郁棠暗中观察。

郁远已道："我们就是过来看看，若是有好东西，也买几件回去。"

小伙计看了郁棠一眼，自以为了解了他们的来意，笑着将他们带去一个卖小匣子、小镜奁的柜台前。小伙计先挤了进去，指了站在一旁的郁氏兄妹，对正在售卖的小伙计道："这两位客人想看看有趣的小物件。"

其中刚刚给一位客人拿了东西的小伙计看了两人一眼，立刻转身去拿了个托盘，摆放了几个小物件在上面拿给了挤进来的小伙计道："这些都是春节前新出的，你看看公子和小姐有没有喜欢的，要是没有，我再帮着拿。"

小伙计道了声谢，接过托盘挤出了柜台，客气地对两人道："公子和小姐看看有没有喜欢的，这几样东西还有配套的攒盒、笔墨盒……"

郁远定睛望过去，见那托盘里摆放着几个用"衬色螺钿"工艺做的胭脂盒、口脂盒等，都是些玲珑小巧，珠光宝气的物件，十分适合闺阁女子用。他拿了起来仔细打量着。郁棠只是看了一眼就没再看。

梦中，托李家的福，她见过内廷造的百宝嵌，盛家的衬色螺钿就没那么令她惊艳了。

她在打量铺子里的客人和伙计。

伙计非常多，几乎每位客人都能被照顾到。不能照顾到的，也能做到一问就有人回话。铺子里的客人虽然多，又特别忙，却没有客人不满。

铺子里的货品种类特别多，小到放金三事的小匣子，大到十二扇的屏风，图样也特别多，除了传统的麻姑拜寿之类的，还有些新式的梅兰竹菊四君子，像画画一样，有大量的留白，但也有非常复杂的看不出什么寓意的图样，像她大堂兄手里拿着的那个仿百宝嵌做的匣子，镶了各式各样的贝珠，在光线下呈现出七彩的光芒。

这不是一间随随便便就可以模仿的铺子。

郁棠和郁远从铺子里挤出来，什么都没有买。小伙计还是如迎他们进去一般周到地将他们送了出来，还介绍自己叫什么，让他们下次再来的时候就找他。若是觉得铺子里的东西都不满意，也可以照着他们的要求给他们定制。

郁远笑着向小伙计道了谢，和郁棠往顾家铺子去，直到把盛家铺子远远地甩在了身后，这才苦笑着对郁棠道："这下你知道我为什么沮丧了吧？唉，我们家的铺子要是能有这铺子五分之一，不，十分之一的生意我就满足了。"

郁棠笑着给郁远打气，道："我们慢慢来。难道杭州城就他们一家漆器铺子不成？昌盛是杭州城最大的绸缎铺子，难道除了昌盛，别人家的绸缎铺子都没有了生意不成？"

郁远叹气道："总有人压在你头上，你花了多大的力气都追不上，永远只能跟在别人的屁股后面追，还能有什么乐趣？"

郁棠哈哈地笑了起来，鼓励大堂兄："我们要不要试试，看能不能做出一间比盛家更好的漆器铺子来。"

郁远犹豫了片刻。

郁棠打起了精神，做出一副兴致勃勃的样子高声道："走，我们去看看其他家的漆器铺子都卖的是些什么！"

郁远看着郁棠夏花般绚丽的笑容，心情好了很多，笑道："我们还是先去顾家铺子吧！我听顾小姐的乳兄说，顾家过年的时候应酬特别多，他娘过年的时候是不出府的。我们若是想碰顾小姐的乳娘，就得抓紧时间，今天若是碰不到就只能等过完年了。"

郁棠赶在小年之前跑到顾家人面前说李家的事，不就是想让两家过年都不安生吗？要是等过完了年，那还有什么意义？

"话不在多，有用就行。"郁棠不以为然地挥了挥手，道，"我们还有一下午时间呢，还是先逛逛杭州城里的漆器铺子，看看那些铺子都卖些什么，哪些图样销得最好。"

这太花时间了，而且，盛家漆器铺子火爆的生意也让郁远有点受打击。

"就像那些漆器都不要钱似的。"他还耿耿于怀地小声嘀咕着。

郁棠直笑，拉了她阿兄进了离盛家不远的一家漆器铺子。

铺子里只有零零散散的五六个客人，小伙计也懒懒散散地没什么精神。

郁棠仔细地看了看，这家漆器铺子里什么样工艺的漆器都卖一点，都卖的是些传统的图样。

郁氏兄妹又连着走了好几家漆器铺子，郁棠心里渐渐有了些印象。此时也到了午膳的时候，郁远他们这个时候去姚三儿的铺子，姚三儿必定要请他们午膳。姚三儿的生意虽然不错，但也只能养家糊口，郁远不好意思再打扰，想着郁棠难得和他出来一趟，不如领着她下馆子好了。

他想了想，带郁棠去了一条小巷，找了一家只有七八个桌子，外面却等着一大群人的小面馆对郁棠道："你别看这面馆小，却很有名，在这儿已经开了好几代人了。这还是上次来杭州城时姚三儿带我来吃的。他们家最有名的就是笋片面了，你尝尝合不合你的胃口。"

郁棠从小就喜欢往外跑，像所有的小孩子一样，总觉得外面的东西比家里的好吃。如今虽然长大了，可梦中被拘在李家六七年，这性子不仅没有因为年纪渐长有所改变，反而越来越喜欢出门了。

她笑嘻嘻跟着郁远等了好一会儿才等到两个位子坐下。

郁远很熟练地点了两碗笋片面，就低声和郁棠说起了漆器铺子的事："我寻思着，等过完年了来杭州城住些日子，就守在他们家的铺子跟前看着他们家每天都卖些什么……"

这办法虽然笨，却很实用，但明年三月她阿兄就要成亲，难道他要丢下新娘子一个人跑到杭州城来吗？

郁棠觉得有些不现实，正想劝郁远几句，却听到了一个熟悉的声音："老板，还要等多久？"

她一抬头，就看见一个十七八岁小伙计打扮的小伙子虚搀着个看上去只有三十出头，圆脸大眼，看上去十分和善的妇人站在面馆的门口。这可真是得来全不费工夫。他们居然在这小面馆里遇到了顾曦的乳娘和她乳兄。更巧的是，坐在他们对面的一对夫妻已经吃完了，正要起身结账。

郁棠立刻拉了拉郁远的衣袖。

郁远还以为郁棠要和他说什么，结果一抬头却看到了顾曦的乳兄。他心中一动，朝着顾曦的乳兄招手："顾兄弟，这里！"就好像他俩和顾曦乳兄是一起的，而他们则是提前来占位子的。

顾曦的乳兄看了看还在外面排着长队等着吃面的客人，又看了看对他笑得很是热情的郁远，略一犹豫就露出了笑容，朝着郁远挥手道："我正想着你们去了哪里，没想到你们都已经坐下来了。"说完，他回头对顾曦的乳娘道："姆妈，我们进去坐吧！"

顾曦的乳娘有些迟疑。

顾曦的乳兄低声道："我等会儿还要回铺子里算账呢！"

顾曦乳娘一听，立刻就朝郁远和郁棠坐的那张桌子走过去。

"多谢小哥了！"待走到桌前，她客气又不失和善地道，"等下次让顾三儿请你们喝茶。"

顾曦乳娘嫁的是顾家一个早早被赐了姓的世仆，不过顾曦的乳娘命运多舛，生了三个儿子，只活下来了顾三。顾三两个月大的时候，丈夫暴病而亡。后来顾曦嫁到李家，顾三也跟着母亲一起去了临安，帮着顾曦管理田庄，娶了顾曦的陪嫁丫鬟，是顾曦的左膀右臂，所以郁棠也认得顾三。

不过顾三此时还只是个少年郎，虽然还没有几年后的不动声色，却也表现出了几分精明能干的模样。他向郁远问了好，将母亲安置在郁棠对面坐下，自己并不坐下，而是问郁远："郁兄，你们的面点了吗？"

郁远点头，笑道："我们点了两份他们家的招牌笋片面。"

顾三点头，道："那好，我们也跟着点两份笋片面。"说完，他就跑去老板那里点面，催促下面去了，很是机敏，不愧是顾曦以后的心腹。

郁棠瞧着，心里有了个主意。

坐下来的顾曦乳娘，也就是顾三的母亲已开始和郁远说话了："你在哪家铺子当差？从前我怎么没有看见过你？你是怎么认识我们家阿三的？"听着像是寻常母亲关心孩子的交友，眼神却流露出几分警觉。

郁棠低下头喝了口店家送的大叶茶。

顾家在杭州城很显赫，不知道多少人想和他们家攀上关系。顾三作为顾曦的乳兄，想必也常会遇到有心人结交。

郁远并没有和顾三做朋友的想法，说起话来也就格外坦荡。他道："昨天刚刚认识的。我是临安人，来这里看个朋友。正巧我那朋友和顾兄的关系不错，大家就一起去吃了顿饭。看见你们在那里排队，就自作主张地叫了你们。"这话乍一听，就是个典型的结交顾三的手段。

顾曦乳娘眼神更警觉了，她道："郁小哥是临安城的？你来杭州城是玩还是有什么事啊？这眼看着要过年了，你们家长辈怎么会让你们这个时间出门？"说完，她还看了郁棠一眼。

郁远笑道："我们家就我们两兄妹，家里的事有长辈帮着操持，我们做晚辈的反而闲了下来，就来杭州城逛逛，看看有没有什么东西好买的。"

顾曦乳娘眉头微蹙，还想说什么，顾三已经端着个放了两个大海碗的托盘走了过来。

郁远忙上前帮着接了托盘。

顾三道："这是你们的两碗，我们的还要等一会儿。你们先吃吧，等会儿就轮到我们了。"

郁远把一碗面给了顾曦乳娘，一碗给了郁棠，道："反正我们也没有什么要紧事，让令堂和我阿妹先吃好了。我和你等一会儿，还能说说话。"

顾三看了母亲一眼。顾曦的乳娘微微颔首。

顾三就笑着坐了下来，帮郁棠和母亲各抽了双筷子，这才端着茶杯喝了一大口，笑道："也行！没想到这么巧，居然能在这里遇到郁兄。你们这是要去做什么？可定了什么时候回去？抽个空我请你喝酒。"

郁远不以为意地笑道："我和阿妹明天就回去了，回去后家里的铺子也要开始忙了，近期内多半没有什么机会来杭州城。顾兄要有机会去临安城，不妨去长兴街的郁家漆器铺子找我，我来做东，带你游玩临安。"

顾三飞快地看了母亲一眼，敷衍地笑道："那我一定要抽空去趟临安了。"

郁棠在心里冷笑。这两母子，恐怕是以为他们想通过他们不是搭上顾家就是搭上李家吧！郁棠心里不舒服，决定提前出手。

她拉了拉郁远的衣袖，用很低却又能令两母子听到的声音道："姓顾，不会是和杭州顾家有什么关系吧？"

郁远一时没有明白郁棠的葫芦里到底卖的是什么药，表情微愣。

顾三母子则交换了一个眼神，顾曦的乳娘更是十分干脆地道："郁小姐知道我们顾家？"

郁棠脸色一沉，道："你们真是杭州顾家的人？"

她正是青涩的时候，眉眼还没有全部长开，但大眼睛、高鼻梁，十分漂亮不说，当她低头不说话的时候，会给人一种娴静温婉的感觉；可她一说话，特别是这么一板脸，五官骤然间变得锋利起来，有种咄咄逼人的美艳。

顾曦的乳娘也是见过不少美女的人，居然被郁棠这一板脸镇住了，没能立刻就答话。倒是顾三，一直防着郁远两兄妹，闻言见母亲没有说话，他立刻道："我们算不上杭州顾家的人。只是家父是顾家的世仆，得顾家的恩惠，我高祖父的时候就跟着姓了顾，我们母子才能在顾家当差。"

如果郁家兄妹有备而来，肯定知道他是什么人，他也不用多说。若是不知道，凭他们的交情，也只用交代这些就行了。

谁知道他的话音刚落，郁棠就"腾"地一下站了起来，对郁远道："阿兄，我们走！我不要和他们这种人坐在一起。"

铺面不大，郁棠这一站，大家的目光全都望了过来，她的话更是传到了众人的耳朵里。不要说是坐在铺子里的人了，就是靠近铺子在排队的人也听见了，全都支起了耳朵，一时间铺面内外安静如木鸡，只听得见热汤"咕噜咕噜"翻滚的声音。

顾曦的乳娘自当了顾曦母亲的大丫鬟之后就再也没有遇到过这样的窘境了。她忙站了起来，低声对郁棠道："小姑娘，不管有什么事，你这样只会让大家都一起难看。你还是坐下来，有什么话我们好好说，没有什么事是不能解决的。若是我不能解决，就去找我们家顾大老爷，别人解决不了的事，他也有办法解决。"最后这句话，已隐隐流露出几分威胁之意。

郁棠就怕事不大，何况来的时候就已经做好准备把脸面放到一旁了。

她冷笑着坐了下来，直言不讳地说道："您也别用顾家的大老爷来压我，我既然敢做，就敢当。你就是把你们家大老爷叫来，我也没有什么不敢说的。"

顾曦的乳娘又气又急又烦。他们虽然坐了下来，可大家一看就知道他们之间有戏可看，铺子里的人看似若无其事地在吃面，实则个个都暗中盯着他们在瞧，巴不得听到什么流言蜚语好跟别人絮叨絮叨，大家的注意力还是在他们几个身上。

顾曦乳娘的声音不由自主地又压低了几分，面上强露出几分笑意来，道："郁小姐还是先吃面，等吃完面，我们再找个地方说话好了。"这要是在顾府，还吃什么面了，她早拉了这小丫头到旁边去说话了，话不说清楚，什么也别想吃。

顾曦乳娘强压着一腔火，郁棠可没准备惯着她，讽刺地笑了笑，用平常的声音道："您也不用在这里给我甩脸，我又不是顾家的什么人。说起来，我们家和顾家还有仇——你们顾家的姑爷李端，不对，应该说是你们顾家二房的亲家李夫人，可真是没脸没皮的，看看做出来的都是些什么事？你们家姑爷还披麻戴孝地给人家赔了礼。临安城看热闹的把街都堵了，谁人不知，谁人不晓。别一副害怕我们兄妹俩想要巴结你们似的嘴脸，我可不吃这一套。不过，有一点你说得对，无论什么事都有解决的办法，你要是觉得在我这里受了委屈，大可把你们家大老爷叫来，让你们家大老爷给我一个交代，看是你狗眼看人低，还是我们没有道理。"

她伶牙俐齿的，把顾曦的乳娘气得脸如锅底，偏偏顾忌着顾家在杭州城的名声不敢和郁棠大声说话。

郁远之前还担心郁棠行事太鲁莽，此时见顾曦的乳娘隐忍不发，这才相信郁棠所说的"大户人家更要面子，当着你的面不敢发作，只敢背地里使手段"的话，他松了一口气的同时心又悬到了半空。顾家不会暗中把他们兄妹给掳了去吧？他等会儿见到佟二掌柜，要不要跟他说说这件事？或者，他们连夜雇条船回临安去？反正他们要做的事都已经做完了，留在杭州城的意义也不大了。

郁远那边还在胡思乱想，顾三已经回过神来，他目露寒光地低声道："两位是来找事的吗？"

郁棠可没有梦中的好脾气，也没准备弯了腰让别人在她的头顶撒野，听他这么一说，立刻就回了过去："你以为你们是个什么东西？我要找事，也犯不着在你们身上找事！我看你是在杭州城里待久了，成了井底之蛙，以为除了你们顾家就没有别的人家了，和你们多说了一句话就以为别人是想在你们身上讨什么好处。你也不去打听打听，我们郁家在临安城也是体面的读书人家，和你们这些为奴为仆的有什么手段好使的？！"说完，她高声地喊了声"店家"，道："这两人我们不认识，麻烦您给换个桌！"

顾曦乳娘气得脸都青了，老板一脸敦厚老实地赔着笑脸，换也不是，不换也不是。

郁远倒是怕郁棠演得过火，惹怒了顾曦乳娘，反倒达不到目的，拉了拉郁棠的衣袖，佯装呵斥她道："你说你这脾气，一点就着，以后我怎么敢再带你出门？有什么话坐下来再说。大家都看着我们呢！你不怕被人围观，我还怕呢！"他想着能尽量拖延点时间，在顾三母子面前再说几句李家的不是。

郁棠还是比较了解顾三母子的，觉得自己的这番话已足以让这母子俩起疑，

· 085 ·

从而去调查李家的事。既然目的达到了，她也就无意再和顾家母子有什么纠葛，两碗面已经付了钱，不能浪费了。快点吃完离开好了。

她坐了下来。

郁远面色大霁，忙道："这就对了。面快糊了，先吃面吧！"说完，他又歉然地对顾曦乳娘道："您别生气，我这阿妹，什么都好，就是脾气有点急。不过，这也不能全都怪他。"说到这里，他开始抱怨顾三："你怎么没告诉我你是顾家的人？早知道这样，我也不会招呼你们一起吃面了。"

顾三自郁棠站起来，脑子里已经转了好几圈了。他现在一时还分不出郁远兄妹是无意间碰上的他还是有意在这里等他，可不管是前者还是后者，他们所说的李家之事都让他心中微寒。

他母亲是大小姐的乳娘，他们一家人的命运从一开始就和大小姐联系在了一起，是一荣俱荣，一损俱损的关系。大小姐的婚事，大少爷是不答应的，可架不住二老爷耳根子软，三下两下就被续弦的太太说动了心，想要跟长房的一争高低，要给家里的三位少爷找个帮衬，瞧中了李家那位少年举人，这才强硬地给大小姐定下了这门亲事。

如果郁家兄妹所说属实，那他们家大小姐的这位姑爷家里还真有可能如大少爷当初说的，家底太薄，没有底蕴，只怕是没有什么规矩。退婚是不可能退的，可大小姐这一生就完了！

顾三心急如焚，哪里还吃得下什么笋面片？他只想快点请人去打听清楚李家都发生了些什么事，好回去和大少爷禀报，让大少爷他们看看大小姐的婚约该怎么办。

"姆妈！"一直没有开口说话的他朝着母亲使了个眼色，示意母亲现在不要和郁家小姐逗口头之利，随后朝着郁远歉意地笑了笑，道："郁兄，我见你和姚三儿是自幼的交情，还以为他跟你说过我的身份，让你误会了，是我的不对。听你这话，好像你们郁家和我们大姑爷家有什么恩怨？不过，就像郁小姐说的，我和我姆妈毕竟只是为奴为仆的人，东家的事，我们也不好说什么，还请两位原谅。至于这同一张桌子，郁小姐，我吃完了午饭就要赶去铺子里帮忙，你就当是和陌生人拼了一个桌子吧，我们吃了立刻就走。"不愧是顾曦的左膀右臂，说起话来滴水不漏，面面俱到。

郁棠无意不依不饶。她点了点头，坐下来吃面。这家的面果然名不虚传，就算没有心情，一口汤喝了下去，鲜美的味道顿时让她食欲大开，面条更是做得筋道，让郁棠不由自主地专心吃起面来。

顾曦乳娘的心情却非常复杂。

顾家是杭州城数一数二的显赫之家，可房头多，矛盾也多。郁家兄妹就算是和李家有仇，想坏了他们家大小姐和李家的婚事，也不可能完全造谣生事，来这小面馆吃面的人数虽然不多，但来光顾的十之八九都是杭州本地人，郁家兄妹的话很快就会被传开。如果李家真的像郁家兄妹说的那样不堪，那他们家大小姐的婚事岂不是成了杭州城里的一桩笑柄，大少爷十几二十年都要被人嘲笑？

还有家里的继太太，原本就因为大少爷有本事处处看大少爷不顺眼，没办法找大少爷的就耽搁大小姐，顾家人谁不知道？要是李家真的不妥当，让他们家大少爷的脸往哪儿搁啊！

她哪里还坐得住，随意吃了两口面就吃不下去了。等到儿子的面上了桌，她更是频频给儿子使眼色，示意儿子快点吃完了好走。

顾三却冷静下来。事已至此，与其落荒而逃让杭州城里的人看笑话，还不如向郁家兄妹多打听点消息。

他连吃了几口面，感觉肚子有了个五成饱，郁远也吃得差不多了，这才开口道："郁兄，李家到底出了什么事，你能不能给我讲讲。我知道，你不是那喜欢是非口舌的人，可你也知道李家和我们家的关系了。我担心我们家大小姐——我姆妈是大小姐的乳娘，大小姐若是出嫁，我姆妈肯定是要陪着大小姐到临安城的，我也要跟着一道过去服侍。因为这个，大少爷才安排我到各个铺子里做学徒。就算是为了我自己，我也得问一声。还请郁兄不吝相告，我在这里先谢过郁兄了。"说完，他起身就要给郁远行礼。

刚才郁棠闹出来的动静才平息下去，顾三又主动问起李家的事。郁远不想再节外生枝，忙把他按坐在了凳子上，低声道："顾兄快别这样，有什么话我们好好说就是了。"说完，还像怕事似的朝四周望了望。

顾三当然也不希望事情闹大了。他顺势重新坐下，朝着郁远拱手："郁兄！"

郁远叹气，将舆图的事瞒下，轻声把李夫人因求娶郁棠不成而做出来的那些事，包括卫小山的事一一告诉了顾三母子。

两人越听脸色越难看，等听到郁家还曾请了裴宴做中间人时，两人更是齐齐地倒吸了一口冷气，顾曦乳娘更是低声惊呼："这么说来，裴大人也知道这件事了？"看那样子，有些顾忌裴宴的意思。

郁远心中一动，飞快地睃了郁棠一眼，道："知道了！不仅裴三老爷知道，我们临安城里但凡有点脸面的人也全都知道。"

顾曦乳娘的脸色顿时变得很难看。

郁棠眼睛转了转，有意冷哼了一声，道："现在知道我们不是信口开河了吧！你们要是还不信，大可去问裴三老爷。"

顾曦乳娘没有吭声。

顾三的笑容显得有点勉强，起身搀了他母亲，道："郁兄，我到了上工的时候，就先告辞了，以后有机会我再请你喝茶。"

郁远起身相送，假模假样地道："顾兄，我阿妹是个直脾气，若是言语之间

087

有什么得罪的地方,还请你不要放在心上。"

"怎么会!"顾三谦逊地道。

两人寒暄了一番,各自散了。

郁远望着顾三母子的背影,长吁了口气,语气欢快地对郁棠道:"哎哟,今天运气可真好,终于把这件事给解决了,不然你让我当着别人的面说李家人的坏话,我还真有点说不出口。"

郁棠理解地笑,道:"要说运气,那也是阿兄的运气好,要不是因着你怜惜我,带我来吃面,我们怎么能碰到顾三母子?怎么能这么顺利地和他们母子俩说上话?这次的事多谢阿兄了!"

郁远闹了个大红脸,不好意思再说这话,转移话题道:"那我们等会儿去做什么?要不要提前回临安?"他们原定在这里歇两天两夜,明天再回去的。

郁棠想了想,道:"要不我们明天一早回去吧!剩下来的时间就逛逛杭州城,看看别人家的铺子都是怎么陈设的,伙计是怎么招呼客人的,什么样的生意最好做,还有那些瓷器铺子、锡器铺子之类的都卖些什么图样的器物……你觉得如何?"

"行啊!"郁远轻快地笑道,"我们最要紧的事办完了,其他的事都好说。"

郁棠点头。两兄妹高高兴兴地去逛街了。

顾三母子在顾家绸缎铺子的后面说了半天悄悄话才分开。顾三拍了拍自己的面颊,让自己看上去没有那么沮丧了才进了铺子,而顾曦的乳娘则一路沉着脸回了顾府。

第二天天还没有亮,就有人从顾府的后门出来,上了去临安城的船。郁棠兄妹也在这趟船上。

两人像来时一样,找了个角落坐下,悄声说着这两天在杭州城的见识,郁棠也趁机怂恿郁远拿下郁家漆器铺子的话语权:"我不是想让你忤逆大伯父,我是觉得不破不立,家里的铺子与其这样要死不活的,还不如置之死地而后生。若是大伯父愿意把铺子交给你管,就让大伯父去打理咱们家的田庄和山林。若是大伯父执意要自己经营铺子,你不如去经营家里的田庄和山林。等到田庄和山林那边有了收益,大伯父知道你有能力,你说的话在咱们家里自然就有了分量。等你再和大伯父商量铺子怎么经营的时候,大伯父肯定就会慎重考虑你的意见了。"

这样一来,大伯父和大堂兄父子既不用有矛盾,也可以让大伯父慢慢地交出铺子。

郁远若有所思。

郁棠继续道:"我之前也和你想的差不多,家里的铺子还是由大伯父管理,你到杭州城来做生意。可这两天我跟着你好好逛了逛杭州城之后,发现凡是能在这里立足的铺子,谁家都有点自己的小窍门,这还不是钱能解决的事。书里不是说了吗,治大国若烹小鲜,我们就更不能着急了,得徐徐图之。"

郁远道："是不是像你一样？"

郁文从前做事可是从不问郁棠的，如今遇事就问郁棠的意见。若是郁棠反对，他多半都会放弃。就是他阿爹，现在有事若听说这是郁棠的意思，也会仔细想想的。郁棠都可以，那他是不是也可以试一试呢？郁远想着，顿时觉得心气都足了几分。

他道："只是我从来没有打理过田庄和山林，怎么算把田庄和山林打理好了？又怎么能让阿爹觉得我有能力管家呢？"

郁棠就怕郁远不相信她，如今郁远能够正视她的建议，她自然是知无不言，言无不尽了。

"之前祭祖的时候，我们不是回过乡吗？"她道，"田里的事我没有注意，倒是家里的山林，长的全是些杂树。我记得听人说过，我们家那边的山林是能种一种可以做蜜饯的果子树的。如果我们能种这种树，到时候结了果，就可以做成蜜饯卖了。"

当初郁氏两兄弟分家的时候，郁博想着郁文只知道读书，就主动把良田给了郁文，留了没什么收益的山林。所以郁棠说的那片山林，实际是属于郁远家的。而郁远家的这片山林这么多年来除了能冬天里卖点柴，就没有其他的什么收益了。

郁远听了眼睛一亮，道："你仔细想想这件事是听谁说的，有人做过这种蜜饯吗？吃起来是什么味道的？"说着，他又发起愁来："就算能做蜜饯，可我们家到哪里去找做蜜饯的师傅？"

他们临安城这边的糖多是从广西那边过来的，所以比较贵。经济上差一点的人家有时候吃个粥坐个月子什么的，就放蜜饯进去代替糖，所以蜜饯特别受欢迎。但做好的蜜饯多出自于湖南，他们这边就算是有人会做，那也是独家的手艺，他们未必就能找得到会这门手艺的师傅。

郁棠拍了拍胸，狡黠地笑道："问我啊！"

郁远看她一副鬼机灵的样子，想到她经历了那么多的事还能一如从前那样开朗，就很为自己的这个妹妹骄傲。他不由爽朗地笑，半是佯装半是正经地朝着郁棠揖手，道："请阿妹教我！"

或者是因为没有了心事，郁远的笑声有点大，惹得半船的人都望了过来。

顾家派出来的人也望了过来，只是他们彼此不认识。

顾家的人自认自己也算是见过世面的，没想到会在这去乡下的船上见到一对相貌气质都不同一般人的兄妹，在心里感叹了一番之余，不由得浮想联翩，看来临安也是个钟灵毓秀之地，还有如此出众的人物，不知道自家那位因为"相貌堂堂"而被太太推崇的姑爷是不是也如这兄妹两人一样……

郁远意识到兄妹俩打扰到了别人，脸色一红，低下头去，不再说话，这才让大家收回了刚才的目光，又各自开始聊各自的。

"阿妹有什么主意？"郁远再开口，声音压低了一半不止，"快别卖关子了。"

郁棠抿了嘴笑了一阵子，这才如郁远一样压低了声音道："我会做蜜饯，但只是小打小闹地做过。要是想卖给商贩，可能还要想办法试一试怎样做出来的蜜饯才能卖个好价钱。至于我们家那片山林能种什么样的果子，就得阿兄你自己去打听了。不过，我听说那树大约齐屋高，结出来的果子是橙黄色，大拇指头大小，酸酸甜甜的，有核。做蜜饯的时候要把那核取出来，做出来的蜜饯也是酸酸甜甜的，特别开胃和解馋。很多人家的小孩子或是老人家没有胃口的时候就喜欢买些回家，吃几颗就好。他们……做成了蜜饯我们可以用这个说事，肯定能卖得好。"

梦中，因为这片山林的事，高氏常常骂郁远，连只能偶尔回郁家的郁棠都撞见过好几次，不免对自家这片在裴家手里变成了香饽饽的山林非常地好奇，曾经借着去给父母的衣冠冢上香的机会跑去察看。裴家虽然对产业管得很严，但听说她是郁家那个捧着夫婿牌位嫁到李家的小姐，禀报到裴三老爷之后，还恭敬地请她进去瞧了瞧，送了两匣子最好的蜜饯给她带回去。

现在想来，当初她就承过裴宴的人情。

不仅如此，管山林的小管事还曾经与有荣焉地告诉她，那种橙黄色的果子叫沙棘，是裴三老爷去他一个在西北做官的朋友那里游玩的时候发现的。想到这里，郁棠脸上有点发烧，也有点心虚。

她道："要是我们家能种出那种果子，做出来了蜜饯，如果能在裴家的铺子里卖就好了。"

蜜饯这种生意，最赚钱的是那些商家，反倒是做蜜饯的，赚的全是些辛苦手艺钱。就像种棉花的没有棉布衣服穿，种稻米的没有白米饭吃一样，赚钱的都是那些商家。

郁远没做过这样的生意，也不知道这种生意有多少赚头，最重要的是，他最终还是想把郁家的漆器铺子做起来的。做蜜饯，于他而言更多的是证明自己的能力，能借此拿到家里的话语权，所以郁远直觉就认定这只是个小打小闹的小生意，并没有放在眼里。

他道："裴家是做大生意的，未必瞧得上这样的小买卖。若是能做成，给姚三儿卖也是一样的。现在就是得想办法找到你说的那种树。"

这很不一样。如果这生意能做成，他们家不过是包了裴家前期最苦的活计，依旧像梦中一样，把裴家应得的利润给了裴家。虽说大雁还在天上飞，他们不应该这个时候就烧开水，去计较利益得失，但这件事涉及了郁棠做人做事的底线，她还是觉得应该和郁远说清楚才行。

"阿兄，裴家于我们家有大恩，"她坚持道，"我们郁家有今天，多亏有了裴家的庇护，我们不能忘本。蜜饯的生意，只要我们家做了，就必须给裴家卖。其他的生意，是我们家的就是我们家的。"

她虽然沾了梦中预知能力的光，却不能因为她的能力损害别人家的利益，谋取别人家的东西。

郁远仔细想想，觉得郁棠的话也有道理，他再没异议，道："那这件事就这样说定了。等回去之后我就跟阿爹说，看看阿爹是什么意思。"说完，他冲着郁棠笑道："若是阿爹同意我管铺子，那你就去山上种树去。我们家那么大的一片山林，没办法时是没办法的事，现在有了办法，可不能就这样白白地浪费了。"

郁棠愕然。

郁远嘿嘿地笑。

郁棠哭笑不得。这算不算是搬起石头砸了自己的脚呢？

他们一路顺风顺水地回到了临安城。临安城里家家户户都开始准备扫灶过小年了。

郁棠刚刚梳洗完就被郁文拎着去了大伯父家。

郁博不知道是刚从铺子里回来还是根本没有去铺子里，居然在家里等着她。待她给大伯父问过安之后，郁博让人把刚梳洗完的郁远也叫了过来，问他们两人："怎么样？这次去杭州城有什么收获吗？"语气间竟然有些迫不及待。

郁远不由和郁棠交换了一个眼神，他代表两兄妹开口道："还好！去姚三儿那里坐了坐，又和佟二掌柜吃了顿饭，带着阿妹去街上逛了逛，发现杭州城的铺子都各有特色，要不别人都卖得便宜，要不就是小伙计特别机灵，要不就是有独门的手艺。"

他不慌不忙地，把这两天在杭州城的所见所闻都娓娓地一一道来。这也就两天的工夫，郁棠突然间发现自己的大堂兄好像又稳重了很多，渐渐能看得到梦中那个成功又自信的身影了。

难道是有了奋斗方向的缘故？

郁棠想着，思绪却不由得飘到了那沙棘果上。

她不好把自己梦中的经历告诉大堂兄，自然也就不能直白地让大堂兄直接去找沙棘树了。只是依靠她的描述去找沙棘树不要说她大堂兄了，对于任何一个人都无异于大海捞针，也许几年都没有收获，对于急着让大伯父重视他的大堂兄而言太慢了。最好的办法是她通过梦中的记忆想办法找到沙棘树，并且能尽快栽种成功。那除了裴宴和裴家，还有谁知道这种树呢？郁棠绞尽脑汁。

郁远那边则如她所料，虽然铺子里的生意很不好，除了开业那天热闹了一下，这几天几乎没有卖出过什么东西，但郁博还是想也没想地就拒绝了把铺子交给郁远管理的提议。用她大伯父的话，她大堂兄还没有成家呢，哪懂什么做生意？对于郁远提出的由他来打理田庄山林的事也嗤之以鼻："靠几亩田地几亩林子的收益能做什么？你不要再异想天开了，好好跟着我学手艺做生意。等你和相小姐成了亲，再给我生几个大胖孙子，我也就到了含饴弄孙的年纪了。到时候铺子的生意就交给你和阿棠，我就和你叔父一起帮你们管教孩子，怎么也能供个秀才举人出来。"

郁远郁闷得不行。他什么时候连郁棠也不如了！家里的铺子不是交给他，让他好好地照顾郁棠，而是交给他们两个人。那他这个阿兄是做什么的？除了生几个大胖孙子就没有其他的作用了吗？

他独自坐在屋里生了会儿闷气。可生气之后再仔细一想，还真是这样。郁棠靠着她自己的能力已经在他阿爹心中占了一席之地，不知道从什么时候开始就已经是个能和他并肩的人了。而通过这段时间发生的事来看，郁棠也的确有这个能力和他并肩，不，甚至说，郁棠是比他更有主见，更有能力了。他这个做哥哥的已经不如妹妹了。

郁远在屋里来来回回地转了几圈，跑去了郁棠家。

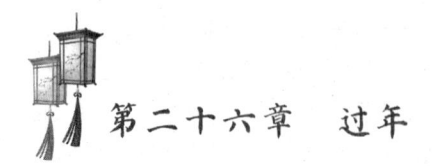

第二十六章 过年

陈氏正和陈婆子在天井里熬麦芽糖，一踏进大门，甜甜的麦芽香就扑面而来。

"婶婶！"郁远上前给陈氏请安。

陈氏用腰间的围裙擦了擦手，笑眯眯地问道："阿远啊，你是来找你叔父的吧？他给佟大掌柜送年糕去了，今天中午前恐怕回不来。你有什么事？不好跟我说的就去书房给你叔父留个字条好了。"

明天就是小年了，过年的东西都已经准备齐了。年糕是家家户户过年必备的食物，而做年糕则是陈氏的拿手好戏，只是往年陈氏身体不佳，都不怎么动手了。今年陈氏的身体虽然仍旧不如常人，却比往年好了很多。不仅郁家人高兴，陈氏也非常高兴，亲自动手做了十几斤米的年糕，亲戚朋友、乡亲邻居都送了一点。

"我是来找阿棠的！"郁远一边说着一边帮陈氏把旁边熬好的麦芽糖搬放到了厨房里，"阿棠在吗？我们上次去杭州城的时候看到一些新图样，我想和她商量商量。"

陈氏不疑有他，笑道："她在书房呢！"说完，用刀割了块麦芽糖拿碗装了递给郁远，"给，你们兄妹尝尝好不好吃。"

郁远高兴地应了，端着碗去了书房。

郁棠手握着支湖笔，正伏案画着什么。

冬日的暖阳从糊着高丽纸的窗扇照进来，给她的身影镀上了一层金光，和煦而暄软。

郁远愣了愣,才叫了声"阿妹"。

郁棠抬头,立刻笑了起来。

笑意一层层地从她的眼底漾出来,让她的神色都变得灵动起来。

"阿兄怎么过来了?"她放下笔,从书案后面站了起来,把郁远迎到窗边的太师椅上坐下,"你不用忙着给相家准备拜年的东西吗?"

已经定下了婚期,过了婚书,虽然还没有举行婚礼,但郁远已经是相家的姑爷了。按理,郁远初二要去相家拜年的,王氏正为拜年的贺礼发愁,责怪郁远没有把这件事放在心上,去杭州城的时候也没有买点东西回来。

郁远嘿嘿地笑,完全把这件事给忘了,他道:"不是有我姆妈和婶婶吗?这种事我也不懂,要是买错了东西还不如不买呢!"

上次相家来人给他留下了不好的印象,他对去相家有点排斥,但为了相小姐的面子,他决定把这些都抛到脑后,态度谦和地去给相家的人拜年。可这并不代表他就喜欢议论这件事。

他把麦芽糖往小几上一放,对郁棠道:"婶婶给的,尝尝好不好吃。"

母亲一大早起床就开始熬糖了。她小的时候每当此时都会迫不及待地等在灶边,每次都会被母亲强行抱走,最后以哭闹着被塞一块麦芽糖结束。直到她十岁那年,因为偷吃麦芽糖被烫了嘴,请了大夫,喝了一个多月的药,正月里所有好吃的东西都只能看着,她这才没有再馋嘴。于陈氏他们来说,这不过是五六年前发生的事,于她来说,却已是十几年前的事了。

她在心里感慨着,笑着去给自己和郁远各泡了碗麦芽糖水,道着"阿兄也尝尝",重新在郁远的对面坐下。

郁远尝了尝糖水,芳香馥郁,甜而不燥,他不由赞道:"没想到婶婶的麦芽糖也做得这样好,今年我们可有口福了。"

这麦芽糖除了祭灶王,招待春节来拜年的亲朋,有一大部分是准备给郁远成亲时用的。

郁棠抿了嘴笑。

郁远讪讪然,不敢再说麦芽糖的事,道起了来意:"我仔细想过了,就像你说的那样,我去帮着管理家里的田庄和山林,我们种你说的那种树,做蜜饯。"

郁棠猜着也会这样。梦中郁远的生意都做得那么好了,她大伯父还是不放心,还要时不时地指导一下郁远,现在郁远只是个跟在大伯父身后打杂的,大伯父就更不可能放手把铺子里的生意交给他了。

"我正想和阿兄说这件事呢!"郁棠说着,起身去了书案那里,道,"阿兄你来看,这儿画的就是我说的那种树。这一过年,在外面行商的人就都回来了,你看能不能请那些在外面行商的人瞧一瞧,看有没有人认识这种树。"

郁远走过去仔细地瞧了好一会儿,才利索地卷了画,道:"行,这件事就交给我了。十五之前一准给你消息。"

郁棠松了口气,但还是觉得不太放心。等到郁远走后,她又重新画了一幅沙棘树,给刚从佟大掌柜那儿送年糕回来的郁文看:"您认识这是什么树吗?能不能找得到认识这种树的人?"

文人雅士中很多人喜欢侍弄花草,说不定就有人认识。

郁文笑道:"你这又是给我出的什么难题?"

因为郁棠提议在郁远成亲的时候把临安城里有头有脸的乡绅和考上秀才举人的读书人都请到家里来喝喜酒,郁文这段时间腿都快跑细了。好不容易把事情办得差不多了,转眼间郁棠就又画了株莫名其妙的树让他认……

郁棠不好意思地笑,抱着父亲的胳膊撒娇:"这树叫沙棘,我和阿兄准备在我们家的山上种这树,阿爹您就帮我问问呗!反正你也要帮阿兄去请人!"

人逢喜事精神爽,女儿冲他撒娇,他是很欢喜的,逗了郁棠几句,出去送喜帖的时候还是把画带在了身上。

出乎郁棠的意料,知道这树的居然是县学的教谕沈善言。

他笑着问郁文:"你问这个做什么?这树虽然粗糙,但在我们这里是种不活的。你要是不相信,可以去遐光家看看。他们家就有好几株,是那年周子衿去甘肃的时候带回来的。在那边还结果子来着,回来之后就只长个子不结果了,因为这事,子衿还把遐光笑话了一顿,说他们家的水土不行。"

郁文没想到是这个结果,呆了半晌,这才道:"是我家闺女,不知道从哪里听人说了,想在我们家的山林里种这树,让我帮着打听呢!"

沈善言在这里避世,对郁文的人品有所耳闻,后来接触过几次,倒也对脾气,偶尔也会一起去赏个花、踏个青,闻言不禁笑道:"你这闺女,真可惜了。要是个儿子,就是不读书也能做出番事来。"

沈善言是什么人,沈家的公子,江南的才子,寻常的士子能得他一句赞扬已经不得了了,何况是女孩子?郁文喜得满面春风,嘴里却谦虚道:"哪里哪里,她就是喜欢折腾。"

沈善言真心道:"能折腾,还能有名堂地折腾,已经是很了不起了。"然后想到郁小姐的婚事,不由又道,"你们家闺女的婚事,你可得慎重,别胡乱许配了人家才是。"

"一定,一定。"郁文连连点头。就算沈善言不说这样的话,他也舍不得把女儿随便就许配人家。现在听沈善言这么一说,那就更坚定了他要找个好女婿的心思。

沈善言不过是随口说说,见郁文却是把他说的话放在了心上,不由生出几分责任感来,略一思忖,对郁文道:"你把那画再给我看看,我想想还有没有其他地方有这种树。"

　　他的亲戚朋友相比郁文又高出一个层次，喜欢种花养树的人有很多，而且有些人还专门种些奇怪的品种以示不同。

　　"遐光家的那几株沙棘树是子衿为了逗遐光种的，遐光看都懒得看，那些伺候花木的仆妇肯定也不会放在心上，长得就跟个杂树似的。"沈善言继续道，"我在西北的时候见这树能长到齐屋高，他们家的那几株沙棘倒好，还没有腰高。就算是从他们家借了树种过去，估计也养不活。还不如再找找看，有没有其他人家养过这种树的。"

　　他这样上心，郁文自然是谢了又谢。

　　两人在书房里琢磨了半天也没有想到还有谁家种过这样的树，沈善言干脆收了画道："我在这里和遐光过了小年就要回家去了，正好趁着这机会帮你们家闺女问问。"

　　过年的时候，沈家门庭若市，会有很多亲朋故旧来拜年的。

　　"那可太好了！"郁文喜出望外，等到沈善言回杭州的时候，他把家里珍藏的半刀澄心纸用匣子装了送给沈善言做程仪。

　　沈善言是真心喜欢，也就没有推辞，让郁文等他的消息，回杭州城过年去了。

　　郁家这边也很热闹。

　　过小年就开始换桃符、贴对联、挂红灯笼、准备祭祖的供品、年夜饭的菜肴。

　　郁棠则陪着父亲侍弄水仙花、金钱橘，指使着双桃等人打扫扬尘。

　　她还抽空去给马秀娘送了些陈氏做的年糕、麦芽糖和她自己做的头花。

　　马秀娘非常高兴，放下手中的活计，接她进了自己的内室，还从柜子里拿了柿饼招待她："从福建那边过来的，可甜了，你等会儿带点回去给婶婶也尝尝。"

　　郁棠笑盈盈地道了谢，转着眼珠子上下打量着马秀娘，抿了嘴笑。

　　马秀娘顿时脸色通红，羞嗔地推搡着她："你看什么看？没有出阁的小姑娘家，不许胡思乱想。"

　　郁棠哈哈哈地笑。她才从陈氏那里得了信，知道马秀娘怀了孩子，这才特意来看看她的。

　　马秀娘见状也忍不住笑了起来，可笑过之后，脸上又带了几分轻愁，悄声和郁棠说着体己话："我嫁过来之前就知道章家经济一般，可没有想到会这么差。相公怕委屈了我，日夜不停地抄书。我怕他坏了身体，可怎么劝他都不听，说是等孩子出生家里的开销更大了，能先准备着就先准备着。"说到这里，她拉了郁棠的手："你不来找我，我也准备去找你的——我想把我的一对银镯子悄悄当了，你能不能帮我跑一趟当铺？"

　　家里的中馈都是她在主持，用了多少银子也只有她知道。家里虽然入不敷出，但章慧是绝不会动用她的陪嫁的。临安城说小不小，说大也不大，她作为马秀才家的大小姐，认识她的人不少。她不敢去裴家的当铺当东西，怕被人认出来，坏了章慧的名声。

郁棠从前不止一次遇到过这样的事，一文钱真的可以难倒英雄汉的。她立刻回握了马秀娘的手道："你放心，我帮你去跑这一趟。就帮你当成活当。等以后姐夫赚了银子，再赎回来好了。"

活当十之当五就是好的了，死当却能十之当七，甚至是当八。

马秀娘咬了咬牙，道："你帮我当成死当。以后你姐夫有钱了，我再打一对就是了。"

郁棠想想也行。梦中，她出嫁的时候马秀娘还曾送了五两重的银镯子给她当贺礼，可见日子过得还是不错的，此时的困难只是暂时的，只要迈过去就好了。

"姐姐把东西给我吧！"她道，"过年的时候是最要花销的时候，我这就悄悄地去，再悄悄地回来。"

马秀娘点头，眼泪都要落下来了，拉着她的手道："阿棠，多谢你了。"多的话，她没好意思说，心里的感激却一分不少。

郁棠却觉得有些内疚。梦中，她居然错过了这样的好朋友。想到这里，她就想到了李家，想到了之前去杭州城给顾家报的信。不知道顾家那边会是什么反应。

顾曦现在却是气得不行。她知道是有人在算计她，可问题是，人家说的都是事实，一点也没有冤枉李家。可李家为什么要做出这样的事来呢？仅仅是求娶不成要找回面子吗？那李家的心胸就不仅仅是狭窄，可以说是睚眦必报了。她要嫁进这样的人家去吗？

女子的天地被局限在内宅，以后她可是要和林氏在一口锅里吃饭，一个院子里生活的。上嘴唇还有碰下嘴唇的时候，林氏要是觉得心气不顺，想找她的麻烦很容易，她难道就陪着这样一个女人争来斗去地过日子吗？

还有李端，继母把他夸上了天，实际上却是个没用的东西。堂堂李家的嫡子长孙，居然给别人披麻戴孝，连这点事都搞不定，进了官场，十之八九也是个只能在四品官阶上挣扎的家伙。要不怎么说三代看吃，五代看穿呢？小户人家出身的就是小户人家出身的，披上锦衣也不是名士！

顾曦漂亮的脸上冷得像挂了一层霜雪。不行，她不能就这样认命。这件事她得告诉她大哥，告诉她阿爹……还有她继母，也别想讨了好去。

顾曦紧了紧身上披着的宝蓝色素面灰鼠斗篷，寒声对乳娘道："走，我们去见长房的大堂伯去！"

乳娘向来知道她看似柔弱实则刚烈的性子，闻言吓了一大跳，忙拉了她的手，急声道："大小姐，您不能去！这毕竟是二房的事，闹大了，老爷为了面子也不会帮您的。您还是等大少爷回来再说吧！"他们家大少爷前两个月就来信说他年后会跟着浙江道的御史回来看看的。

乳娘苦苦地劝着顾曦："最多再等一个月。只要大少爷回来了，什么事都会迎刃而解了。"

顾曦冷笑，道："当然要等我大哥回来，可我也不能坐以待毙。他们让我不痛快，我也不会让他们好过的。"

乳娘道："大小姐您可要三思而后行。那郁家兄妹分明是想激怒您，让您过年也不得安稳。"

"就算是这样，我也不可能息事宁人的。"顾曦挑了挑眉，细长入鬓的柳叶眉仿佛锋利的刀，她冷冷地道，"反正这件事大家都别想置身事外，那就从我那位好母亲开始好了。别以为这些年她干的那些龌龊事我不知道，我从前不说，是觉得说出去平白让人看了笑话，被议论的也是我们二房，我脸上一样没光。没想到我忍让退步，却忍出个白眼狼来，插手我的婚事也就算了，还想算计我！"她甩手丢开乳娘，大步朝长房那边的宅子走去。

乳娘急得直跺脚。当初说亲的时候，大小姐和她可都是亲眼见过人的，瞧着姑爷相貌堂堂，一表人才，虽说大少爷不太乐意，但读书人长成这样的却很是少见，这才默许了的。可这世上，哪有十全十美的事。又要长得好看，又要会读书，还要气质好……

乳娘看着顾曦就要消失在墙角的身影，快步追了过去。

且不说顾家因为这件事年都没有过好，临安城这边的郁家，却是其乐融融。大年三十一大早郁文一家就去了大伯父家，女眷们帮着做菜，男人们则坐在厅堂聊天。中午简单地吃过饭，下午的年夜饭就显得尤为隆重，冷盘、热菜、海鲜、时蔬、甜品、小食满满一桌子。郁博开了一坛金华酒，家中的女眷都满了一杯不说，还特意敬了大伯母，感谢她铺子出事后守在家里辛苦了。大伯母脸红通通地站在那里有点手足无措，喝也不是，不喝也不是。偏偏郁棠还在那里起哄："阿爹，您看大伯父多好啊！难怪大伯母这么辛苦也不喊累。您也应该敬我姆妈一杯才是。我姆妈这一年也很辛苦。年糕是我姆妈做的吧？麦芽糖是我姆妈熬的吧？还有阿兄成亲用的被面，也是我姆妈帮着绣的！"

"对，对，对！"王氏听着就像突然找到了知音似的，转身就将陈氏拽了起来，对郁文道，"不仅你要敬弟妹一杯，我们两口子也要敬弟妹一杯。要不是你们，我们家阿远的亲事也不会这么顺利。"

陈氏早在郁棠赞扬她的时候就已经羞得脸上能滴血了，此时被王氏拉了起来，话都不会说了："没有，没有，不是，不是……"还假意呵斥郁棠："就你话多，怎么这么不懂事！"

还好郁文是个厚脸皮，笑嘻嘻地站了起来，道："要不怎么说兄长先行呢！我是得好好跟着大兄学学。孩子她姆妈，我们家闺女说得对，我敬你一杯。你这一年也辛苦了。"

陈氏又羞又喜，不知道如何是好，轻轻地拍了罪魁祸首郁棠一下，瞪了她一眼，这才不好意思地举杯喝了一杯酒。

郁远嘻嘻地笑。双桃、阿苕、陈婆子等人也都笑容满面的。郁棠想到梦中这个时候的惨淡，再看看眼前的热闹，眼眶湿润。

大年三十祭了祖，初一的时候郁文和郁博带着郁远去给裴家拜年。

临安城里一多半的人都会去给裴家拜年，裴家的人要是每个人都见，怕是要累得口吐白沫了。所谓的给裴家拜年，不过是写张名帖投在裴家门口的大红书篓子里就行了。之后自会有管事登记造册，报给裴家的宗主听。

郁文、郁博和郁远很快就从围满了人的裴家大门口挤了出来，然后去给其他乡绅家拜年。

郁家的大门口也立了个书篓，和郁家有交情的人还有那些读书人来拜年也是过门不入，只在书篓里投张名帖，甚至有些都不用自己来，派了家中的小厮或是管事过来就行了。

郁棠则和陈氏、王氏一起在家里准备明天郁远去相家拜年的礼品。

因为是过年，客船大部分都停了，相家在富阳，郁远没办法当天往返，要在相家住一天。

郁棠把自己精心做好的头花用自家的剔红小匣子装了，放进了郁远的包袱里，还叮嘱王氏："大伯母，您可别忘了跟阿兄说，免得他把这头花当成了给相家的东西。"

王氏原本就喜欢郁棠，何况如今的郁棠事事处处都为着郁远打算，她看着就更喜欢了。

"我知道了。"她忍不住捏了捏郁棠粉嫩的脸，笑道，"你放心，等你阿嫂进了门，我让她给你做鞋穿。"

郁棠嘻嘻地笑，打趣着王氏："您放心，等我阿嫂给我添了大胖侄儿，我给我侄儿做衣裳穿。"

"这小丫头！"王氏笑着打了下郁棠的手板，转头对忙着给郁远装麦芽糖的陈氏道，"不知道什么时候就学得这么伶牙俐齿了，我们家以后有事不怕和别人理论了。"

陈氏纵容地笑着瞥了郁棠一眼，道："阿嫂就惯着她吧，她可是越来越不知道收敛了。"

"厉害一些好！"王氏放了郁棠，和陈氏一起把准备好的东西收到箩筐里，吩咐三木去把夏平贵叫来。

三木是年前郁博给郁远买的小厮。因这小厮刚到郁家，还来不及教他规矩，这次郁远去相家，郁博就让夏平贵跟着一道过去，有个什么事也能有个相帮的人。

三木是个老实有余机敏不足的小子，过完了年才十二岁，闻言立刻憨憨地应了一声，一溜烟地跑了。

陈氏看着不免有些担心，道："这孩子跟着不要紧吧？阿远可是第一次去岳家，别因为这孩子不灵光耽搁了什么事才好。"

王氏叹道："选来选去，也只有这个最好了。到时候只好让阿苕多看顾着他点了。"

相家老安人和相老爷对这门亲事都没有说什么，可相家的三姑六婆都觉得相小姐低嫁了，不是很瞧得上郁家。

郁家可以不在乎这些姻亲，却怕委屈了相小姐，怕郁远去的时候身边连个近身服侍的人都没有。郁文做主，让阿苕也一起跟着去富阳。

妯娌俩又说了几句话，让识字的郁棠帮着看看礼单上有没有写错、写漏什么，三木突然又折了回来，结结巴巴地道："大太太，二太太，裴府，裴府的三总管来给我们家递名帖了。"

王氏和陈氏面面相觑，忙领着郁棠迎了出去。

一则是胡兴这些日子常带了杨御医来给陈氏把脉，见的次数多了，和胡兴的交情也不一般了。二则胡兴是裴家的三总管，代表了裴家的颜面。他来给郁家拜年，郁家无论如何也要请他进来喝杯茶，客气一番才是。只是不知道胡兴是代表裴府来的还是只代表他自己，郁棠在心里琢磨着，也跟着母亲和大伯母去了大门口。

胡兴穿了件暗红色潞绸镶灰鼠毛领子的袍子，喜气洋洋，看见王氏等人忙上前行了个礼，道："是三老爷让我过来的。大太太，二太太，新年好啊！"说完，抬头看见了站在王氏和陈氏身后的郁棠，又给郁棠拜了个年。

居然派了家中有头有脸的三总管来给郁家拜年，这是极有颜面的事。王氏领着陈氏和郁棠忙给胡兴还了礼。

胡兴就道："我这还有几家要去拜年，就不和你们寒暄了。等我闲下来了，再来拜访郁老爷。"

陈氏连声道着"不敢"，要送胡兴出青竹巷。

胡兴笑道："大家乡里乡亲的，您就不要和我客气了。天气这么冷，您还是早点回屋歇着吧！这要是冻出个三长两短来，我怎么好意思见郁老爷。"

他执意不让陈氏送他，陈氏见他说得真诚，也就没有和他客气，装了些自家做的麦芽糖，把他送到了大门口。等胡兴走了，王氏却忍不住和陈氏道："上次铺子里开业时我见胡总管垂头丧气的，此时怎么又一副兴高采烈的样子？"

"怕是遇到什么好事了吧？"陈氏笑着猜道，"胡总管这个人挺不错的，那会儿应该是一时的不快吧！"

虽然和胡兴熟悉了，可那些事毕竟是胡兴自家的事，两人议论了几句就把这件事丢到了脑后，担心起郁远去相家的事来。

胡兴一出青竹巷脸就垮了。

他上次自作主张之后，裴宴就把他晾在了一旁，就当没有他这个三总管似的。家里的那些管事又都是人精，很快就把他孤立了起来。要不是杨御医不知道裴家的事，想着年前来给大太太和郁太太请了平安脉之后，再来临安，就得到二月初二龙抬头之后了，派身边的小厮直接联系了他，让他跟大太太和郁太太说一声。若不是他大着胆子去禀了裴宴，又看着裴满这些日子不知道在忙些什么，绞尽脑汁地钻了个空子领了这差事，只怕他早就被裴宴打入冷宫，只等哪天被赶出裴府，到哪个旮旯角落的田庄里养老了。

不过，三老爷和郁家到底是什么关系？

若只是普通的乡邻吧，郁家小姐都能随时求见三老爷；要说有什么地方不寻常吧，三老爷好像并没有把郁家的事特别放在心上，有人提起就会想起来，没有人提起就忘到脑后去了。就像这次拜年，要不是杨御医有事需要提前告知郁太太，又赶上裴满特别忙，也轮不到他来给郁家递帖子。

他到底要不要巴上郁家呢？自诩八面玲珑的胡兴，第一次举棋不定。

郁棠这边，自然不知道一张拜帖能让胡兴生出许多的念头来，初二郁远去了富阳，初四回来的。他们两家人紧张地围坐在桌前问郁远这次去相家的情况，郁远却先朝着郁棠眨了眨眼睛，才说道："相太太虽然不喜欢相小姐，却容不得别人在背后看她的笑话。我这次到了相家，相太太多有维护，并没有提出什么过分的要求，也没有人轻慢我。"

郁文等人都松了口气。郁棠却知道郁远是有话跟她说，找了机会单独和郁远在茶房里碰面。

郁远让三木守在了茶房的门口，悄声对郁棠道："原来相太太和顾小姐的姨母是闺中密友。我偶然听到相太太身边的人说，过年的时候顾小姐大闹了一场，把顾大老爷都给气病了，大年初一居然闭门谢客，家中的应酬往来全由长房的大爷出面招待。你说，李家的这门亲事会不会因此告吹？"

郁棠嘿嘿地笑，道："管他告吹不告吹，顾家不安生，李家也别想有好日子过。"说到这里，她幸灾乐祸地问郁远："阿兄，你说我们要不要派个人盯着李家？若是过年的时候闹出点什么事就更有意思了！"

郁远连连点头，道："我让三木去盯着好了，正好让他练练手。"

"还是让阿六去吧！"郁棠道，"我们也不能做得那么明显啊！"

兄妹俩相视大笑，郁远去安排此事不提。

等到了初六，他们全家去给卫家拜了年，正月十四的时候，郁棠专程去看了马秀娘，还约了第二天一起去看花灯。可没成想回到家里却发现大门紧闭，没有一点过年的热闹。

她吓了一大跳，忙让双桃去叩门。门内传来三木怯生生的声音："谁，谁啊？"

"是小姐回来了。"双桃高声道。

门"吱呀"一声就开了，三木表情沮丧地喊了声"大小姐"，侧过身来让她们进去。

双桃问："出了什么事？"

三木四下里看了看，见没有外人，一把将双桃拉了进去，后怕地对郁棠道："小姐，二老爷去佟大掌柜那里了，不在家。刚才李夫人来家里闹事，被二太太给关在门外。她隔着大门说了很多不好听的话，见二太太生气了，要去找李家的宗房评理，她这才走的。"

郁棠脸一沉，一面快步往陈氏内室去，一面问三木："可曾去给我阿爹报信？"

"去了！"三木在郁棠身后快步追着，"阿苕已经去找二老爷了。"

"那我姆妈？"郁棠问。

"陈婆子去找了大太太过来。"三木道，"大太太正陪着二太太说话呢！"

郁棠心中微安，撩了陈氏内室的棉布帘子就走了进去。

"姆妈！"她喊着，见陈氏和王氏相对而坐，脸上都带着笑意，不禁愣在了那里。

"阿棠回来了！"王氏笑着朝郁棠招手，"快过来坐！"又关心地问她："饿不饿？要不要双桃去给你冲碗芝麻糊？"

郁棠看了看陈氏，又看了看王氏，困惑地道："不是说李夫人上门来闹事了吗？"

为什么她母亲和她大伯母都笑容满面的？发生了什么她不知道的事？

陈氏出身耕读世家，从小养在深闺学规矩，性格柔顺。王氏则不同，她出身商贾不说，而且从小就有主见，账务的事一点就通，因而王氏的性格颇为爽利，自家人说话的时候喜欢直来直去的。

妯娌俩见郁棠这一副懵然的样子，都忍不住哈哈大笑起来。王氏更是抢在陈氏之前快言快语地道："你是不是已经知道李夫人来我们家闹事了？可惜你回来晚了，不然就可以看看李夫人那狼狈样子！哼！想欺负我们家，门都没有！"

这样泼辣的大伯母，她还是在小时候见过。后来，大伯母的话越来越少，人也越来越没有精神，遇事遇人总是忍让的时候多，直抒其意的时候少。

是因为境遇吧？梦中，她的家人死的死，散的散，儿子、侄女都活得艰难，连个能撑腰的亲人都没有。她自然怕给儿子、侄女惹麻烦，处处都息事宁人了。

如今，诸事皆顺，家里的日子像那芝麻开花，节节高，眼看着就要红火起来了。大伯母腰杆直了，别说是李夫人了，就是知府夫人来，没有道理的事只怕大伯母也敢辩几句了。这样的长辈，不仅让她觉得扬眉吐气，更多的则是欣慰和骄傲。有一天，她也能作为父母长辈的依靠和底气，也不枉父母或长辈在自己幼小的时候为她遮风挡雨了，让她有个回报的机会。

郁棠眼睛微微有些模糊地上前挽了大伯母的胳膊，低声笑道："大伯母说这话是什么意思？我这不过出了趟门，怎么回来就感觉天翻地覆了似的。您快给我说说前因后果呗！"

陈氏噗笑着拍了拍她的肩膀，呵斥她一句"怎么跟你大伯母说话的"，就去给她倒了杯茶，示意大家坐下来说话。

郁棠挨着王氏坐下。王氏这才笑着把之前发生的事——告诉了她。

原来，初二的时候李端去杭州城给顾家拜年，不承想顾大老爷病了，顾曦和父亲、继母都去了长房那边探病。他到了之后，顾家大老爷只是露了个面就把他交给了顾家二房的管事。那管事也不知道是怎么想的，摆了桌酒席就把他一个人留在了客房，既没有安排陪招待的，也没有安排服侍的。李端心里就隐隐有些不高兴，找了个借口，当天晚上就赶回了临安城。等到初八，顾家二房突然来人，说是顾二老爷请了李端到家里说话。李端不敢怠慢，换了身新衣裳就带着重礼去了杭州城。

谁知道顾二老爷和李端喝了半天的茶，委婉地表示，顾小姐年纪还小，原本定下的婚期要推迟几年，到时候再议。

李端一听就炸了。顾家虽然没有明说要退亲，可这就是拖着不办的意思。

他追问理由。顾家只说是给顾小姐算了个命，顾小姐近几年不宜婚嫁，否则要有性命之忧。顾家人听着吓坏了，宁可信其有不可信其无，决定等两年再说。

这理由听着义正词严，李端很在乎这门亲事，不想和顾家撕破脸，只好顺着顾家的意思和顾二老爷打了半天的太极，把这件事给圆了过去。

可他不是那种遇事没个主见的人。他一出了顾府就撒了银子差人去打听这件事。

很快，顾家已经知道了李家和郁家恩怨的事传到了他的耳朵里。

发生的事是事实，他不能说没有，可怎样扭转顾家对他的印象，还得从长计议。

他先回了临安城。结果一下码头就发现了三木鬼鬼祟祟地偷窥他。他原本心中就有气，抓着三木就狠狠地审了一通。

三木什么也不说，李端一无所获，却把怀疑的目光投到了郁家人身上。

回到府里，林氏立刻就从儿子身边服侍的人嘴里知道了这件事。她认定是郁家在捣鬼，想着儿子这两年就要下场，还指望着顾小姐的胞兄顾昶帮衬提携。要是顾家和李家的婚事有了变化，李端怎么办？他们李家怎么办？要知道，他们家和李家分了宗，不知道多少人盯着，想看他们家笑话的不少，想趁机从他们家弄点好处的就更多了。

她又急又气，带着几个孔武有力的仆妇就找上门来。

陈氏当时一个人在家，根本不敢开门。陈婆子看着不对，悄悄从后门跑去找王氏。

王氏可不是省油的灯，气势汹汹地就跑了过来，当场就和林氏怼上了。

林氏毕竟是当作大家闺秀养大的，这么多年来顺风顺水，不看僧面看佛面，有什么冲突的时候别人都让着她，她哪里见过王氏这种市井闾巷做派，几个回合就被气得昏了过去，被家里的仆妇给抬了回去。

王氏讲完犹不解恨，道："要不是顾忌着你今年要说亲了，我怎么会就这样放了她回去？怎么也要追到大街上去，让众乡亲们帮着评评理。别以为他们家出了个读书人就了不起。难道他们家以后一有什么不好的事都与我们家有关不成？"可能是提起了刚才发生的事，她说这话的时候有些动怒。

陈氏忙给王氏续了杯茶，安抚她道："别动怒。他们家不就是想我们家跟着一起生气吗？我们一动怒，就输了。"

王氏深深地吸了几口气，嘴里还喃喃地道着"不生气，不生气"。

郁棠汗颜，心中暗暗责怪大堂兄没有听她的，没让卖水梨的阿六去盯着李端，可转念一想，这等事如果不让李家知道，和锦衣夜行有什么两样？

就是得让李家知道。就是得让他们跳脚。

郁棠在心里冷哼一声，对大伯母道："林氏倒也没有找错地方。他们家和我们家的恩怨，就是我去告诉顾家的。"

王氏和陈氏听得目瞪口呆。

既然她已经从杭州城平安回来了，家中长辈不会再担心她的安危了，她也就没什么好隐瞒的了。她把事情的经过一五一十地告诉了王氏和陈氏，并道："这是我的主意！凭什么他们李家把我们家给弄得乱七八糟的，只是给我们家赔个礼就得原谅他们家，我们家就不能也给他们家找点麻烦？"

梦中，他们郁家不就是被李家害得家破人亡的吗？

如果她没有记忆，郁家还不是会和梦中一样被李家陷害！

郁棠冷冷地道："我是想就这样算了的，可那些作恶的人不会放过我们。我们越是逃避忍让，他们就越会得寸进尺，更加作恶多端。"

陈氏闻言急得直跳脚，道："你这孩子，也太不懂事了！冤冤相报何时了。多一事不如少一事。我们都好好的，你就别去惹这是非了。"

王氏却和陈氏相反，她觉得郁棠这番话太对她的脾气了。

她对陈氏道："阿棠说得对。凭什么我们心软就得吃亏，他们算计别人道了个歉我们就得原谅他们。早知道这事是阿棠做的，我刚才和李家人吵架的时候就应该承认，就应该拉着她到大街上去找来往的乡亲们评评理——事情闹成这样，我们郁家纵然没脸，他们李家更丢脸。顾家居然要推迟婚约啊！"

如今的李端能让人高看一眼，不就是因为攀上了顾家这棵大树吗？要是李家没有了顾家这个姻亲，不过是出了个四品的官员，有什么好害怕的！

"这……"陈氏隐约觉得这样不太好，却又被王氏说得心中松动，一时间不知道说什么了。

郁棠索性道："姆妈，狭路相逢勇者胜。从前我就是有太多的顾忌，做这事要三思而后行，做那事要考虑周全，结果呢？"

结果她大伯父和大堂兄都遭了不幸。如果她梦中能早点从李家出来，是不是一切都会不一样了呢？郁棠眼中有泪。

"太太，阿棠说得对！"屋里突然出现郁文的声音。

众人齐齐转头望去。郁文不知道什么时候回来的，正表情严肃地站在屋子门口听着她们说话。

"相公！""二叔！""阿爹！"三人同时对着郁文打着招呼。

郁文脸上露出一丝笑意，把手搭在了郁棠的肩膀上，对王氏道："还是大嫂有见识，狼凶残，我们就要比狼更凶残，才能成为好的猎人。"说完，他朝着王氏深深地行了个揖礼，道："今天多亏了大嫂相助，客气话我就不说了。等会儿我让阿棠的姆妈亲自下厨烧几个菜，您和大兄到家里喝酒。"

自己的小叔子这样郑重地道谢，王氏脸色通红，无措地摆着手，说着"二叔客气了"。

郁文已转头去说陈氏："你以后再遇到这样的事，只管找大嫂商量，听大嫂的就是。"

刚才王氏怼林氏的时候陈氏已对王氏敬佩得五体投地了，此时听郁文这么一说，就更佩服王氏了，忙向王氏道谢。

妯娌俩彼此客气着，郁文已虎着脸诘问郁棠："你怎么这么大的胆子，居然敢就这样跑去杭州城？难道你父兄都是摆设不成？这种事，你为什么不提前告诉我一声？"

她不是叫上大堂兄了吗？郁棠见父亲发脾气，只敢在心里暗中反驳，面上却垂着头，一副做错了事的模样。然后郁文下一句话却让郁棠忍不住扑哧笑出声来。

"早知道你还有这鬼主意，我就应该和你一起去的！"

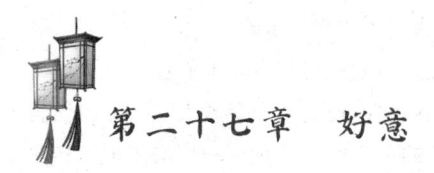

第二十七章 好意

众人望向失笑的郁棠。

郁棠忙忍了笑，对父亲道："您去做什么？难道还想亲自把我们两家的恩怨告诉顾家不成？"

郁文挑眉："有何不可？"

陈氏听着心头乱跳，生怕这父女俩不管不顾地胡来一通，忙做出一副嗔怒的样子道："怎么越说越离谱！背后道人家是非，还是件好事不成？"

郁棠父女不想让陈氏担惊受怕，齐齐闭嘴。

王氏见了笑着在旁边劝道："好了，好了。总归我们家没有吃亏。至于别人家是喜是怒，又不是至亲，与我们家有何关系？听说裴家出钱，明天官府会在长兴街办灯会，今天大家都早点歇了，明天一道去长兴街看灯会吧？"

陈氏也不是真的恼了父女俩，王氏递了台阶过来，她自然顺势而下，笑盈盈地对王氏道："正想约阿嫂和大伯呢，没想到阿嫂先开了口。你们准备明天什么时候过去？我们在哪里碰头？"

妯娌俩商量好了明天逛灯会的事，陈氏亲自送了王氏出门。

郁文的脸就板了起来，对郁棠道："你随我来。"

郁棠不敢多说，乖乖地和父亲去了书房。

郁文瘫坐在太师椅上，呵斥女儿道："你还做了些什么？这个时候给我一一交代我就不追究了，不然就给我抄一万遍《孝经》去。"

那岂不是要把手都抄肿了？！郁棠苦着脸道："真不是有心瞒着您的，是不想把您牵扯进来，才不告诉您的。"

郁文急道："你不告诉我，李夫人却找到家里来了。还好今天你大伯母赶了过来。要是吓着你姆妈了，你准备怎么办？"

郁棠低头认错。郁文少不得把郁棠教训了一顿："既然已经把这件事告诉了顾家，顾家不管怎么对待李端，那就都是李家的事了，你们居然还派人盯着李端，想看他的笑话。结果好了，把自己给绕进去了吧？"

李家那边，林氏怒不可遏地连着砸了好几个茶盅："都怪那郁家，要不是他们家，我儿怎么会受这样的委屈。明明知道我儿初二要去拜年，做岳父岳母的不见也就罢了，居然还让个下人招待我儿。他们这是什么意思？觉得我们家高攀了不成？我倒要看看，顾家准备把这门亲事怎么办。"

李端只觉得深深的疲惫。自从卫小山的死因暴露之后，事情就像失了控的马车，朝着连他也不知道的方向狂奔。他背后好像有双看不见的手，在推着他走。不过，顾家的事真的像他母亲说的那样，会与郁家有关系吗？郁家不是读书人吗？那郁文也素有文名，怎么会在背后议论他们家的是非呢？

李端看着气得嘴唇发抖的母亲，想着要怎么劝慰她几句，抬眼却看见表兄林觉站在窗外朝着他使眼色。为了那幅《松溪钓隐图》，林觉不仅没有回福建过年，还想办法找了个装裱师傅把那幅舆图修整如新。等过了正月十五，他们就能派人去给彭家送信了。不枉他这位表兄这段时间的辛苦。

他不动声色地朝着林觉点了点头，林觉会意，回了自己住的客房。李端又安慰了母亲几句，才找了个机会脱身，去和林觉碰面。

"出了什么事？"李端一见到林觉就道，"连我母亲也要瞒着！"

"女人家就是头发长见识短。"林觉不以为意地道。

他的姑母也不例外。与其这个时候担心李端在顾家受了什么委屈，不如关心关心那幅舆图是真是假。只要李家得了势，顾家还舍得放弃李端这个金龟婿吗？女人，永远分不清楚主次。

"我寻思着把舆图送到彭家之前，我们得先临摹几幅留着才行。"林觉说了他深思熟虑后的想法，"我们得防着彭家翻脸不认人。"到时候真有个万一，他们还可以拿了临摹的舆图去找其他有实力的人家投靠。

李端一点就透。他道："那我们先送封信给彭家，就说画已经拿到手了，问他们怎么把画送过去，拖延些时日？"这样书信一来一往的，就能拖个十天半个月。

林觉见李端明白了自己的意思，眼中闪过欣慰之色，他压低了声音："只是这舆图？"

李端也立马就明白了他的意思，很果断地道："我们两家一家一幅。"

林觉满意了，道："我这就去办。到时候我和你一起去见彭家的人。"说来说去，还不是怕李家独吞了彭家的好处。

李端半点声色不露，笑着点头，道："理应如此！"

林觉呵呵地笑。

郁家那边，郁博晚上从铺子回来，听说李家有人来郁家闹事，特意和王氏过来瞧了瞧陈氏，郁远却没有同来。

郁博不满地道："那小子，这些天也不知道在干什么，早出晚归，大过年的，碰个面都难。我要不是看着他马上要成亲了，早就逮着他一顿打了。"

过年的时候，哪家的小子不四处撒野？

郁文倒没觉得郁远不过来问候一声有什么不对，还劝郁博："你也说他快要成亲了，你往后得少说他几句了。以后媳妇进了门，你这样一点面子都不给他，他还能不能在妻子面前挺直胸膛了？"

郁博嘀咕了几句，也就随郁远去了。

翌日是正月十五，郁远依旧不见人影，郁棠则去了马秀娘家，只有郁博兄弟和王氏妯娌一起去逛了灯会。

郁远还真像郁博所说，不知道在忙些什么，直到正月十七收了灯，正式过完了年，家家户户的铺子都开了门，郁远这才不知道从什么地方冒了出来，兴奋地告诉郁棠："我找到你说的那种树了。叫沙棘，还真就像你说的那样，越是土质不好的地方越容易存活。"

郁棠一听也来了兴致，忙拉了郁远到书房里说话。

郁远告诉她，这些日子他跟着姚三儿见了好几拨在外面做生意的人，其中有一个叫高其的，跟着一个盐商跑腿，曾经在西北那块儿见过这种树："他还说，若是我们真心想要，他可以帮着联系送些树苗过来。不过一株苗要一两银子，得先付订金。"

"这么贵！"郁棠愕然。她原以为这树非常便宜好打理，裴家才在山上种这种树，然后做成蜜饯卖了赚钱的。如果一株树苗都要一两银子，他们还赚什么钱啊？难道其中还有什么她不知道的蹊跷？

郁远听郁棠这么一说，顿时像被泼了一盆凉水似的，找到树种的兴奋和喜悦一下子被浇得湿透了。他像被霜打了的茄子，蔫蔫的："那，那我们还种不种树了？"

郁棠也拿不定主意了。她道："你先等等。让我再仔细想想。"郁棠寻思着要不要去请教裴宴，弄清楚当年裴宴怎么会想到在他们家的山林里种沙棘树……

沈方陪着沈善言回了临安城。

沈善言特意请了郁文过去说话："你说的那个树种，我大兄有个学生在西北做官，可以帮着弄些回来。只是来往的费用不菲，只怕你还得仔细盘算盘算。"

郁文听着心里一跳，道："多少钱一株？"

沈善言道："算上来往的费用，差不多三十几文钱一株了。"

的确很贵，但这是郁棠要的。

他一咬牙，道："那能不能先弄个十几二十株回来我们试种一下。"

"这倒没有问题。"沈善言笑道，"我干脆让他再给你找个懂得种沙棘树的师傅回来好了。若是能成活，他也可以在这儿讨份活计。"

真要种树了，郁远也好，郁棠也好，都不可能住在山里，总是得请人的。

"行啊！"郁文爽快地答应了，回去就把这件事告诉了郁棠。

郁棠张口结舌。价格怎么相差这么远！难道是因为渠道不同？

郁棠没有多想，只是让郁远去推了那个叫高其的人，就说家中的长辈已经托人去买树苗了。这原本也是人之常情。

郁远没有放在心上，和高其打了声招呼就算把这件事翻过去了，开始天天往老宅那边跑，丈量山林，安排春耕，不过十几日，就晒黑了。

王氏不准他再去林子里，道："这开春的日头，看着暖和，实则最晒人不过了。你马上要娶亲了，要是这个时候晒得像块炭似的，人家相小姐说不定还以为自己相看的和嫁的不是一个人了呢！"

郁远傻笑，却也不再去林子里，一心一意地准备起婚事来。

郁棠也觉得这件事急不得，先帮着大堂兄把嫂嫂娶进门来才是当务之急。

订灶上的人、订锣鼓唢呐、订花轿仪仗……琐事一大堆。

马秀娘找了个日子来送贺礼。郁棠将她迎到自己的内室说话。

马秀娘有些不好意思地道："原本应该拿几匹料子给你阿兄阿嫂做件新衣服的，可家里的事实在是多，我也走不开。你姐夫就自作主张地画了几幅中堂送给你阿兄，祝他夫妻美满，绵绵瓜瓞。"

郁棠知道马秀娘现在手头不方便，拉着她的手宽慰了好几句，留她用了饭，这才送她出门。

王氏听说就有些好奇地把马秀娘家的贺礼拿出来观看。

章慧画了一幅石榴、一幅喜鹊、一幅葡萄、一幅李子，都是好彩头的寓意。让王氏和郁棠都没有想到的是，这几幅画都画得非常好，就连王氏这个不懂画的人看了都爱不释手："没想到章公子还有这样的画艺，以后章公子就算是考不上举人，也不愁一口饭吃。"

王氏的无心之语却让郁棠心中一动，暗暗琢磨着要不要请章慧帮着自家画些漆器图样。这样一来，既可以解决铺子里没有画师的困境，也可以让章慧家里增加些收入。念头一起，就像野草疯长。但此时不是说这些的时候。郁棠把这件事放在了心里，转头拿了画问王氏："是收起来还是装裱了挂起来？"

家里的人情都是来来往往的，有些好东西会收起来，等到特殊的时候会拿去送人。特别是像章慧画的画，不仅有文名，还是真的好，送那些识货的读书人家是最体面不过的贺礼了。

可能也是考虑到这点，章慧只在那张画了葡萄的画上题了贺词，其他三幅都只是盖了私章。

王氏却是爱不释手，道："请了师傅装裱出来，挂到你阿兄的书房去。听卫太太说，相小姐曾经读过十年私塾。"挂上这几幅画，会让郁家增色不少。

郁棠抿了嘴笑，吩咐下去不说。

等过了二月初二龙抬头，相家那边派了人来看新房。

女方的家具是早就打好了的，这次来看新房，说的是看看还有没有什么添减的，实际上是带着点督促的意思，看郁家有没有照着之前通过媒人和相家承诺的那样给新人安排好新房。

郁博只有这一个儿子，夫妻俩又是看重子嗣的人，不仅照着之前承诺相家的重新粉刷了三间的东厢房，还在东厢房和正房、西厢房间砌了一道花墙，种了藤萝之类的植物，使得东厢房成了一个小小的院落，又在东厢房后面修了个两间的退步，既可以当相氏的库房，也可以当丫鬟们歇息的睡房。

王氏为了让相家的人满意，还特意带相家的人去看了东厢房做成了书房的北梢间。

镶了两块透明玻璃的北梢间光线明亮，黑漆的柱子高大肃穆，墙上挂着的画清秀精妙。

相家过来的妇人据说是相太太的贴身婆子，是相太太从沈家带过来的，估计也有些眼界。花墙小院没让她露出明显的喜好，看到章慧的四幅画时却很是动容，站在那里看了半晌，这才真诚地笑着对王氏道："亲家太太辛苦了。难怪姑太太提起亲家太太就赞不绝口，这婚事，准备得真是体面。"

道理都是相通的。相家人既然能满意这几幅画，肯定对郁棠之前的主意，把临安城里的读书人都请到家里做客的主意也很满意。

王氏松了口气的同时，忍不住开始夸奖郁棠："都是我们家侄小姐布置的。您是知道的，我那二叔是个读书人，这侄女自幼跟着她父亲读书，眼光见识都不比寻常的闺阁女子，她阿兄的婚事，我也仰仗她良多。"

相家在卫太太给相小姐做媒的时候就把郁家摸了个底朝天。要不是郁家人口简单，名声很好，相老爷就是再不管女儿，也不可能答应这门亲事的。

相家来人自然是顺着王氏的话把郁棠赞了又赞。王氏喜笑颜开，觉得相家的人也不是像她之前想象的那样不好接触，倒拿出几分诚心来，留了相家的人吃饭。

善意都是互相的。相家的人见王氏真心，悬着的心也落了地，对王氏也就真心相待了。两家的人倒是和和气气地吃了一顿饭。等到那婆子回了相家，不免在相太太面前夸了郁家几句。相太太笑着打趣那婆子："也不知道郁家给了你什么好处，刚去了一趟就把你给收买了。这要是再多去几次，我看你这心要偏到胳肢窝里去了。"

那婆子脸色一红。相太太倒没有放在心上，挥着手道："行了，你也不用多说。她能找个好人家安安生生地过日子，以后别给她兄弟添乱，我怎么会去闹腾，老安人未免心思过重了。"

婆子不敢接话。

郁家这边却像完成了一件大事似的，晚上聚在一起用晚膳，王氏还快言快语地说起今天相家来人的事。

郁博觉得自己这次可真的是低头娶媳妇了，要不是看着卫太太精明能干，教出来的姑娘不会差到哪里去，儿子又实在喜欢，他是不会受这气的。可他也听不得王氏夸相家好。他把王氏喜欢的蚕豆朝着她面前推了推，道："你就少说两句吧，快吃饭，天气冷，菜都凉了。"

王氏讪讪然地打住了话题。

一直没怎么说话的郁文却对郁棠和郁远道："你们两个明天跟着我去趟裴家，裴大总管下午派人来送信，说是裴三老爷有事请我们过去说话。"

应该是舆图的事吧？郁棠想着，和郁远连连点头。第二天一大早跟着郁文去了裴府。

裴家好像落入凡尘的神仙洞府，这寒冬刚过，他们家的树木依旧长得十分茂盛。他们沿着上次进来的青石甬道走过去，感觉像上次来时一样，没有任何变化。

从前郁棠不懂，现在却知道，维持一年四季不变得花费多少人力物力。她又想到裴家在杭州城的铺子。裴家应该比他们想象的还要富有吧？

郁棠思忖着，随父兄到了裴宴上次见他们的书房。书房里只有一个小童子守着，没有旁的人。那小童子见有人进来，上前行礼。

郁棠认出了这小童子就是在昭明寺和郁家老宅见过的那个童子，顿时有种他乡遇故知的激动。那小童板着脸，一本正经地给他们上茶的时候她忍不住和那小童低语:"你还记得我吗?我记得你叫阿茗,你是叫这个名字吗?"

那小童子小大人般肃然地点头,却在领他们进来的管事和郁文说话的空当朝着郁棠露出个喜庆的笑容,指了指她手边的茶点,悄声道:"茴香豆,可香了!"

这小机灵鬼!郁棠的心都被他萌化了,看她父亲还在和那管事说话,悄声问他:"三老爷在干吗?"

叫阿茗的小童嘴唇立刻抿成了一条缝,使劲地摇着头。要不是裴家的管事在这里,郁棠都要笑出声来了。

她当然不会为难阿茗,摸了摸他的脑袋,没再问什么。

很快,裴宴就大步走了进来,带着外面的冷气,让坐在门口的郁棠不禁打了个寒战,忍不住腹诽裴宴:这么冷的天,居然不烧地龙,也不知道这是什么怪毛病!

裴宴今天穿了件月白色的细布棉袍,腰间束着青竹色的布腰带,除此之外什么饰品也没有,这次是真的朴素。

郁棠看着好不自在,总觉得少了点什么似的。

裴宴好像很忙,坐下来抬了抬手把屋里服侍的都赶到了屋外,开门见山对郁氏一家三口道:"我找人去试航了,那幅舆图是真的。我准备把拍卖的时间定在三月十六,你们觉得如何?"

他虽然说的是商量之词,可口气却十分笃定,显然觉得这样的安排很好,郁家不会拒绝。

郁家的三人却齐齐变色。

三月十六,是郁远的婚期。裴宴为何早不安排,晚不安排,偏偏安排在这一天?当初他们家提出拍卖的钱和裴家分的时候,裴宴也没有答应。郁远看裴宴的目光不由就带上了几分怀疑。他朝着郁棠使眼色。

郁棠看到了,却觉得郁远在这件事上多心了。郁家和裴家的实力悬殊,裴宴根本不用玩这样的手段。

郁文则想着裴宴既然定了这个日子,肯定是有原因的,这两件事该怎么兼顾呢?他一时没有了主意,就显露出几分犹豫来。

倒是裴宴,满头雾水,奇道:"怎么?你们觉得这日子不好吗?我请了广州的陶家帮着试航,不知怎么地,这消息就泄露了出去,现在也不知道有哪几家都知道了消息。我想着,也别藏着掖着了,把时间往后挪一挪,让那些有意竞拍的人家都参加好了。可能拍卖的价格没有我们之前想的那么高,但架不住人多,说不定落到口袋里的钱更多了。"可见裴宴根本不知道郁远成亲的事。说不定他这段时间忙着舆图的事,根本没空关注临安城里的事。

郁棠委婉地道:"三月十六,我大堂兄成亲……"

裴宴愕然,上上下下地打量了郁远几眼,道:"你大堂兄多大了?怎么这么早就要成亲了?"

临安城的男孩女孩大多数都十七八岁成亲，她大堂兄不算晚，可也不算早了。

　　郁棠道："我们家只有我大堂兄一个男丁！"

　　裴宴恍然，果断地道："那就定三月初十好了。你们觉得如何？郁公子成亲之前应该可以把各家拍卖的银钱收回来。"

　　大堂兄的婚事就可以好好地办一办了。他是这个意思吧？郁棠不禁看了裴宴一眼。没想到这人还有这份细腻的心思。

　　"行！"郁文觉得早点把这舆图丢了出去，他们家也能早点清静，当然是越早越好，"我们听三老爷的。"

　　裴宴听了满意地笑了笑，喊了裴满进来，道："拍卖的时间定在了三月初十，你快马加鞭，把请帖送到我们之前定下来的那几家去。"

　　裴满应声退下。裴宴将准备邀请来参加拍卖人家的名单递给了郁文，然后一家一家地介绍都是些什么来历。

　　广州陶家、湖州武家、泉州印家、龙岩利家……随便拿出哪一家，都能碾压郁家。要不是请了裴家出面，他们就是有图卖，也得有命花这钱才行啊！

　　郁文越听汗越多，越听越在心底庆幸当初听了郁棠的建议。

　　郁远和郁文一样，听得战战兢兢，那一点点怀疑的小心思都没有了。倒是郁棠，长长地松了口气。梦中，她也算是见过世面的人，越是这样，越知道自己的渺小，越能审视自己，知道什么事能做，什么事不能做。像这样的拍卖，她就算是现在也不敢做。不过，听裴宴的口气，试航的时候消息泄露了，不知道彭家那边会不会闻声而动！

　　等到裴宴交代完了，问郁文"还有没有其他问题"，郁文只知道摇头的时候，郁棠忍不住道："那彭家那边？"

　　裴宴闻言道："我正想和你们商量这件事。"在他看来，完全可以让彭家来竞拍，反正进门就得交保证金，不管最后拍到没拍到，保证金都是不退回去的。

　　还能这样！郁家三人面面相觑。

　　"而且，有些事不像你们想的那样简单。"裴宴继续道，"若真有人开辟出来一条新航线，所面临的风险和所需要的人力物力都是非常巨大的。为了降低风险，这些来参加竞拍的人家肯定会有人想要联手合力组建船队的，有这个能力，又有这个想法的，数来数去，也就那几家。就算我们现在瞒着彭家，等这些人拿到了航海图，我也不敢担保这些人里没有谁家会和彭家联手，所以我觉得，我们还不如大大方方地把彭家请了过来，先赚他们一笔银子再说。至于说你们几家的恩怨，君子报仇，十年不晚，你们不妨等以后有了机会再说。"

　　郁文和郁远都看向郁棠，一副让她拿主意的模样。

　　郁棠觉得裴宴说得很有道理。与其让别人家去赚彭家的银子，他们家不妨先敲笔竹杠。她点了点头，诚心地对裴宴道："那就有劳三老爷了。"

裴宴颔首，觉得郁棠能屈能伸，行事越发有章法了。

他不由道："听说你们家最近想买沙棘树？怎么没来问问我？"

郁棠愕然。她去问裴宴当然会便利很多，可这些事都是对裴家没有什么好处的事。她不好意思占裴家的便宜，总去打扰裴宴。

"我和阿兄想在家里的那片山林里种果树制蜜饯，"她老老实实地回答裴宴，"沙棘树只是其中的一种，也不知道能不能成，就没敢打扰您。"

"沙棘树的确有点不合适。"裴宴道，"成本太高，没必要。"

郁文一听就急了。

他已经让人家沈先生帮着去弄树苗了，这树若是不合适，岂不是连累着沈善言也欠了别人的人情。

"这都是他们兄妹俩闹着玩的。"他忙解释道，"没想到居然不合适。"他寻思着要不要去看看裴宴家的那几株沙棘树。

谁知道裴宴却笑道："能有想法总归是好事。"然后问起郁棠他们家山林在哪里。

郁远说了位置。

裴宴想了想，道："你们去找胡总管，让他和你们一起去看看。他父亲从前是我祖母的陪房，我祖母家是种果树的，几个管事里，可能就他懂一点，看看能不能帮得上忙。"

这是裴宴的一片好心，郁家人谢了又谢。

裴宴从小到大就被人围着转，长大后又一帆风顺，在举业上所向披靡，这样向他道谢的事他不知道遇到过多少。郁家的事他管得有点多，但郁小姐是个女子，举手之劳的事帮帮也无妨，他坦然接受了郁家人的谢意，把话题又重新拉回到了拍卖上："为了避免麻烦，你们家的人最好不要露面，到时候郁老爷和郁公子来就行了，站在夹道里，听听各家最后的成交价就行了。事后我会让裴满把拍卖的银子送到你们家的。"这是怕有人盯上郁家，没能拍到舆图的人打郁家的主意，又怕郁家的人多心，担心裴家吞了拍卖的银子。

郁文顿时额头都是汗，道："三老爷不必如此安排。我们家小门小户的，这些东西又不懂，我看，拍卖的事就一并由您主持就行。我们家就不过来人了。至于说银子，存到裴家的银楼，需要的时候我们去提就是了。"

如果说从前他还准备自己和人合伙做做这生意，此时听了裴宴介绍那些买家的身份之后，他是真心不敢参与其中了。如果不是怕裴宴多心，他甚至很想说给他们家几百两银子，这舆图就当是卖给裴家好了。

裴宴见郁文说得诚心，知道他是真的知晓了其中的利害，也就不再强求，答应了郁文把拍卖的银子存在裴家的银楼，又商量了怎么悄悄地从裴家银楼把银子取走的事。

郁棠有些心不在焉。既然裴宴觉得家里的山林不适合种沙棘，梦中他怎么就在他们家的山林里种了呢？这其中到底又出了什么岔子，让现在和梦中不一样了呢？她觉得自己得找个机会问问。

那边裴宴说完了话，端茶送客。

郁文等人起身告辞，却和脚步匆匆往这边走的裴满迎面碰上。

彼此打了个招呼，裴满没等郁文开口就道："郁老爷，苏州宋家的当家人过来了，正等在花厅呢，我就不送您了。"

杭州和苏州离得近，苏州那边数一数二的大户人家临安城里的人也都听说过。苏州的宋家，和刚才裴宴所说的广州陶家一样，是家中子弟读书行商的豪门，在苏州城可是跺跺脚城墙都要抖三抖的人家。郁家人有些好奇宋家的人来做什么，但这是裴家的家事，非礼勿问，他们就是再想知道也只能放在心里。

和裴满分开，郁棠道："我们要不要趁着这个机会找了胡总管？"一来是他们和胡总管也算比较熟悉了，彼此之间好说话；二来裴家的大门不好进，能进来一次就尽量把要做的事都做完了比较好。

郁文也有此意。三个人请了带他们出去的小厮去找胡兴。

那小厮见他们是裴宴请来的，也就没有多问，陪着他们去了胡兴那里。

郁棠这才知道原来裴家的几位总管办事都在裴府东边离大门不到一射之地的一个院子里，而且还按照是总管还是管事配了若干的小厮和大小不一的厢房。

郁远看着暗中称奇，低声对郁棠道："难怪别人都说裴家富甲一方，我还以为是他们没见过杭州城的那些大户，原来是我见识少，眼光太窄。"

郁棠却想的是难怪李家心心念念也想要取裴家而代之，任谁看到裴家这仆从如云的盛景，也会心生向往啊！

胡兴不在自己的厢房，服侍胡兴的小厮客气周到地给他们上了茶点，不一会儿，得了消息的胡兴就赶了过来，进门就给郁文赔不是："老安人吩咐我去做了点事，没想到郁老爷会过来，得罪了，得罪了。"

郁文和他客气了几句，郁远和郁棠起身和他见了礼，大家重新坐下，郁文这才说明了来意。

胡兴一听是裴宴的意思，坐都坐不住了，立刻道："您容我去换身衣裳，我这就和你们一起去看看。"热情得有些让人诧异。

郁文忙道："我们这边不着急，你抽个不忙的时候帮我们看看就是了。"那些小树苗据说要四月中旬才能到。

胡兴这些日子正想办法在裴宴面前表现呢，巴不得裴宴能让他做点事，他好能天天去请裴宴示下，哪里会听郁文的？他道："我们家三老爷可是令行禁止的，说出去的话我们这些做管事的哪能怠慢？"

郁文没有办法，只好和胡兴约了第二天一大早去郁家老宅的山林那边看看。

胡兴得了确信，高高兴兴地送了郁家三人出门。只是他们还没有走出院落，

· 113 ·

就有小厮满头大汗地找了过来："看见郁家的老爷和少爷没有？三老爷请郁老爷留步！"说话间看见了胡兴身边的郁文，高兴得都快哭了起来，小跑着上前给郁文行礼，道："郁老爷快随我去花厅暂坐，三老爷说有事和您商量。"

郁家三人你看看我，我看看你，由胡兴陪着，跟着那小厮七弯八拐的，到了个陌生的花厅。

小厮殷勤地奉茶，道："三老爷请您先在这儿等一等，他那边的事说完了阿茗哥会过来请你们的，你们先坐一坐。"

郁棠在心里暗暗"啧"了一声。

阿茗在府里都被人称声"哥"，可见在裴宴身边当差有多体面。

郁文那边笑着应好，坐了下来。胡兴则自告奋勇地陪着郁家人说话。郁棠无聊，观赏起周围的景致来。这一看，又让她看出点名堂来。这眼看着立了春，到了柳树吐芽，桃李盛放的时节，裴家花厅旁边绿树成荫，草木复苏，一眼望去，浓绿、葱绿、油绿，煞是养眼，却没有一点其他的颜色。他们家的桃树、李树难道不开花？还是这花厅旁边没有种桃树、李树？就算是没有种桃李，难道野花也没有一株？郁棠找了半天，还真没有。她又"啧"了一声。

他们等了大约半个时辰，阿茗小跑着过来了。

"郁老爷、郁少爷、郁小姐久等了！"他喘着气道，"我们家三老爷在送客，马上就过来。"

不是说让他们过去的吗？郁家三人又你望了我一眼，我望了你一眼。但还没等到郁文说什么，裴宴大步走了过来。郁文带着郁远和郁棠迎上前去。

裴宴朝着郁文揖了揖，对胡兴道："你们都下去吧！我有点事要单独和郁老爷说。"

胡兴等人听了忙退了下去。裴宴抬了抬手，示意郁文等人坐下来说话。

郁文有些惴惴不安地坐了下来，阿茗帮他们带上门，走了出去。

"三老爷留我们有什么事？"郁文困惑地问。

裴宴像是在清理思路似的顿了顿，道："刚才宋家的四老爷来找我，哦，就是宋家的当家人，他们家当家的是三房的四老爷。他不知道从哪里知道了舆图的事，也想分一杯羹，还提出想和我们裴家合作。你们也知道，我父亲刚刚去世，我们几兄弟都无意做这门生意，但宋家四老爷和我们家有点渊源——他母亲和我母亲是姨表姐妹，他母亲是姐姐，比我母亲要大近二十岁。虽说她老人家已经去世了，但我们两家还是时有来往。我就想，如果你们家要是有意趁着这个机会参与到其中来，不如和宋家合伙。就想问问你们的意思，我也好安排。"

郁文乍一听，喜出望外。裴宴之前并没有提及这件事，可见他并不看好他们家参与到这样的生意中来，之后又给他们几人细细地讲了参加拍卖的人家的能力背景，也有隐隐告诫他们的意思，海上生意利润巨大的同时风险也很大，不是他们这样的人家能染指的。可现在，又做了中间人来给他们家和宋家牵线，可见是觉得他们两家是有可能合作的。其中要不是裴家有这面子和底气能在宋家人面前保住他们郁家的利益，就是宋家的行事做派忠厚老实，值得信任。不管是前者还是后者，他们家都是依靠了裴家的庇护。对此郁文十分感激。

那要不要抓住这次机会呢？郁文习惯性地朝郁棠望去。

郁棠心里乱糟糟的。她的确有这心思，想留一份舆图，以后如果他们家有机会，就能入股做海上的生意。可她从来没有想过和诸如广州陶家这样的人家合作。两家力量悬殊，弱的一方没有话语权，合作是不平等的，而且还很容易被别人吞噬。她最先的人选是江家，就是出了那个江灵的江家。按她梦中的记忆，他们家现在还没有发迹，但从梦中发生的那些事看来，他们家又有这个能力。识于寒微之时，是最好的合作。可此时，郁棠又不得不承认，裴宴的提议如同在他们家面前摆了一碗五花肉，让他们垂涎三尺。好在是她在父亲的目光中很快地冷静下来。被诱惑得三心二意都是没有好结果的。

郁棠不由轻轻地咳了一声，温声道："三老爷，多谢您提携我们家。但我们家到底只是小门小户，这样的生意，不是我们能掌控的，也不是我们能肖想的。我想，这件事还是算了。"

裴宴一腔热情像被三九天的冰水淋了个透心凉，脸上顿时有些挂不住。她不是汲汲营营地想要发财吗？这么好的机会，他难得心软，想着她一个姑娘家不容易，居然落得这样一个下场。

"随便你们！"裴宴周身一寒，连气氛都变得凝滞起来，"我也只是觉得你们若是和宋家合作，看在我们裴家的分上，他们不会私底下做什么手脚而已。既然你们无意，就当我没有提过。"说完，他端起了茶碗。这就是送客的意思了。

郁文感觉非常不好意思。裴宴的好意任谁都能体会得到，没想到郁棠会拒绝。当然，这个决定的确是他们早就商量好的，但什么事都不是一成不变的。郁棠也太不给裴宴面子了。郁文瞪了女儿一眼，嘴角微翕，想推翻郁棠的决定，无论如何都要卖裴宴这个面子，何况裴宴也是为了他们家好。

郁棠在说出这番话之前就想到裴宴可能会有点尴尬，可没想到裴宴说翻脸就翻脸，她爹就更没主见了，见裴宴不高兴，立马就想着卖裴宴这个人情，也不想想这个人情会让他们郁家陷于何种境地。

"三老爷！"她急急赶在郁文之前开口道，"这大半年来我们家发生了很多的事，要不是有您帮衬，别说平平安安的，就是我姆妈的病，都能让我们陷入困境。我们郁家能有今天，全是您的功劳。您刚才提出来的事，也全是为了我们家好。只是我们家的家训素来如此，靠天靠地不如靠自己。宋家是苏州数一数二的大户人家，我们家除了个漆器铺子就没做过其他的什么生意。宋家就算是能带上我们家，那也是看在您的面子，看在裴家的面子上。别人不清楚，我们自己却清楚自己能吃几碗饭。和宋家一起做生意好说，可我们总不能只拿个舆图入伙，就算是只拿个舆图入伙，怎么入伙？占几股？组不组船队？每次下海几艘船比较好？每个船上配多少人？运些什么货？到哪里停靠？这些我们家统统不懂。难道还要一一来问您不成？那我们能帮宋家什么忙？宋家和我们合伙又有什么利益可图？如若利益长期不对等，我们又凭什么总和别人家合作？那和靠您有什么区别？"

现在他们家已经把舆图拿出来卖了，宋家又不是出不起拍卖的钱，何必又要为了一幅能拿钱解决的舆图来和他们郁家合作呢？说来说去，还是看在裴宴的面子上。这个人情还不是得裴宴来还。就算是裴宴觉得不要紧，他们家却不能就这样接受。郁文和郁远听着连连点头，刚刚那一点点的动摇此时都烟消云散了。

裴宴呢，还是觉得不痛快。说来说去，听着有道理，最终还不是拒绝了他。

"随你们高兴！"裴宴又抬了抬手中的茶碗。

郁棠没想到裴宴的气性这么大，她好说歹说都不能让他释怀。若裴宴心怀叵测也就罢了，偏偏他是一片好心，郁棠明明知道自己的决定是对郁家最正确、最有利的选择，可心里还是觉得对裴宴很是愧疚。裴宴性情高傲又不太理庶务，他难得管一次闲事，却被她拒绝了，她也的确是太不知好歹了。

郁棠就想让他心里好过一点，干脆装作没看见他抬了茶碗似的，上前几步，放低姿态道："三老爷，我们回去以后一定好好做生意，争取有一天能接得住您的赏赐。"

裴宴见她低着头，光洁的额头像玉似的温润，长长的睫毛一动不动，像凤羽般停歇在眼睑，显得顺从又驯服，心中一软，觉得那无名之火渐渐消散了一些。还知道他的赏赐不是随便什么人都能接得住的，也算是有自知之明了！

"算了！"他听见自己语气微霁地道，"也是我考虑不周全，这件事就这样算了。"

郁棠暗暗吁了口气。终于把这祖宗哄好了一些。要不要继续哄一哄呢？她还想知道梦中裴宴为何在他们家的山林种沙棘呢。

郁棠的嘴快于脑子。

她听见自己恭敬地道："不管怎么说，还是要多谢三老爷。要是三老爷不嫌弃，我姆妈前几天在家里做了些青团，我让胡总管带些来给三老爷尝尝。我们家也没别的能拿得出手，也就这寻常的吃食做得比别人家早点，能让三老爷尝尝鲜。"

按理说，青团要再过一两个月家家户户才开始做，但今年陈氏的身体好了，兴趣也高，就提前做了些青团，不多，却胜在手艺好，又先别人月余，就成了能拿得出手的吃食了。

裴宴听着心里的郁气又散了一些。

他不是那么喜欢吃青团，但他在守孝，孝期就应该吃这些，可很多人都不知道怎么一回事，总是忘了他在守孝，不是请他去喝酒就是请他去赏花，只有郁家送的东西还算是靠谱。那些人好像都忘了他爹才过世没多久。最最让他不舒服的是，这些人里很多都曾受过他爹的恩惠。可见所谓的"杀人放火金腰带，修路铺桥无尸骸"是有道理的。

裴宴在心底冷哼了数声，说话的声音却柔和了几分："不用这么客气！那就替我谢谢郁太太了。"这就是收下的意思了。

郁棠大喜，忙道："您喜欢就好。"又想着他匆匆而来，不知道和宋家的会面怎么样了，不好耽搁他的正事，就屈膝福了福，道："那我们就先告辞了。拍卖结束后再来打扰三老爷。"

宋四老爷那边还真被他暂时安置在了客房，等会儿还要设宴招待，裴宴没办法在此久留。他对郁棠的懂得进退很是满意，索性又交代了两句："这几天各家的当家人都会来临安城，你们没事的时候最好别出门，免得被人看出点什么来，惹出事端。"

是怕有人知道舆图是他们家的会有人赶在拍卖之前强抢吗？那可都是些他们郁家惹不起的人家。郁远脸色一白。

裴宴瞥了他一眼，道："你们也不用太担心，我已经吩咐下去了，凡是来临安城的人家在拍卖之前都会限制他们出行的，你们家那边也派了人在暗中盯着。我说的，是怕万一……"

郁棠立马道："是的，是的。什么事都怕万一。我们家在拍卖之前一定不会乱跑的。您放心好了。"

裴宴脸色这才恢复了原来的冷傲。

郁棠悬着的心也彻底地跟着落了地。

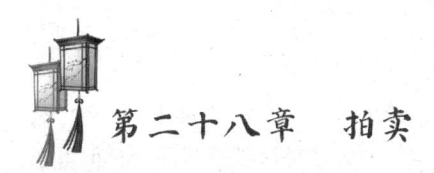

第二十八章　拍卖

做青团，要用艾草汁。可此时才二月初，艾草刚刚冒头，草嫩还不香。

陈氏愁得不行，点了郁棠的额头："你说什么不好，偏偏说青团。这个时候做出来的青团有什么好吃的！"

郁棠讪讪然地笑。她这不是想到裴老太爷的孝期还没过吗？下意识地就说了青团。没想到做青团还有这么多的讲究。陈氏觉得之前做的太粗糙，决定重新做几笼。事到如今，再改也来不及了。

郁棠讨好地抱了母亲的胳膊:"姆妈,我来帮您。"

"你还是给我一边待着吧!"陈氏一边去翻看陈婆子刚刚从隔壁吴家讨来的上等莲子米,一边气不打一处地道,"灶上的事我是不指望你了,可你好歹也要花点心思。难道冬天要吃苋菜夏天要吃冬笋不成?"

郁棠不敢说话,坐在旁边的竹椅上看母亲和陈婆子捡莲子米。

"吴老爷家可真会享受。"陈婆子望着手中个个大小一致的莲子米,道,"我们要不要包点绿豆馅的?"

青团通常包的是莲子馅或是红豆馅。青色的糯米团子,咬开了是红红的红豆馅或是白白的莲子馅,看着就好吃。少有人家包绿豆馅的。

陈氏想了想,冲着郁棠道:"你不是挺能的吗?去打听打听,裴三老爷喜欢吃什么馅的,要是他喜欢吃绿豆馅的,我们就一样包一点。"

郁棠应诺,起身就出了厨房。

陈婆子道:"太太您这不是为难小姐吗?不管裴三老爷喜欢吃什么馅的,我们一样包上一点就是了……"

陈氏这次是下了决心了,毫不留情地打断了陈婆子的话:"她这样,都是你们惯的。裴三老爷于我们家有恩,别说提前做几个青团了,就是让我亲自做只八宝鸭,我也是甘之如饴的。但有像她那样说话的吗?只顾着一时的嘴快,要是季节不对做不出来呢?"说到这里,又愁起来:"这艾草不香,做不出清明时的味道。裴三老爷什么好东西没吃过,这要被嫌弃了可怎么办?还不如送些其他的什么东西呢!"

陈婆子只好安慰她:"小姐这不是喜欢吃您做的青团吗?觉得您做的青团顶好吃,这才下意识地就说出青团来。太太您就别再责怪小姐了,您今天都说她一早上了。还好小姐孝顺,一声不响地听着,要是换了别人,早就气得跑了。再说了,她又不是为了她自己。"

陈氏不说话了。

梦中,大家连裴三老爷喜欢穿什么颜色的衣服、坐什么样子的马车、喝什么样的茶都不知道,打听他喜欢吃什么……这比让她去和林氏吵一架还难!但母亲的心情她也能理解。要是送去裴家的东西不讨裴宴的喜欢,马屁拍在马腿上,弄巧成拙了就更麻烦了。唉!她也不知道自己为什么就鬼使神差地说出送青团。不过,他还在孝期,绿豆馅什么的,应该也是可以的吧?

郁棠在院子里溜达了一圈,在厨房外面探头探脑地看,见母亲的怒火应该是散了,这才嘻笑着进了厨房,道:"姆妈,花色越多越说明我们家的青团做得好。您看还有什么馅,都可以做一点。送糕点不是讲究四色、八色吗?我们可以凑四个或是八个馅嘛!"

陈氏都懒得和她说话了,吩咐陈婆子:"从明天起,让小姐到灶上来帮忙。"

郁棠吓得魂飞魄散，一面跑一面道："姆妈，阿爹罚我写的一万个大字我还没有写完呢！等我把字写完了再来领罚。"

陈氏看着女儿的背影，想到她从小惹的那些祸事，忍不住抿了嘴笑。还真如郁棠所说的，凑了莲子、红豆、绿豆、芝麻四个馅的青团请郁博帮忙送去了裴府。

裴宴这两天忙得脚不沾地，不是陪这个就是陪那个，偏偏宋四老爷还见缝插针地找他："别人家怎么有我们两家知根知底，要说合作，当然是我们两家合作最好了。要是你实在不想管事，就再找一家好了。我们两家来管事，你坐着分红，你看怎么样？"说来说去，还是想他做担保人。

他这个时候不由就想起郁家来。特别是郁小姐。他都替他们家心动的时候，她却仍旧能保持清醒，知道自己能吃几碗饭，能做什么事。给郁家一些时间，他们家肯定能兴旺起来。

裴宴打发宋四老爷："这几天那些来参加竞拍的都陆陆续续住了进来，你又不是不认识，一个个去谈呗！我在中间帮着牵线算是怎么一回事？别人还以为我别有用心呢！"

宋四老爷很早就知道自己的这个小表弟有本事，想办成的事就没有办不成的，任由他怎么打发都不走："认识是认识，却没在一起做过生意，心里总归是不踏实，看在亲戚一场的分上，你怎么着也要帮我出出主意。"

两人正拉扯不清，郁家的青团送到了。裴宴借机回了自己的书房，对送过来的青团也就生出几分好奇之心。等打开一看，居然还有绿豆馅的，他心里顿时一暖。记得他还在孝期的，果然也就只有郁家，只有郁家的小姐了。虽说这女子上窜下跳颇为功利，却功利得让人心生好感，这也是桩本事了。

他吃了个青团，味道很一般，但他还是叫了裴满过来问："郁小姐这段时间都在干什么呢？"

裴满有些傻眼。他是裴家的大总管，每天要盯的事不知凡几，何况那郁小姐还是个女子，他就是关注郁家，也应该关注郁老爷才是啊，但东家问话他答不出来，就是他的不对。

"我这就让人去问！"裴满立刻道。

裴宴也不一定是非得知道，点了点头，又吃了个青团，问裴满："郁家送了几匣子青团过来？其他的拿去老安人那里。"他想了想，又加了句："长房和二老爷那里也都送过去尝尝鲜。"

裴满应声而去。

裴宴躺在摇椅上看闲书。

胡兴和郁文、郁远则风尘仆仆地进了城。

"麻烦您两天了。"郁文真诚地邀请胡兴，"我已经让阿苕提前给家里报信了，家里肯定准备好了酒菜，我请您喝两盅。"

胡兴这两天和郁文、郁远去看了那片山林，腿都走酸了。他因此没有拒绝："行啊！那就打扰了！"

"看您说的哪里话！"三个人客气着，回了青竹巷。

陈氏果然早就备好了酒菜，胡兴和郁氏叔侄围坐在四方桌前，一面喝酒，一面说着郁家的那片山林："也不知道是谁给你们家小姐出的这主意，沙棘不是不可以种，可那成本也太高了。但若是种核桃之类的，沙土多，只怕结出来的果子不怎么好吃。倒是可以种花生什么的。不过花生一直卖不出价来。这事我也不好拿主意，最终还是得你们家自己决定到底怎么办。"

郁文嘿嘿地笑，觉得解铃还须系铃人，对郁远道："你去把这话告诉你妹妹，看你妹妹怎么说。"

郁远就抽了个空去见了郁棠。郁棠正在等消息，闻言有些哭笑不得。梦中与现实到底还是不一样了。她这段时间也没闲着，让人去打听了蜜饯的买卖。虽然比种庄稼收益高，却也赚不了大钱。

她对郁远道："你跟阿爹说，这件事先容我再想想。"

郁远也是一头热地钻了进来，此时也觉得应该缓一缓。

他回去跟郁文说了，郁文也就不忙着做决定了，倒是敞开胸怀和胡兴喝了顿酒，把胡兴给喝服了，到最后对着郁文一口一声郁老爷的，恭敬得很。

郁文也喝得有些多，站都站不稳了。郁远只好把胡兴送了回去。结果去的时候遇到了裴满。

裴满是知道胡兴去做什么的，想到之前裴宴问他的话，他不禁问郁远："山林的事还顺利吗？"

"不怎么顺利。"之前郁远还有点初生牛犊不怕虎的味道，现在知道生意场上的事越多，就越发慎重起来，他笑道，"若是大总管那边有什么好主意，不妨直接跟我说。"

"行啊！"裴满爽快地应了。

郁棠就和郁远商量："要不，我们种花生？我知道有一种花生酥，非常好吃。我这段时间反正没什么事，让陈婆子帮我做些出来你们尝尝看行不行！"反正现在也没有更好的主意了。

郁远同意了。

郁棠就拉了陈婆子和双桃在家里做花生酥。陈氏在旁边看着道："这得用几斤花生？"

也是哦！郁棠有些沮丧，想去弄清楚裴宴梦中为什么要做蜜饯的心越发急切了。只是这个时候裴宴在忙着拍卖的事，她不好意思登门。那他们家的山林到底种什么好呢？

郁棠想着做出来的这些花生酥不能浪费了，就装了一匣子送去了裴府，剩下的，送了乡邻和朋友之后，准备留着等郁远娶媳妇的时候用。

转眼间就到了三月，郁棠就算没有出门，也听出门买菜的陈婆子说起临安城里陌生的面孔越来越多了："还都是些豪门大户的样子。听说吴老爷在城东的那个小宅子都借了出去。也不知道临安城出了什么事？"

郁棠也好，陈氏也好，全当没有听见。李端却感觉非常不安。

没等正月十七收灯，林觉就带着那幅《松溪钓隐图》回了福建。

他之前还以为林觉找来的师傅把中间破损的那一小块给修复好了，前几天才知道，原来林觉为了赶时间，只是让师傅估摸着把中间破损的地方添了几笔。也不知道添的这几笔要不要紧。

裴家好像有什么事瞒着他们，偏偏他们这些临安本地的乡绅世家却全都不知。他隐隐有种不好的感觉。好像有什么重要的大事要发生，他们家却被排斥在了裴家之外。

李端寻思着，这件事不能就这样放任不管，得找个人出去打听打听，只是派谁去，他暂时没有好的人选。上次因为卫小山的事，他们家那个养人的庄子被汤知府给端了，养的人跑了不说，他们家还被临安城的那些乡绅和裴家盯上了，没办法重新招人，家里一些见不得光的事没人做，没有从前消息灵通不说，很多事还都停摆了。要不，就收罗几个帮闲？

李端正在心里细细地琢磨着临安城里有名有姓的混混，林觉来了。

他顿时站了起来，一面往外走去迎林觉，一面问来通禀的小厮："表少爷是一个人来的还是和谁一起来的？"林觉这次回福建是去联系彭家的人，不知道事情办得怎样了。

只是还没有等那小厮开口说话，他就和被几个小厮簇拥着的林觉迎面碰上了。

林觉沉着张脸，看见李端甚至没有寒暄几句就直言道："阿端，我们书房里说话！"

李端心里咯噔一声，直觉出事了。他的脸色不由也沉了下来，朝着身边的小厮摆摆手。小厮们都退了下去。

林觉和李端进了书房。

李端没有喊丫鬟，亲自给林觉沏茶。林觉则烦躁地解下了身上披着的披风，一把丢在了书房的罗汉床上，冲着李端道："阿端，不好了！这次彭家的大老爷随我一起过来的，说是裴家无意间得到了一幅航海舆图，能从广州到大食。广州的陶家已经试过航了，航线可行……"

"你说什么？"仿若晴天霹雳，李端的手一抖，茶叶罐子掉在了地上，上好的碧螺春散落一地，他转过身来，面黑如漆地望着林觉，"裴家得了一幅航海舆图？"

他之前一直担心那舆图有问题，可没想到，舆图的事还没有说清楚，现在又出了桩这样的事！

· 121 ·

林觉望着李端，深深地吸了一口气，这才觉得慌乱的心略微平复了一些，思路也清晰起来："我快马加鞭回了福建，把画送去了彭家。彭家验了画和舆图，非常满意。然后我照着我们之前商量好的，不要报酬，以后彭家走这一条航线的生意，我们占一股。见我的是彭家的十一爷。对了，这次他也随着彭家大老爷一起过来了。他当时就答应了，我想，口说无凭，立字为据，就想和他们家立个文书，十一爷也答应了。

"只是立文书要时间，何况我委婉地表示，文书上要加盖彭家的家印。我就留在彭家过了一夜。第二天一大早，十一爷还亲自拿了草拟的文书和我商量细节来着，谁知道用过午膳情况就变了。

"彭家大老爷亲自见了我，问起我找到这幅画的过程。我当然不好说郁家和卫家的事，只说是照着他们给的线索，找到了鲁信。不承想鲁信前脚答应把画卖给我们，后脚就喝多了酒失足溺亡，鲁信的遗物落在了郁家人手里。怕打草惊蛇，引起裴家的注意，我们就背地里怂恿鲁家的人把鲁信的遗物拿了回来，然后花了五百两银子从鲁家人手里买回来的。"

说到这里，林觉额头冒出汗来，声音也低沉了几分，继续道："彭大老爷仔细听着，当时什么也没有说，只是让我收拾好行李，跟着他走趟临安城。我一听就有点蒙，问彭大老爷出了什么事，彭大老爷笑眯眯的，说什么对临安城不熟，让我给带个路。

"我是什么人啊？还没有学会走路就跟着我爹走南闯北，什么样的人没遇到过，什么样的事没见过。我一听这话就知道不对劲，可我当时住的是彭家的房子，吃的是彭家的东西，还真怕他们不声不响地把我弄死在那里了。装作什么也没有发现，收拾东西就跟着彭家的人连夜出了城。

"路上我才打听清楚。原来裴家不知道从什么地方得了幅舆图，就是彭家要的那幅舆图。裴家还广发英雄帖，请了好些各地的豪门大户来临安弄什么拍卖。说是谁的钱多就把这幅舆图给谁，进门的保证金是两千两银子……"所以说，这几天临安城里冒出来的陌生面孔是那些各地来的豪门大户。

李端也顾不得洒在地上的茶叶了，脸阴得像要下雨似的，随手倒了杯白水递给林觉，道："彭家是什么意思？怀疑我们还送了这幅画给裴家？"

林觉这几天可以说基本上没有闭过眼，更不要说好好吃喝了。

他接过茶盅"咕噜噜"一番牛饮，喝空了茶盅才道："彭家的人没说。可这不是明摆着的吗？一进临安城，彭大老爷就让我来找你，他带着十一爷住进了裴家用来招待这次参加拍卖的人家的客舍，还跟我说，今天晚上十一爷会来拜访我们。我寻思着，裴家既然要卖这舆图，又弄出什么价高者得，肯定会拿出一部分舆图给这些来参加拍卖的人辨别真假。彭大老爷以竞拍的身份住进了裴家，多半是想看看那舆图和《松溪钓隐图》里的舆图是不是一样的。"

事情怎么会变成这个样子？李端心里非常慌张。可他和林觉既是亲戚，又是合作者，有些话亲戚是能说的，合作者却是万万不能说。他不能在林觉面前表露出来，否则李家和林家此消彼长，林觉会觉得他软弱，就不会像从前那样服从他们家了。

"你有什么好怕的？"他不由摆出副冷静的面孔，淡然地道，"画的线索是彭家提供的，我们也是按照他们家的意思把画送到了彭家，他们家验证过后也证明是幅真画。现在出了纰漏，与我们有什么关系？晚上还拜访我们！"李端冷哼一声："那就让他们来拜访好了。我还想要问问他们彭家这件事该怎么办呢！之前不是说这幅舆图只有一幅吗？那裴家的舆图是从哪里来的？物以稀为贵，我们就是再蠢，也不会脚踏两条船，把好好的翡翠卖成了白菜。"

之前林觉的确有些慌，此时见李端胸有成竹的样子，他也冷静下来。

他不由讪讪然地道："我这不是怕彭家怀疑是我们泄露了消息吗？"

"要说泄露消息，难道他们彭家就没有嫌疑吗？"李端说着，连自己都渐渐信心大增，"他们在找我们之前就没有找过其他人家？彭家在福建是数一数二的人家，可天下之大，还有广东、浙江、江苏，他们家能得到《松溪钓隐图》的消息，难道别人家就一点风声也没有听到吗？这种事，从他们这样的高门大户传出来的机会更多吧？"

林觉苦笑。话是这么说，可也得彭家承认是他们那边出了问题才行啊！人家财大势大，非要迁怒他们，他们能有什么办法？

"等晚上见到十一爷再说吧！"林觉无精打采地道，"希望裴家得到的舆图与我们不相干！"

事到如今，也只能等到晚上和彭家的人碰了面再说了。

裴家这边，裴宴却是闲了下来。事到临头，该安排的都安排了，该注意的也都注意了，反而没事了。

阿茗端了个小小的四格攒盒进来，眯着眼睛笑道："三老爷，郁家送了花生酥过来，您尝尝好不好吃？"

裴宴打开攒盒，除了三样他平时喜欢吃的点心，还有一样陌生的酥糖。麦芽色的糖上裹着白胖胖的花生，除了看着新鲜，还让人觉得有食欲。

裴宴尝了一个。既有麦芽糖的香甜，也有花生的酥脆。

裴宴"啧"了一声。通常这样熬出来的糖里面裹着的东西都像被煮熟了一样的，这花生酥倒糖如其名，酥脆得很。不过，如果花生再多一点就更好了。他下意识地就觉得这是郁小姐弄出来的玩意儿。

"那郁小姐又在折腾什么呢？"裴宴道。

胡兴从郁家老宅那边一回来就跑到他面前来表功劳了，当然他也就知道了郁家的那片山林最适合的就是种花生了。

他道:"他们家不会是准备种花生吧?我瞧着这糖做出来也不便宜。不过,糖里裹着花生,到底比全是糖的要便宜一点,应该也能卖得出去。怕就怕一季的花生做成酥糖得三年才能卖出去。到时候这花生酥里的花生就不好吃了,糖也不好卖了吧?"这话虽然有点毒,却也不是无的放矢。

阿茗对郁棠的印象挺好的,裴宴这么一说,他就有点为郁棠担心。

"听说这花生酥就是郁小姐做出来的。"他有些紧张地望着裴宴,道,"不过,没听说郁小姐要做这个卖啊!也许是无意做出了这种好吃的糖点,想请您尝一尝呢?您帮了他们家那么多,他们家肯定很感激您啊!"

这话也有点道理。裴宴"嗯"了一声,道:"郁小姐最近就是在做这花生酥吗?"

自从上次裴宴问起郁棠裴满没有答上之后,裴家的人就特别注意郁棠的行踪了。

阿茗张口就来:"郁小姐照您的吩咐这些日子都没有出门,应该就是在家里做这花生酥了。不过,郁小姐曾经派人打听过蜜饯的买卖,还打听过杂货铺的买卖和烧炭的买卖。"

裴宴的嘴角不由抽了抽。怎么听着像个无头苍蝇似的在乱窜啊!她就不能消停点,好生生地在家里待着?裴宴的脑海里浮现出郁棠那双黑白分明、清澈如泉的眼睛。看什么东西的时候都亮晶晶的,充满了好奇。这样一个小姑娘,就是让她待在家里,她也能整出点事来吧?

裴宴丢了块花生酥在嘴里。这不,不让出门,她在家里就做出了花生酥。再在家里关几天,还不知道她又会往他这里送什么呢。

"阿茗,"他道,"请郁小姐来家里喝茶。"话音刚落,他猛然间想到家里客房住的那些宾客,立刻改变了主意:"还是我去见郁小姐好了。你吩咐他们准备顶寻常的轿子,我们悄悄去,再悄悄地回来。"晚上,有个接风宴。

阿茗应声而去。两刻钟之后,一顶青帷小轿不声不响地出了裴府的后门。

裴府用来待客的紫气东来阁,叫的是阁,实则是一片九曲回旋的院落,举目望去,处处是花墙,处处有小径,置身其中,很容易让人迷失东南西北。

彭家大老爷站在窗扇大开的窗棂前,左边是竹林,右边是太湖石假山,风景如画。

"裴家还挺有意思的。"他轻哼了一声,淡淡地道,"我们若是要想去串个门,恐怕会迷路吧?"

他是个年约五十的男子,长身玉立,白面长须,浓眉大眼,气质十分儒雅,如同饱读诗书的学士。

他身后跟着个二十五六岁的男子,冠玉般的面孔上有道从眼角斜割到嘴角的紫红色伤痕,不仅让他的相貌变得很狰狞,而且让他的神色也平添了几分凶狠,让人侧目。

"大伯父,"他闻言低声道,"那,我们还要去拜访湖州武家的人吗?"

他说话的声音透着几分温顺,可眉宇间透露出来的戾气却让人知道他很不耐烦。

彭家和武家曾经有些不可对人言的生意,比别家更容易搭上话。

"当然要去。"彭家大老爷转过身来,对那青年道,"裴宴弄出这个什么拍卖,不过是想让几家自相残杀而已。我听说武家是最早来的,以他们家的德性,拍卖之前肯定会上窜下跳着想办法找人联手,至少,不能让裴宴控制价格。我们到时候参一股就是了。"

青年欲言又止。

彭家大老爷道:"十一,你要记住了,朝廷要撤市舶司,只有合纵连横才能抵御这次的风险。过两天就要开始拍卖,你就不要露面了。晚上出去的时候也小心点,裴家不简单,若是被发现,你早点想好说辞,免得到时候让人误会。"

不大的院落,一下子住进了七八家豪门大户,彼此之间关系错综复杂,大家又都是冲着那幅价值连城的舆图而来,半夜不睡觉在院子里乱晃,很容易被人认为是别有用心。

被称为"十一"的青年正是林觉口中的"彭十一爷"。

他恭敬地应了一声"是",抬头却不服气地道:"裴家再厉害也不过是出了个裴宥,现在他死了,剩下的,裴宣软弱无能,裴宴狂妄自大,偏偏裴宴还心胸狭窄,接手了裴家之后不是想着怎样让裴家更上一层楼,却想着怎样压制长房。我看,裴家就算还有几斤几两,也不过是艘烂船罢了。大伯父不必顾忌。"

彭家大老爷皱了皱眉。

这个侄儿少有文名,小小年纪就中了举人,彭家花了大力气捧他,让他和当年杭州顾家的顾昶被人并称为"一时瑜亮"。可惜他后来不慎被人破了相,与仕途无缘,只能帮着他打理庶务。顾昶却仕途顺利,官运亨通。他这侄儿心中一直不快,甚至开始愤世嫉俗,几次本可以和平解决的事都被他弄得血流满地,让人心生厌恶。但他这个侄儿又实在是聪明。很多别人办不到的事他都能办得妥妥帖帖,弃之可惜,用之担忧。好在是他还算孝顺,对族里的事也足够尽心,对族中的长辈足够顺从,就算族中的决定他不赞同,但族中一旦有了决断,他还是会遵照执行的。这也是为何族中的几位长辈都觉得应该多多培养他的缘故。可他也是真清高。天下英才随意评价,谁也不放在眼里。但时势造英雄。不管裴宴如何,裴宣如何,他们是正正经经的两榜进士,十一就是再聪明、再机敏、再有才华,文韬武略,不能卖给帝王家,就只能看着别人指点江山,名留青史,就只能认输,认命!不过,现在不是跟他说这些的时候,等回了福建再好好地和他说说。不然他还真以为自己能左右这些人似的,不知天高地厚!

"这里是裴家的地盘,就算裴家是条烂船,你也不可大意。"彭大老爷叮嘱他,"你别忘了,当初我们也觉得那幅画应该是轻而易举就能拿到手的,结果呢?"

彭十一爷眼底闪过一丝戾色。当初，彭家怕惊动裴家，也怕引来其他世家的觊觎，决定找个不起眼的人想办法把画拿到手，他是同意者之一。

"大伯父，我知道了。"彭十一爷低头道，"这次一定不会出什么纰漏的。"

彭大老爷点了点头。他这个侄儿办事，他还是放心的。

"我等会儿去会会武家的人，看看武家对拍卖的事是怎么看的。"他沉吟道，"说不定我们还能和武家联手。"

裴家拿出来给他们看的那一部分舆图和他们手中的舆图是一样的。

现在他们没办法判断到底是哪里出了问题，甚至没有办法判断到底是他们手里的舆图是真的，还是裴家那份舆图是真的。这就逼得他们家不得不参加拍卖。

裴老太爷是个厚道人，裴宴的桀骜不驯他却是早有耳闻。这是他第一次和裴宴打交道，不知道裴宴的深浅，万一裴宴准备拿着这幅舆图当摇钱树，他们家恐怕要大出血。

这都没什么。有失就有得。怕就怕他们拍到的舆图和他们家手中的是一模一样的，或者裴家拿到的是假的……那就令人吐血了。

裴宴虽然知道彭家是来者不善，可他就是个撩猫逗狗的性子，越是像彭家这样的人家，他越是要惹一惹，彭家的人想做什么他都不会如临大敌，自然也就懒得派人盯着彭家。反正他们已经住进了裴家，就没有他想知道却知道不了的事。

他让人把轿子停在了郁家后门的小巷里，平时这里没什么人走动。特别是下午，青竹巷的男子多半在铺子里，女眷们不是在休息就是在做针线活，非常安静。

他叮嘱阿茗："小心别惊动了郁太太。我不想登门拜访。"

阿茗知道他们家三老爷不喜欢应酬，连声应下，去了前门叩门。

来应门的是陈婆子，听阿茗说他是裴家的小厮，来找郁棠的，又见他生得白胖可爱，心中十分喜欢，没有多问就把他带去了郁棠那里。

郁棠见到阿茗很惊讶，等知道了阿茗的来意更是惴惴不安了半晌才理出个头绪来。

她打发双桃去给阿茗拿花生酥吃，压低了声音问阿茗："你说三老爷要见我，轿子就在我们家后门？"

阿茗连连点头，见郁棠穿件茜红色杭绸褙子，衬着面如白玉，又笑盈盈的，和蔼又可亲，他给郁棠通风报信道："三老爷多半是为了你们家那个山林的事，来前他还问起过。"

郁棠早就想见裴宴了，这下可好了，瞌睡的遇到递枕头的，彼此都好。

"你等会儿！"郁棠也怕裴宴来家里。他那性子，谁在他面前也不自在。何况她母亲刚刚用了药躺下歇了，知道裴宴来了，无论如何也要起身亲自招待他的，"我跟家里人说一声，这就去见三老爷。"

阿茗捧着双桃给的花生酥高高兴兴地走了，郁棠让双桃帮着打掩护，从后门溜出去见裴宴。

天气一天天地暖和起来，裴宴穿了件月白色三棱细布的直裰，腰间坠着青色的小印，玉树临风般站在那里，风仪无双。

郁棠静静地欣赏了两眼。不承想见到真人就什么想法都没有了。

"你怎么动作这么慢？"裴宴不悦道，"我问你两句话就走。"

没有一点君子之风。郁棠在心里腹诽。要不是正好今天穿得"规规矩矩"，她还没有这么快出门！不过，想到阿茗说裴宴是为了他们家山林的事来的，她又觉得自己不应该这么小气，不应该和裴宴计较这些。

"三老爷，您找我有什么事？"她直入主题。

裴宴并没有意识到自己的语气有什么不对的，郁棠的直爽也让他不用兜圈子，心情颇佳。

"你们家那山林，决定种什么了没有？"他语气轻快地道，"春耕都过了，你要是再不决定，就又得耽搁一季了。"

郁棠正想探裴宴的口风，这话正中她的下怀。她道："我之前一直觉得种沙棘不错的，可大家都让我别种。我就想问问您，要是我们家山林卖给了你们家，您会种什么？"

她这是什么意思？因为没什么用处，所以想把山林卖给他们家？他像冤大头吗？裴宴的脸都黑了。他道："你想把山林卖给我们家？"

"不是，不是。"郁棠发现裴宴误会了，忙道，"我是说'如果'。如果是您，您怎么办？"

这种假设没有任何意义。裴宴不悦，道："没想过。不知道。"说完，犹不解恨似的，继续道："除非是你们家的日子过不下去了，不卖田卖地就会死人，我看在乡里乡亲的分上，顺手帮一下。那山林成了我做主买进来的，为了给家里一个交代，就只能捏着鼻子想办法了，那也许我会仔细地想一想。"

裴宴的话让郁棠心跳如鼓。他说这话是什么意思？如果郁家有困难，看在乡亲的分上，不管那山林是怎样一个情况，他都会出手把山林买下，救郁家一时的困难。是她理解的这个意思吗？她想到梦中的事，心跳得就更厉害了。

梦中，郁家把山林和田地都卖给了裴家，不仅仅是因为裴家是临安城最富的人家，还因为裴宴出的价最高。那时候她不了解裴宴。以为裴家钱多，不在乎这些小钱。可现在看来，裴家虽然钱多，却也是有所取有所不取的。很显然，梦中裴家买下郁家的祖业，是在变相地帮郁家，而且也的确是帮到了郁家——没有裴家买地的钱，她根本没钱雇人去打捞父母的尸身，也没钱给父母买墓地，让父母入土为安。原来，在她不知道的时候，裴宴已对她有大恩！郁棠想起梦中的孤苦无助，想到那个时候居然还有人给过她帮助和温暖，眼眶骤然间又湿润起来。

裴宴看着她呆呆的，半晌都没有回过神来的样子，不免心中生疑，伸手在她眼前晃了晃，道："喂，你到底想好了没有？有没有需要我帮忙的？要是没有或是没有想好，那就等初十之后再说好了。"

郁棠一个激灵，脑子飞快地转了起来。她道："我想继续种沙棘，然后把沙棘做了蜜饯卖钱，您觉得可行吗？"

裴宴没有想到郁棠这样固执，但这是她的选择，就算是南墙，也得让她自己撞得头痛了才会回头。

他提醒郁棠："沙棘树结果最少要三年，你可想好了。"

"想好了！"郁棠深深地吸了一口气。

梦中不管裴宴是因为什么原因种的沙棘树，她觉得，只要照着他的路走，肯定能成事。

裴宴不再劝她，道："你要是真决定了，就好好地干。我最讨厌半途而废的人了。"

"您放心！"郁棠向他保证道，"我肯定会好好干的。"

裴宴想，就算是交学费了。谁学东西不得交点银子呢！

"我家里还有几株沙棘，"他道，"等过了初十，你派个人过去挖了先种到你们家林子里去好了。要是能活，今年秋天就能结果。你到时候尝尝那果子的味道就知道了。"

寡淡无味，不做蜜饯，还真没什么用。郁棠没想到还有这样意外的收获。

梦中，她听说这树是他在西北为官的朋友推荐给他的，现在，却是周子衿从西北挖过来的。也不知道是梦中的消息对还是现在的消息对。不管怎样，她都决定结果之后就提前做一批蜜饯出来让裴宴和帮着找树苗的沈先生尝尝。这两人都帮了她的大忙。

郁棠恭恭敬敬地送裴宴走了。

裴宴回到家中还没有坐稳，裴满就来找他，还给他带来了一个颇有些让他意外的消息："武家到处游说，陶家、印家、利家、盛家等都决定拍卖的时候大家把价压在五千两银子左右。不管是谁家拍得了这幅舆图，都拿出来共享。"

没有永远的朋友，只有永远的利益。

裴宴无所谓地给自己倒了杯茶，悠闲地喝了一口，这才道："你不用担心。我没准备让哪一家中标。要是他们都说好了，那就五千两银子把舆图卖给他们。加上每家各两千两银子的保证金，郁家怎么也能落个两万两银子。有了这两万两银子，不算多，也够他们家几代人花销的了。再说了，钱多有什么用？子孙不成器，多少都一样给败光。"

裴满愕然道："不是价高者得吗？"

裴宴扑哧笑出声来，像望个傻瓜似的望着他，道："价高者得，你想可能吗？多少才算价高？我一开始就没有打算能行，只是不想让他们那样轻易就得到，要不然他们还以为我们裴家包藏祸心，以为舆图是假的。"的确有很多这样以小人之心度君子之腹的。

裴满道："那我们也真的不留张舆图吗？"

郁家曾说过要送一幅给裴宴，他们要留一张不算违约吧？

裴宴摇头，道："我二师兄这个人我了解，他为了仕途，什么事都做得出来。如今首辅沈大人年事已高，最多两年就会致仕。他和黎训争内阁首辅，以他的性子，肯定会拿市舶司开刀，顺便让江南的豪门大户重新洗牌，不支持他的人全都会被踩到泥淖里。我与他原本就不和，要不是老师还活着，又得费师兄提点，他恐怕早就不认我这个师弟了。我们还是不要参与这件事的好。"

裴满神色大变，连连点头。

裴宴就站起来伸了个懒腰，打着哈欠道："昨天睡得太晚，今天我要睡个午觉。下午还要给彭家的人接风洗尘。你跟阿茗说一声，记得到时辰了叫我起床。"

裴满应诺，指使了小丫鬟给裴宴铺床。

回到家中的郁棠却神情有些恍惚，总想着梦中的一些细节。到了初十拍卖那天，郁远早早地就到了郁棠家，和郁文一起紧张地等消息。

郁棠虽然人坐在书房里，却有些心不在焉。她在想梦中那些关于裴宴的传闻。大家对他的情况知道得很少，甚至不知道他娶的是谁家的姑娘。也没听说他有孩子，不知道是不愿意让别人知道还是成亲之后没有，她梦中太蠢了。怎么就没有想想裴家为什么会出比别人家高的价买他们家山林呢？不过，就算知道了，以她从前的性格和胆量，估计也不敢去向裴家道谢。还有李家，梦中得到了舆图，和彭家勾结在了一起，在临安成了仅次于裴家的大户人家，也不知道对裴家有多大的影响？还有，裴宴朝廷想撤了宁波和泉州的市舶司，可在她的记忆中，直到她死的时候，宁波和泉州的市舶司好像都还在……

想到这里，郁棠差点跳了起来。对啊，她怎么就没有想到利用梦中她所知道的消息回报裴家呢？梦中，宁波和泉州的市舶司撤不撤都与她关系不大，但裴家不一样。他们家是做大生意的，就算他不想做海上的生意，肯定也有认识的人，或者是亲戚做海上生意的，她可以把这个消息透露给裴宴，然后裴宴可以用这个消息和其他人做交易，或者是让他的亲朋好友减少损失啊！

郁棠越想越觉得可行。

她在屋里打着转，想见裴宴的心就像那燎原的火苗，越烧越旺。

郁文看着悄声对郁远说："你看阿棠，说是长大了，有了主意，可这年纪到底摆在这里，遇到事的时候还是有些沉不住气。"

努力了这么长时间，终于把那舆图给甩出去了，郁远也从心底里高兴。

他不由笑道："这不全是家里人吗？要是有外人在，她肯定忍着了，您看了还不得赞她一声大气沉稳有担当。叔父您就别吹毛求疵了！"

郁文无声地笑了笑，对郁棠道："你别转了，转得我头都晕了。裴家是有名望的人家，会原封不动把拍卖得的银子送到我们家的。你这样转来转去的，转得我的心都跟着慌张起来。"

郁棠嘿嘿地笑，没有解释自己为什么转来转去，而是稳了稳心神，坐下来喝了两杯茶，然后回屋做了两朵绢花，才等到裴家来报信的人。

"保证金和拍卖所得，一共是二万七千两银子。"来者是个三十岁左右的男子，相貌十分平常，穿了件很普通的蓝色粗布直裰，说起话来慢条斯理的，自称叫陈其，是裴家的账房先生，"按照之前说的，全都存到了裴家的银楼。这是银票，请郁老爷清点一遍，我也好回去交账。"他说完，拿出一个匣子："里面全是一千两一张的银票，这也是裴家银楼面额最大的银票了。"

二万七千两？！郁家的人全都呆滞了片刻。郁远更是掩饰不住心中的喜悦和激动，看了郁棠一眼，悄悄地握了握拳。

郁文也很高兴。他轻轻地咳了一声，接过匣子看也没看一眼就递给了郁远，起身对陈其行了个礼，道："陈先生辛苦了，家里备了酒水，还请陈先生不要嫌弃，在家里喝杯水酒再回去。"

谁知道陈其一板一眼地道："郁老爷，银票是三老爷亲手给的，账房好几个人看着装的匣子，又是我一个人带过来的，还是请您清点一遍，若是没有差错，我们再说其他的。"

郁文不以为意地笑道："陈先生既然是裴家的账房先生，还有什么信不过的？肯定不会有错的……"

"还是请郁老爷清点一遍。"陈其根本不和郁文讲人情，非要钱财当面点清。

郁文有些不高兴，觉得陈其信不过他的为人。

郁棠在心中暗暗叹气，只好劝父亲道："阿爹，您相信裴家，那是您对裴家的信任，可陈先生是账房，自有账房的一套行事要求。这么大一笔银子，您不当面点清了，他怎么回去交账。您还是听陈先生的，当面把银票点清了吧！"

郁文这才和郁远一起，和陈其一起清点银票。

裴家送过来的，还是裴宴亲自交到陈其手中的，自然不会有错。

郁文想，这下陈其应该可以放心在他这里喝杯水酒了吧？

陈其还是拒绝："我是坐三老爷的马车过来的，还要赶回去交差，您若是要谢，就谢我们家三老爷吧！我不过是个当差的。"一点面子也没给郁文，把郁文气得够呛，都没有亲自送陈其出门，而是让郁远代他送客。

陈其也没有觉得受到怠慢，朝着郁文揖了揖，就随着郁远出了书房。

第二十九章 退亲

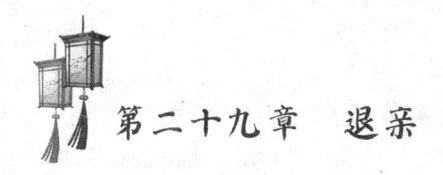

郁文再次被气到了，他指着陈其远去的背影对郁棠道："你看看，也不知道裴家为何派了他来报信，一不说是谁家把舆图拍到了的，二不……"话说到这里，他表情微滞。他也是，怎么就没有问问拍卖的事呢？

郁棠低头偷笑了一会儿，觉得自己已经控制住了表情，这才抬头喊了一声"阿爹"，道："此时拍卖应该刚刚才结束，那些豪门世家估计都还没有走。拍卖的时候到底发生了什么事？是谁家拍走了舆图？为何能得了这么多银子？我见到陈先生的时候就想问了，可想想裴三老爷只怕此时最要紧的是怎样把这些来参加拍卖的人平平安安、顺顺利利地送出临安城。现在哪有时间和精力和我们说这些？我就想我们不如安心等几天，等裴三老爷忙完了，再备一份厚礼登门，好好地去谢谢裴三老爷！"

他们连拍卖都没去参加，就是怕有心人把舆图和郁家联系到一起，况且裴宴也是这个意思，他们怎么能辜负裴宴的一片好心？这几天不仅应该安心等待裴家的安排，而且最好像之前一样，少出门，少说话，少打听。等到那些来参加拍卖的人家都走了，他们再寻个光明正大的理由去向裴宴道谢。

郁文一听也就没有心思和陈其计较了。

他问郁远："你成亲，给裴家下帖子了没有？"这样的大事，肯定是要给裴家下帖子的。

郁远道："下了。不过是让阿苕去交给了门房。"

裴家每年接到这样的帖子不知道有多少，一般都是交给门房，门房会交给专门管这些事的管事，管事再根据下帖子的人家和裴家的亲疏远近来酌情处理。大多数人家是为了敬重裴家，特意告诉裴家一声，裴家会准备点礼盒作贺礼。有些是和裴家沾亲带故的人家，就会包个二两银子的封红作贺礼。和裴家关系更好的，就会由管事报到裴宴那里，由裴宴决定是他亲自去道贺还是派管事送一份相应的贺礼了。

郁家没有惊动裴宴的意思，所以按着一般乡邻的惯例只是送了一份请帖过去，至于裴家怎么安排，那就是裴家的事了。

不过，郁文觉得裴宴可能不会来。拍卖和郁远的亲事隔得太近，他亲自道贺，怕是会被有心人看出点什么来。裴宴可能真的很忙，之后一直没有和他们家联系。

他们家也就安心地开始准备郁远的婚礼。

可让郁家没有想到的是,郁远成亲的前一天,裴宴自己虽然没有到场,却派了大管事裴满过来。

裴满满脸歉意,道:"三老爷还在孝期,不好亲自前来,还请郁老爷多多包涵!"

裴宴的确在孝期,但在临安城众人的眼中,郁家还没有这么大的脸面能请了裴宴来喝喜酒。所以裴满这话说得就非常委婉,非常给郁家面子。来帮忙的吴老爷等哪个不是八面玲珑的主,立刻接话道:"裴大总管哪里话,裴三老爷能记得郁少爷的好日子就已经十分难得,怎么能让裴三老爷现在进出喜庆之地。裴大总管既然代表裴家过来了,还请喝杯喜酒再回去交差好了。"

裴满委婉地拒绝了:"东家们都在家里守制,我一个做下人的哪里敢违例?我在这里先祝郁少爷夫妻和美,子孙满堂。等过些日子,再专程来给郁少爷道喜。"

吴老爷是今天的知宾,听他这一说,自然不好强留,笑着送了裴满出门。

送嫁妆过来铺床的相家人看了,不由频频点头,私下里议论:"难怪别人都说姑太太厉害,不说别的,能把大小姐接过去教养,又给大小姐找了这么一个体面的人家,这可不是一般人能做得到的。"他们口中的姑太太是指的卫太太。

"这也是大小姐的福气!"

"据说临安城里的读书人都会来参加,这婚礼可真体面。"

"以后大小姐生了小少爷,至少读书不用愁。当初老爷无论如何都要娶了太太进门,不就是看着沈家是读书人家,以后少爷们能跟着舅老爷读书吗?"

相家的人继续议论着。郁棠却和母亲一起忙着准备明天的婚礼。

茶叶和酒够不够?相家来送亲的回礼有没有漏?去接新娘子的人今天是不是能顺利出发?

虽是琐事,但是少了一桩婚礼都会出岔子。

忙忙碌碌的,不知不觉就到了晚上。因为和富阳隔着一天的路程,郁家迎亲的轿子头一天就得出发才能保证能把新娘子按照吉时迎进门。郁棠和母亲一起送走了迎亲的轿子,又去厨房、新房看了看,见诸事都安排得妥妥帖帖的,这才回到家里睡了个囫囵觉。

可就这样,第二天一早,天还没有亮她就被陈婆子叫醒了:"小姐,大老爷那边的王婆子过来问,拜堂时用的喜幛你给放哪里了,那边要布置喜堂了。"

当初知宾开了单子,婚礼上需要用到的东西是一口气买回来的,大伯母当时在厨房给喜筵上需要用的鱼肉过秤,她就帮大伯母收了起来。

郁棠拥被坐了一会儿,这才打着哈欠道:"太早了吧?小心来吃喜酒的孩子把喜幛给弄脏了。我准备收拾了中午的喜筵后再布置喜堂的。"

陈婆子一面吩咐同样睡眼惺忪的双桃服侍郁棠梳洗,一面快手快脚地把郁棠前几天就准备好了挂在木椸上的衣服拿了过来。

郁棠漱了口，洗了脸，整个人都清醒过来，对陈婆子道："你去跟王婆子说一声，喜幛收在了大伯母库房的那个描着梅花的黑漆箱子里了。我梳洗好了就过去帮忙。"

陈婆子应声而去。

双桃帮郁棠梳了个双螺髻，简单地戴朵粉色的珍珠头花，换上早就烫好的淡蓝色蝶恋花的杭绸褙子。这装扮有些老气，要不是郁棠长得实在是好看，不管穿什么都压得住，丢在人群里只怕就要看不见。不过，今天是相小姐的好日子，三天无大小。等到相小姐进了门，挑盖头的时候，她们这些亲眷是要进洞房去看热闹的。她无意成为令人瞩目之人，这样打扮正合她的心意。

双桃不免有些唠叨："你就应该听太太的，穿那件粉色菖蒲纹的褙子，多好看啊，还是今年杭州城那边出的新式样……"

虽然中间夹着拍卖这件事，王氏和陈氏还是带着郁棠去了趟杭州城，不仅买了新式样的衣料和首饰，还给家里添了新的碗筷器皿之类。双桃说的那件衣服，就是陈氏给她买来等郁远成亲的时候穿的。

郁棠也觉得好看。那面料，粉粉的，像三月盛开的桃花，十分衬她的肤色，只是不太衬她的人——她不笑的时候有点严肃，少了女孩子的天真烂漫，反而不如另一件桃红色更衬她。不过，她无意和双桃说这些。她打断了双桃的唠叨，笑道："你怎么这么多话？昨天还没有把你忙够啊！"

双桃想到昨天脚不沾地的酸楚，立刻不说话了。实际上她是想说，今天会有很多女眷过来，要是郁棠打扮得漂亮一点，对郁棠有印象的人更多，说不定就会被哪家的太太瞧中，给郁棠说门好亲事。

大太太和二太太都说了的，等大少爷成了亲，就要把精力放在给大小姐找女婿的事上了。

两人到了郁博家，王氏正和几个妇人在天井里说话，大厅还是昨天的样子，根本就没有布置。

难道大伯母改变主意了？

郁棠不解地上前给大伯母问好。

大伯母满脸笑容地拉着她把她引荐给了那几位妇人。都是城中有头有脸人家的当家太太。

有些郁棠梦中在李家打过照面，有些则是听过她们丈夫的名字。王氏只介绍了一遍，郁棠就把人全都记住了，再说话的时候分毫不差，加上她又有经验，言谈间落落大方，不管她们问什么都能答出个一二来。几位太太都不由得高看她一眼，喜悦之情溢于言表，对她十分友好。

有一位姓曾的秀才娘子甚至有些不合时宜地问她多少岁了，平时在家里都有些什么消遣，会不会看账本之类的。大伯母居然没有挡着，其他几个妇人都含笑望着她，一副也很想知道的样子。

郁棠反应过来。大伯母这是托了别人给她说媒啊！郁棠顿时有些脸红，但还是简短地答了曾太太的话。

另一位孟太太见状，有意给郁棠解围，就笑着对王氏道："早就听说你们家这侄女长得好，今天一看，不仅长得好，这说话行事也妥帖，陈太太真是好家教啊！"其他几位太太跟着一阵夸。

王氏见事情也差不多了，就让郁棠去把布置喜堂的东西准备好了，还道："你说得有道理，我们收拾了中午的喜筵再布置喜堂。"

既然是喜事，那布置喜堂或是布置新房这样的事找的都是父母双全、儿女成双的妇人，这几位太太估计是来帮忙的。

郁棠应诺并往旁边的茶房去，却听见孟太太轻声道："你们听说过李家的事了没有？"

有人接话："城南那个李家，出了个少年举人的？"

"就是。"孟太太的声音低了下去，但郁棠还是断断续续听了几句，"听说要退亲……前几天去了杭州城还没有回来……李大人急得不行，派了身边的师爷回来，和李夫人一起去了顾家……"

居然还有这种事？！

郁棠顿时来了兴致，很想听听。可惜，天井到茶房不过两丈的距离，她就是有心，磨磨蹭蹭不过几步路也就到了，她干脆躲在柱子后面听她们都说了些什么。可惜她们说话的声音太小，相隔得也有些远，她什么也没有听到。

郁棠很失望，布置喜堂的时候都有些心不在焉，差点打翻了长案上放着的果盘，她这才收敛心思，把精力放在了郁远的婚事上。

迎娶的过程非常顺利。新娘子下了轿，拜了堂，送进了新房，郁棠就挽了陈氏的胳膊去看新娘子。

相小姐一身红嫁衣，满头珠翠，打扮得十分漂亮。来观礼的女眷们个个交口称赞，都觉得郁家结了一门好亲事。

郁棠作为小姑子自然要多多照顾一下新进门的嫂子。她悄悄地问相氏："阿嫂肚子饿不饿？"又想帮着郁远讨好相氏，道："阿兄去接亲的时候反复叮嘱过我，让我照顾好阿嫂的。我藏了些糕点，若是阿嫂饿了或是要去如厕记得告诉我，我早想好了对策。"

新娘子是不能出新房的，若是夫家这边不事先安排好，饿了渴了是连杯水都没得喝的。

相氏早就知道郁棠虽是郁远的堂妹，郁家两房却只有他们两兄妹，如同一母同胞似的，也是她唯一的小姑子，她自然也想巴结好小姑，闻言忙道："我乳娘也跟着一起过来了，她那边有水囊和吃食，你不用担心。"说着，将早就准备好的藏在袖中的荷包悄悄地塞到了郁棠手里，低声笑道："这是专门给你准备的，刚才人多，没好拿出来，你拿着买花戴。"

阿嫂的好意，郁棠自然是大大方方地接着了。只是那荷包入手就沉甸甸的，郁棠怀疑里面装的是银锞子或是银瓜子。这可是十分丰厚的见面礼了。

郁棠心生感激，笑嘻嘻地向相氏道谢，之后又一直留在相氏身边照顾她，等到郁远在外面敬了酒，回到新房才离开。

第二天认亲，相氏给郁棠准备的认亲礼，看着是照习俗做的一双鞋袜和两件褙子，可那袜子是松江三棱细布做的，鞋子上缀着米粒大小的珍珠，两件褙子更是一件大红色遍地金，一件黄绿双色缂丝，华美异常。就是陈氏见了也顾不得长辈的矜持直呼"太贵重"。

或者是真的很满意这门亲事，相氏笑盈盈的，喜悦从眼底流露出来。她温声道："阿妹长得这样标致，就应该打扮得漂漂亮亮的才是。婶婶这么说，倒说得我不好意思了。"

陈氏想着郁棠的婚事还没有着落，这两件衣服的确是锦上添花，她看着很喜欢，也就不再说推辞的话，让郁棠再次给相氏道谢。

郁棠亲亲热热地挽了相氏的胳膊，甜甜地喊着"阿嫂"，把在卫家和一群小子一块儿长大的相氏高兴得连连答应。要不是怕坏了规矩，她差点就把刚戴上的和田玉镯子撸下来送给郁棠了。

郁棠是下了决心要好好和相氏相处的——昨天回到家里，她打开相氏给她的荷包，发现里面全是金瓜子。可见相氏对她的看重。

三天回门，相氏和郁远去了卫家。他们要回两次门。第一次是卫家，第二次是九天后去相家。好在是两次回门都算顺利。之后新婚的两口子开始清点自己的小金库，新娘子忙着认门、认识街坊邻居。转眼间就到了三月底。

这期间郁棠让人去打听李端的婚事，李家大门紧锁，闭门谢客了。据说是李夫人生了病，去了杭州城医治，李端去杭州侍疾去了。

邻居都在议论，说李端还挺孝顺的，连书都不读了，陪着母亲去了杭州城，不知道会不会耽搁来年的会试。还有的在议论李夫人得了什么病，会不会有危险，又叹息李夫人要是挺不过来，以李大人的年纪，肯定是要续弦的，到时候李家两兄弟就没有这么好过了。

郁棠听着直撇嘴，暗暗可惜没有打听到什么她感兴趣的事。

这个时候彭家、陶家等人家都已打道回府，裴宴估摸着郁家也应该忙得差不多了，约了郁文到家里喝茶。

郁文知道这是要说拍卖的事了。他看相氏也是个精明能干的人，问郁远："要不要让相氏也跟着去？"

郁远立刻道："还是让她留在家里吧！舆图的事越少人知道越好！"像他母亲王氏和婶婶陈氏到现在都不知道，不能因为相氏嫁给了他，行事还算稳妥就对她另眼相看。

　　只要侄儿没意见，郁文也不想没事找事。他把准备送给裴宴的东西交给了郁远："你拿好了，小心别砸了！"是对天青色汝窑长颈梅瓶。是他托了吴老爷买的。

　　吴老爷费了心思给他们家找来的，两个梅瓶花了四千四百两银子，这还是看在吴老爷的面子上。当时吴老爷还怕他们家没这么多银子，委婉地道："还有对珊瑚，红色的，三尺来高，送人或是留着给你们家闺女做陪嫁都好看，只要一千二百两。"

　　郁文毫不犹豫地选了那对梅瓶。拍卖舆图得的银票在怀里还没有捂热，郁文就点了四千四百两给了吴老爷。

　　吴老爷拿着银票嘿嘿直笑，对郁文道："我和你隔壁住了这么长的时间，没想到你这么沉得住气，家底这么丰厚。"

　　郁文当时脸就红了，道："这是答谢别人家的，怎么也要有点诚意。"

　　吴老爷不是那乱打听的人，听着没有多问，拿了银票就走。

　　郁远小心翼翼地提着那对装了梅瓶的锦盒，和郁文、郁棠父女一起去了裴家。

　　裴宴依旧在第一次见他们的书房见了他们。

　　正是春和日丽的时候，他们坐在书房前天井里的香樟树下说话。

　　"拍卖的时候出了点意外。"裴宴穿一身泛着莹光的细布直裰，乌黑的头发很随意地用根青竹簪绾着，神色惬意，看上去轻松舒适地坐在太师椅上，道，"原以为他们几家商量出了一个对策，这舆图怕是拍不出什么高价来了。谁知道陶家和盛家、印家联手，武家和宋家、彭家联手，共同拍下了舆图。利家倒和之前传闻的一样，没有插手这些事务。虽与之前打算的不同，但好歹没出什么大乱子，也算是功德圆满了。"

　　郁文毫不掩饰自己的感谢，道："何止是功德圆满了，这样最好不过了。既不会一家独大引来祸事，也不会人人都有不懂得珍惜。如果没有三老爷，这件事哪能这样顺利？说起来，还真得感谢三老爷啊！"

　　裴宴客气了几句。郁棠却欲言又止。

　　裴宴笑道："郁小姐有什么话尽管直言。我一定知无不言，言无不尽。"心情非常好的样子。

　　郁棠也就不客气了，道："彭家和宋家……"要是她没有记错，宋家和裴家可是亲戚。

　　裴宴不以为意，道："天下大势尚且分分合合，何况是亲戚。你不用担心宋家，要和谁家联手，是他自己的决定。以后不管出了什么事，也是他自己承担。我们这些旁边的人只能提醒他，又不能逼着他行事。"听那口气，并不十分看好武、宋、彭家联手。

　　郁棠想到梦中，苏州城出了个江家。可见就算是没有这次的拍卖，宋家过几年也会渐渐没有了如今的显赫。这也许就是个人能力了。她只是担心彭家和宋家在一起，她和李家的恩怨牵扯到了彭家，裴宴会站在彭家那一边，现在听他这么说，她悬着的心才落了下来。

随后裴宴问起沙棘树来："怎么样？那几棵树养活了没有？"

之前裴宴发了话，只是还没等郁棠派人去裴家挖树，胡兴就带人把树送去了郁家，郁文托了五叔父把树种在了山脚，这些日子郁棠还没有顾得上去看。

"我正准备过两天去看看。"郁棠道，"阿爹把田庄里的事也交给了我打理，我听家里的婆子说，这几天正是出苗的时候，我想去看看。"

他们这边种水稻，秧苗种下去之后要过几天才知道能不能活，活下来之后要过几个月才知道长得好不好。郁博把山林的事交给了郁远，郁文寻思着郁远也能帮着照顾一下郁棠，把家里的一百亩水田也交给了郁棠管理。郁棠过几天就是准备和郁远一起回老宅，顺便看看那几株移过去的沙棘树。

裴宴道："你若是有什么不懂的，尽管差了人来问胡兴。他要是没空，也会吩咐下面懂行的管事帮你去看看的。"

郁棠谢了又谢。

裴宴说起彭家的事来："他们应该已经发现了这两幅舆图是一样的，他们不会放过李家的。李家呢，多半会把你们给供出来。我不知道舆图的事你们那边还有多少人知道，你们最好统一口风，若是有人问起来，咬紧牙只管说什么也不知道。鲁信的遗物什么的，也全都还给了鲁家。他们要是还不相信，可以请了鲁家的人对质。"

郁棠的心立刻紧紧地绷了起来。

郁文更是紧张地道："好的，好的。家里只有我们三个人知道，不会有人乱说的。您就放心好了。"

裴宴有些意外，很满意郁文的慎重，他道："如果实在是躲不过了，记得让人来跟我说一声。"又道："我能帮你们解决一时之急，却不能解决一世之忧。如果能悄无声息地打消那些人的怀疑才是最好的。"

郁文连连点头。

阿茗跑进来禀道："杭州顾家二房的顾大少爷让人递了帖子过来，说想明天来拜访您。"

顾家二房的大少爷，顾昶？！郁棠一愣。

顾昶，是顾曦的胞兄。李家之所以千方百计为李端求娶顾曦，就是因为顾昶。他天资聪慧，少年成名，母亲早逝，对唯一的胞妹非常照顾，梦中的李家因此也得了他的庇护，谋了不少的好处。郁棠曾经远远地见过他一面，是在顾曦长子周岁的抓周宴上。

顾昶好像是到淮安办事，悄悄来临安探望顾曦。

他高高的身材，俊美的面容，矜持的笑容，看上去亲切又和蔼，可是没有笑意的眼眸却藏着冷淡和疏离,并不是像他表现出来的那样是个好接触甚至是好相处的人。

据说,那是他第一次来临安。没想到,如今顾昶会在这个时候踏足临安城。不过,他为什么来拜访裴宴?梦中,他悄悄地来,又悄悄地走,在李家不过驻足了两个时辰,除了和李家的人应酬了几句,就抱着顾曦的长子一直在和顾曦聊天。

郁棠看了裴宴一眼。裴宴是个非常敏锐的人。他吩咐阿茗:"把帖子给我看看。"阿茗忙将手中的名帖递给了裴宴。

裴宴一面看着名帖,一面道:"说吧,你想说什么?"

郁棠眨了眨眼睛,过了一会儿才知道裴宴这是在跟她说话。她看了父亲和大堂兄一眼。

郁文正眼巴巴地望着她,郁远则朝着她眨眨眼睛。

郁棠心里乱糟糟的,一时间不知道跟裴宴说些什么。

裴宴也没有催她,合上名帖交给了阿茗,道:"去跟阿满说一声,让他准备准备。"

阿茗应声而去。

裴宴的目光落在了郁棠的身上。

郁棠讪讪然地笑,颇有些不自在地轻声道:"您,您认识顾大少爷啊?"

"顾大少爷?"裴宴目露困惑。

郁棠不解。

裴宴道:"顾朝阳是二房的嫡长子,论齿行六。可他比长房的幼子都要小七八岁,他幼有文名,顾家的大老爷就开玩笑般地称他为顾家的大少爷,可在外面,别人却要恭恭敬敬地称他一声顾六爷。"说到最后,他"哦"了一声,道:"顾昶字朝阳,你应该也听说过吧?"

她没听说过。也就是说,大少爷这称呼,是顾家独有的。郁棠窘然,不知道该怎么说好。

裴宴不满地冷哼了一声。

郁远腾地一下就站了起来,一副视死如归的模样,郁棠一看就知道不好。

她这个大堂兄,有时候太耿直了,某些时候就容易吃亏。

她忙拽了拽大堂兄的衣袖,赶在郁远开口说话之前道:"三老爷,这件事是我不对。我,我气李家做事太狠毒了,把李家干的事告诉了顾家……"

裴宴目瞪口呆。他不由仔细地重新又打量郁棠。一双大大的杏眼睁得圆溜溜的,黑白分明几乎看得到他的影子,看上去要多真诚就有多真诚。偏偏私底下却去告状!做出了这样的事不是应该心虚或是慌张吗?她倒好,大大方方的,生怕别人不知道似的。那刚才认什么错?

裴宴不禁又冷哼了一声,道:"你真觉得自己不对?"

郁棠不作声了。她觉得她没什么做得不对的。道歉,只是梦中在李家养成的

138

习惯。不管是对是错，先道歉，让对方消消气，然后再视情况看是就这样息事宁人还是和对方据理力争。

没有人说话，周遭突然变得安静起来，气氛也越来越凝重。

郁文看看裴宴，再看看郁棠，刚要开口为女儿解围，就听见郁远粗声粗气地道："他们家做得，难道还怕别人说吗？再说，我们也没有夸大其词，造谣生事，不过是实话实说罢了。"

裴宴望向郁远。

说实话，像郁远这样只知道跟在父兄身边鞍前马后的年青人他见得多了，几次见面他都没有把郁远放在心上。他没想到郁远会抢在郁文之前说话，可见郁远这个做哥哥的还是很维护郁小姐这个妹妹的。至少敢大着胆子和他顶嘴。难怪郁小姐胆子这么大，完全是家里惯出来的。

他再次问郁棠："你没觉得自己做得不对？"

郁棠可算看出来了，裴宴就是要找她的麻烦。管她做得对不对，她已经道过歉了，他干吗还揪着不放？

郁棠道："我觉得我阿兄说得对，他们家敢做就别怕别人说，我没做错！"

裴宴道："那你道什么歉？"

郁棠很想翻个白眼，但怕她阿爹觉得她姆妈没有把她教好，不敢。

"我这不是怕您生气吗？"好在她脑袋转得快，立刻就想到了理由，"您帮了我那么多，结果我没做什么正经事，却跑去找李家的麻烦……"

她平时都是这样哄她阿爹和姆妈的，没觉察到有什么不妥当。裴宴呢，平时大家和他说话都要打起十二分的精神，就算是劝阻的话，也说得很委婉动听，他也没觉得这话有什么不对。

因而他很满意地点了点头，觉得郁小姐还算是有良心，知道感恩，遂也没有跟她见外，教训她道："既然觉得自己没有错，就不要随便给人道歉。你又不是谁家的小厮仆妇，干吗把道歉挂在嘴边！"居然是一副怒其不争的口吻。

郁棠呆住，心里却忍不住腹诽。站着说话不腰疼，觉得自己没错就不道歉，那也得看是谁。若是他，自然是可以的。可放在她身上，却是不行的。梦中，她没少因此而吃亏。可这念头一闪而过，她却心酸得半晌说不出话来。原来，她曾经这样委屈，甚至改变了她的性格，让她变得谦卑小意，变得唯唯诺诺。郁棠眼眶顿时湿润。她低下了头，不想让别人看见她的软弱。

郁文却拍手称好，对郁棠道："闺女，三老爷说得对。你就应该堂堂正正的，有什么说什么。"说完，又有些感慨地对裴宴道："我这闺女，什么都好，就是胆子有点小，难得她和您有缘分，以后有什么事，还请您庇护她一二。"

对于这点裴宴倒是没什么抵触，但也没有许什么诺言。

他预测起顾昶的来意："我在京中时曾经和他见过几次，平时没有什么交往，他也不是那种喜欢随意乱逛的人。何况他这次是奉旨出京，上峰和他还不是一个师门，他如今正是做事的时候，突然来了临安城……我想来想去，也就李家和他有些渊源。你们除了把李家干的事告诉了顾家，还有没有做其他的事？"

郁棠头摇得像拨浪鼓。

裴宴不怎么相信。这位郁小姐，鬼点子多得很，不被当场揪着尾巴是不会承认的。不，说不定被当场揪着尾巴了都会想办法抵赖的。

裴宴道："总不至于是来向我打听李端的人品吧？"

他话音一落，郁家的三人面面相觑，立刻安静如木鸡。还真有这可能！

裴宴气极而笑，目不转睛地盯着郁棠"嗯"了一声，幽幽地道："郁小姐，你这么关心李家，他们家有个风吹草动的，你怎么都会听到一点风声吧？"

虽说郁棠觉得李端这种未婚夫不要也罢，可架不住大家都信奉"宁拆十座庙，不破一桩婚"啊！

万一顾昶真的是来向裴宴打听李端的人品，她总不能藏着掖着，让裴宴吃亏吧！

郁棠小心翼翼地看了裴宴一眼，低声道："我阿兄成亲的时候，我听那些秀才娘子们说，顾家要退亲，李夫人亲自去了顾家求情。后来我派人去打听消息，李家关门谢客，还有人说李夫人病了，去了杭州城看病！"

裴宴气得胸膛一鼓一鼓的，好一会儿才让自己平静下来。

郁文一听，这可了不得了。他呵呵低笑了几声，和着稀泥道："这不是没想到吗？这么小的事，顾家怎么能说退亲就退亲呢？"

裴宴可算是知道郁小姐为什么敢这么造次了。再看郁远，半边身子挡在郁棠前面，生怕她吃了亏似的。

裴宴怒极而笑，道："若是顾昶要追究这件事，你们准备怎么办？"

应该不会吧？她可是让顾家提前发现了李端的真面目！但也说不准，有些人家为了面子可以什么都不要。

郁棠迟疑道："不是说顾大少爷最在乎他这胞妹的吗？"

这是拿他的话攻击他？裴宴额头冒青筋："顾小姐的爹还活着呢！"那又怎么样？郁棠道："他要是连这点本事都没有，凭什么说要庇护顾小姐？"梦中，顾昶已经展现过自己的实力了。

可裴宴不知道郁棠有梦中的经历。他只觉得郁小姐闯祸的能力一流，收拾残局的能力却为零。

他望着郁棠微微嘟着嘴而显得有些任性又无知的面孔，头大如斗，觉得自己就算是现在教训她"没有本事善后就别闯祸"估计她也不会听，她的父兄也不会警觉，那他教训她又有何意义？

裴宴疲惫地挥了挥手，道："等我明天见了顾朝阳再说。"

郁文自然很是尴尬，见状立刻站了起来，道："那我们就先回去了。明天再来拜访您。"

裴宴很想让他们不要来，可真说不准顾昶来干什么的，说不定还真得问问郁棠。他好不容易把心里的那点烦躁忍了下来，无力地道了一句"明天再说吧"。

郁文一听，拉着女儿和侄儿一溜烟地跑了。

等出了裴府的大门，他不由擦汗："你说你们，让我刚才在三老爷面前差点答不上话来！"

郁棠和郁远都低着头不说话。他们怎么知道有人会把这件事捅到裴宴这里来啊！

郁文气得不行，可他们此时正站在裴家大门前，裴家守门的和路过的人都朝他们投来好奇的目光，他们也不好一直站在这里。郁文只好摇了摇头，哭笑不得地道："还站在这里做什么，随我回去了！"

两人如蒙大赦，郁棠立刻挽了父亲的胳膊，撒娇般地摇了摇。郁远则殷勤地吩咐停在裴府大门一射之地的轿夫："快过来，我们要回去了！"

轿夫忙把轿子抬了过来。郁文看着无奈地笑了笑，和郁棠、郁远一前一后上了轿。

郁远新婚，和相氏正是蜜里调油的时候。以前这个时候他都会在叔父家坐一会儿，甚至是用了饭再回去，可这一次，他把郁文和郁棠一送到家就急不可待地向郁文告辞："那我就回去了。叔父有什么事再叫我。"

郁文看着直笑，但小辈们能过得好，他这个做长辈的看着心里也高兴："快点回去吧！免得侄媳妇等。"他到底没忍住，和侄儿开了个小玩笑。

郁远脸色通红，给郁文行了个礼就匆匆跑了。结果听说他们回来的陈氏出来连郁远的影子也没有看见，她忍不住笑道："这孩子，也不知道收敛一点。很多婆媳矛盾就是儿子对媳妇太过喜欢引起来的。"

郁文笑着劝道："大嫂不是这样的人。不过，你提点提点阿远也行，防微杜渐嘛！"

夫妻俩说了几句话，陈氏就问起他们去裴家的情形，郁文和郁棠挑了些不要紧的说给她听。

第二天一大早，郁远就跑过来道："叔父、婶婶、阿妹，姑太太带着小表弟过来了，姆妈让我请婶婶和阿妹过去陪客，还说，等晚上我爹回来，让叔父也过去一起吃饭。"

姑太太？！郁文这一辈没有姐妹。郁棠一家三口过了片刻才反应过来郁远嘴里的姑太太是相氏的姑妈卫太太。也就是说，卫太太带着卫小川来家里做客了。郁棠还是过年去给卫家拜年的时候见过卫小川。后来县学开学，陈氏让陈婆子带了自家做的糕点去看过卫小川，还让他有空的时候过来吃顿饭。卫小川说县学的功课太忙，没有空，陈氏这才作罢。

这不年不节的，卫太太怎么会带了卫小川到他大伯父家做客？

郁棠和陈氏匆匆换了件衣服，去了郁博家。

卫太太正和王氏坐在厅堂里兴高采烈地说着话，卫小川一个人耷拉着个脑袋坐在卫太太下首，好像很不耐烦的样子，也不知道在想什么。

郁棠看着心里就觉得亲切，笑着轻声喊了声"小川"。

厅堂里说话的人听到声音都望了过来。

卫太太率先站了起来，笑道："哎呀，我怎么觉得这也就月余没有看见阿棠，阿棠又长高了似的，人也更漂亮了。"说完，过来拉了郁棠的手，笑着和陈氏打招呼。

陈氏忙和卫太太行了礼，大家重新坐下。相氏此时带着丫鬟端了茶点上来，卫小川却磨磨蹭蹭地坐在了郁棠的下首，还颇有些心虚地看了屋里的女眷一眼，见陈氏正和相氏说话，王氏和他姆妈则笑盈盈地在旁边听着，没有谁注意到他，这才松了一口气，悄悄地拉了拉郁棠的衣袖，低声道："阿姐，我三哥要成亲了，来请你们过去喝喜酒。"

卫家原本准备让老三也去做上门女婿的，结果卫小山的突然去世，让卫家二老突然间备觉世事无常，一家人还是守在一块的好，就决定让卫老三也娶媳。

这件事过年的时候郁棠就听说了，没想到卫家老三的婚事这么快就定了下来。

此时见卫小川嘟着个嘴，她就把茶几上的糕点朝着卫小川那边推了推，轻声笑道："你马上就要有新嫂嫂了，高兴点！"

卫小川拿了块点心咬了一口，嘟嘟囔囔地道："我县学里的功课紧着呢，我姆妈非要我跟着一块儿来串门。"言下之意，他不想走亲戚。

郁棠抿了嘴笑，安慰他道："你高高兴兴的，等会儿用了饭，我想办法送你回县学。"

卫小川眼睛一亮。此时还没过午，以他们家和郁家的关系，郁大太太肯定是要留了他们用过晚膳才会放他们走的，那他这一天就算是全泡汤了。如果能用了午饭就回去，他下午还可以跟着先生学半天。

"阿姐你一定要说话算话。"他反复地叮嘱郁棠。

郁棠点头，笑道："你放心，我肯定说话算话。"

卫小川放心了，这才有心情喝茶吃点心。郁棠的注意力也转移到了卫太太那边。这时她才知道，原来和卫家老三定亲的是板桥镇高家的姑娘！不会是她知道的那个板桥镇高家吧？郁棠睁大了眼睛。

就听见卫太太道："原本我是不怎么满意的。他们家有个叔父，在镇上做生意，做起生意来倒是诚信守诺，可对家里的人就很是斤斤计较。我就让人仔细去打听了一下，知道他们家不怎么和那个叔父来往，加上老三自己又相中了，又不是长子，我们帮衬个三五年就会分开单过了，我和他爹商量过后，就答应了。"

也就是说，卫家老三娶的是她梦中嫂嫂高氏的堂姐妹。郁棠松了一口气。可惜梦中她不认识卫家，对高氏娘家亲戚知道得也不多，不知道梦中高家是否和卫家结了亲。

这样想想，临安城还真小，山不转水转，总能碰到。

用了午膳，郁棠就提出来送卫小川去县学："他能这样上进是好事，卫姨母真不应该耽搁了小川读书！"

卫太太当然盼着儿子上进。可上次郁远成亲的时候卫小川就没来，这次来给郁家报喜，卫小川就在城里若是还不来，她不是担心郁家觉得他们家失礼吗？如今这话由郁棠提出来，她也乐意顺势而为。

"怎么能让你去送他！"卫太太客气道，"他又不是两三岁的小娃娃，让他自己回去就行了。"

可在郁棠的心里，两三岁的小娃娃都不如卫小川可爱，她怎么能让卫小川一个人去县学呢？

她执意要送卫小川，卫小川想单独和郁棠说说话，也想让她送。卫太太没办法，只是叮嘱了卫小川几句"听话"之类的话，由着郁棠去送卫小川上学。卫小川却像是放出笼的小鸟，叽叽喳喳地和郁棠说着学堂里发生的事。郁棠一面听着，一面和卫小川往县学去。双桃提着送给卫小川的点心跟在他们身后。

走到县学门口，他们见到沈善言正在和几个学生说话。郁棠不好再送，帮卫小川整了整衣襟，让双桃把篮子递给了卫小川，细心地嘱咐他："读书固然要用功，可你年纪还小，离会考还有好些年，力气得匀着点用，不然等到再过几年，正是要下场的时候没劲了怎么办？还有这篮里的点心，记得分给同窗，让别人也尝尝。"

卫小川连连点头。

郁棠挥着手送卫小川进了县学的大门，转身却看见李竣一个人牵着一匹马，神色不明地站在对街望着她。

李竣居然回来了？不知道是什么时候的事。郁棠无意多问，朝着他点了点头，算是打了招呼，转身和双桃离开了县学。

双桃也看见了李竣，她紧张地挽着郁棠，悄声地道："小姐，我们雇顶轿子吧！"

郁棠想想觉得也行，遂点了点头。

双桃松了口气，正要去雇轿子的地方，迎面碰到了三木。

三木看见郁棠和双桃欢喜得差点跳了起来，他跑过来道："小姐，双桃姐，二老爷让你们快回去，说是裴家来人请小姐去裴家问事情。"

应该是顾昶的事。郁棠点头，和双桃匆匆往青竹巷去。

她们后面突然传来一阵喧哗声。郁棠不由回首，却看见被几个随从簇拥着的顾昶，正往县学去，好像时光倒流。

梦中，顾曦的长子做周岁，她这个孀居的婶婶原本应该回避的。可顾昶来了，林氏止不住得意地想要显摆，让人叫了她也去迎接顾家的舅老爷。当然，所谓的

· 143 ·

迎接，也不过是让她站在女眷中远远地看上一眼。那时候的场景与此时是何等的相似。

风和日丽，花叶扶疏，顾昶穿着件青色锦衣，由几个随从簇拥着从李家的曲栏上走过。她到的时候，只看见他一个冷冷的侧影，朝着恭敬迎接他的林氏走去。只不过，这一次迎接他的是沈善言。

她停下脚步，愣了几息的工夫。顾昶已停下脚步和被几个学生簇拥着的沈善言行礼了。郁棠回过头来，快步离开了这里。

这次是郁文陪着郁棠来见的裴宴。他一落座就迫不及待地问裴宴："顾大少爷说什么了？不会真的是来打听李端人品的吧？"

已经定了亲的女婿，重新打听他的品行，可见对这门亲事是如何不满了，这门亲事又是如何令人遐想了。

裴宴冷冷地看了郁棠一眼。郁棠正眼观鼻，鼻观心地坐在那里，不知道有多老实。裴宴失笑。可真沉得住气啊！不过，不声不响的，好歹认错态度还不错。

他觉得心情瞬间就好了很多，这才望向郁文，道："你猜得不错，顾朝阳这次来临安城，就是专程来打听李端的事的。"

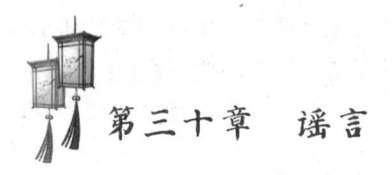

第三十章　谣言

除了这件事，郁棠也想不到顾昶来临安还能有什么事。不过，顾昶怎么会想到向裴宴打听李端的事？梦中可没有听说裴、顾两家有什么交情。或许是因为梦中李家和顾家结了亲，相比裴家，顾家更亲近李家？

郁棠望着裴宴。那好奇的眼神，简直就明晃晃地摆在了脸上，让裴宴想忽视都做不到。

他又是好笑又是好气，道："他来问我有什么不对吗？难道我还不如一个李端更值得信任吗？"

主要还是因为你们都是两榜进士出身吧！读书人，就认这些。郁棠没有吭声。

郁文忙道："顾家大少爷来可说了些什么？"

读书人的地位高，要是顾昶流露出对郁棠的不满，甚至装作无意地当着外人的面抱怨几句，郁棠的名声恐怕就要毁了。他的担心不无道理。

裴宴望着郁棠。

郁棠觉得不太可能。

梦中，顾曦的那些陪房没少在她面前夸耀他们家的大少爷，她当时只是听听而已。如今，她有了自己的判断，虽然觉得顾曦的那些陪房说的话肯定有所偏颇，但从梦中顾昶的所作所为来看，他是个有野心，想在青史上留名的人，那他就会看重名声，不会因小失大，为了诋毁她而给世人留下一个逞口舌之利的印象。

裴宴看着不由在心里"啧"了一声。没看出来，郁小姐对顾朝阳倒挺有信心的。她又不认识顾朝阳！难道她打听过顾朝阳？她不知道这世上伪君子比正人君子多得多吗？

这么一想，他的心情顿时就有些微妙，有些不痛快，索性把顾朝阳说的一些话告诉了郁棠："顾朝阳很感激郁家人把李端的事告诉给了顾家。不过，他觉得郁小姐的做法有些不妥当。李端固然有不是的地方，可君子不议人是非，你们这样把事情毫无遮拦地捅到了顾家，把顾家的二老爷气得在床上躺了好几天。"

郁棠睁大了眼睛。顾曦的父亲什么时候这么在乎顾曦了？梦中，顾昶仕途顺利，做了大官，顾二老爷对顾曦都只是面子情；如今顾昶还没有得势，顾二老爷怎么会为了顾曦的婚事气得病倒在床？顾昶这么说，是为了自己的行为辩解呢，还是真的觉得她做得太过分，想破坏她在裴宴心目中的形象，或者是想通过裴宴把这件事传出去？不管是哪一种情况，郁棠对顾昶都有点失望。

倒是郁文，听了非常紧张，急急地问裴宴："顾家大少爷真这么说了？"

裴宴淡淡地望了郁文一眼。

郁文悻悻然地摸了摸鼻子。

裴宴并没有夸大顾昶的话，而顾昶这么说，也只是想在他面前抱怨一下而已。因为当时顾昶说郁小姐的时候，他为郁家辩解了几句。

他想了想，把事情的经过都告诉了郁文和郁棠："顾小姐现在对这门亲事非常不满，顾二老爷却觉得亲都定了，这个时候退亲不仅顾家的名声受损，而且顾小姐以后的婚事也不太好办，可就这样放过李家也太便宜李家了。顾二老爷就把李夫人叫去呵斥了一番。李夫人也是个人物，能屈能伸，当着顾家那么多人，'扑通'一声就给顾二老爷跪了下来，还'嗵嗵嗵'地给顾二老爷磕头，把额头都磕出血来了，让顾二老爷扶也不是，不扶也不是，教训的事也不好再提了。谁知道顾小姐知道后更加瞧不起李家。这次顾昶回来，她就明确地提出了要退亲。顾昶既怕顾小姐所托非人，又怕顾小姐行事太冲动，正好想到我是临安人，就专程跑来问我了。"

其他的，他倒没说。

李夫人躲在杭州，肯定是怕额头上的伤被人看见了不好交代。郁棠强忍着才没有笑出声来。可她黑白分明的眼睛里含着水光，波光粼粼的就像含了一湖的山光水色，流光激滟。

裴宴一愣。郁棠却已低声道谢："多谢您，要不是您的维护，只怕顾家大少爷也不会只是指责我做得不对了。"

郁文只觉得莫名其妙，过了一会儿才反应过来。前言后语这么一想，难怪郁棠要向裴宴道谢了。如果裴宴没有偏向郁家，以顾昶的身份地位、为人修养，怎么会仅仅在口头说郁家的不是！他都没有想到，可他们家郁棠一下子就想到了。郁文与有荣焉。

裴宴则深深地看了郁棠一眼。他瞧着郁小姐挺能闹腾的，没想到她还有这样细腻的心思，居然体会到了他的未尽之言。只是不知道郁小姐这次是碰巧呢？还是他从前轻瞧了郁小姐，没有发现她还有颗七窍玲珑心？裴宴顿时觉得很是满意，觉得郁小姐还是挺聪明的。和郁小姐说话还是很爽快的。

他干脆道："不过，这件事你们也不用担心。顾朝阳这个人虽然倨傲不羁，可面子功夫却好，也就是当着我，才会肆无忌惮地说上几句。他不会轻易在外人面前开口的。他说的这些话，也就到我这里为止了。我找你们来，也不过是提醒你们几句罢了。顾家毕竟是外乡人，有什么事自有我担着，你们不用理会他。"

原来顾昶在裴宴的心目中是这样一个人。郁棠有些意外，而且在她心目中，裴宴并不是个热情主动的人，可这次，他却主动地帮了他们。可见人和人还是要常来常往，这样才会有感情。有了感情，才会彼此相助。郁棠就寻思着得怎么报答一下裴宴。

郁文悬着的心一下子就落地了。

他问裴宴："那这件事是不是就这样过去了？"

郁棠望着裴宴，侧耳倾听。

裴宴总觉得郁棠的眼睛仿佛会说话似的，越是静悄悄看着他的时候，他越能感觉到郁棠的情绪，有点像小孩子。

他不由柔声道："放心吧，我已经跟顾昶说过了。他就是有什么想法，看在我的分儿上，也不会找郁小姐麻烦的。何况他此次来临安主要是为了顾小姐的婚事，犯不着节外生枝，那对他没有好处，他也会有所判断的。"语气里隐隐流露出压制顾昶的意思。

郁文连连点头，都不知道怎么感激裴宴好。

郁棠却暗中苦笑，知道自己这一次又欠了裴宴一个大人情。想到这里，她忙把在县学门口遇到顾昶的事告诉了裴宴。

裴宴有些意外，沉默了片刻，向郁棠道谢，道："顾、沈两家都是杭州城的大族，他来了临安城，去拜访沈先生也是应该的。"

这话乍一听好像没什么毛病，但裴宴是什么性格的人？怎么可能在回答她问题的时候犹豫？郁棠心生疑惑，觉得他这话好像是为了敷衍她和她阿爹才这么说的。

只是没等她细想，裴宴已道："你去县学做什么？"

郁棠心中的诧异更深了。裴宴可不像是个关心这些细枝末节的人。他这么问，反而像是在转移话题。那顾昶去拜访沈善言有什么不对劲的地方呢？郁棠非常好奇。不过，想来裴宴不太可能回答她的困惑，郁棠就没有问，说起了自己为什么去的县学，还特意提到了李竣："没想到他也回了临安城。"

日照离临安还挺远的，一去一来至少也要三个月，很少有人像李竣这么快就回来的，何况他对外人打着的是去读书的幌子。

裴宴很明显地愣了下。

这让郁棠的好奇心更盛了。顾家把李端叫去教训了一番，顾昶和李竣又一前一后地出现在了临安城，要说这其中没有什么联系，郁棠觉得不可能。再看裴宴的反应，其中明显有蹊跷。

她想到裴宴喜欢别人有话直说，寻思着是此时就问问裴宴还是背着父亲问他，就见阿茗跑了进来，道："三老爷，顾大人和沈先生一起来拜访您！"

他们这么快就过来了！不仅郁棠，就是郁文，也有些茫然。倒是裴宴，好像预料到了似的，不动声色地点了点头，语带歉意地对郁氏父女道："不好意思，我去见见他们再过来。"

郁文和郁棠忙起身告辞："顾大人难得来一次临安城，我们又不是有什么要紧的事，等您忙完了再来拜访您。"

裴宴没有强留，叫了裴满来送他们出门，自己则去见顾昶和沈善言。

回去的路上，郁文低声和郁棠议论："我怎么觉得裴三老爷和顾家的那位大少爷之间不像是普通的相识那么简单。你觉得呢？会不会是我多心了？"

郁棠忍不住在心里为自己的阿爹竖了个大拇指。她何止有这样的感觉，而且觉得裴宴还有什么心事似的。只是她觉得到了裴家这个层面，裴宴的困惑、痛苦都不是他们这个层面的人能分担的，与其在旁边偷窥惹来不必要的麻烦，还不如不知道的好。

"我没有感觉到。"郁棠笑着哄父亲，"可能是因为两人都是少年有为，有什么事就总被人比较，所以虽然不熟悉也没有什么交情，但都认识彼此吧？"

她不负责任地猜测，不承想却说服了父亲。

郁文点着头道："你说得有道理。"然后就把这件事抛在了脑后，问起郁棠和郁远准备什么时候回郁家老宅的事："天气越来越热了，你们不妨就在老宅住几天。庄稼上的事，也不指望你全都知道，至少得知道有哪些事会影响到田里的收成，以后交给你，才没人能糊弄得住你啊！"

郁棠抿着嘴笑了笑，道："这两天就过去。"

至于在老宅住几天，也要看她阿兄愿意不愿意了！

郁远刚刚成亲，当然不愿意把相氏自己丢在家里，他却跑去老宅过几天。郁棠就怂恿着他带了相氏一起去："阿嫂是在田庄里长大的，说不定这些事她比我们还熟悉,到时候我们也能讨教一二。"

郁远听着眼睛一亮,立刻把这个当借口,争取到了回老宅的时候带上相氏的机会。

王氏虽然精明,这精明却多是放在外人身上,对家里的人却很宽和。郁远这个漏洞百出的借口竟然没有让王氏有任何的猜疑就答应了。不仅如此,她还叮嘱相氏照顾好郁棠:"你是做阿嫂的!"

相氏自然知道自己为什么会跟着郁远出门,她在哭笑不得的同时心里也甜滋滋的,不仅恭敬地应了婆婆的话,还一早就准备了很多吃食,在去的路上不停地招呼郁棠吃东西。

郁棠笑盈盈地挽了相氏的胳膊,真心地向她请教起田庄里的事来。

相氏也不藏私,一一告诉了她,还道:"你也不用太担心。以后若是遇到什么事,你大可直接来问我。"

郁棠不住地点头,到了郁家老宅安顿好相氏,就和郁远去了山林,去看那几株从裴家移栽过来的沙棘树。

树长得郁郁葱葱的,看样子是活下来了,只是原本以为应该可以结果的,却连个花骨朵也没有。看林子的老汉就在那里嘀咕:"这哪里像能结果子的,我看大少爷和小姐别是被人骗了吧!"

郁棠虽说也拿不定主意,她能做出这样的决定,完全是因为梦中裴宴成功了,所以即便现在听见有人唠叨,她也并不气馁。和郁远在山上转了转,然后又去田里看了看,和那些有经验的老农说了会儿话,他们才回了老宅。

相氏早已指使随行的婆子做好了午膳,吃了午膳,郁远又带着她们去小沟里钓鱼……在郁家老宅几天,不像是去做事的,倒像是去游玩的。回城时更是装了小半车的野樱桃、野鸭、茭白等物。陈氏一面笑着骂他们"顽皮",一面让陈婆子帮着他们卸车。

郁棠指了其中一个竹篮道:"这是送去裴家的,您别一起丢到厨房去了。"

陈氏掀开竹篮上盖着的蓝色印花粗布瞧了瞧,道:"这是野生的鸭蛋吧?你们这样送过去糟蹋了,不如腌了咸蛋再送过去。这种野鸭蛋,蛋黄肯定能腌出沙。"

郁棠不太懂这些,自然是随陈氏处置。

相氏嫁进来还没有三个月,正是要在公婆面前表现的时候,笑着表示可以留下来给陈氏帮忙:"姑母家也养了很多鸭子,我们也常常腌咸蛋的。"

陈氏乐得给新媳妇面子,笑眯眯地应了不说,还把相氏好好地夸奖了一番:"也难为你这样热心,我让陈婆子去跟你婆婆说一声,你们中午就在我这里用了午膳再回去。"

郁远心疼老婆,想相氏快点回去休息。郁棠却朝着他使眼色,他只好安抚般地拉了拉相氏的手,跟着郁棠去了书房,一踏进门就问郁棠:"你想说什么?之前怎么不在路上说？"

可真是有了老婆就没有了妹妹！郁棠朝着郁远做了个鬼脸，低声道："阿兄，我们找个机会去趟苏州城呗！我想去打听打听海上生意的事。"不知道是什么原因，苏州比杭州做海上生意的人更多。

郁远心中一跳，觉得自己的这个阿妹又要做什么事了，声线都显得有些紧张地道："你，你打听这个做什么？之前不是说好了，我们家不做这生意吗？当时人家三老爷还给我们引荐宋家呢，你不是拒绝了吗？"

郁棠想趁着这个时候搭上江家这艘船。她低声道："我不是想做海上生意，我只是想入个小股，赚点小钱，只用我们自己的私房银子。我觉得我们家那山林要想修整好了，恐怕得不少银子。"

如果直接从郁博手中拿银子，那又算什么自力更生呢？最主要的是，郁文一视同仁，拍卖舆图之后，给了她和郁远各两千两银子的体己钱。这话打动了郁远。

他想了想，道："我回去跟你阿嫂商量了再说。"

这也要和相氏商量吗？郁棠目瞪口呆。

郁远赧然地道："我们好不容易去趟苏州城，让你阿嫂也去见见世面。"

好吧！在她阿兄心目中她阿嫂最大。郁棠瞪了郁远一眼，心中却有艳羡慢慢漫过。

下午，相氏帮着陈氏腌咸蛋，王氏没事也过来凑热闹。大家就在天井里和着草木灰。

王氏和陈氏闲聊："你说，这次李老爷是平调还是高升？李家宗房把李端家分了出来，也不知道后不后悔？"

郁棠这才知道，原来李端的父亲李意三年任期已满，回京城吏部述职去了。新任的日照知府已经上任，李意是留在京城还是继续外放，是升一级还是平调，这几天临安城里议论纷纷，大家都盯着李府。而李竣之所以回来，是为了把李意之前在日照任上的一些物什运回来。

大家都在说："什么物什，怕是在任上贪的银子吧？不是说'三年清知府，十万雪花银'吗？李老爷可是知府，还是做过好几个地方的知府！"

陈氏不太关心这些，但如果李家能继续保持现状，对郁家更有利。她无所谓地和着草木灰，笑道："反正我觉得李家做事有些不妥当。你看临安城，又不是没人做过官，可有谁家像他们家似的，传出运了银子回来的？"

李端则正在为这传闻大发雷霆。他冲着李竣发火："让你送东西回来你就送东西回来，怎么会被传出我们家从日照运了十万两银子回来？这话是谁传出去的？你身边都是些什么人在当差？"

李竣低着头，没有吭声。他明明比李端小三岁，此时的神态却木木的，看着比李端还沧桑两三岁似的，不知道的人还以为李竣是哥哥，李端是弟弟。

149

李端看着不由在心里暗暗地骂了一句。自从发生了卫小山的事，李竣就像深受打击后一直没能复原似的，没有了精气神。他有些烦躁地在屋里转了几个圈，感觉自己的怒气被压在了心底，停下脚步刚想好好地和李竣说说话，林觉闯了进来。李端心里非常不高兴。这是李家，又不是林家，可林觉进他们家内宅如同走平川似的，好像从来没有人拦他。

只是还没有等他把那点不悦摆在脸上，林觉已沉声道："阿端，事情我查清楚了，是彭十一放的谣言。"

李端听完脸色顿时变得煞白。

他"啪"地一声双手拍桌，红着眼咬着牙低吼了一声："他到底要干什么？"

林觉的脸色也很难看。

只有李竣，不知道发生了什么事，看了看李端又看了看林觉，觉得自己还是别掺和到他们之间的好，遂沉默了一会儿，道："阿兄、表兄，我去看看母亲。你们有什么事，让小厮跟我说一声就是了。"

卫小山的事，像一块巨石，打破了李家的平静，也让李竣看到湖面下隐藏的怪石淤泥。他没办法做到视而不见，也没办法做到大义灭亲，只好做一只把脑袋藏在羽翼下的鹌鹑，麻木不仁地随波逐流。

林觉带来的坏消息让李端心烦意乱，哪里还有心情管李竣。听李竣这么一说，他求之不得，立刻挥了挥手，对李竣道："母亲额头上的伤还没有好，她从前最爱你的，你不在家里我也就不多说了。你既然在家，就应该好好地陪陪母亲，别再让她伤心了。"

李竣点头，和林觉打了个招呼，出了书房。

林觉看着这小表弟暮气沉沉像个小老头似的，等到李竣出了书房，他不由低声道："阿竣这是怎么了？姑父那边怎么说？我怎么听说姑父可能会被调去云贵？该不会是真的吧？"

要是真的，李家只怕危险了——云贵那边穷山恶水又毒瘴频生，能活着回来的没几个。当然，李家要是完了，林家也没什么好日子过。

李端闻言脸色铁青，质问道："你是听谁说的？"

林觉暗中撇了撇嘴，面上却不显，道："听宋家的人说的。"

彭家自从确认了裴家拍卖的舆图和《松溪钓隐图》中的舆图是一样的，就翻了脸，虽然没有明着指责他们办事不力，从前答应的那些条件却绝口不提，甚至要求他们查出裴家是怎么得到舆图的。言下之意，就是怀疑他们脚踏两条船。但他们怎么可能查得出裴家是怎么得到那幅舆图的，要是他们有这本事，早就取裴家而代之，还巴结他们彭家人做什么？这不是为难他们吗？

李端口头答应了，却一直迟迟没有行动。可能彭家派了人在监视他们，前两天居然派了个管事来威胁他，说他要是办不好，他们就另请高明了。他长这么大，还没有受过这样的羞辱，当场就怼了回去。不承想这几天就传出他阿爹让他弟弟送了贪墨银子回来的流言。临安城是李家的根，他们家立于此，长于此，以后子子孙孙还要在此生活，要坏了名声，被人指指点点，难道他们还能背井离乡不成？更让他没有想到的是，现在还传出了他阿爹要去云贵任职的传言。若是升迁了，被派去云贵任职虽然危险，但为了以后的前程，还是值得搏一搏的，就怕这消息是彭家放出来警告他们家的……最后还弄巧成拙，成了真的。

李端不由双眉紧皱，问林觉："你和宋家的人搭上话了吗？"

宋家如今和彭家一起做生意，宋家和裴家又是姻亲，如果想和彭家、裴家缓和关系，找宋家做中间人是最合适的。他这个表兄，脑子是真的灵活，做事也是真的可靠。这么一想，他看林觉的目光就多了些许的亲昵。

林觉一直觉得自己的这个表弟什么都好，就是有些架子，喜欢端着，放不开。原本很多走一走就能用的关系，偏偏被他弄得连个话都搭不上。这也许就是读书人的清高。他有些瞧不上，又有些羡慕，道："我这不也是没有办法了吗？彭家现在就认定我们吃里爬外了，我们势弱，说什么也没有用。我怀疑，他们是没办法向彭家的族老们交代了，就把这错甩到了我们身上。要我说，肯定是彭家那边出了问题。还有裴家，你说，我们做的事是不是被裴宴发现了啊！他早不搞什么拍卖，晚不搞什么拍卖，偏偏在我们找到了《松溪钓隐图》的时候搞拍卖，肯定是冲着我们来的。

"你别看我这几天都在外面溜达，实际上我是在打听裴宴的事。他和裴老太爷可不一样，我瞧着，他就是头吃人的狼，把你吞到肚子里，还嫌弃你骨头太硬，让他不消化……"

李端越听越糟心，不悦地道："难道就没有可能是郁家在后面捣鬼？"

林觉一愣，道："不可能吧！郁家人丁单薄，除了个郁文读过几天书，就没谁能让人高看一眼的了。他们家要是发现了《松溪钓隐图》的秘密，还不得想办法把图卖了！"

两人说着，目光不由对在了一起。若是郁家要卖图，会卖给谁家？当然是裴家啊！两人均是心头一震，像有只无形的手，拨开乌云见了阳光，有些事突然就明晰起来。他们千算万算，怎么就把郁家给算漏了！特别是自从裴宴掌管了裴家之后，郁家突然间就和裴家亲密起来，而且还开始在裴家频频进出了。如果说这件事和郁家没有关系，打死他们都不相信。

林觉一下子就跳了起来，惊喜地道："我们把郁家交出去好了！"这样一来，他们就可以把自己择出来了。

李端先头也是一喜，但他随即就摇了摇头，沉声道："不妥！如果彭家要是问我们郁家怎么知道《松溪钓隐图》秘密的，我们怎么回答？"

林觉道："就说是他们无意间发现的？"

"那我们是怎么知道郁家发现这件事的呢？"

"事后我们重新又自查了一遍，然后就发现了？"

"我们为什么要自查？"

林觉没有吭声。

李端道："是因为我们自己这边不对劲？那岂不是承认我们这边有问题？"当然不能承认。承认了，这件事就得是他们的责任了。

林觉烦躁地在屋里走来走去，道："这也不行，那也不行。我们总不能就这样坐以待毙吧？而且我敢肯定，这件事与郁家绝对脱不了关系。我们总不能就这样被郁家算计了吧！我知道小不忍则乱大谋，可这件事让我就这样忍了，我咽不下这口气……"

李端没有理会林觉，在想这件事。郁家为什么要这样？十之八九和卫小山的死有关。这件事他们一开始就做错了。如果他们在杀了鲁信之后就怂恿鲁家的人去郁家要遗物，也许就不会多出这些事来。但那个时候，他们也没有想到鲁信已经把画卖给了郁文，更没想到郁文会慷慨地把那幅画也作为遗物还给鲁家。一步错，步步错。现在说这些已经晚了。当务之急是他阿爹是调任还是升迁。

他问林觉："宋家的消息可靠吗？不会是从彭家那里听说的吧？宋家这两年看着不错，可几个读书的子弟里没什么人在中枢了，若阿爹真的被迁往云贵，我们家怎么会没有收到消息？"

他阿爹不是个糊涂人，如果有了这样的变故，肯定会快马加鞭地通知家里，让他们能提前应对。

林觉明白过来。他想了想，道："应该不会吧？不过，当时的情形我也没好意思问宋家是从哪里得来的消息。"

李端叹气，道："你难道还没有看出来，彭家这是要逼我们就范呢！"可他们就范之后呢？彭家到底想干什么？两人均是不解。

彭家的人得到消息时也很是不解。

和彭十一回禀的管事道："也不知道是谁在传这些事，就怕李家的人怀疑是我们，到时候鱼死网破，我们还得另找人帮着做事。"

彭十一气得额头上的青筋直跳，阴沉地道："查，给我狠狠地查。我倒要看看，是谁敢在我们彭家背后捣鬼！"

管事迟疑着道："会不会是裴家？"

"不会。"彭十一想也没想地道，"当年在七叔家，我曾经见过他。他估计已经不记得我了，我却还记得他。"说到这里，他的表情变得狰狞起来，那时候他以为自己会和裴宴成为同僚，谁知道现在一个天上一个阴沟里："他这个人，傲气得很，要是他想整李家，压根不会用这样的手段。"

管事想想也是。李家这次，算是挑战了裴家在临安城的地位，裴家要收拾李家，是为了杀鸡儆猴,像这样偷偷摸摸的,还有什么意义?

"那还有谁家呢?"管事喃喃地道。

彭十一却不管这些,道:"你查清楚了,舆图的事与李家无关?"

管事忙道:"查清楚了,这件事真的与李家无关。他们拿到东西找了个画师鉴别了画的真伪,那画师的尸身如今还沉在苏州河底。李家这边不可能出问题。"

那就是彭家出了问题。这几年,彭家家里内斗得厉害,就连远在京城为官的七叔父彭屿都看不下去了,写了信回来让彭家大老爷约束家中的子弟。说不定,这奸细就出在他们自家人的身上呢!

"这件事暂时放一放。"彭十一道,"你把李端盯死了——要是他和顾家退了亲,这个人也就没有必要非抓在手里了。"

管事听着打了个寒战,恭敬地低头应了声"是"。

彭十一神色淡漠地喝了一口茶,想着还留在临安城没走的顾昶。也不知道这家伙到底有什么用意。

被彭十一嫌弃的顾昶此时正和裴宴坐在裴家花园的水榭里,喝着刚刚从杭州城送来的明前西湖龙井,观赏锦鲤,议论着去年秋天江苏乡试的卷子:"……虽说为君之道在于保治与法祖,但保治在于恪守成宪,法祖在于善体亲心,那解元王春和以《后汉书·李固传》的'坐则见尧于墙,食则睹尧于羹'作答,未免过于浅显。可见这一届乡试所录者不过尔尔。"

裴宴压根不想和顾昶说话,更不想和顾昶指点江山,但沈善言坐在旁边,这几日又热情地向顾昶引荐临安城的读书人,更是一反常态地陪着顾昶来拜访了他好几次。他不知道沈善言和顾昶之间有什么关系,但看在沈善言曾为他费师兄有恩,还是耐着性子敷衍着顾昶。

此时见他指点江苏的乡试,不免有些腻味,不由道:"王春和的卷子我看过,我觉得还不错。他认为'人君之志主于无逸''无逸以端其治源,则百私无所溢于外,而君德日益下宪,民隐日益上通,寿国之道'。不说别的,他敢写这几句话,我觉得杨大人能点王春和为解元,就不负他铮铮君子之风。"

顾昶挑了挑眉。去年江苏乡试的主考官是翰林院大学士杨守道。而杨守道正是裴宴恩师张英的女婿。

"这么说来,遐光是赞成冯大人之说啰!"他笑着望向裴宴,喝了口茶。

当朝天子年事已高,又喜饮酒,且每饮必醉,每醉必怒,动辄杀人。宫中内侍、宫女苦不堪言。去年元宵节,居然失手杀死了行人司的一位官员。这件事当时虽然被压了下去,但随着时间的流逝,渐渐传了出来。王春和被点为解元的那篇策论,正是借着规切时政之机劝天子应该有为君之道,算是一篇言辞非常大胆且尖锐的文章了。而点了王春和为解元的杨守道那就更是铮铮铁骨,有着为天下之忧而忧的君子风范了。至于顾昶口中的冯之,恰是顾昶的师兄,在都察院任御史。

天子杀死官员之后，他是第一个上奏章弹劾天子之人，如今还被关在诏狱里，却赢得了天下士林，特别是江南士林的赞誉。而顾昶的恩师孙皋则是都察院左都御史，和彭家的七爷彭屿共同掌管都察院。

裴宴听了顾昶的话，在心里直冷笑，面上却一派淡然，道："朝阳这是想救冯大人于水火吗？可惜我和兄长都在家里守制，我更是继承了家业，以后也不会出仕，只怕是帮不上朝阳什么忙。"

顾昶的确有这打算。应该说，不是他有这打算，而是他的恩师孙皋有这打算，所以才有了他的江南之行。认识裴宴，只是个意外。他原本只是想裴家是临安城的地头蛇，李家的事，裴宴还是中间人，与其找这个找那个打听当时的情景，不如直接问裴宴。却没有想到，那个被他恩师点评为"清高自傲，不通世物"的裴宴连他恩师也看走了眼。他何止是清高自傲，简直是目下无尘。可这目下无尘恰恰是看透世事的强大与自信，与他恩师所说的"不通世物"完全相反。他这才借着与沈善言曾经有过教授他琴艺的师徒之缘，请沈善言做了推荐人，来了几次裴府。而他不过起了个话头，裴宴就立刻猜到他来江南的目的。就连曾经在官场上几经沉浮的沈善言都没有看出来，何况裴宴还以一种无所畏惧的坦荡之情说了出来。可见裴宴对于自己的信心。

有能力站在峰顶的人，通常都会欣赏能够和自己比肩而立或是比自己站得更高的人。

顾昶含蓄地道："冯大人忧国忧民，士林敬仰，总不能总让小人猖獗，君子狼狈吧！"

如今的诏狱，掌握在司礼监大太监的手里。每年不知道冤死多少人。

裴宴不以为然，连给顾昶续茶的客套都不想做了，懒懒地靠在了大迎枕上，自己给自己分了杯茶，道："朝阳可能还不知道吧，我大兄的妻舅，在太常寺为官多年。"太常寺是掌管礼乐、效庙、国之祭祀的。但普天之下，莫非王土，天子之事，怎么能那么清楚地划分哪是家事哪是国事。二十四内衙的太监们有时候报不出账来，就摊到太常寺头上去。太常寺有些账报不出来的时候，也会请二十四内衙的太监们帮着说项。两家的关系向来很好。裴宴言下之意，太监们的事，他是不会插手的。这与士林中很多人的态度大相径庭。

沈善言怕这两位都顺风顺水，拿着家族资源上位的青年俊杰一时互不忍让，谈崩了，有了罅隙。以后不要说精诚协作了，听说彼此的名字都不愿意在一张桌上吃饭，这对江南士林来说可是一个巨大的损失。他忙笑道："今天风和日丽，你们好歹也是读书人，怎能谈朝政而辜负了这大好的时光？朝阳，今天是你起的头，你自罚三杯茶以儆效尤。"说完，沏了杯茶分给了顾昶，笑着催道："快喝。"

顾昶不过是没能忍住，试探了裴宴的学识和能力。两人又没有什么深仇大恨，他怎么会得罪裴宴呢？沈善言给了他台阶，他潇洒地一笑，端起了茶杯，朝着裴宴虚抬几下，真诚地道："遐光，我在京城待久了，也变得庸俗起来，见谁都喜欢高谈阔论。遐光好修养，没有把我给赶出去，我敬你一杯。"

裴宴真的烦透了他这副假惺惺的作态，决定最后给他一次面子。若顾昶再这样作态，他就把顾昶赶出去。

好在是顾昶之后一直和他谈论前段时间在京城里淘到的一只小青铜鼎的传承，他们相安无事，甚至看上去有些相谈甚欢地到了最后。

沈善言很是欣慰。这世上没有谁比裴宴更幸运的了。老狐狸张英在最后要告老还乡的时候收了他为关门的弟子，让他一下子拥有了令人羡慕不已的人脉和政治资本。裴家老太爷不仅把裴宴叫回来还让他做了宗主——沈善言觉得裴老太爷简直是临死之前犯了糊涂。可当他知道的时候已经晚了，就算是想劝劝裴老太爷也来不及了。他就更希望裴宴能大隐于市，做个白衣阁老，为江南士林尽一份力。近十几年来，他们一直被北边的士林隐隐压着一头。若是再不奋进，江南士林恐怕就要大伤元气了。这可不是一家两家的事，而是关系到整个江南的读书人家。裴宴能退让一步，顾昶能顺势而为，让他看到了江南士林崛起的希望。

沈善言和顾昶甚至留在裴府用过晚膳才回到县学。顾昶借居在沈善言这里。

沈善言的随身世仆见他目光清明，忍不住惊诧地问道："老爷今天没喝酒吗？"

"我们去了裴府！"沈善言应了一句，和顾昶又寒暄了一会儿，约了明天想法子把裴宴拉去昭明寺游玩，这才各自散了。

顾昶的贴身随从是个三十来岁的汉子，叫高升，是顾昶的外祖在他母亲病逝之后怕他们兄妹被人欺负送给顾昶的，与其说高升是他的随从，不如说是他的护卫、忠仆、心腹。

见顾昶回来，他忙服侍顾昶更衣。顾昶见屋里没人，悄声道："我让你办的事办得怎样了？"

高升身材高大魁梧，相貌寻常，举手投足间却给人十分沉稳可靠之感。

"都照您吩咐的办了。"他说着，眼底闪过一丝不屑，想了想，这才继续道，"李家像个无头苍蝇，到现在也没有查出是谁做的手脚。"

"废物！"顾昶闻言顿时脸色铁青，恨恨地道，"不是说是少年俊杰吗？连个商户人家都摆不平，他的书都读到狗肚子里去了吗？现在给他留了那么多的线头，他居然还是一无所察。难怪阿妹瞧不上他！我看他也只是银样镴枪头。你等会儿就派人去给小姐送个信，把这件事告诉她，说我同意她退亲了。"

高升恭敬地应"是"。

顾昶说起了裴宴："难怪他在京城的时候从来不参加那些雅集诗社，名声还是那么响亮。果然是有些本事。可惜他在家里守制，不然倒是个好人选。"

高升没有吭声。

顾昶换好衣裳，梳洗了一番，又说起了裴宴："我从前觉得裴家在临安城窝着，肯定是家底不够，现在看来，我倒是小瞧了裴家，小瞧了裴遐光。我们家有没有哪门姻亲和他们家相熟，能在裴家老安人面前说得上话的？若是能让阿妹在裴老安人面前露个脸，说不定还真的能成。不过，得先把婚退了。不能不清不楚的。裴遐光也是有尊严的，不能让他没了脸。"

大公子这是看中了裴宴？高升犹豫了片刻，道："要不，我还是先把裴家的事打听清楚了？按理，像裴三爷这样的，应该是人人都想得之的金龟婿吧？万一他已经定了亲呢？"大小姐要是和李家退了亲，嫁给谁？况且大小姐年纪也不小了，李端虽然不堪大用，但好歹说出去是正正经经的读书人，长得也高大英俊，以大小姐和大公子的手段，应该挺好拿捏的，总算是图一样。别弄得两头够不着就麻烦了。

高升的话提醒了顾昶。"你说得对。"他沉吟道，"大小姐那边，她原本就不愿意这门亲事。特别是李夫人还当着那么多的人在阿爹面前一跪，简直是让她还没有嫁进门就要背个不孝的名声，倒不急着告诉她。先把裴遐光这边的事打听清楚了再说，反正我还得在这里多停留几天，正好把大小姐的婚事办妥了再走。"

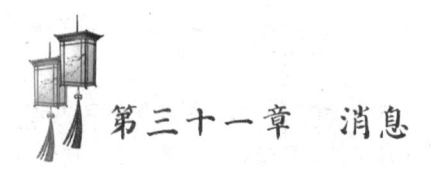

第三十一章 消息

这事轮不到高升置喙，他沉默地点头，问顾昶："那李家那边？"

顾昶冷冷地道："我们做了这么多，若是李家不知道，岂不是锦衣夜行？"

高升应诺，服侍顾昶歇下之后，就去打听裴宴的事去了。

等到李端查清楚李意贪墨是彭家传出来的谣言，李意即将被调往云贵任职是顾昶的手笔时，已是过了端午节。

他望着屋顶绘着蓝绿色藤萝叶的承尘，全身的力气仿佛都被抽走了似的，小手指都没办法动弹一下。彭十一觉得他不够听话，想威慑他一下，就让人传出李竣是为了运他父亲贪墨的银子才回来的；而顾曦要退亲，却又不想让别人认为是她的过失，想让李家主动提出退亲，所以顾昶动手，威胁他们家若不退亲，就让他父亲平调去云贵。

林觉则像只困兽在屋里团团地转着："我们现在是腹背受敌！阿端，你可不能大意啊！彭十一那里好说，他不就是想让我们低头吗？我们低头就是！他说怎样就怎样好了。当务之急是千万别让他发现顾家也在对付我们，不然我们就真成了姐上之肉，会被彭家任意宰割的。

"至于顾家那里，实在不行，那就退亲好了。

"姑母之前想办法搭上了顾家，我就觉得不太妥当。齐大非偶啊！而且顾家二房穷得很。我可是打听清楚了的，顾家老太爷分家的时候，顾家二房才分了不到两万两银子，偏偏那位二老爷还是个不懂庶务的，顾小姐能有多少陪嫁啊！

"再说，顾家的那位小姐，你想想，她自幼失恃，还能让她继母都忌惮三分，可见也不是个好相与的！顾家说来说去，也就是能沾点读书的光。可江南四大姓，杭州就有三家，没有他们顾家，还有沈家和陆家、钱家。万一不行，还有次一点的张家、杨家啊！"

说到这里，他一屁股坐在了李端旁边的禅椅上，盘了腿继续道："要是我，我就找个和自家差不多的，要不就是女方兄弟能读书，要不就是有大量的钱财陪嫁。这日子说到底还是自己过的，找个老婆整天压在你的头上，这人活着还有什么意思。"

李端苦笑。他何尝想这样？但他不这样做，等到他入仕的时候，以李家的底蕴，根本帮不了他。像他父亲，就是最好的例子。要不是林家除了钱没有一点底蕴，他父亲至于到了今天这个年纪还在四品的官阶上不得寸进吗？只是这话不好当着林觉说。

他头痛地揉了揉鬓角，道："顾家的婚事，若是能够不退，还是想办法别退的好。我听武家的人说，顾昶的恩师孙皋有可能要调任吏部尚书了。"吏部掌管朝廷官员的任免、奖惩。

林觉听着眼前一亮，道："真的？"

"真的！"李端有些疲惫地道，"武家有子弟和我是同科，前两天特意派了人来说。"

林觉垂下眼帘没有说话。他们心里都清楚，武家的那位子弟来传话，是因为不知道顾家要退亲，想要在李端面前讨个好。若是两家退亲的消息传了出去，李端被人笑话不说，李家还会被人所弃。

半晌，他才黯然道："那你有什么打算？"

李端道："母亲现在还不知道这件事，你先帮我照看着母亲，我准备这两天就去趟杭州，见见顾小姐！"解铃还须系铃人。他想弄清楚顾小姐为什么执意要退亲。难道郁家的事真就这么重要？何况他那么做，也是有原因的。

林觉笑了起来，道："还是你书读得多，有脑子。姐儿爱俏，与其去找顾昶，还真不如去找顾家小姐。"毕竟李端看上去一表人才，哪个姐儿不爱俏。退亲的事原本就是顾曦主导的，要是顾曦改了主意一心仍要嫁李端，相信顾家的人也拦不住她。

李端见林觉说话粗俗，直皱眉。

林觉还以为李端在为去顾家的事犯愁，笑道："我觉得你这么做很对。要去就赶紧。我看也不用选什么黄道吉日了，你明天就启程前往顾府，想办法见到顾小姐。等你把顾小姐攥在了手里，看顾家的人还能说什么！"这个主意虽然猥琐，但有很强的可行性。

李端暗中打定主意一定要想办法见到顾曦，嘴上却道："我自有主张。"

林觉怕他那执拗的性子又上来，劝他道："韩信当年能受胯下之辱，成就一番大业。你也应该照着他学才是！"

那也得看学什么啊！李端在心里腹诽，觉得林觉是狗肉上不了正席。

他定了去杭州的日子，郁棠和郁远则好不容易找到了机会，带着相氏去了苏州。

相氏这辈子还从来没有走过这么远的路。她觉得自己能从富阳到临安，已算是见过世面，很幸运的女子了，没有想到自己还能有机会去苏州。坐在租来的乌篷船里，她还像做梦似的。

她打开一包窝丝糖，塞了一颗给郁棠，低声道："你尝尝。我成亲的时候，我阿爹从京城带回来的。"

小小的乌篷船用蓝色的粗布帘子一分为二，一边坐着郁远、夏平贵、三木和两个店里的伙计，一边坐着郁棠、相氏、双桃和相氏的丫鬟夏莲。

郁家的铺子要进些油漆，郁远建议带了郁棠和相氏一起过去，让她们也接触一下家里的生意。

郁博不答应，觉得女子去碍事。还是郁棠说动了郁文，由郁文出面说服了郁博，郁棠和相氏才有了这趟苏州之行。

郁棠兴奋得这两天都没有睡好，上了船，走了不过半个时辰，最开始的新鲜劲过去之后，她就开始打瞌睡。郁棠打着哈欠把糖含在了嘴里，觉得一点都不解困，反而越来越想睡觉，人不由得靠在了相氏的肩膀上，眼皮像千斤重似的阖在了一起，嘴里也含含糊糊的："阿嫂，我就眯一会儿。"

相氏看着她像孩子似的依偎在自己的肩头，不由抿了嘴笑。她昨天也没有睡好，生怕去了会带给郁远麻烦，又怕照顾不好郁棠惹得郁棠不满——她虽然嫁进郁家还没有三个月，可她瞧得清清楚楚，叔父家的这个堂小姑子，不仅郁家二房把她捧在手心里，就是她的公公婆婆和相公也非常疼爱她。她不想在小事上得罪郁棠，影响了她和公婆、相公之间的关系。况且郁棠人不错，相公更是对自己宠爱有加，走到哪里都要带着自己，这让从小就很羡慕继母的相氏下定决心，无论如何也要抓住丈夫的心，和丈夫像现在这样好好在一起过一辈子。

她对郁棠就更宽容了。只是看着郁棠睡着了，她也忍不住想睡。

"夏莲。"相氏悄声叮嘱自己的丫鬟，"我也眯一会儿，大少爷那边有什么动静，你记得把我叫醒了。"

夏莲从小陪着相氏长大，相氏的心思她是最清楚不过的了。从前她还担心相氏会嫁到富贵人家做正室，她被收房做小妾。如今相氏嫁到了郁家，她比谁都高兴——像郁家这样的人家，才不会养个小妾吃闲饭，通常太太身边的陪房丫鬟不是为了留住铺子里机敏的伙计嫁了，就是嫁给铺子里的掌柜。不管是前者还是后者，她都觉得自己若是有那一天，才是真正扬眉吐气，不枉做了一回人。相氏想要留住郁远的心，她也就比谁都用心。

她立刻点了点头，不仅小心翼翼地拿了个枕头垫在自己的肩头给相氏靠，还拿了床薄被递给双桃，示意双桃帮相氏和郁棠搭在身上。

双桃突然觉得自己这些年来的丫鬟白做了。她可从来没有这样细心、主动地照顾过郁棠。通常都是郁棠或陈氏吩咐什么，她就做什么，偶尔还会躲在厨房里偷个懒。没有比较就没有区别，小姐以后不会觉得她不堪大用吧？

双桃小心翼翼地将薄被给郁棠和相氏盖上，心里却有些惴惴不安。

杭州城到苏州有直接的水路，很方便，而且顺流而下，不过七八个时辰就能到。所以很多人都会坐夜船，傍晚的时候登船，睡上一晚，第二天早上就到了。在苏州城办完事，正好坐晚上的船回杭州。不耽搁事还节省了一夜的住宿费。

郁棠他们也不例外，先坐船到杭州，再由杭州转船，一夜就到了苏州。不过，他们会在苏州住两晚再回去。照着郁远的话说，得来看看苏州这边的漆器铺子。

苏样儿，苏样儿，就是宫里的那些贵人，也会想办法弄点苏州的货品来用。这也许就是明明杭州离宁波更近，可做海上生意的却是苏州人更多的缘故。

坐了一天一夜的船，让郁棠和相氏都像焯了水的豆角，蔫蔫的。郁远这个有了媳妇忘了妹妹的阿兄，率先扶了相氏，看着相氏没有精神的脸，关切地道着："你还好吧？我这就去雇顶轿子，你和阿妹先到客栈里歇歇，我和平贵买了东西就陪你出门逛逛。"

相氏拿这个憨憨的丈夫没有办法，既怕自己甩手伤了丈夫的心，又怕自己继续这样腻歪在丈夫身边让小姑子心里不舒服，只好朝着郁远使着眼色，道："我不累。你去扶着阿妹。我还好！"

郁远这才想起郁棠，"哦"了一声，却没有放开相氏，而是歪着头看着走在相氏背后的郁棠，道："你还好吧？要不要我扶着你？"

郁棠在旁边看着直咧嘴。相氏的眉眼官司她可是看得一清二楚。难怪梦中郁远和高氏过得一塌糊涂了。家里人口简单，她这个阿兄就对家里的事没有一点方法。不过，相氏能这样顾及她，是因为看重郁远。这样的阿嫂，才能和她阿兄过得好。她也不是那种没事找事的人。等她成了亲，自有自己的夫婿疼爱，不应该在自家争做阿兄的掌上明珠，要争，也应该是兄嫂的儿女们争。

郁棠上了岸，站在陆地上适应了一会儿，这才道："阿兄，你不用管我，你顾着阿嫂就行了，我要是不舒服，会跟你说的。"

郁远这才反应过来。

他脸色一红，轻轻地咳了一声，故作镇定地道："我知道了。你好好走路，我们住的客栈离码头不远，你跟着你嫂嫂，别乱跑，知道了吗？"

"知道了！"郁棠笑盈盈地应着，相氏脸都红了。

和杭州城不同，他们在苏州没什么熟人，选了个比较大的客栈，虽然价格有点贵，但他们有女眷，住着安全点。郁远把郁棠和相氏送进了客房，反复叮嘱了郁棠和相氏良久，又威慑双桃和夏莲："要是大少奶奶和大小姐少了一根头发丝，你们就别想跟我回去了。"

夏莲刚到郁家不久，和郁远还没有什么接触，闻言吓得瑟瑟发抖。双桃却是从小在郁家长大的，知道郁远只是担心郁棠和相氏，连连点头，主动道："您放心，就是大少奶奶和大小姐要出门，我也会拦着的。"

郁远这才放下心来，和夏平贵回客房收拾了一番，去了卖油漆的铺子。

郁棠则和相氏倒头就睡，直到郁远回来，双桃把她们叫醒，两人才睡眼惺忪地起床更衣，不要说出屋门了，连床都没有下过。

郁远对此很满意，和相氏商量："你是想在屋里吃还是去客栈旁边的小饭馆吃？"

相氏看着漂亮得像朵花的郁棠，觉得还是在客房里吃比较安稳，并道："我们今天晚上也别出去了，白天逛逛就行了。"

郁棠这次来是想碰江灵的。梦中，她听人说江灵就住在苏州运河码头旁边。她想找机会和江灵搭上话，然后跟着江灵入股几次海上的生意。如果大家合作得好，再说舆图的事。她可学聪明了，大家要真正地相处相处才知道这个人到底怎样。

郁棠自然就点头同意了。

相氏见她不反对，松了一口气，笑着点了几个她觉得郁棠会喜欢吃的菜，让双桃陪着郁棠回了她们自己的客房，这才亲自服侍郁远梳洗。

尽管白天越来越长，可用过晚膳，天色还是暗了下来，郁远就问郁棠有什么打算。

郁棠没准备瞒着郁远和相氏，只是她梦中并没有见过江灵，也不知道江灵是什么样的人，就这样带着兄嫂贸贸然地去找江灵，若是闹出什么误会来就麻烦了。

她只得道："我想明天先去码头那边打听打听。做海上生意的，离不开码头——他们把外面的东西弄回来，得找地方销啊！我们去那边打听，总归不会有错。"

相氏来之前就知道了他们的打算。她是觉得有点冒险，但郁棠两兄妹想做这门生意，她觉得不妨试试，大不了就是多花点银子。她成亲的时候父亲给了不少的陪嫁，完全经得起他们兄妹这样折腾。

相氏索性也让人去打听了一点消息。此时听郁棠这么说，她也道："我也听说了。只有他们这些接触过跑船的人，才知道谁家的船队是真的有本事，谁牵头的船队靠谱。我觉得阿妹的主意挺好的。"

郁远没想到相氏会主动去了解这些。当然，他做什么相氏能不反对他是很高兴的，可若是相氏能积极主动地支持，他会有种和相氏同甘共苦的亲昵，会更高兴。他笑得合不拢嘴，道："那明天就像阿妹说的，我们去码头打听打听。你们就去街上逛。"也就是说，郁远没打算带她们一起去打听这些事。

郁棠早就料到了。她笑道："你就让我和阿嫂跟着一起去吧！我们还可以看看苏州码头是怎么样的！大不了你们去打听事的时候，我们就坐在茶馆里喝茶，听人闲聊好了。"

本地的茶馆是最能打听到消息的，他们去打听消息，肯定第一件事是去苏州码头旁边的茶馆的。与其大家分开各走各的，不如让妻子和妹妹都在自己的眼皮子底下。郁远想了想，就答应了。

郁棠喜出望外。

几个人在一起又说了一会儿话，知道郁远已经顺利地买到了油漆，而且怕她们受不了生漆的味儿，已经安排好由卖家派人运到临安交货，大家才各自散了。

相氏还是第一次和丈夫出远门，兴奋得有些睡不着，和郁远说了大半夜的悄悄话，第二天早上就起来晚了，梳洗好出门的时候，太阳已经升到了半空。相氏脸红得能滴出血来，连声向郁棠赔不是。

郁棠抿了嘴悄悄地笑，当没有看见似的，亲亲热热地挽了相氏的胳膊，道："阿嫂，你去茶馆喝过茶没有？听说茶馆里还有唱评弹的，我们去了会不会让人觉得很奇怪啊？"

卫家的几个小子都是老实人，连杭州城都没去过几次，更不要说上茶馆了。相氏连听也没听说过，但郁棠的话却勾起了她的好奇心，她也顾不得羞涩了，问郁远："是阿妹说的这样的吗？"

郁远到底跟着郁博走过些地方，他忙道："有的茶馆唱评弹，有的不唱。你们要是想听，我们就找个唱评弹的。苏州城的人都挺喜欢在茶馆里玩的，还有专门给女眷设的雅间，虽说不多，但我觉得来了，你们不妨去试试。"

也许这是相氏和郁棠这辈子唯一一次进茶馆的机会。有郁远和夏平贵跟着，她们不免跃跃欲试。

到了苏州码头，郁远还是找了个能听评弹的茶馆，要了间雅间。

夏平贵看着郁远递出去的三两银子，肉痛得不行。夏莲也是。她不由在心里嘀咕，还好小姐的陪嫁多，不然照着姑爷的禀性，怕是没几日就要把家产败光了。

两人一抬头，目光对了个正着，还都在对方眼里看到了心痛和不舍。夏莲和夏平贵一愣，都觉得对方是踏踏实实过日子的人，齐齐对对方生出几分好感来。大家的注意力都集中在对这座三层茶楼华丽而又不失气派的赞叹中，没谁去留意夏莲和夏平贵，更没有人注意到他俩的不自然。

"小楼还能盖三层，我还是第一次看见。"双桃小声地和郁棠说着话，眼角余光乱飘，掩饰不住好奇。

郁棠莞尔，觉得这样挺好。等家里的人去的地方都多了，有了见识，知道人外有人，天外有天，才会更谦虚谨慎，这才是立家之本。

大家进了二楼雅间，等郁远点了茶点，茶博士唱喝着单子退了出去，大家这才开始四处打量。

双桃道："大小姐，您瞧这灯，居然挂着五连，我还只是在庙里见过，没想到这茶楼的雅间也有。"

夏莲道："大少奶奶，您看，坐在这里还可以看见大厅里的情景，那唱曲的也看得清楚，不知道那些梨园里唱戏的是不是也这样。"

铺子里的一个伙计则直接推了窗，看着人潮拥挤的街道对郁远道："大少爷，您看，那边好多杂货铺子。"码头旁边可不就是杂货铺子多吗？做海上生意的，多是以物易物，这趟能换这个回来，下趟说不定就只能换那个回来了，只要是有意思的物件，感觉有钱赚，他们就出售。夏平贵也挤过去看。

茶博士送了茶点过来，还拿了一份点曲的单子，热情地对郁远道："您看看，少奶奶和小姐喜欢听什么曲子，可以点。二两银子一曲，要是名角，得四两银子。"

郁远觉得有些贵，不过，相氏和郁棠难得出趟门，就算是贵，也要玩得让她们不留遗憾。

他把曲单给了相氏，道："你看看你喜欢听什么。"

相氏虽说有钱，可也没有这样挥霍过，她觉得自己就随着郁棠听听曲就行了，把曲单转给了郁棠，并道："你看看你喜欢什么，我对这些都不熟，你让我点我也不知道点什么。"

茶博士听了，立马机灵地向他们介绍起单子上的曲目来。

郁棠心不在焉地听着，脑子却转得飞快。这个时候，江家已经开始筹钱做海上生意了，他们肯定会想办法把这个消息宣扬出去，让更多的人知道才有可能来入股，得找个机会问问这里的茶博士。

郁棠就点了《崔莺莺待月西厢记》，还是个名角唱的。

郁远付了四两银子。

那茶博士有些意外。他见郁远一派少爷模样，以为他是当家人，没想出手大方又不失爽朗的竟然是位小姐。他再定睛一看，郁棠不仅长得漂亮，而且落落大方，在这满室富贵间一派优雅从容。他心中"咯噔"一声，知道自己看走了眼，忙低下头，给相氏和郁棠道过谢，这才退下去安排。

郁远长吁了口气，心想，这种地方他以后还是少来，点个曲子就几两银子，他享不起这福。可相氏和郁棠好像都挺喜欢的，也算没白花。

郁远这银子的确没有白花，等到那茶博士拿着点好的曲单过来时，对他们就不止热情那么一点点了："已经安排好了。这折唱完了接着就是您点的。"说完，还从外面端了一盘新鲜的果子进来，道："这是小的孝敬您的，您慢吃慢用，我就站在门外，有什么事，您直接喊一声。"

应该是这茶博士有奖励。郁棠猜测着，对自己要做的事更有把握了。她挑了个最大的李子让双桃递给了茶博士，笑盈盈地道："你先别走，我问你点事。"

那茶博士立刻走了过来，很规矩地在离她七八步的地方停下，低着头恭敬地道："您要问什么？只要我知道的，您问什么我答什么。我要是不知道的，这就去给您打听去。"非常机敏，这也许就是这间茶楼能成为本城最大的茶楼之一的缘故。

郁棠在心里琢磨着，笑着问他："我来的时候见苏州河上很多大船，听人说，这些船都是从宁波来的，装的都是些舶来货，那你知道哪里有卖舶来货的吗？"

茶博士听着精神一振，忙道："小姐问我这些就算是问对人了，这苏州城，没有我不知道的铺子。您来的时候看到我们茶楼门前的这条街了吧？它叫苏河街，这条街上开茶楼、酒楼和食肆的最多。您从我们茶楼出去向左拐，有条巷子，这巷子里呢，也全卖的是点心果子什么的。您就一直往前走，把这巷子走完了，又是一条街，那条街上，卖的就全是舶来货了……"

他侃侃而谈，看得出来，对苏州城是真的很熟悉。郁棠也一句话套着一句话，很快就知道了那些做海上买卖的人都喜欢在哪里落脚，船队出海是怎么发布消息的。

相氏在旁边听着，不由暗暗点头。之前郁远夸郁棠聪明能干，她还不以为然，毕竟以她的经历，见过的能干的女子太多了，比如卫太太，比如她的继母，还有她继母娘家的那些姻亲，可能干成郁棠这样的，还真的很少见。郁棠现在已经不仅仅是会管个田庄，看个账目什么的了，而是像男子一样，知道怎么和外面的人打交道，怎么不动声色地问出自己想要的东西。别说是相氏了，就是夏平贵和夏莲，也非常惊讶。

夏平贵想，难怪东家二老爷要给大小姐招赘，大小姐是个能守住家业的。至于夏莲，则是庆幸相氏有这样一个小姑子，以后这个小姑子不仅不会拖了相氏的后腿，还能在有事的时候给相氏出出主意，助相氏一臂之力。两人之后对郁棠更恭敬了，当然，这是后话。

郁棠得到了自己需要的消息，赏了那茶博士一把铜钱，等到打发那茶博士出了门，这才苦笑着对郁远道："看来我们走错地了。"

从那茶博士的口中，那些做海上生意或是跑船到宁波拉货的，都喜欢在码头上另一个叫平安的酒肆里歇脚，平时有什么消息，也是在那里交流。

郁远心宽，笑道："我们要是不来这茶楼，也打听不到这消息。再说了，那个什么平安酒肆，一听就是那些苦力喝酒的地方，我总不能带着你们两个女子去酒肆吃饭吧？"

出入那种地方的女子，多是跑江湖或是青楼女子，别人见了是不会尊重的。

相氏连连点头，笑道："你阿兄说得对。我们虽然走错了地方，可也算是见识了一番。回去之后，讲给婆婆和婶婶听，若是有机会，让她们也来看看。"

郁棠是觉得他们停留的时间太短了，怕找不到机会和江灵说上话。不过，心急吃不了热豆腐，什么事都得一步一步地来，既然来听曲，那就好好听曲好了。

郁棠和相氏、郁远在茶楼消磨了一个上午，又在茶博士那里打听到了一点宋家的消息。

原来宋家回到苏州城就开始在太湖造船，宋家为此把在湖州的两个桑树林都给卖了。

宋家早年是以丝绸起的家，此时正是种桑养蚕的时候，宋家这样，可以说是动摇了根本，付出的代价是很大的。

郁远愣住，问茶博士："那，他们家老一辈的也同意？"

那茶博士叹气道："不同意又能怎么办？我看你们是外地来的才对你们说。宋家，早就不是从前的宋家了。去年的时候，他们家给内廷供奉的白绢就差点没被选上，还是走了他们家一个亲戚的路子才勉强过了关。你们是不知道，内廷的生意也不是那么好做的，三年就要重新选一次，这次他们找对了人，侥幸过了。下次呢？人家还愿不愿意帮忙？帮忙的人还能不能说得上话？这都不好说啊！"

找亲戚帮忙？难道找的是裴家？郁棠寻思着，就听见那茶博士继续道："偏生宋家的人不找自己的原因，只说是有人为难他们家，一心一意准备做完了这三年的生意就不做了，改做海上生意。我看啊，这宋家要是再这样下去，只怕是要败了！"

没想到这茶博士还有这样的见识！郁棠肃然起敬。宋家好像的确就是这样慢慢没落下去的。

郁远却不知道，觉得这茶博士是危言耸听，道："这话怎么说？"

那茶博士皱着眉道："我们这苏州城里做内廷生意的多着呢，可有哪家是赚了钱的？孝敬内廷二十四衙门的那些大太监还不够，何况还有漕运、户部、工部一大溜的衙门。可是做皇商有名声，气派啊，谁都知道你这是能和宫里的人打交道，走出去普通的人家都会给你几分面子，这是钱能买得到的吗？而且你的东西既然都能上贡了，那肯定是天下第一的好东西，大家不都要来你们家买点什么吗？把这门生意丢了，那不就是告诉别人你们家不行了，内廷没人给你们家撑腰了，你们家过时了，这墙倒还要众人推呢，这三下两下的，家业不败才有鬼呢！"

连个茶博士都知道的道理，没有道理宋家不知道。那宋家能做出这样的选择，是不是也有什么隐情？难道是和裴家的变故有关？不过，裴家几兄弟没做官之前，宋家就已经开始做内廷的生意了，应该也有自己的路子吧？

郁棠百思不得其解，也就不去想，试探着问茶博士："我听说你们苏州城有户姓江的人家，要做海上生意，到处拉人入股，这家人可靠不可靠？"

· 164 ·

那茶博士嘴一撇，道："原来你们也知道啊！他们家原来是跑船的，就是跑从宁波到苏州的舶来货的，这几年可能赚了点钱，就不知天高地厚地想做一笔大的了。我们苏州人都等着看他们家的笑话呢！"

郁棠茫然。梦中她可是听林氏说，只要是江家要走船，人人挤破了脑袋都要参一股的。可见这又是一个成功了之后被人夸大的事。那这个时候他们去入股，岂不是很简单？

郁棠的心思顿时活络起来。她问茶博士："你知道江家住在哪里吗？"

茶博士飞快地睃了郁棠一眼，却对郁远道："他们家就住在离这里不远的东江巷，不过，这个人是真的很不靠谱，为人粗俗又小气，有和他打过交道的人说他是'铁公鸡'，您要真的想和他们家做生意，可得睁大了眼睛，小心被他骗了。"

郁远虽然不知道郁棠是怎么知道的江家，但这个时候，他无论如何也要帮郁棠说话的。他笑着给郁棠圆话，道："我们也是在路上听人说了，有点好奇，就问问。"

茶博士松了口气，道："这江家的名声不怎么样，你们小心点总归没错。"

郁远向他道谢，正巧他们点的评弹唱完了，茶博士要带那名角上来向他们讨赏了，这话题就此打住，没人再提。

等从茶楼出来，郁远又寻了个颇有名气的酒楼吃了午饭，郁棠就决定去江家瞧瞧。

她告诉郁远："我是昨天听客栈的店小二说的。再说了，什么事都是'耳听为虚，眼见为实'，反正我们就是来打听这些事的，不管别人怎么说，先过去看看，没有什么事是一次就能成的。"

郁远和相氏都赞同，郁远还道："就是你运气好，同样是住店，我们昨天就没人注意这些。"

郁棠汗颜，心虚地拉着郁远转移了话题："我们要不要再仔细打听打听江家筹股的事？多少钱算一股，是只要银子还是可以以物入股，他们家准备什么时候出海，船上的事是请的谁。"

"要的，要的！"郁远忙道。

相氏则在旁边掩了嘴笑，道："阿妹，你真是巾帼不让须眉。你看同样是一件事，你阿兄什么也不知道，你却听得清清楚楚的。之前来的时候我还在想，你们既然要做这生意，我就当是陪着你们来见见世面了，如今看来，你这事说不定真能成。阿妹若是不见外，也算我一股。"

能让相氏说占一股的，多半是她的体己银子了！

郁棠非常意外，既感激相氏对她的信任，又担心江家这次的事没成拖累了相氏。毕竟她梦中听到的那些消息，现在看来都不是那么准确。

郁远把郁棠和相氏安置在了客栈，自己带着夏平贵去了平安酒肆打听消息。郁棠却也没有闲着，她把三木派了出去："你去打听打听江家的事，越详细越好。"

还给了他几十个铜板:"不要心疼钱,给人买包炒瓜子、糖豌豆什么的。"

三木私底下听阿苕吹嘘过,说给大小姐办事从来不空手,他当时很是羡慕,当然,他不是羡慕阿苕有打赏,而是羡慕阿苕能得东家的信任。如今他也有了机会,自然是喜出望外,高兴地应了一声,小心地把铜钱装进荷包就一溜烟地跑了。

相氏看着笑道:"到底年纪还是小了一些,做事不够沉稳,得磨炼几年。"

郁棠笑着奉承嫂嫂:"有阿嫂在,还愁他学不到本事?"

"我哪有你说的那么好?"相氏脸色微红。

姑嫂俩互相打趣了几句。相氏就提议出去逛逛:"不走远,就在旁边看看。"她们住的客栈也在运河街上,非常热闹繁华。郁棠自然要陪着。

两人去了环钗,换了粗布衣裳,包了头,带着双桃和夏莲一起出了客栈。

旁边是家卖绸缎的,两人进去逛了半天,买了两匹白绫、两匹白绢、四匹折枝花的杭绸,让伙计送到了客栈,准备做秋衫。结果出了绸缎铺子,看见斜对面是家卖胭脂水粉的铺子,相氏兴起,又拉着郁棠去买头油面膏,还准备给王氏和陈氏也带点回去。

郁棠梦中是望门寡,穿着打扮都讲究素雅。如今正是花一样的年纪,衣服好说,这化妆却是真正不会,平时最多也就抹个口脂就已经算是隆重了。可女子有哪个不喜欢打扮的?郁棠素着张脸,也不过是怕自己画不好,被人笑"丑人多作怪",此时听相氏这么一说,再看看相氏妆容干净整洁,看着神采奕奕的样子,不由低声对相氏道:"阿嫂,您教教我化妆吧!我,我不会这些。"

相氏听着诧异地打量了郁棠一眼,抿着嘴笑着捏了捏她的脸,道:"就你这样还要化妆,还让不让我们这些人活了。你啊,就别瞎折腾了,像现在这样打个口脂就行了,化了妆,还不如不化呢。"

两个人说着话,不免会忽略周遭的人和事,相氏就突然和人撞了一下。对方"哎哟"一声娇呼,相氏和郁棠还没有看清楚人就已连声赔不是,待抬了头,这才发现相氏撞的是个十七八岁的女子,穿了件半新不旧的遍地金褙子,杏眼桃腮,长得十分美貌,只是一双眼睛滴溜溜直转,手里拿了盒胭脂,妖妖娆娆地站在那里,美艳中带着几分轻浮,不像养在深闺里的女子。

郁棠呆若木鸡。高氏!她居然在这里遇到了高氏。这可真是……孽缘啊!不过,她怎么会在这里?一般的人就算逛街也会去杭州城。

郁棠想着,那边相氏已急急地道:"小姐,对不起。撞到你哪里了?要不要紧?"然后抬头朝四处张望了片刻,吩咐夏莲:"你赶紧去问问,看这附近有没有医馆,我们带这位小姐去医馆瞧瞧!"

只是没等到夏莲应诺,有男子走了过来,一把扶住了高氏,急切地道:"出了什么事?"

高氏一双水汪汪的大眼睛可怜兮兮地望着眼前身材高大、相貌英俊的男子,哽咽道："阿兄，我被撞了一下，好疼！"

阿兄？！郁棠仔细地打量着被高氏称为阿兄的男子，却怎么想也想不起自己什么时候见过这个人。

那男子闻言立刻将高氏拦在了身后，不悦地道："你们想怎样？"

自己的妹妹被撞了，不是应该先问撞哪里了，撞得怎样了吗？怎么一副要吵架的样子？

郁棠和相氏都有点蒙，高氏看着，立马拉了拉那男子的衣袖，低声道："我没事，没事。我们还是早点回去吧！免得等会儿掌柜的找你。"

男子听着顿时气势全消，回头温声对高氏道："行，那我们先回去。"说完，狠狠地瞪了郁棠和相氏一眼，拥着高氏扬长而去。

夏莲气得直跺脚，道："什么人啊！我看得清清楚楚，明明是她走路没看人撞到了大少奶奶和小姐，还倒打一耙，好像是我们撞了她似的。也是大少奶奶和小姐心肠太好了……"

"好了！"相氏阻止她道，"没事就行了。行船走马三分险，我们在外面，也要谦虚谨慎，能不惹事就不惹。既然大家都没有事，就当是一场误会好了，不要再说了。"

夏莲不敢再言，相氏则拉着郁棠进了胭脂铺子。郁棠却一直想着那个男子和高氏手中的胭脂。

郁棠仔细地瞧了瞧铺子里卖的东西，看到了高氏手中的那种胭脂。她问店里的伙计："这胭脂怎么卖？"

伙计笑着道："这是我们铺子里的招牌，叫三月桃花，涂了这胭脂脸色就像桃花似的……"

郁棠打断了伙计的话，道："多少银子一盒。"

伙计不敢再推销，立刻道："五两一盒。"

郁棠倒吸了一口冷气。

伙计却笑道："你别看它贵，可贵有贵的道理……"

郁棠的思绪不由有些飘游不定。

高氏有陪嫁，可她的陪嫁并不多，至少从她的眼光来看，高氏不可能有能力一年四季都用这种胭脂。郁棠心里乱糟糟的，打起精神来和相氏买了些东西就回了客栈。

郁远让人带了信来，说他晚上不回来用晚膳了，去江家打听消息的三木则到了掌灯时分才急匆匆地跑回了客栈。

郁棠和相氏已经用过了晚膳，两人在郁远的客房见了三木。

他气喘吁吁地牛饮了半盅茶，这才眉飞色舞地和两人说起江家来："我都打听清楚了。他们就住在离这里不远的小苏杭巷。江家现在的当家人叫江潮，不过二十二三岁的年纪。他十六岁的时候，父亲去世，他卖了父亲的船跟着他大伯父跑船。不过两年的光景，他就又重新买了一艘大船开始单干，比他父亲当初留给他的船更大。就在两个月之前，他突然说要组船去苏禄，还向众人筹股。大家都觉得他异想天开，入股的人不多，看笑话的人却不少。"

郁棠哭笑不得，道："我让你去打听江家的事，你说他入股的事做什么？"

三木跑了题，讪讪然地摸着脑袋笑了笑，道："他们家的事我也打听清楚了。江潮既没有成亲也没有定亲，他只有一个胞妹，从小就和隔壁的于家定了亲，去年就嫁了。他如今和他寡母两个住着个三进的宅子，有七八个仆妇服侍……"

江灵，已经嫁了吗？郁棠一愣，道："那你可曾听别人说过江家姑奶奶的事？"

三木连连点头，道："听说过。说是他们家姑奶奶运气不好，原就是冲喜嫁过去的，谁知道姑爷的病却越来越不好，她婆婆有时候和街坊邻居说起来，都说很后悔当初让江家姑奶奶去冲喜。"

不要说郁棠了，就是相氏听了也皱眉。

郁棠在心里叹息。她道："那你可打听出来江家的姑奶奶平日里都去些什么地方？"

三木道："打听清楚了。说是江家老太太这些日子身体不太好，江家姑奶奶每天早晚都会回娘家去看看，其余的时间，都在于家服侍相公。"

郁棠觉得三木办事还挺在行的，夸奖了他几句，赏了十几个铜板不说，还让双桃去端了一盘红烧肉、一盘糖醋鱼、一盘清炒苋菜给他做了晚饭。三木喜滋滋地谢了又谢，退下去吃饭了。

相氏担忧地问郁棠："你这是要做什么呢？"

郁棠笑道："若是阿兄回来说江家的生意可做，我准备去找找江家的姑奶奶。我们毕竟是女眷，总不能直接去找江潮！"

相氏担忧道："江家姑奶奶并不出门，你怎么见得到她？"

郁棠哈哈大笑，道："我们是正正经经地去做生意，想见江灵，直接去求见好了，为什么见不到她？就算是她不愿意见我，我多求几次就成了，想必不是什么难事吧！"

相氏想说事情哪是你想象的那么简单和容易，可话到嘴边，仔细想想郁棠的话，还真有那么一点点道理。她只好耐着性子等郁远回来。

郁远回来后听了呵呵地笑，对相氏道："我这妹妹，能用五分力气的，绝不用十分。你还别说，她这懒办法我觉得还挺好的。"说完，他捧着相氏的脸"啪"地亲了一口，亲得相氏小鹿乱撞却又面红如血。

"你别这样，这里还有人呢。"她小声抱怨过后，问郁远，"现在要把阿妹叫过来吗？"

"叫过来吧！"郁远笑道，"我们明天还有明天的事。"

相氏亲自去请了郁棠。三个人在圆桌旁边坐定，郁远亲自给她们斟了茶，然后把今天的见闻告诉了郁棠。

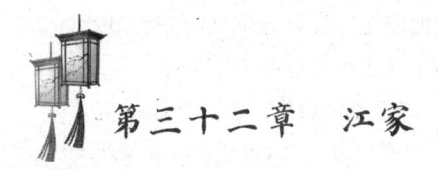

第三十二章　江家

平安酒肆临街只有一个两间的门脸，一间柜台，一间摆着五六张桌子，看着坐不了几个人，可走进去却别有洞天。

"后面是个大院子，"郁远兴奋地道，"种着竹子，一丛丛的，像伞似的，放着十几张桌子。无雨无雪的时候，大家都喜欢在院子里坐着。要是天气不好，就到屋里去坐——院子三面都是敞厅，我仔细看了一下，每个敞厅里能放十几张桌子。还有二楼，不过二楼全是包间。我还是第一次看见这样的酒肆，难怪别人都往苏州跑，苏州还真比杭州看着要热闹。"说到这里，他嘿嘿一笑，又道："不过，也可能是我去的地方太少，见识短，杭州比这好的地方我没机会看见。"

郁棠和相氏都抿了嘴笑。郁远继续道："我赏了店小二一块碎银子，打听到了江家的事。"这才入了正题。郁棠和相氏坐直了身子。

郁远也神色渐肃，道："江家主事的江潮，之前从来没有做过海上生意，大家对他都还有点不放心。他这几天正在到处筹股，银子也行，货也行，但是这次只要茶叶和瓷器，其他货物说是已经准备好了。我觉得不放心，瞅着机会，我和平贵单独请那伙计在外面吃了一顿饭。听那伙计的口气，江潮可能还不是领头的，他多半只是在这次出海的生意里占了一股。就这一股，他一个人也吃不下去，所以才会在苏州城里找人入股。我瞧着这事有点悬，准备明天再去打听打听。"

郁棠连连点头，道："那我们双管齐下。我打听到江家姑奶奶的住处了，明天我去找找江家姑奶奶，你去见见江潮。"

郁远想了想，道："要不，我和你嫂嫂一起去见江潮吧？我心里有些没底。"

相氏闻言很是欣慰。丈夫不仅长相出众，对她敬爱，而且办起事来也有章有法，缺的不过是些经验。就算是亏些银子，也只当是买经验，买教训了。谁做生意不是这样过来的！郁棠就更不用说了，比郁远还能干。兄妹齐心，其利断金。他们以后的日子只会越过越好。

"阿妹，你的意思呢？"相氏问郁棠。

正巧，郁棠想一个人去见见江灵，考察一下江灵的人品。她一个人去，说话更方便。

"那阿嫂您就陪阿兄吧！"她笑道，"江家姑奶奶是女眷，我们说起话来没什么顾忌。江潮却是个枭雄，若是阿兄和他谈得不好，阿嫂还可以从旁边劝和几句。"

相氏点头。郁远却道："你说江潮是个枭雄，你可是听说了什么？"

郁棠这才惊觉自己失言，忙补救道："他能卖了父辈留下来的船去跟着自家的伯父跑船，还能短短两年就开始跑海上的生意，可见这个人不简单。不是枭雄是什么？"随后她又提醒郁远："这样的人，纵然不能合作，也不能得罪。"

"你放心，我会斟酌着办的。"郁远应下。自家哥哥，以后也是能撑起家业的人，郁棠没什么不放心的。

第二天一大早，她和兄嫂用过早点，回到客房重新梳妆打扮了一番，就去了于家。

于家离江家也就一射之地，白墙灰瓦，黑漆如意门，左右各立着一个半人高的书箱模样的箱型门墩。看这样子，于家从前是有人做官的，而且官阶还不低，最少也是四品的官员。

于家的门房听说有人来拜访家中的大少奶奶，还是从临安来的，惊诧不已，匆匆忙忙地就去禀了江灵。

江灵正服侍丈夫喝药，听说后细细地寻问了半晌也没有问出什么来，只好让门房把人请去厅堂。她把屋里的事交代清楚，便换了身衣裳去见客。

远远地，她就看见一个身穿蓝绿色素面杭绸褙子，梳着双螺髻的女子身姿挺拔地站在厅堂里观看着中堂上挂着的那幅五女拜寿图。暖暖的晨曦照在她身上，像株刚刚拔节的青竹似的，让人印象深刻。

她不由面色一红，进门就解释道："前几天我婆婆过寿，还没来得及取下来。"

中堂上挂着的画应该是按照一年四季的不同随时更换的，这个时节，应该挂些花鸟果实之类的，但于大公子的身体一日不如一日，家里的人都没有心情去关心这些。

郁棠不知道于大公子具体是什么时候去的，但想来也就是今年的事，闻言不免心中唏嘘。

"大少奶奶言重了。"她客气地笑着，转身道，"也没谁规定一定要挂什么画，自家喜欢最要紧。"

江灵看清楚了郁棠的脸，顿时觉得眼前一亮。眉眼漂亮的姑娘她见得多了，可像郁棠这样除了眉眼漂亮，气质如玉般温润又如花般明丽的却十分少见。

她不由道："小姐是？"江灵是怕郁棠是于家的故旧。

郁棠看见江灵却非常惊讶。在她心目中，能像江灵这样做出一番比男子毫不逊色的事的女子，纵然不是浓眉大眼，身高挺拔之人，也应该是个容貌端庄，精明严谨的女子。可江灵看上去和她差不多高矮，身材瘦削，巴掌大的一张脸上只看得到双大大的黑白分明的桃花眼，长长的睫毛像把小扇子，容颜稚嫩，笑容羞涩，哪里像个当家主事的少奶奶，分明是个还没有长大的小姑娘家。郁棠甚至在那一瞬间怀疑自己是不是找错了人。

"您，您就是江家的姑奶奶？"她迟疑地道，"就是江潮老爷的妹妹？"

江灵松了口气。既然开口问她阿兄，可见是江家那边的亲戚或是故交，她不认识，她阿兄也应该认识。

"那您是？"她小心翼翼地问郁棠。

郁棠笑着说明了来意："我从临安来，姓郁。您可能没听说过。我们家是做漆器的。这几天我和阿兄来这边买油漆。听说江老爷要跑海上生意，正在筹资入股。男女有别，我不好意思去找江老爷，只好到您这里来探探口风，看我们有没有合作的可能。"

江灵还是不认识她，不过却对她心生好感，和她素不相识却敢来见她，这让她很是佩服。

她热情地招待郁棠喝茶，说起她兄长的生意来："难得郁小姐感兴趣。只是我阿兄的生意我是从来不管的。不过，他筹股的事我是知道的。我阿兄是个实在人，你们要是能参股，肯定不会让你们吃亏的；而且我阿兄做事向来妥当，女眷入股，会有专门的女管事打理。我这就让人把我们家的那位女管事找来好了，您有什么事都可以问她，或是让她带话给我阿兄。"

专门设个女管事，难道有很多女子入股江潮的生意？郁棠在心里琢磨着，面上却不露声色，笑着对江灵道："那就有劳大少奶奶了。"

"哪里！"江灵非常客气，立刻就叫了人去请江家的那位女管事过来，既没有问郁棠是怎么知道他们家正在筹股的，也没有问她是怎么找上门的。

郁棠暗中皱眉。这个江灵根本没有传说中那么精明啊！她纠结着，在等候江家的女管事时继续和江灵闲聊："不知道这次江老爷的生意大少奶奶入了多少股？"

江灵听了顿时神色窘然，支支吾吾好一会儿都没有说明白。

难道没有入股？郁棠大惊失色。江灵这才觉得自己做错了事。苏州城里的人都不相信她阿兄能做海上的生意，她作为妹妹，应该第一个站出来支持她阿兄才是，若是让别人知道她阿兄的生意连她都没有入股，别人就更加不相信她阿兄了。

她急切地解释道："我肯定是要入股的。可您也看到了，我如今是于家的媳妇，做生意的事，得问过我家相公才行。偏偏我家相公这些日子又病得厉害，一直没有找到机会说这件事……"

郁棠已经觉得心累，她勉强笑着应付了一句"没事"。

江灵还要解释，江家的女管事到了。

那女管事相貌平常，三十来岁，皮肤白皙，嘴角有颗米粒大小的黑痣。

见了郁棠，她微微一愣，给江灵行了个礼，还没有等江灵说话，已道："姑奶奶，您可是有什么事？"说完，还警惕地看了郁棠一眼。

江灵笑意盈盈地把郁棠的来意告诉了那个女管事，并向郁棠介绍女管事夫家也姓江，让郁棠称她为"江娘子"就行了。

郁棠和江娘子打了个招呼，江娘子还了礼，打起听郁棠的来历来："郁小姐是从临安来？不知道家里还有些什么人？怎么会独身一人来苏州采购油漆？又怎么会想到入股我们江家的生意？是准备自己入股，还是和家里人一起入股？"

有些女子会趁机赚点私房钱。这些原本都是郁棠准备好等着江灵问的问题，江灵一句没问，反而江娘子问了。

"我是家中独女，只有一个堂兄。这次出门，就是和堂兄堂嫂一起来的……"郁棠此刻已对江灵有点失望，淡然地向江娘子说了说自己的来意。

江娘子半信半疑的，但还是表示了欢迎，并道："这是大事，小姐还是回去和兄长商量了再做打算才是！"

这也是一般人的想法。江灵还在旁边帮腔："是啊！郁小姐，我们这边入股的事都好说，主要是你得和家里人商量好了，免得家里人知道了，怪我们骗了你。"

郁棠哭笑不得，和江灵、江娘子客气了几句，就告辞离开了。

江娘子不免责怪江灵几句："姑奶奶就不应该管这些事。若是再有人找来，您就说不知道好了。"

江娘子是江灵母亲的陪房，是看着江灵长大的人。江灵父亲病逝之后，江灵母亲也跟着病了，江家内宅大院的事，多亏江娘子照应。江灵对她很是敬重，因此并不觉得江娘子的话有什么不对，反而安慰江娘子："我这不是担心阿兄的生意吗？以后要是再遇到这样的事，一定先请你过来看看。"

江娘子听着又是心疼又是无奈，只好拉着江灵的手道："姑奶奶，不让您管这些，也是老爷的意思，您就听我一句劝吧！像郁小姐这样的，谁知道安了什么心。他们家若真是想和我们家做生意，为什么不去找老爷，而是拐弯抹角地来找您？"

也许别人觉得她好说话？江灵在心里嘀咕着，面上并不显，依旧笑盈盈地送了江娘子出门。

郁棠却觉得自己刚才的态度不对。也许人家江灵和她一样，要经过一些事才能渐渐地厉害起来。不过，她原来也只是想见见江灵，看看江灵是怎样的人，现在见到人了，目的也达到了，也应该算是功德圆满了。

郁棠琢磨着回了客栈。郁远和相氏还没有回来。郁棠就自己用了午膳，想着明天一早就要回临安了，她又把买的东西先整理好了。这个时候，郁远和相氏才回来。不过，两个人都笑眯眯的，看样子应该事情办得不错。

郁棠忙问他们俩用过午饭了没有。

"用过了，用过了。"相氏喝了一口双桃掛的茶，高兴地对郁棠道，"我们今天运气不错，因你阿兄许了平安酒肆伙计的跑腿费，那伙计很是用心，昨天晚上就找到了江潮大伯家的一个管事，把江潮做生意的事打听清楚了。"

郁棠一听，立刻坐到了相氏的身边，还顺手把桌子上的点心递给了相氏。

相氏笑着拿了一块点心，继续道："还真像你阿兄昨天打听到的那样。他这次是跟着宁波那边一户姓王的人家跑船。那户人家和他一样，帮东家跑了十几年船，最近东家不在了，东家的两个儿子闹分家，他就准备出来单干。说的是船队，实际上是和另外好几家一起合伙组成的船队。王家只有一条船，而江家呢，也不过是占这一条船的一股。然后我和你阿兄又去见的江潮。"

说到这里，她"啧啧"了两声，道："真没有想到，那江潮一个跑船的，看上去文质彬彬的，像个读书人似的。说话行事也正派实在，见了我们，也没有吹牛说大话，把实际情况好生生地跟我们说了一遍。还说他目前本钱不足，有困难，但投进去的也是他全副的家当，他一定会把我们的钱当成他自己的钱一样。"

听到这里，郁棠隐隐觉得有些不妙。她阿嫂这是把江潮当成了非常值得信赖的人啊！

郁棠不由抬头去看郁远。

郁远就坐在她们对面，笑着听相氏说话。见郁棠朝他看过来，他就笑着朝郁棠点了点头，接过了相氏的话头道："阿棠，可惜你今天没有跟着我们一起去见江潮。我觉得你说得很有道理，他真是个很有本事的人。我和你阿嫂商量过后，答应入股四千两银子。两千两是我的，一千两是你阿嫂的体己银子，还有一千两，是帮你答应的。"

郁棠呆住了。事情兜兜转转，完全朝着失控的方向奔去。"不是。"她磕磕巴巴地道，"我不是说先探探他的情况吗？入股的事，得谨慎……"

谁知道郁远大手一挥，道："有时候做事是这样的，算来算去，总觉得有风险，可真正做了，你才会发现有些风险在你想象中是非常严重、没有办法解决的，做起来却不过是转个身，很容易的事。"

"是啊！"相氏应和道，"阿棠，我觉得江潮说得很有道理，而且你阿兄也说了，这件事我们虽然拿了主意，可回去之后，还得和叔父商量。答应的四千两银子，若是叔父也觉得这是门好生意，就我们两家一人一半。若是叔父觉得风险太大，就像我们之前说的那样，我们这边占大头，你们那边占小头。不过江潮也说了，什么生意都是有风险的，风险越大，收益就越大。这次的生意风险也很大。我就想，要是真像江潮说的那样船没能回来，你的那一千两银子，我补贴给你好了。你不用担心的。"

郁棠已经完全说不出话来了。这个江潮，她兄嫂不过是和他见了头一面，就像被下了降头似的，一门心思要和他做生意。他这么厉害，怎么还要大张旗鼓地筹集股金呢？郁棠直觉她这个时候反对，只会让她兄嫂失望，不如等她兄嫂的这股子劲退了再说。她道："说好了什么时候交银子了没有？"

173

四千两银子，可不是什么小数目。也没有谁会随身带这么多的银子。只要银子还没有交给江潮，主动权就还是掌握在他们手中。

郁远笑道："你又不是不知道我们带了多少银子过来，我交了三百两银子的订金，说好十天以后把剩下的银子补齐的。"

郁棠只觉得这个地方一刻钟也待不下去了，她催道："那好，我们明天一早就先回杭州去，到了临安再做打算。"

郁远和相氏连连点头，兴致勃勃地要邀郁棠去街上逛逛："明天就要走了，我们还没有好好看看苏州这边的漆器铺子呢！"

郁棠也怕回去了不好交差，和相氏各自梳洗了一番，和郁远等人上了街。

郁远和相氏不知道为什么有那么多的话要说，肩并着肩，就是个卖糖人的也要看上几眼。

郁棠撇着嘴，瞅了个机会拉了夏平贵问："你可见到那江老爷了？"

"见到了。"夏平贵有些激动起来，道，"那江老爷真是很了不起，几乎就是白手起家。我也觉得大少爷这次应该入股。您想啊，像江老爷这样的人，以后肯定会发达的，识于微末，大少爷以后必定会跟着沾光的。"

她听着也觉得这位江老爷厉害了。连他们家最老实本分的夏平贵也被说动了。郁棠有些后悔自己没有跟着兄嫂一起去认识认识江潮。不过，十天后给银子，应该还有机会。郁棠在心里琢磨着。夏平贵有句话说得对，识于微末，交情必定和旁人不同。既然如此，不管这次的生意是亏还是赚，他们家都应该投钱才是。可四千两，也太多了一些。能不能想办法说服阿兄少投点银子，就当是投名状好了。她心里装着事，难免有些心不在焉，下午逛了些什么铺子，看了些什么稀奇的东西，一概没有记清楚，倒是回家的时候离家越近，看到那些熟悉的景物，她心里就越觉得踏实。难怪大家都不喜欢背井离乡了。

大伯父和大伯母等人早在家里等着他们。相氏和郁棠拿出买给大家的礼物，郁博虽然面无表情，可比平时轻快的语气却透露出他的欢喜："你们买的油漆今天一早就到了，我看了看，还行。以后这些事就交给阿远和平贵了。山林那边的事，你就先放一放。当年那也是别人抵债抵给我们家的，这都几辈人了，除了能收点柴火，也不能干其他的事了。你们就别折腾了，费钱又费功夫。"

郁远不是那种不行就放弃的人，何况那沙棘树才刚刚成活，能不能行现在说还太早了。但他向来不是喜欢顶撞大人的人，郁博说什么，他就恭敬地应着。接着该怎么做，他自有主张。

因而等大家一起吃过了接风宴，夏平贵和两个小伙计回了铺子，郁远就借送郁文一家的机会和郁文说起江潮的事来，但没说要入股多少银子。

郁文听了呵呵地笑，对陈氏道："我说吧，这两个出去肯定得弄点什么事！上次是去顾家告状，这次呢，盯上了人家做海上生意的，还自作主张地选了一家要入股！"说着，他摇了摇头："真是儿大不由爹，女大不由娘啊！"

陈氏自嫁给郁文，家里不是出这事就是出那事的，也没有消停过。此时见他说侄儿和女儿，不由嗔道："这是跟谁学的？还不是你这个做长辈的没有带好头，你在阿远和阿棠小的时候还告诉他们有机会就要抓住呢，他们还不是听了你的话才变成这个样子的。"

一席话说得郁文张口结舌，不知道说什么好。郁远和郁棠就在旁边哈哈地笑。话虽如此，可郁文还是落后几步，撇开陈氏和郁棠，单独和郁远说了一会儿话。知道他们想入股江潮的海上生意，郁文眉头紧锁，道："这个人你了解吗？"

郁远一愣。郁文看了看手挽着手，正兴高采烈地说着什么的郁棠母女，低声道："你明天一早就来见我。"

郁远点头，第二天没用早膳就去了郁文家里。郁文在书房里见了郁远。郁棠知道后，也跟着去了书房。郁远无奈地道："你这是怕我说不清楚吗？"

"不是！"郁棠道，"这件事我也有份，我也要听。"

郁文只觉得头痛，对郁远道："你别管她了，她要听就让她听。我们就算是不让她听，以她的性子，也会偷听的。"

郁远"扑哧"一声笑。

郁棠红着脸装作若无其事的样子坐在了郁远的身边。

郁文笑着摇了摇头，和郁远道："你说那个江潮这好那好的，你见过他的船吗？知道还有哪些合伙人吗？这些合伙人都是做什么的？你了解过了吗？"

郁远答不出来。郁棠则松了口气。没想到她阿爹也有这么靠谱的时候。可这念头不过在脑子里一闪，就听到她阿爹继续道："我也不是不让你们去闯。反正拍卖舆图得的银子也是意外之财，散了就散了，主要是，你们别上了人家的当，给别人当了冤大头。"

郁棠觉得脚滑。原来她爹还是那个爹……

郁远听了立刻补救般地道："要不，我再去趟苏州，把您说的这些都打听清楚了？"

郁文想了想，道："算了，我和你一道走一趟吧！你们还是年纪太小，经历的事太少。"

言下之意，是他们办事不牢靠。

郁远闻言如释重负。

郁棠的心却重新揪了起来，道："阿爹，我们什么时候去？"她给马秀娘也带了礼物，昨天还和母亲说好了，等会儿去看马秀娘的。

谁知道郁文道："这次就不带你一道去了，姑娘家的，出门不方便。你要是有空，就去铺子里看看，多帮帮你大伯父。"

郁棠嘟了嘴。

郁文道:"这也是你姆妈的意思,她怕你越向外走心越野。"以后招女婿的时候挑三拣四,眼睛长到了头顶上,成了个嫁不出去的老姑娘。

郁棠想想,男女有别,她的确不好去打探江潮这个人,让她阿爹去看看也行。不过,从郁远的话里可以听出来,江潮这个人舌灿莲花,得提前给她阿爹说说才行,别弄得她阿爹也和大堂兄似的,被他糊弄得找不到北。

"阿爹,"她神色郑重地提醒父亲,"你和阿兄去趟苏州也好,说一千道一万,道听途说不如眼见为实。江潮我没有见过,可我听阿兄的话,他挺厉害的,而且阿兄不过只见了他一面,就立刻决定入他的股了。照理说,苏州城那么多有钱的人家,江潮怎么还到处找人入股呢?这件事应该对他很容易才是,怎么还能让我们这些外乡人捡了漏?"

郁远和郁文都有片刻的失神。

郁棠继续道:"还好宁波府离我们这里也不远。若是有必要,您大可去趟宁波府,看看那王家是怎样的人家再回来也不耽搁事。虽说那些银子是卖舆图所得,是意外之财,可到底是笔银子,还是多亏了裴三老爷帮忙,是发家致富还是千金散去,全凭我们怎么用了。阿爹也别不放在心上。想当初,要是我们有这笔银子,姆妈的病也不会那么为难了。"

她只能用这件事来打动父亲。现在,因为她的改变,家里的很多事都发生了变化,能让她父亲觉得为难的,也就是她母亲的病了。

郁文果然连连点头,道:"我知道了。我等会儿就去跟你大伯父说一声,你这几天待在家里,好好地代你阿兄孝敬你大伯母,别让我担心。"

郁棠抿了嘴笑,想起一件事来,道:"我可能还要回老宅一趟,看看那些沙棘树长得怎样了。"

郁文听着很是欣慰,道:"还算你用心。要是你做起事来半途而废,以后我都不帮你了。"

郁棠想到之前郁文为她种树的事四处找人打听,忙笑盈盈地续了杯茶递到了郁文的手边,甜甜地道:"知道了!阿爹放心,我一定听话,好好地把树种活了。"

郁文满意地"嗯"了一声,又交代了郁棠几句,这才和郁远去了郁博家里。

郁棠在家把带给马秀娘的小衣服、拨浪鼓之类的用包袱包好了,去了马秀娘家。

马秀娘还有月余就要临盆了,挺着个大肚子,脚肿得都穿不了鞋了,把郁棠吓了一大跳。

她忙扶住来迎接她的马秀娘,嗔道:"你也是的,都这样了,还来迎我做什么?这不是还有喜鹊吗?"

马秀娘的丫鬟喜鹊也道:"是啊,是啊!郁小姐,您也帮我劝劝少奶奶吧!让她有什么事就吩咐我好了,自己别乱动了。"

马秀娘长胖了很多,脸圆得像银盘了,她笑道:"哪有你们说得那么严重。不过,这次我要是能顺利生产，还得谢谢阿棠。"

"我吗？！"郁棠不解地瞪大了眼睛。

马秀娘一面和郁棠往屋里走，一面道："杨御医不是每个月都去给你姆妈把脉吗？我前几天和我姆妈去你家的时候，听说你去了苏州府，却碰到了杨御医过来。他见我这个样子，就顺手给我把了把脉，说孩子很好，就是我吃得有点胖，让我多走动走动，不然生产的时候不太容易。这不，我可是听了杨御医的话，多走动。你们可不能拦着我。"

喜鹊苦着脸道："让您多动，也没有让您做这做那的啊！说您，您还不听。"

马秀娘哈哈地笑，和郁棠一左一右地坐在了罗汉榻上，没等到喜鹊端上茶点，她已笑盈盈地问郁棠："苏州好玩吗？"

"好玩！"郁棠兴致勃勃地跟马秀娘说起去苏州的见闻，其间还拿出了给马秀娘买的小东西，"我看着有意思就买了，也不知道买得对不对——我和我嫂嫂都没买过这些小孩儿的玩意，但掌柜的说应该买这么大的。"

马秀娘道了谢，把包袱交给了喜鹊，很是羡慕地道："你这嫂嫂娶得真心不错。我以后的弟妹要是有你嫂嫂这么好就好了。"

郁棠嘻嘻地笑，打趣道："要不你现在就给你阿弟看门亲事，早点娶了回来，好生地教导，肯定也能和我阿兄阿嫂一样，感情好的。"

两人大笑一场。

郁棠在章家待到了掌灯时分才回家。回去之后听说父亲和大堂兄明天一早就坐船去苏州，翌日一早便去送了郁文和郁远。之后又听了郁文的话，去铺子里看了两天，这才跟家里的长辈打了声招呼，带着阿苕和双桃一起回了老宅。

不知道是嗣子的事让五叔祖一直不能释怀还是天气越来越热的缘故，这次回乡五叔祖看上去又老了许多，听说郁棠要去山林看看也没陪着，只是叫了个郁家的小辈带路，又叫了另一个远房的堂嫂过来帮着做饭招待郁棠。

郁棠陪着五叔祖说了一会儿话才上山。

请来的看林人就住在山上，已得了信说郁棠要过来，早早就在山林下等着了。

郁棠和他上山。

这山林里的树木长得是真不好。这个季节，别人家的山头郁郁葱葱的，遮天蔽日，看着就透着荫凉。他们家的山头虽然也绿油油的，却全是些杂树小树，想躲个太阳还得找树荫。好在是那几棵沙棘树就种在山脚，爬几步就到了，她不至于一路都晒太阳。

从裴家后花园里移过来的沙棘居然出乎意料地葳蕤，虽然没有开花，却发了新枝。

看林人趁机夸奖自己："我每天都给这几棵树浇水，早上起来看一遍，晚上睡的时候看一遍，比看护自家孩子来得都精细，一点也不敢马虎。"

郁棠是个大方的，不管他说的是真是假，树长得好是真的。她赏了对方一块碎银子。

看林人很是意外，谢了又谢，主动道："小姐，要不要我到了秋季的时候帮着砍点柴晒？"

郁棠不常来，他怕等到下次郁棠来的时候再砍柴来不及——冬天卖的柴要趁着秋老虎还在的时候晒干了才能卖个好价钱。

郁棠想着今年的沙棘肯定是没戏了，这人也算是个愿意干事的，能晒点柴卖好歹也是笔收入。

"那就有劳你了。"她客客气气地道。

看林人觉得受宠若惊，越发觉得她是个好东家，讨巧地道："那边还照着您的吩咐种了点花生，要不要去看看？"

既然来了，肯定是要去看看的。两人又去了山的那一边看花生。看林人走在前面，嘴里还念叨着："等过些日子就能吃夏花生了，我到时候跟五叔祖说一声，让他找个人给您带临安城去，正好吃个新鲜……"

郁棠注意着脚下，随意点着头，眼角的余光却突然看见有人从对面的林间小路走过。

她停住了脚步。走在身后的双桃差点撞到她身上。"怎么了？小姐！"双桃道。

郁棠指着对面行色匆匆的男子："你仔细看看，那人是不是我们在苏州府胭脂铺子前碰到的人？"

双桃踮着脚仔细地看了又看，道："是有点像，不过隔得有点远，我在胭脂铺的时候也没注意，不知道是不是……"

郁棠却看着很像。她吩咐阿苕："你跟过去，打听下看看那人是谁。"

之后郁棠一直有些心不在焉，可是直到下午，也没有等到阿苕回来，但她又要回临安城了，只好交代五叔祖："若是阿苕回来了就告诉他我们先回家了，让他在这里歇一晚上再回去。"又叮嘱来做饭的堂嫂给阿苕留饭。

堂嫂讷讷地擦着围裙应下，郁棠这才回了城。

阿苕是第二天中午回来的。

他热得满头大汗，一面用衣袖擦着汗一面跟郁棠道："大小姐，我查清楚了。那个人叫高其，是板桥镇人，家里是开杂货铺子的，有一个弟弟，一个妹妹。"说到这里，他笑了起来："说起来，这个人和我们家还有点关系。卫家的三少爷，就娶了他们家的堂姐。不过，这个人名声不怎么好。说是从小跟着家行商走南闯北地做生意，有些油腔滑调的，周遭的人都不怎么喜欢他。"

郁棠愣住。没想到那男子居然是高氏的哥哥。梦中，她就听说过高氏有个很有本事的哥哥，只是这个哥哥不知道为什么和高父闹翻了，和人跑出去之后就没怎么回来。高氏每次提起这个哥哥的时候就两眼发亮，看郁远越发地不顺眼，越发地觉得郁远没本事。为此郁远没少受打击。有一次还因此喝了个酩酊大醉，掉到了河里，要不是被人及时发现，差点就淹死了。

郁棠有点惭愧，觉得是自己太多心了。她对阿苕道："没想到我们遇到的居然是卫家三少奶奶的堂弟，我说怎么那么眼熟呢！可能是他们堂姐弟长得很像吧！"

阿苕嘿嘿地笑。这件事就这样过去了。

这天郁棠从铺子里回来，见后院的葡萄有一些已经熟了，就和双桃拿了把剪子挑了个竹篮去摘葡萄，马秀娘却挺着个大肚子来了家里。

郁棠吓了一大跳，赶紧扶着马秀娘去厅堂坐下，让双桃去端了碗用井水做的绿豆汤进来。

谁知道马秀娘还没把碗接到手里，就被知道马秀娘到来而赶过来的陈氏给喝住了："你们这两个不省心的，秀娘都快要生了，这绿豆性凉，是她能喝的东西吗？双桃，把这碗绿豆汤给阿棠，你去端碗莲子汤过来。"

双桃吓得一哆嗦，差点把碗给打破了，赶紧把绿豆汤给了郁棠，跑去了厨房。

"婶婶！"马秀娘扶着腰就要站起来。

陈氏却三步作两步地走到马秀娘身边，一把扶住了她，道："你这么重的月份了，还和婶婶讲这虚礼做什么？快坐下，小心闪了腰。"又吩咐郁棠："你去把我屋里的干果抓点来给你秀娘姐做茶点。"

郁棠忙去抓了干果进来。

陈氏已和马秀娘坐下，温声地说起了孩子："……家里的小被子、小衣服洗晒了没有？洗澡用的金银花水、擦屁股的冰粉都准备好了吧？"

马秀娘笑着一一答了。

郁棠把装着干果的攒盒摆在了马秀娘面前，双桃的莲子汤也端了进来。

陈氏笑道："快吃点喝点有劲好走路。"

马秀娘道了谢。

陈氏问起她的来意："这么热的天，你身子又不方便，嫌闷了就让人带个信叫了阿棠去给你做伴就好了。等你生了孩子，只管抱着孩子过来玩，正好杀杀阿棠的性子，让她给你带孩子。"

马秀娘赧然地笑，道："婶婶，我是听到个好消息，忍不住跑了过来！"

"什么好消息？"郁棠和陈氏异口同声地道。

马秀娘挑了挑眉，满脸兴奋地笑道："婶婶，阿棠，我听人说，顾家和李家退亲了！"

顾家和李家？顾曦和李端？郁棠和陈氏掩饰不住满心的惊讶。

马秀娘呵呵地笑了半晌，道："婶婶和阿棠还不知道吧？这件事已经传开了，看来是还没有传到婶婶和阿棠的耳朵里。不过，李家的狗屎运还挺好的，虽然被顾家退了亲，可李老爷却官运亨通，听说是留了京，品阶虽没变，但任了通政司左通政。他们家现在可得意了，让那些原本想笑话他们被顾家退了亲的人都没了理由再说他们家了，要不然你们肯定早就得了信了！"

梦中，李意在日照任满之后也留在了京城，不过一时没有安排什么官职，直到李端和顾曦成了亲，他才被任命为太常寺少卿。顾曦生下长子之后，他升了太仆寺卿，成为小九卿之一，朝议时有了说话的份儿，李家也成为了真正的官宦之家。

现在，李家和顾家退了亲，李意则升了通政司左通政。郁棠怀疑其中有顾家的手笔，不然，李家怎么会这样轻易就同意退了亲？

她拉着马秀娘道："顾家和李家退了亲，李家就没有说些什么？"

马秀娘撇了撇嘴，不屑地道："李家能说什么？是说自家的儿子被顾家嫌弃了还是说顾家的大小姐有什么问题？既然是两边都说不得，那就只能打落了牙齿和血吞了。对外只说是两人的八字不合，请昭明寺的大师父解了几次签都解不开。眼看着要成亲了，李家大公子今天走路摔了跤，明天出门惊了马，没一天安生的。顾家小姐呢，突然就生了癣，从胳膊上长到了脸上。后来顾家的六爷找京城里的高僧算了一卦，说是两人的姻缘不在一处，强拉到了一块儿，现在不退亲，以后还会有磨难。两家一听，干脆就把亲事退了。"

说到这里，马秀娘冷笑了几声，道："那李夫人还往自己脸上贴金呢，说是婚事虽然不成，但李、顾两家还当是亲戚走动。顾六爷和李大公子结拜了兄弟，以后李家有什么事，直管去找顾六爷！"

陈氏的天地就在这宅院里，在她的眼中，郁家和李家的罅隙已经由裴宴出面做中间人了结了，李家退亲也好，升官也好，都与郁家不相干，她就没有放在心上，笑了笑没有说话。

郁棠心里却痒痒的，想知道是不是因为自己那一闹腾，让顾家退了亲不说，还帮李意谋了个很好的差事，作为交换，让李家在退亲的事上不得不让步、不得不闭嘴。可惜，她阿爹不在家。不，就算是她阿爹在家也不会和她说这些，说不定还会觉得是她坏了人家的姻缘，叮嘱她千万不要再提这件事。能和她畅所欲言的……想来想去……好像只有裴三老爷。那她要不要去见见裴宴呢？

郁棠踌躇着，最终还是没能控制住幸灾乐祸的心情，提了两盒在苏州城买的茶叶，让人给裴宴递了信，说想见见他。

裴宴正在家里歇凉，闻言没有多想，在他住的耕园见了郁棠。

因是来见裴宴，郁棠穿得比较正式：银白色条纹杭绸褙子，白绢挑线裙子，双螺髻，戴了珠花，还抹了点在苏州城里买的口脂，看着装扮无瑕才出的门。可问题是天气太热，先是在轿子里闷了一会儿，又跟着裴家的小厮一路走来，等到了耕园门口的时候，她觉得自己的后背好像都汗湿了似的。

好在是耕园遍是合抱粗的绿树，树冠如伞，遮天蔽日，一条小溪潺潺地从铺着青石板的甬道旁流过，清凉之气扑面而来，让她立刻凉爽了起来。

她舒了一口气，寻思着要不要在见裴宴之前悄悄地找个地方去擦擦汗，结果一转身，就看见穿着身细布白纱道袍的裴宴，正神色惬意地躺在小溪旁凉亭里的摇椅上看着书，两旁各站着一个明眸皓齿摇着扇子的小丫鬟，手边茶几水晶盘子上摆着五颜六色的瓜果，远远地看着就能感觉到他的惬意和闲适。

真是人比人气死人！这厮怎么就这么会享受呢？郁棠在心里腹诽了几句，觉得自己和裴宴到底还是隔着距离的，有些话说给他听也许并不合适。她顿时觉得说话的兴致都淡了几分，脸上不免露出几分迟疑之色，脚步也慢了下来。

带她进来的阿茗哪里知道她的心思，见状不由关切地低声道："郁小姐，您怎么了？是不是走累了？我们马上就到了。耕园在府南，离腰门有点远。"

郁棠闻言打起精神。来都来了，这个时候说走也太不合时宜了。

"没有，"她笑着对阿茗道，"我是看这里景致好，就左右瞧了瞧。"

阿茗听着却不以为然地摆了摆手，道："这里有什么好的？全是些树，也就三老爷喜欢。我们家老安人住的地方才好呢，花团锦簇的，一年四季都结红色的果子。"

可能在别人眼中别致的风景在见多了的裴家人眼里不过尔尔吧！郁棠笑了笑，正准备和阿茗说几句闲话，阿茗却突然停下脚步，恭敬地行了个礼，喊了声"三老爷"。

她顺着阿茗望过去。裴宴不知道什么时候从摇椅里站了起来，双手撑着凉亭的栏杆望着他们。

"三老爷！"郁棠也跟他打了个招呼。

裴宴点了点头。

阿茗带着郁棠进了凉亭。

裴宴靠在栏杆上，随意指了指，说了声"坐"。

郁棠四处打量。这凉亭里除了裴宴躺的那个摇椅就是摇椅旁的那个茶几了，让她坐，她坐到哪里？她总不能坐在他刚才躺着的摇椅上吧？郁棠伤着脑筋，寻思着自己是不是应该客气地说声"不用"，一个男子不知道从什么地方冒了出来，端了把交椅放在她身后。

郁棠脸色一红，赶紧把脑中的那些念头压在了心底，状似落落大方地坐在了交椅上。

第三十三章 入股

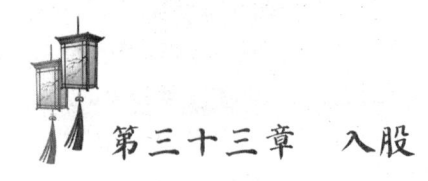

那交椅坐面呈棕红色，不知道是什么材质做的，坐上去软软的，却凉凉的。郁棠很想知道，却不好意思问。

裴宴则随意地挥了挥手，两个漂亮的小丫鬟双双屈膝，退了下去。阿茗给郁棠上了茶点。

裴宴这才道："你来找我什么事？"

郁棠忙把提在手中的茶叶递给了阿茗，道："前几天去了趟苏州府，买了几盒茶叶，喝着还不错，拿两盒来您尝尝。"

裴家有大片的茶山。除了临安这边的，梅坞也有。裴宴嘴角抽了抽。

郁棠知道她这是鲁班门前弄大斧，也不给自己脸上贴金，倒是很诚恳地道："我知道您不稀罕这些，可我上门来拜访您，总不好空着手。您就当成全我的礼数，让我安心点呗！"

一堆歪理！裴宴斜睨了郁棠一眼，倒也没有再去追究她茶叶的事，反而让阿茗收下了，放在他书房里待客。

郁棠暗暗地松了口气，觉得裴宴这个人真的是面冷心热，看着脾气不好，实则为人很是宽和。

她的心情顿时变得轻快起来。偏生裴宴还指了指茶几上的水晶果盘，道："吃西瓜还是吃梨？都是今天一大早田庄送来的。"

说话的内容非常日常。

郁棠的心情就更放松了，她笑着向裴宴道了谢，一面叉了块梨子，一面道："这么早就有梨子？是您在临安这边的田庄吗？"

"嗯！"裴宴点头，道，"我让人试着种了点早梨，没想到还挺不错的。明年应该可以上给贩子卖了。"

郁棠挺郁闷的。为什么裴宴这么会种地？

她道："那您田庄里还种了些什么？"

裴宴闲闲地道："太多了，一时也记不清楚。他们有时候来问，我就看着说说，种成了，再奖励；种不成，也不打紧，就当是吸取经验教训了。"

这就是广撒网的意思了。

郁棠问："那你们家有多少田庄？"

"一时也说不清楚。"裴宴道,"得看账册。"估计也不好跟她这个外人说道。

郁棠没再追问,笑盈盈地指了水晶盘子里的梨子:"这梨还真的挺甜,不仅甜,还有回甘。"

裴宴点了点头,道:"可惜果肉有渣,估计卖不出什么好价钱来,还得让他们继续想办法。"

郁棠这下子忍不住了,道:"您怎么会懂这些?"

裴宴不解地看了她一眼,道:"看书啊!书上都有。"

郁棠心里的小人直跳脚,觉得要是书上都有,为什么只有裴宴会种地?她道:"那您看的书和别人不一样吧?"

裴宴却不屑地挑了挑眉,道:"不过是那些读书人自诩高人一等,不愿意学这些农事活罢了。"

她阿爹就愿意学,可是却怎么也学不好,种个花草都会死,还没她姆妈行。

郁棠不相信,道:"种田的书是不是很珍贵,能借给别人看吗?"

裴宴笑道:"你想看啊?"

郁棠连连点头,不好意思地道:"我家不是有片山林吗?"

裴宴不以为意,道:"你还在整那片山林呢?不过,你也算是有点小脾气的,通常这样的人都是能成事的。你就慢慢整吧,我看看让人给你收拾下拿几本书,你先看着,不懂的地方问你爹或者是问你们家的佃户。"

"问我阿爹?!"郁棠怀疑她阿爹也看不懂。

裴宴一看就知道她在想什么,笑道:"你阿爹当然不懂种地了,但他识字啊!遇到读不懂的地方,你就问问你阿爹是什么意思,然后再去问给你们家种地的佃户,那些佃户,通常都挺会种地的。"

难道裴宴就是这样打理田庄的?从书上知道怎么种田?好奇怪啊!大家不都是跟着家里管田庄的庄头学种地吗?是不是因为他的这种与众不同,所以他的地才能种得格外好呢?

郁棠在心里琢磨着,就听见裴宴叫了阿茗过来,让阿茗去收拣什么《耕读记》《农耕全书》《物工》《草堂笔谈》……说了七八个书名:"装好给郁小姐。"

阿茗好奇地看了郁棠一眼,可能想不通郁棠怎么会向裴宴借书。

郁棠脸有点发烧,但她实在是想弄明白为何梦中裴宴在他们家的山林种了沙棘树最后还能做成蜜饯赚钱,她也就当没有看见。又见此时裴宴对她颇为和气,气氛正好,她就大着胆子说明了来意:"您听说了吗?城南李家,就是在日照做知府的李老爷家,说是李老爷留了京官,做了通政司的左通政?"

裴宴看着她,道:"你来,就是为这事?"

郁棠咳了两声,不自在地狡辩道:"您怎么能这么说呢?我这不是好奇吗!再说了,这临安城,还有谁的消息能比您灵通啊?李、顾两家又是退亲,又是升官的,我能不多想吗？"

裴宴就上上下下地把她打量了几眼。他原意是想让她知道，他对她这种幸灾乐祸心态的鄙视，可这上下一通瞧，看着她因为高兴而忽闪忽闪的大眼睛，因为激动而艳若桃李的面颊，因为兴奋而流露出的狡黠神色，他突然感觉到心像漏了一拍似的，有一息的窒滞。

怎么会这样？裴宴不由自主地想抬手抚抚胸口，可手刚一动，从小刻在骨子里的规矩和教养却让他直觉这样的举动很是不妥。他手指微屈，索性握成了拳。心中的困惑却越大。这样的郁小姐为什么会让他骤然间心悸？是因为他接触的小姑娘太少了？是因为从来没有女孩子在他面前这样毫不遮掩？还是因为他今天没事，有心情、有时间和郁小姐胡诌？还是因为这样的郁小姐显得特别漂亮？裴宴又打量了郁棠一番。

郁棠暗暗嘟了嘟嘴。这个裴遐光，和所有的读书人一样，奉行什么"非礼勿视，非礼勿言"，心里就算是好奇得要死，也不会随意议论别人，还禁止别人议论。可能在别人的眼里，这是君子之风，言行有道。可在她看来，是刻板无趣，是惺惺作态。也不知道这些人的妻子怎么能忍受这样的生活。还好她阿爹不是这样的人，会帮着她姆妈摆弄花草，和她姆妈说家里的琐事趣事。

可裴宴一通打量下来，却不得不承认，这位郁小姐这个样子的确是很漂亮。但郁小姐平时也很漂亮，为什么他今天就感觉格外不同呢？

裴宴想着，就看见郁小姐自以为他没有看见似的，悄悄地抿着嘴笑了笑，非常俏丽活泼。与以往在他面前表现出的端庄娴静完全不同。就好像，她之前恪守着大家闺秀的规矩，突然间她脱下了大家闺秀的外衣，流露出她真正的情绪，做了一会儿她自己。如同一个纸片人，一下子有了自己的情绪，有了自己的特点，就变得与众不同起来。这样的人怎么能不让人印象深刻呢？

裴宴释然，却没有意识到，郁小姐这个人从此在他的印象中变得鲜活起来，不再仅仅只是一个颇有些胆识的读书人家的小姐了，他对她的容忍度也高了起来。

"你不就是想知道你那一通状告得有没有效果？"裴宴毫不留情地扒了郁棠那身遮挡八卦之心的外衣，酷酷地道，"你成功了！"

"真的？！"郁棠心底的喜悦喷薄而出，她差点就跳了起来，在她不知道的时候，两眼熠熠生辉地望向了裴宴，"真的与我告状有关吗？没想到顾家这么看重顾小姐，知道李端不是什么好人，就果断地帮顾小姐退了亲，甚至为了顾小姐的名声，还花了那么大的劲帮李老爷谋了个好差事。这么说来，我也算是做了件好事吧……"

她是了解李家的。顾家退亲，对于李家来说，是羞辱。李家就算是想继续巴着顾家，心里也有芥蒂，肯定没有办法像梦中那样有诚意。而顾家呢，既然退亲，肯定是从心底里瞧不上李家了。作为交换帮了李家这一次，肯定不会再有下一次了。

她以后要是想对付李家，岂不是更容易了！

裴宴看着她一副欢跃鼓舞的模样，还以为她觉得她去告状做对了。他嘴角一挑，徐徐地道："你有什么好欢喜的？顾家只是瞧不起李端没本事而已，与李端人品好不好有什么关系？"

郁棠杏目圆瞪。难道不是因为李端做了错事？她黑白分明的眼睛里，有震惊，有不解，有困惑，还有怀疑。七情六欲全上了脸，也不知道提防别人！难怪总是在他面前露马脚了。裴宴在心里腹诽着，特别介意那一点点的怀疑。他觉得他必须让她把那一点点怀疑给咽下去，而且还得给他道歉。

因此裴宴没留一点情面地道："结两姓之好，原本就是为了互利互惠。顾家需要一个在官场上能帮衬顾朝阳的人，李家需要顾家在官场的人脉。可前提是，李端得是个能扶得起来的。可你看李端干的这些事？连你都斗不过。这样的女婿，家无三寸钉，人无缚鸡力，要来何用？这门亲事自然也就作罢了。与顾家是否心痛女儿没有半点关系，主要还是李端自己不争气，没能力。"

真的是这样吗？可梦中，顾昶对顾曦是真的很好。她不太相信顾昶和顾曦之间利益高于兄妹的情分。

郁棠弱弱地问："那，退亲的事，应该是顾大少爷出的面吧？"

在郁棠看来，顾昶帮顾曦是利益交换还是亲情，是有很大区别的。梦中，顾昶可是顾曦的腰杆子。顾曦敢那么对付她，还不是因为有个不管出了什么事都会站在她那边的顾昶！

裴宴则瞥了郁棠一眼，道："你既然去顾家告状，难道没有打听清楚顾家的情况？顾家二房若是没有了顾朝阳，家族议事，恐怕早就没有了他们二房的位置。"言下之意，在顾家，只有顾昶有这个能力。

郁棠当然知道，所以才敢去顾家告状。她忙道："我知道，所以才觉得应该是顾大少爷出面，顾家才会和李家退亲嘛！"

郁棠本意是想通过顾昶整治整治李端。如今顾家和李家退了亲，她的目的不仅达到了，而且还远远超出了她的预料。她笑颜如花。没有了顾家，李端好对付多了。

裴宴不知道郁棠心里的盘算，见她笑得欢畅，觉得自己的心都要操碎了，不由提醒她："你也别以为顾朝阳就是个好相与的。顾朝阳这段时间另有要事，婚事虽然是顾家提出来的，但顾小姐心里到底怎么想，谁也不知道。你不过是误打误撞钻了空子罢了。你以后行事若还像这样鲁莽，恐怕没这么容易就算了。"

郁棠连连点头，知道这件事之所以能成，除了天时地利人和外，还是她有了梦中的经历，不足以骄傲。那她要不要提防点顾曦呢？以她对顾曦的了解，顾曦这个人是很好强的。郁棠眼底却闪过一丝犹豫。

裴宴看着心中不快，以为郁棠不相信他的话，点头也不过是在敷衍他，索性又道："李端但凡有点能力和手段，顾朝阳也不会出面帮他妹妹退这个亲。不信你等着瞧好了,他接下来肯定会想办法给他妹妹找门能助他一臂之力的亲事的。"

郁棠相信。

她道:"结亲既然是结两姓之好,当然希望锦上添花!顾大少爷给他妹妹寻门能助他一臂之力的亲事也是常情。再说了,谁不希望自己的夫婿和妹夫是个有能力的人。不过,既然是做夫妻,还是两情相悦的好,只怕顾小姐的婚事也没那么容易定下来。"

裴宴嗤之以鼻。他爹就是喜欢什么两情相悦,才会让他大兄娶了杨氏的。结果呢?

他不禁冷冷地道:"两情相悦的人多着呢,那为何还要讲究门当户对?可见一个人的学识、修养、能力、见识才是最重要的。我还没有见过哪对夫妻因为两情相悦就能举案齐眉一辈子的。"

这话让郁棠觉得刺耳。她明知道裴宴脾气不好,想要讨好他,就得顺毛摸才行。可她还是想了又想,忍了又忍,最终还是没能忍住,道:"举案齐眉固然好,可两口子在一起生活,能说说知心话更重要吧!若是做夫妻只论门第和能力,那还相看什么,干脆谁有能力,谁家的门第高就选谁好了!"

小丫头片子,居然敢和他顶嘴了!

裴宴心中不悦,脸一沉,道:"你这是在告诉我怎么选姻亲吗?"

郁棠背脊一凉,醒过神来,可让她承认自己不对也是不可能的。

她急中生智,讨好地道:"没有,没有。我们这不是在聊天吗?聊天嘛,不是有什么就说什么?想说什么就说什么吗?"

这就是不承认自己错了啰!还用这种笨拙的回答逃避他的话题。裴宴气极而笑,抬脸却看见郁棠带着几分讨好的笑脸。

他突然就说不出话来。

郁小姐不过是个小姑娘,还是个挺有想法的小姑娘,他是不是有点小题大做?正如郁小姐所说,聊天嘛,不过是在一起随意地说说话,如果这样都要分出个对错,争个输赢,那谁还敢和人随便聊天了!何况他平时并不是这样的人。就算是在做庶吉士的时候,大家一起说起政事,有人不同意,有人反驳,也是件很正常的事。他通常都是一笑了之,怎么到了郁小姐这里,他就这样苛求了呢?

裴宴开始反省自己。

郁棠见裴宴没有说话,面上也看不出喜怒,一时也不知道说什么好了。两人之间突然沉默下来,气氛顿时就有点尴尬。

郁棠只好没话找话,想起自己来的另一个目的,笑道:"三老爷,那李老爷在通政司当官,是不是就和你们家大太太的娘家是一个衙门里的人了?那通政司是做什么的?是不是个很厉害的衙门?"

她语气轻柔,带着几分小心翼翼,像个小兽在谨慎地试探着什么。裴宴听着莫名就觉得心情好了很多。难道是因为刚才他自省之后对郁小姐更宽容了？他在心里琢磨着，轻轻地"嗯"了一声，突然发现郁小姐对他家的事好像也知道得不少，他有点好奇郁棠到底对他们家知道多少，直接就忽略掉了"通政司是做什么的"这个问题，问道："你知道大太太娘家有兄弟在通政司？"

裴宴的语气，让郁棠觉得自己好像在刺探裴家的秘辛似的。果然，没话找话的时候就不应该谈这么敏感的话题。她很后悔，忙道："也不是啦！老太爷去的时候，我们家不是都来祭奠老太爷了吗？我是听来祭奠老太爷的宾客说的。"说到这里，她不由担忧地看了裴宴一眼。之前裴宴对他们家多有维护，裴宴又和大房的关系不好，她是怕李意到了通政司之后和杨家纠缠在了一起，对裴宴不利。

裴宴看得分明。她这是听说了那些传言，知道了他和大房的矛盾吧！不过，现在临安城还有不知道他和大房有矛盾的人家吗？恐怕没有吧！小丫头这是在担心李家会不会给他惹麻烦。还算是个有良心的。不枉他不时地帮上她一把。

裴宴在心里自嘲，面上却不显，朝着郁棠点了点头，越发没有表情了，心里却觉得有些欣慰，细细地道："通政使和六部尚书、都察院都御史、大理寺卿被称为大九卿，太常寺卿、太仆寺卿、光禄寺卿、詹事府詹事、翰林院掌院学士、鸿胪寺卿、国子监祭酒、苑马寺卿、尚宝司卿，是小九卿。这些都是有资格上朝，在大朝会的时候议论朝政的。你要是还想知道得更清楚，就去问郁老爷，郁老爷是知道的。"

郁棠暗暗惊讶。大小九卿的厉害她是知道的，可她不知道国子监祭酒也是小九卿之一。那杨家是挺厉害的。儿子是大九卿，父亲是小九卿，还有个儿子在太常寺。只是不知道裴家大少爷有几个舅舅，是不是都这么厉害，不知道裴宴为什么没有答应裴大太太娘家嫂嫂家的婚事，是因为从前就和大老爷不和还是单纯地不想和杨家拉上关系？那能让裴宴瞧得上眼的礼部尚书、文渊阁大学士黎家岂不是更了不起？连她都怕李意进了通政司后会对裴宴不利，裴宴肯定比她想得更多。他应该早有对策了吧！郁棠点着头，觉得自己不应该担心裴宴，却又止不住地想，什么事都有万一，要是万一裴宴因为这件事出了什么意外呢？她脑子飞快地转着，不免有些走神。

很多女子在做别的事时都很聪慧，可一沾上朝堂上的事就糊涂了，说半天才能明白。裴宴觉得郁棠可能也是如此，根本不知道他到底说了些什么，正犹豫着要不要再仔细给她讲讲的时候，他的随从裴柒快步走了进来，躬身向他行过礼后，低头禀道："三老爷，杭州顾家的顾六爷派人送了名帖过来，说是要回京城了，明天来向您辞行。"

顾昶回京城，还要亲自来向裴宴辞行？他们之间什么时候走得这么近了？裴宴还说人家顾昶不是个什么好人？

郁棠朝裴宴望去，大大的眼睛里盛满了好奇。

裴宴却皱了皱眉。他把话已经说得很清楚了，他不会再出仕，也不会再参与到那些朋党之争中去了。顾昶却像没有听懂似的，沈善言不愿意再陪着顾昶拜访他，顾昶就自己来。回了淮安之后，顾昶又几次写信、送东西给他。这次办完公差要回京城了，还要亲自来向他辞行。

顾昶，到底在打什么主意？裴宴拿着名帖半晌没有作声。

郁棠不好打扰，眼珠子到处乱转。她发现来给裴宴报信的和给她搬交椅的并不是同一个人。

给她搬交椅的是个三十来岁的男子，中等身材，有些瘦弱，看上去沉默寡言、恭敬顺从，让人感觉他是那种"少说话，多做事"的人。眼前这个人却只有二十出头的样子，身材修长高挑，英姿飒爽的模样，不见寻常仆从的谦卑，反而透着股青春年少的朝气。

郁棠暗中啧啧了几声。裴大总管也是，不像个仆从。还有那个帮裴宴赶车的赵振也是。也不知道裴宴怎么会有这样的随从。

郁棠思忖着，只见裴宴把名帖重新递给了眼前的仆从，道："不见！"

这么直接？！郁棠和裴柒同时睁大了眼睛。

裴柒觉得他们家三老爷的脾气越来越不好了，他劝道："要不，就说您不在家？"

总比这么直接拒绝了好些。不管怎么说，顾昶也不是个好惹的主。又没有什么矛盾，何苦和顾昶结仇呢！

裴宴却道："你就这么说！"

裴柒苦着脸退了下去。

郁棠的眼睛睁得更大了。裴宴的仆从居然敢质疑裴宴的决定！一般的仆从不是东家说什么就是什么吗？这个仆从到底是什么来头？

裴宴一看就知道郁棠在想什么。

他斜睨着郁棠，冷声道："裴柒是我乳兄。"

"哦，哦，哦。"郁棠忙低头认错，"是我一时想岔了。"

裴宴冷冷地道："我看你不是一时想岔了，而是时时都在想岔吧。"这么漂亮一小姑娘，怎么有个喜欢说长道短的毛病？得改改才行。逞口舌之利，可是七出之一。

裴宴正想着怎么教训郁棠一顿，裴柒又飞奔而来，道："三老爷，顾大人的随从不肯回去，非要见您一面。还说，他们家大人是有要紧的事要见您……"

他说到这里停了下来，看了郁棠一眼。

郁棠立刻机敏地站了起来，道："我就是送点茶叶来给您尝尝。您既然忙着，那我就先告辞了。"

裴宴却没有理会郁棠，对裴柒道："顾朝阳又在弄什么玄虚？"

裴柒见他不避着郁棠，说话也没了什么忌讳，直言道："说是关于两淮盐运使的事。"

郁棠听着吓了一大跳。顾昶因为这件事要见裴宴，可见裴宴不是在做盐引生意，就是在做与贩盐有关的事。她再待在这里就不合适了。

"我走了！"她也不等裴宴开口了，抱着阿茗之前给她装好的书就朝着裴宴屈了屈膝，道，"这么多书，我得赶紧看看。我家那个山林还不知道该怎么办好，不过，我先试种了点花生。等到收了花生，我再送点给您尝尝鲜。不知道您是喜欢吃花生酥呢还是喜欢吃煮花生，到时候一样给您做一点。"说话都有点没有条理了。

裴宴看着备觉有趣。平时看着这位郁小姐胆子那是大得很，现在却是一副受了惊吓的模样。也不知道她那小脑袋都在想些什么。不会是以为他在贩私盐吧？或者觉得无意间窥视到了他家的生意，心里害怕了，既然如此，那就好好地吓唬吓唬她好了。免得她一天到晚不知道天高地厚的，什么地方都敢去，什么话都敢说，竟然还和李端跑到他这里来对质。要不是他放了话出去，让别人觉得他护着她，她只怕早就被人沉了塘了。让她受点教训，老实点也好。他这是在为她好！

裴宴越想越觉得自己做得对。他沉着脸，吩咐阿茗："送郁小姐回去！"

郁棠忙跟着阿茗出了耕园。只是在路上她忍不住地想，裴宴之前去过一趟淮安，说是给谁帮什么忙，还是和周状元一道去的……顾昶这次出京公干，去的就是淮安……裴宴的脸色那么臭，难道这些事彼此之间有什么关联不成？她仔细回忆着梦中的那些事。好像没有听说裴家做盐引生意……

郁棠越想越头痛，觉得自己如同盲人摸象，就算想也想不明白，还不如不想。以裴宴的本事，若他都没有办法应付，她就更不可能有什么对策了。只希望他这次能顺顺利利、平平安安的，不要出什么事就好。她看着抱在怀里的书，暗暗祈祷，想着回到家就尽快把这些书都读一遍，不能辜负了裴宴的好意。

可令她没有想到的是，刚回到家中，发现父亲和大堂兄居然从外面回来了。

郁棠惊呼一声，把书放到一旁就抱住了父亲的胳膊，高兴地道："阿爹，阿兄，你们什么时候回来的？怎么也不提前跟家里说一声，我们也好去接你们。"

不过几天的工夫，郁文看上去比离家的时候皮肤晒黑了一些，但精神却非常好，两只眼睛明亮得像晨星。他嘿嘿地笑了两声，摸了摸女儿的头，道："我给你从苏州带了一匣子今年的新珠回来，等你姆妈得了空，你们去银楼做几件首饰。"最后一句话，却是对陈氏说的。

陈氏娇嗔道："人回来就行了，还带什么东西，今年的新珠，很贵吧？也不一定非要买今年的新珠，往年的也是一样。"

郁远笑道："人老珠黄，就是说珍珠放久了，就不值钱了。既然要买，肯定要买今年的新珠了。"

陈氏听了哭笑不得，难得地跟郁远开了句玩笑："你这是说你姆妈和婶婶都老啰？"

郁远一愣，随后满脸通红，讪讪地摸着后脑勺道："不是，不是。婶婶别怪我不会说话……"

陈氏笑着打断了他的话，道："我这不是和你们开玩笑吗？只是你已经成了亲，以后说这种话的时候要注意，免得让侄儿媳妇心里不舒服。"

郁远连忙低头应"是"。

陈氏就说郁棠："这么热的天，快别黏着你阿爹了。你阿爹和你阿兄只比你前一脚进门，有什么话，你让他们先去梳洗更衣了再说。"

郁棠嘻嘻笑，朝着父亲和大堂兄道"辛苦了"，放开了胳膊。

郁文就对郁远道："你也先回去歇了吧！晚上和你阿爹、你姆妈、你媳妇一道过来吃饭，有些事，也得和你阿爹说说了。"

郁远恭敬地行礼，和陈氏、郁棠打过招呼，带着三木回了自己家。

陈氏则去服侍郁文更衣，郁棠则亲自帮着布了桌，等到郁文换了干净衣服出来，还主动帮父亲盛了一碗菌汤，招呼父亲吃饭。

郁文舒服地透了口气，在妻女的陪同下用了膳，移坐到后园的葡萄架下。双桃上了茶点，他这才笑着问郁棠："听你姆妈说你一大早就去了裴家，可是有什么要紧的事？"

郁棠去抱了裴宴借给她的书，有些显摆地道："您看！三老爷借给我的！"然后她滔滔不绝地讲起了去裴家的情景，"您是不知道，我竟然在裴家看到了梨子！是他们家田庄送来的，这个时候就上了市！三老爷还说，要是好吃，就贩给那些行商……三老爷可会种地了……难怪人人都要读书……还有写怎么种地的书……"

这下子连陈氏都被惊动了。她翻着郁棠借来的书，惊讶地道："书上还教怎么种地？我生平还是第一次听说。"

郁文已急不可待地开始翻书。

郁棠看着，抿了嘴笑。

她对父亲道："三老爷说，要是我看不懂，就让我问问您！"

埋头翻书的郁文身体一僵，呵呵地笑了两声，道："我先看看，我先看看。"

郁棠眨着眼睛。情况好像和她想的不一样啊！她阿爹不是应该看过书之后就知道怎么种地吗？怎么听这语气，没什么把握的样子！是裴宴太聪明了，还是她爹……完全不懂？

郁棠正想着怎么委婉地问问父亲，却听到了她大伯父郁博的声音："惠礼，阿远说你找我有要紧的事说？"

郁棠一家三口忙站了起来。

"阿兄过来了！"郁文和郁博打着招呼，郁棠和陈氏则和随郁博一道过来的郁远、王氏、相氏打招呼。

陈婆子和双桃急急搬了凳子过来。一家人分长幼坐下，双桃和陈婆子重新换了茶点，上了瓜果。

郁文这才得意地看了郁远一眼，对郁博道："阿兄，让阿远跟你说吧！这件事，也是阿远的功劳。"

看样子父亲和大堂兄去苏州府大有收获。之前父亲不提，肯定是想当着大家的面抬举大堂兄。

郁棠在心里琢磨着，目光却随着众人一起落在了郁远的身上。

郁远少有这样被长辈肯定的时候。他面红如血，神色却很是亢奋，先是谦虚地道了句"都是叔父帮着把的关"，然后把他和郁棠去苏州府的事简略地说了一遍，这才道："我们回来和叔父商量之后，叔父有些不放心，就专程和我去了趟苏州府，去见了江老爷。那位江老爷年轻有为，有勇有谋，做事沉稳却善变通，和叔父一见如故。"他越说越激动："可叔父和他毕竟是第一次打交道，当时一句承诺也没有给江老爷，转身就和我连夜赶去了宁波府！"

"啊！"众人惊诧。

郁文见了，得意地笑了笑，眉宇间一派风轻云淡的模样，端起手边茶盅喝了一口。

郁远咧着嘴无声地笑了笑，继续道："叔父带着我不仅把那个姓王的船东摸得清清楚楚，还去看了王家的船，打听了这几年海上的生意，觉得江老爷所说不虚。我们又连夜赶回了苏州府，这才和江老爷商定了入股契书。"也就是说，他们家决定入股江潮的海上生意了。

郁棠不由道："那，那我们家出多少银子？"

郁文抬了抬下颔，颇有些自傲地道："六千两！"又加了两千两。

郁棠失声道："这么多？"

郁博则道："我们家哪来的这么多银子？"

王氏和陈氏则面面相觑。

相氏可能知道了些什么，低着头，眼角却不停地看着郁远。

一时间，厅堂里一片寂静。

郁文"唰"地一声打开了折扇，自信地朗声道："你们放心好了，这桩买卖我亲自看过，十拿九稳，绝不会出错。至于说家里的银子，"他看了郁博一眼："我最近得了笔意外之财，这银子就从我这笔意外之财里拿，不要你们出。可若是赚了钱，我们就两家平分，一家一半！"

可是，六千两也太多了点！郁棠道："阿爹，您要不要再想想。江老爷既然是个生意人，肯定不会只跑这一趟船的。我们和他毕竟是初次打交道，要不要循序渐进？"

郁文并不是个刻板的大家长，恰恰相反，他还挺喜欢有事大家商量着办的处理方式,而且他知道,郁棠的想法,也是他们家其他人的想法。他想得到家人的支持,只要能说服了郁棠,也就能说服了其他人。

"阿棠,你的话很有道理。"郁文想了想,斟酌着道,"可我们有时候合伙做生意,做的不是生意,是人。要知道,生意是死的,人却是活的。只要这个人诚实守信,有能力有才华,值得信赖,就算是他这笔买卖没有赚到钱,下一笔买卖也能赚到钱的。我们只要跟着他走就好了。他飞黄腾达的那天,也就是我们赚得盆满钵满的那一天。你的眼光要放长远一点,不要只争眼前的蝇头小利。"说完,他望向了郁博,继续道:"就像隔壁的吴老爷,他们家之所以能发家,还不是因为有个好姐夫。可他姐夫之所以有今天,还不是因为吴老太爷在的时候一直资助他读书。做买卖,有时候和这是一个道理。"

郁棠哭笑不得。吴老爷的父亲吴老太爷活着的时候家中已是小有资产,可每年的税赋和打点官司的银子还是压得他喘不过气来。所以他挑中了读书颇有天分却家无恒产的吴老爷姐夫,资助吴老爷的姐夫读了十年书。吴老爷的姐夫也很争气,中了进士,在江西做了学政。从此吴老爷家才真正扬眉吐气,不再怕官衙中的人找麻烦,也能跟官宦之家来往了。因为有了这个先例,吴老爷挑的两个女婿都是读书人,其中一个是秀才,一个是举人。在临安城,也算是有故事的人家。

有钱存着不如资助人读书或是做买卖,这个道理她是懂的,要不然,她也不会找借口去苏州府了。可她的担心也不是没有道理的。梦中的一些事,都是她道听途说,真相是怎样的,还得要亲自看看才行。拍卖舆图得来的钱虽是意外之财,可到底也是银子,也不能随意浪费了。

她不由道:"阿爹,您说得有道理,所以我才说能不能少投点银子。毕竟我们家家底不厚,山林那边要银子,漆器铺子也要银子,柴多米多没有日子多,还是细水长流的好。"

郁博连连点头。六千两银子,对他来说,是之前想都不敢想的事。投得多收益多,可风险也大。他宁愿慢慢来,就算是亏了,也不心疼。

郁文见兄长点头赞同郁棠的说法,他忙道:"阿兄,这锦上添花和雪中送炭是不一样的。我是看好江老爷这个人,所以才想入股他的生意的。他如今刚刚起步,正是最为困难的时候。我们与其等到他功成名就的时候再去入股他的生意,还不如这个时候孤注一掷,和他结成盟友。以后再有更好的生意了,我们才能有资本跟他谈,他也才有可能照顾我们家!始于微末的情分才是真正的情分啊!"主要是,他们郁家没谁有这样大的气魄,能做这么大的生意。既然这样,不如找个可靠的合伙人,合伙人吃肉,他们好跟着喝点汤。

郁博又被郁文说动了心,不住地点头。

郁文见了心中一喜,笑眯眯地看了郁棠一眼,道:"正如阿棠所说,柴多米多,没有日子多。既然是意外之财,那就是意外得到的,不可能再有第二次。与其放在手里慢慢消耗了,还不如搏一搏。就算是亏了,大家也能放平心态,就当没得到过好了。"

这下连王氏和陈氏都点起头来。

郁棠无奈地道:"阿爹说的我都赞成。我只是怕江老爷误会,觉得我们家家资丰厚,怕以后再有什么生意要我们家投钱,我们家却拿不出来,反而让江老爷心中不喜,两家生出罅隙。原本好好一桩美谈也变成了笑柄。"

"不会的!"郁远插话道,"叔父早就想到了这一点,所以跟江老爷说了,这是家里所有的银子。要不然,怎么会临时又加了两千两呢?"

郁文听了得意地笑着摇了摇扇子,道:"阿棠,你以为你阿爹是个只知道读书的不成?我是真的很欣赏这位江老爷,想再帮他一把。可升米恩,斗米仇,我也不想把好事变成坏事,才加的这两千两,就是想告诉江老爷,这是我们两家所有的积蓄,是我们两家能动用的所有银子了。我相信,若是这次不能赚钱,江老爷再有什么生意,肯定也不好再让我们出这么多的银子。何况我打听清楚了。江老爷为了这次出海,把自家祖传的五十亩良田都卖了,家中的那艘船也押给了当铺。他举全家之力,肯定比我们还要看重这次买卖,跟着他,肯定不会出纰漏的。"

郁棠仔细地想了想梦中的那些事。江家肯定没有破过产,否则江潮若能破产后再站起来就更是件值得别人吹嘘他的大事了,不仅不会让江潮声誉受损,还会增加他身上的光环,她也肯定会听说过。

江潮应该最多也就是没有赚到大钱。

"既然阿爹已经想好了,我肯定也支持阿爹!"郁棠痛快地道,但她慎重的性格还是让她忍不住提醒父亲,"只是交割银子的时候要把手续看清楚了,免得以后万一有事再扯皮。"

"这个你们放心。"郁文说给全家人听,"我不会做生意,但我会看人啊!到时候我会和吴老爷一起去交割银子的。"

"什么?!"郁棠腾地站了起来。

郁文嘿嘿地笑,道:"我们从杭州城回来的路上遇到了吴老爷,他听说江老爷的事,决定和我们一起入股。"

"阿爹!"郁棠不由拔高了声音,"海上生意风险大,我们家投是我们家自己的事,可不能怂恿着别人家也跟着投钱。要是万一亏了,邻居都没得做的。"

"我知道,我知道。"郁文笑道,"我也是这么跟他说的。可他说了,他相信我的眼光,只是他一时拿不出这么多的银子来,只准备投一千两。况且以吴老爷的家资,一千两对他来说是个小数目。大不了亏了我补给他好了。"

郁棠抚额,突然觉得她就是有预知的本领也没办法改变父亲花钱的习惯,当初没能阻止父亲买下鲁信的《松溪钓隐图》真不是她的问题……

郁远也知道这件事,当时也是很反对,只是郁文是他的叔父,郁文和吴老爷说话，他也不好插嘴，此时立刻站到了郁棠这一边，道："叔父，我觉得阿妹的话有道理。我们家投就我们家投好了，吴老爷那边……"

只是还没有等他把话说完，阿茗跑了进来，道："吴老爷过来了，说是来交银子的。"

郁文喜上眉梢，连声道："快请！快请！"

郁棠和郁远交换了一个眼神，知道这件事就算是他们想阻止也已经来不及了。

相氏一见立刻安慰般地拍了拍郁远的手，快步走到了郁棠身边悄声对她道："你别担心。要是真的亏了，补给吴老爷的那一千两银子我出。这件事原本我也是赞成的。"

可银子不是这样用的！但郁棠看着相氏真诚的目光，这句话却说不出口。大家都是好心，都是为了这个家，她若是再坚持和反对，只会让大家冷心了。郁棠暗暗在心中叹气。突然想起裴宴那声直白的"不见"来。她应该学学裴宴的。可她若是真的如此，阿嫂也会伤心的吧？就像她当时听到裴宴那么直白地拒绝，她听来不也难以接受吗？

郁棠苦笑，只能先应付好当前的局面，于是她挽了相氏的胳膊道："怎么能动用嫂嫂的银子。嫂嫂的银子是留给我侄儿读书买笔墨纸砚，中了举人、进士打赏报喜衙役的，可不能就这样轻易就拿出来了！就是嫂嫂有这样的想法，我这个做姑姑的也不能答应。"

相氏红着脸笑。

郁棠怕她还有拿陪嫁银子补贴郁家亏损的想法，忙转移了话题，低声道："阿嫂，我前两天回老宅，发现山林里种的花生快熟了。我已经跟五叔祖说过了，到时候也送点给卫家去尝尝鲜。您看到时候是您亲自送过去，还是派个人送过去？"若是相氏亲自送过去，她就有借口能回趟娘家了。

相氏果然很欢喜，道："到时候我亲自送过去好了。我也好久没有见到姑母了，挺想她的。"然后说起了卫小川和新进门的高氏。

郁棠松了一口气，转过身来却一句话也不想和父亲说。

她干脆趁着郁文兴奋地和吴老爷商量要不要再去趟苏州的时候，闭门不出，仔细地翻阅起裴宴借给她的那些书来。

郁棠此时才明白裴宴为什么让她有看不懂的或请教她父亲或请教家中田庄的庄头了。她知道犁是什么，可耒耜是什么？犁和耒耜有什么关系？翻转犁和旋耕犁又有什么区别？郁棠看得一头雾水。更让她不能理解的是，她只想知道怎么种田，可为什么这里面还有一本散记？这本散记和种田又有什么关系？郁棠突然理解了郁文当初翻阅这些书时微僵的身影。

第三十四章 失败

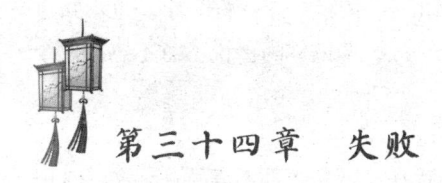

可理解了又有什么用，看不懂的依旧是看不懂。郁棠想起了裴宴说的，文字上看不懂的问父亲，不，她决定自己慢慢琢磨，看不懂的就去查家里的那本《解字》，然后把积攒下来的问题写在一张纸条上，等天气不这么热的时候回田庄问问那些会种地的老人。

没有了郁棠的反对，郁文入股江潮生意的事进行得非常顺利。他不仅带着吴老爷去见了江潮，而且还又和吴老爷去了趟宁波府，回来之后吴老爷也像郁文一样，准备追加五百两的股金，却被郁远好说歹说给拦住。

事后，郁远来郁棠家里吃饭的时候不免说起这件事："江老爷真的很厉害，只要是和他打过交道的人，都会受他的影响，在这方面，我得学着他一点。"

郁棠也感觉到了。她把刚刚摘下来的黄葛兰用小竹匣子装着递给郁远："给大伯母和阿嫂的，我就不过去了，你帮着带给大伯母和阿嫂。"

郁棠家并没有种黄葛兰树。郁远奇道："哪来的花？你这些天都在干什么呢？怎么没见你去家里玩？"

他这段时间都在铺子里。夏天，正是漆器铺子出活的时节，剔红有一道工艺就是反复地上漆，次数的多寡既影响使用的年限也影响成品的品相，半点不能马虎，通常这个时候郁家人都会在铺子里亲自盯着。

郁棠道："黄葛兰是章少奶奶送的，她这几天不是要生了吗？我和姆妈特意去看了看她。"

至于她这几天待在房间里在干什么，她没好意思跟郁远说。

主要是她发现就算是有《解字》这本书，她看起裴宴给她的那些书也还是很吃力。这或许是她没裴宴聪明的缘故。

郁远听郁棠这么一说，脸一红，欲言又止。

郁棠很是奇怪，但陈氏喊了她去帮着陈婆子到库房搬坛酒给在前面喝酒的郁文和吴老爷送过去。她一时来不及细问，等到再想起来的时候，郁远已经扶着微醉的吴老爷离开了。

她不免好奇，想找个机会问问郁远。可第二天一大早，章家来给他们家报信，说马秀娘昨天半夜生了个女儿。

陈氏喜上眉梢，一面收拾给马秀娘孩子准备好的小衣服小被子，一面和郁棠唠叨:"秀娘可真有福气,先生女儿,再生儿子,凑成一个'好'字。也不知道你的婚事什么时候能有着落,我这心里也没个底,偏偏你阿爹说不急不急。你今年十七,翻过年就十八岁了。"

郁棠不敢作声。

年后有好几家来给她做媒的,不管是陈氏还是郁文,都不满意。郁文一直记得沈善言的话,觉得郁棠能干又有主见,随便把她许配人太可惜了,干脆道:"我们家是招女婿,又不是嫁姑娘,还怕年龄大了耽搁了不成?何况像阿棠这样的,年纪大一些,更稳得住,没有好的,就慢慢挑,不着急。老话不也说了,女大三,抱金砖吗?不行就往小的找。"

把陈氏急得不行。寻思着去看马秀娘的时候再跟马太太说一说,让马太太也帮着留意有没有合适的人选,给郁棠说门亲事。

郁棠则觉得她爹的话有道理。她现在一点也不想成家,与其为了成家找一个,不如等个合适的人。但陈氏的心情她也能体谅,因而每当陈氏说起这些事的时候,她都在一旁赔着笑脸,怕惹了母亲伤心。

两个人雇了两顶轿子去了章家。

马太太和几个妯娌早到了,正围坐在额头上绑着额带的马秀娘身边问长问短。见陈氏母女过来了,马太太忙起身吩咐喜鹊去倒了红糖水进来,马太太的妯娌们也忙让出位置给陈氏母女坐。

陈氏就拉了马秀娘的手,问起昨天晚上生产的事来。

郁棠见马秀娘面色红润,神采奕奕的,想来生产的时候就算是受了罪,一夜就能恢复成这样,想必身体还行,也就没有多加关注,注意力不由全放在了刚刚出生的小孩子身上。

粉绿色的襁褓,包着个一臂长的小人,红红的小脸,紧闭的双眼,比樱桃还小的嘴,微微翕开,那乖巧的模样儿,让郁棠心里暖意流淌。

梦中,她憋着一口气端着李竣的牌位进李家做了寡妇,之后那些漫长寂寞的日子,这才让她真正体会到守寡是多么不容易。等到了花信的年纪,看着顾曦膝下小儿围绕,想到这一生都不会有自己的孩子,她心里就会又酸又涩,看着别人家的小孩子都会不自觉地笑出来。特别是顾曦的两个孩子,哪怕是在和顾曦闹得最不愉快的时候,偶尔遇到两个孩子时她还都会把最好吃的东西拿出来。

这会儿见了马秀娘的闺女,又是她好友的姑娘,她的心一下子就化成了水,不由俯身想去抱抱这孩子。

"瞎胡闹!"陈氏一把拽住了郁棠,笑着嗔道,"孩子还小,可由不得你们这样玩闹,你看看就行了,可不能随便就抱起来,小心闪了她的小腰小胳膊。"

马太太却直笑,道:"没事,没事。她想抱就抱。告诉她怎么抱就行了。"说完,还开玩笑地道:"说不定以后我们家秀娘还指望着阿棠过来帮她抱抱孩子呢!"

陈氏客气道:"哪里就轮到她了!"

郁棠却跃跃欲试,又被陈氏拍了一巴掌。众人哄然大笑。

喜鹊进来请大家去厅堂里吃糖水蛋。大家起身往厅堂去。

郁棠则自告奋勇地留下来陪马秀娘,还花了些工夫,终于学会了怎么抱孩子。只是孩子一上手,她就忍不住轻轻地耸起来。

马秀娘头一次做母亲,想着小时候母亲也这样抱过弟弟,也没在意,由着郁棠抱着,和郁棠说着闲话:"……之前取了好多小名。叫什么阿福、阿宝、阿珠的,真是土得掉渣了。你说,你姐夫好歹是个读书人,怎么取个名字就这样费劲呢?照我说,孩子是傍晚发作的,就叫晚霞或是晚晴比较好听!"

郁棠羡慕极了,抿着嘴笑着听马秀娘说话,等晚上回到家,突然发现自己手臂抬都抬不起来了。

陈氏笑道:"该!让你别总抱着孩子,你不听,现在知道厉害了吧!"

郁棠嘿嘿地笑,第二天忍不住又去了章家看孩子,连裴宴给的那些书都没心思看了。洗三礼那天,她更是怂恿着母亲丢了一块碎银子——没成亲的姑娘家去参加洗三礼,是不送礼的。

马太太知道了亲昵地抱了抱郁棠,笑着对来参加洗三礼的女眷道:"瞧我们家阿棠这小姨做的,以后晴儿长大了,可得记得孝敬小姨!"

马秀娘的孩子取名叫章晴,乳名就叫晴儿。为此马秀娘还向郁棠抱怨:"你姐夫说怕名字叫多了小孩儿记混了,让我就这么叫。"

郁棠哈哈大笑。

章晴一天一个样,让她惊诧不已。

如此跑了章家半旬,恶果出来了:章晴没人抱着耸就不睡觉。章晴的乳母和喜鹊、马秀娘夫妻齐齐上阵,轮班抱孩子,章慧因此每天顶着两个黑眼圈张罗着给孩子办满月酒的事,把马秀娘气得直咬牙,叫了郁棠去道:"从今天起你就睡我们家,每天抱晴儿一个时辰,让我们能歇歇。"

郁棠嘻嘻地笑,抽了个工夫就跑了,回去还问陈氏:"难道真是我闯出来的祸?"

"不是你是谁?"陈氏知道后也哭笑不得,狠狠地点了点女儿的额头,然后感慨道,"章公子真不错,还帮着秀娘带孩子。你以后的夫婿要是有章公子一半好,我就心满意足了。"

郁棠嘟嘴,道:"您放心,我以后的夫婿肯定比章公子好一百倍。"

"你就给我吹牛吧!"陈氏轻哼道,"看你爹把你惯的。"

郁棠嘻笑着去给陈氏捏肩膀。

门外传来郁文的声音:"阿棠,快出来。我托沈先生给你弄的沙棘树树苗送来了。"

郁棠喜出望外,拔腿就往外跑。

陈氏在后面追出来："你慢点，小心脚下。"

"知道了，知道了！"郁棠一路笑着一路应着去了前院。

银铃般的笑声随风回荡在庭院里，让站在虎廊下望着女儿背影的陈氏翘着嘴角笑了起来。

郁棠远远地就看见有车树苗停在他们家的门前，门边除了郁文，还站着个二十来岁，皮肤晒得黝黑、身材魁梧、长相敦厚的男子。

她"咦"了一声。

郁文朝她招手，道："这是沈先生帮我们找的种树的人，叫王四。我已经跟阿苕说了，让他带着王四去找五叔祖，先把树种了，明天早上我再和你赶回去。"

郁棠"嗯"了一声，打量起车上的树苗。那些树苗约有三尺来高，用厚厚的土裹着根，还包了布，堆得高高的，大约有十来株的样子。难怪这么贵。这个样子从西北送过来，不说别的，就这人和拉车的骡子嚼用就得不少银子。

她问王四："你从哪里来？"

王四一口让人半懂不懂的话，郁棠听了好几遍才听明白是"西安"。

郁棠道："不是说从甘肃来吗？"

王四笑了笑没有说话。

郁文轻轻地咳了两声，解释道："先前一批树苗在路上死了，沈先生就又托了户部的人，正巧陕西布政司的人去户部办事，听说了这件事，就主动把这活给揽下了……"

这可不仅仅是几棵树的事了。为了这树，可欠了大人情了。这要是蜜饯弄不出来，她可怎么交代啊！

郁棠朝父亲望去。

郁文显然也意识到了这个问题。他朝着女儿苦笑，道："沈先生真是个言而有信的人！"若是别人遇到这样的事可能就算了，可沈善言却想尽一切办法帮他们弄来了沙棘树树苗。

这些恩情只能记在心中，慢慢地还了。

郁棠想着，对父亲笑道："阿爹，那就让阿苕快点带了王四回老宅吧！这树苗在路上走了快两个月，现在又不是移种的好季节，万一……"没活，岂不是辜负了大家的努力。

郁文也是这么想的，忙喊了阿苕过来，叮嘱了一番。

郁棠则细心地让陈婆子准备了些吃食，让王四吃饱了再赶路。

王四这一路上吃的都是干粮，有时候为了节省，一天只吃几口饼充个饥。此时把树苗送到了，又能吃顿带汤水的，心里不知道有多感激，连桌也没上，蹲在灶门口呼啦啦就是一顿狼吞虎咽，把到灶房给陈氏打热水的双桃看得目瞪口呆。

王四看着有个漂亮的丫鬟打量他，一时脸上火辣辣的，忙解释道："我，我来这一趟，东家只给了二两银子，我得省着点，还不知道这边的东家留不留我。"

树苗若是活不过来，这边的东家还留他做什么？据说，江南的地少，他们多数人会读点书，或是出去做生意，或是到铺子里做学徒，想办法做掌柜。像他这样不识字，只会卖苦力的，不仅会被人瞧不起，而且还很难找到活做。

双桃见他如此想郁家，就有点不高兴，为郁家辩驳道："我们东家不是那样的人。要是你不愿意留下来，回去的路费我们东家肯定不会少了你的。"

王四看着敦厚木讷，实则是个心思活泛的人，不然他也不会接这趟差事了。见双桃这么说，他立刻知道自己说错了话，忙道："我知道东家是个好人，我是怕我做事没办法让东家满意。"

还算是个会说话的。双桃满意地点了点头，道："你只管好好干，我们东家从来不会亏待人的！"

王四看似感激地笑了笑，心里却想，亏不亏待，要干段时间才知道。不过，这家的丫鬟能这样帮着东家说话，可见这户人家再差也差不到哪里去，就看他能不能站得住脚了。

他不敢耽搁，三下两下用过了饭就和阿苕往郁家的老宅赶。

郁棠这边送走了树苗，挽了父亲的胳膊往回走："苏州那边的生意怎么样了？"

郁文眉飞色舞："我和你吴世伯说好了，明天一早就启程。"说到这里，他"哎呀"一声，道："我刚才怎么把这件事给忘记了。明天我要去苏州府，老宅那边……"

不过是种个树罢了，不一定非要她父亲看着。郁棠笑道："阿兄也跟着您一道去苏州府吗？您这边的事要紧。明天我自己一个人回去就行了。种了树，我和那个王四谈谈，看看他人怎样，若是留下来，也要看看他还能做些什么。"

他们之前已经请了个看林的，若是两人能做的事都一样，以他们山林的收益，势必只能留一个。

郁文想着王四那结实的身板，道："我看，要是山林那边不需要两个人，就让王四到我们家做点杂事好了。我听说，西边的生活不容易，他千里迢迢地来了，能把人留下来就把人留下吧，家里也不缺这一口饭吃。时间长了，他说不定能在临安城里找个其他的差事，我们也算是做了桩好事。"

郁棠就知道会这样。她阿爹和姆妈都是非常心善的。不过，他们家卖舆图发了笔横财，若是能救济救济别人，也是件好事。

"我知道了。"郁棠笑盈盈地应道。

郁文很欣慰女儿的表现，道："你阿兄明天也跟着我们一起去苏州府，阿苕留在家里，你有什么事就指使他。"

如果王四留下来，父亲要去哪里，家里也有了个能跑腿扛东西的人。郁棠连连点头，想着只要王四是个老实肯干的，她就把人留下来好了。

翌日，她送走了郁文和郁远之后，就回了老宅。

王四已经连夜把树种上了，而且夜里就和郁家请的守林人住在一块。不过，看那守林人的面色不那么好，可见王四的到来还是让他感觉到了危机。

郁棠不喜欢钩心斗角，她对守林人直言："我请王四是专程来种这沙棘树的，这山上其他的事，还是你负责。你也要想办法帮着王四把这树种活了。要不然，这山林也没有必要请个人守着。"

守林的之前是没有想到这其中的关联，如今听郁棠这么一说，立刻就换了个想法，向郁棠保证："我一定帮着王四把这树种活了。"

要是沙棘树能活，这山林就要慢慢地全都换成沙棘树。这山林有四五十亩，这样一来，未来三五年里他们都闲不下来。等到沙棘树挂了果，郁家还得找人收果子，一样有事做。他们两个人肯定是忙不完的，说不定还要请人。可若是这树活不成，他和王四都会没事做了。

郁棠见他想明白了，也不再多说。又问了问王四种树的事，王四事事都能答上来，听着还挺有道理，而且听王四的意思，他还会种庄稼和果树。只是那边种的是大麦和小麦，临安这边还是种水稻的多。郁棠倒觉得，只要认得清什么是稻子什么是麦子，如果有心，种什么都应该学得会。

她干脆对王四道："你看到那边一大片水田了没有？那也是我们郁家的。你要是在山上没什么事，就到那边田里看看，可以跟着他们学学怎么种水稻。"

王四恭敬地应下了。

郁棠又去跟五叔祖说了一声。

郁家的祖宅也好，田庄上的事也好，五叔祖不过是帮着看着，并不怎么管事，王四学不学种水稻在他看来和他也没有太大的关系。不过是村里的其他人问起来，他帮着答个话，告诉别人这是郁家的意思就行了，他没什么不答应。

郁棠就叮嘱王四："我五叔祖一个人住，你没事的时候多来看看，帮着捡个柴，挑个水的，你以后在村里遇到什么事了，也能有个帮衬的人。"

王四非常意外，他没有想到郁棠待人如此友善，告诉他的话也是立身之本。他连声道谢，对在郁家安身多了几分期盼。

郁棠当天就赶回了家。

王氏不知道是什么时候来的，和陈氏在库房里忙活。

郁棠一身的汗，梳洗的时候问陈婆子："姆妈和大伯母在干什么呢？这么热的天。"说的是库房，实际上是陈氏内室后面的一个小房间，连个窗户都没有，这种天气，能把人热中暑。

陈婆子咧了嘴直笑，道："我也不知道。等会儿太太出来了您问太太好了。"

郁棠觉得她这是在故弄玄虚，就没有多问，重新换了衣服，连着喝了两碗绿豆汤，觉得人都舒爽了起来，这才去和大伯母打招呼。

王氏已经和陈氏从库房里出来了，正站在屋檐下说话，见郁棠过来，笑眯眯地主动和郁棠打招呼不说，还问起了山林的事。

郁棠一面答着大伯母的话，一面好奇地打量了一眼大伯母怀里抱着的那个包袱。

陈氏解释道："你大伯母到我们家来寻点布料子。"

有什么布料子要来他们家借？郁棠想问一声，大伯母已要告辞。

她不好多问，陪着陈氏送了大伯母出门，这才道："姆妈，大伯母要什么布料子？"

陈氏含含糊糊地道："没什么，就几尺细布。"

这个时节，穿细布做的中衣又经洗又凉快。难道是大伯母要做中衣？郁棠没有再问，和母亲说起父亲出门的事来，把这个小插曲抛在了脑后。

郁文和郁远是五天后回来的。

两人喜气洋洋的，可见事情进展得很顺利。

因为这件事，吴老爷家和他们家走得更近了。中元节的时候，吴太太还上门来请了陈氏和郁棠一起去放河灯，甚至极力想给郁棠说门好一点的亲事。但如之前郁文所料，愿意给别人家做上门女婿的，不是有这样那样的不足，就是相貌不佳。陈氏还亲自去相看了两次，都没成。

好在是郁棠不急，让陈氏的心里好歹没那么急躁。

等吃过了章晴的满月酒，郁棠给裴宴送了一次花生之后，桂花绽萼，家家户户开始准备中秋节的节礼了。

郁棠就和陈氏商量，给裴家送点月饼过去："除了酥皮月饼，还能做其他月饼吗？"

梦中，她在李家吃过据说是京城那边过来的月饼，皮像面饼似的，里面包的是果仁，也不知道她姆妈会不会做。

陈氏笑道："月饼不吃酥皮的吃什么样的？难道还有不是酥皮的月饼？"

郁棠不好说什么了，寻思着是不是去杭州城买几个京式的月饼回来让母亲尝尝，然后试着做做。正想着，郁远来送月饼，说是相家让人从富阳带过来的给郁家的中秋节节礼，其中一份是送给郁文这边的。

郁棠打开一看，还真是想什么来什么，居然是盒广州月饼。广州月饼和京城那边的月饼都差不多，是面皮的，区别在于馅。广州那边的月饼喜欢包莲子、蛋黄。

她对陈氏道："您看，这不就有不是酥皮的月饼吗？"

陈氏不以为然，道："不是酥皮的月饼那还能叫月饼吗？吃月饼，就得吃酥皮的！"

郁棠抚额，等父亲回来就拉着他要分食郁远送来的月饼。

临安这儿是吃酥皮月饼的，广州那边的月饼比较少见，算得上是新奇的东西。像他们这样的人家，通常都不会自己吃掉，而是拿去送礼。但郁文宠爱孩子，觉得既然是难得一见的稀罕物，孩子想尝尝，自然是要先给孩子尝尝的。

他闻言立刻吩咐阿苔去拿刀，并道："把陈婆子几个也喊了来，大家都尝尝，看与我们平时吃的月饼有什么不同。"

居然还有他们的份！阿苔喜出望外，立刻去喊了陈婆子等人。

陈婆子知道后也喜得眼睛眯成了一道缝，亲自拿了刀过来。四个月饼，被切成了十六份，大家都尝了尝。

"好吃！"第一个发出赞叹的是陈婆子，她年纪大了，喜欢吃软糯的东西，"他们这月饼是怎么做的，又甜又软，今天可托了小姐和太太的福，我也有机会吃到这样好吃的月饼。"

双桃、阿苔几个连连点头。

陈氏也觉得好吃，可她觉得包了芝麻、冰糖，一咬就满口酥的酥皮月饼更好吃，但她也是个宠孩子的，既然郁棠觉得广州的月饼好吃，她也试着做做这样的月饼好了。

"那今年的月饼我专门给你包莲蓉、蛋黄？"她问郁棠。

咦！母亲的话提醒了郁棠。裴宴也是在临安长大的，说不定他和母亲一样，就认准了酥皮月饼。与其做出四不像的面皮月饼，还不如做些不一样馅料的酥皮月饼。

郁棠笑着直点头，对母亲道："好啊！我们还可以做果仁月饼、枣泥月饼、红豆冰糖月饼……"

陈氏摸了摸女儿的头，笑道："都给你做。只要你想得出来的，姆妈都给你做。"

郁棠大大的杏眼笑成了月牙儿。

陈氏和陈婆子就忙了起来。熬红豆，买咸蛋，蒸枣子……家里每天都飘散着甜甜的味道。只是还没有等到他们开始送月饼到裴家，裴家的中秋节节礼先到了。

郁棠一匹葱绿色遍地金的料子，陈氏一串紫叶檀的十八子佛珠，郁文一刀澄心纸、一匣子湖笔。还是三总管胡兴亲自送来的。走姑表亲也不过是这样的礼物。郁文拿着礼单备觉有面子。

陈氏则压力很大，觉得送去裴府的月饼怎么也得让裴宴瞧上一眼，如果能吃上两块，那就更好了。她和郁文商量："要不，你到外面去买点京城和广州的月饼回来。面皮我虽然不会做，但我们可以试着用酥皮包包，说不定能对了裴三老爷的胃口。"

郁文也心疼妻子，觉得这样太麻烦了，忙道："你这身子骨好不容易才养好了些，还是别折腾了。我看，不如送点古玩什么的好了。"

陈氏不同意，道："中秋节的时候送了古玩，春节的时候难道再送古玩？我们家也不是那豪门大户的，犯不着做这面子。送些自己做的小东西更能表达我们的心意。"

郁文摇了摇头。不知道有多少人受过裴家的恩惠，逢年过节的时候都会想尽办法给裴家送自家做的东西以表心意，他们家就是送的东西再好对裴家来说也不稀罕。可这是妻子的一片心意，他不好泼了她的冷水，只得道："那好，我让人去外面买点月饼回来。"

陈氏满意地点头，和陈婆子研究怎么让红豆做的月饼馅吃上去甜而不腻，还道："三老爷每天大鱼大肉的，肯定不喜欢重油重糖，我们做得清淡点。"

郁棠听着撇了撇嘴，道："姆妈，裴三老爷还在孝期呢，上次我见他的时候，他还穿着细布的素衣。"

陈氏听着一愣，叹道："像他这样守礼的人现在见得太少了。"

虽说是二十七个月除服，可真正能做到在孝期内一直茹素和粗衣淡食的非常少，过了周年，大家私底下多多少少都会放松一些。郁棠听着就有些走神，也不知道除了服之后的裴宴会是怎样一副打扮。

陈氏和陈婆子试了好几种做法，连着几天郁家的饭食都很简单。

郁文吃着就觉得有点委屈了，委婉地提醒陈氏："螃蟹快上市了，要不订点早螃蟹吃吃？"

从前陈氏的身体不好，家里很少吃螃蟹的。

陈氏听了心生内疚，歉意地对郁文笑道："是要提前订点螃蟹，我记得阿棠小的时候最喜欢吃螃蟹了，这几年都没怎么买过。"

郁文咂了咂嘴巴。他也忍得很辛苦好不好，可妻子却更惦记郁棠，这次家里的中秋节家宴他怎么也要摆成一桌螃蟹宴才解馋。

两人正说说笑笑的，吴老爷提了一筐子螃蟹过来拜访郁文。

郁文又惊又喜，亲自去迎了吴老爷进来喝茶，还让陈氏和郁棠给吴老爷问好。这就是要当通家之好走动的意思了。

郁棠和陈氏都去重新换了一件衣裳，陪着吴老爷在厅堂里说话。话题从桂花不知怎么地就转到了家里的田庄上。

吴老爷压低了声音对郁文道："你听说了没有，李家，就是李端他们家，要卖五十亩地。"

郁棠立刻就竖起了耳朵。田亩可是传世的家财，等闲人家不到万不得已的时候是轻易不会卖地的。谁家要是卖地，那就是要败了的意思。梦中，李家只有买地的时候，何曾出现过卖地的情景！

陈氏闻言也吓了一大跳，紧张地捏了帕子。

郁文则不掩饰自己的惊讶，道："吴兄听谁说的？李大人不是刚刚留了京官吗？怎么会要卖地？"

吴老爷正色道："你也知道，我们家是有点闲钱的。前几天有中人悄悄地找到我这里，问我买不买，还说让我不要往外声张。你也知道，李家这几年闹得不像话，

203

就算李端家和李家宗房分了宗,可到底一笔写不出两个'李'字,他们家要卖地,李家宗房肯定是最想把地买回来的,我何苦去蹚这浑水?可他们家那块地是真的好,就是出碧粳米的那块地。我在家里想了几天,这心里还是放不下,想着老弟不是旁人,你有好事都想到了我,我有好事怎么也不能忘了你。就特意过来问你一声。要是你也有意,我们两家就把这块地分了。你意下如何?"

郁棠听着就明白过来了。因为一起合伙投资了江潮的船,吴老爷和她阿爹越走越近,原本就关系不错的两人现在如同知己似的。李家有两百亩上等的良田,种的全是碧粳米,而碧粳米是比贡品六月雪味道更好的米,李家凭这两百亩地就能过上中等人家的日子。只是这两百亩地百年前就在李家人手中,后来分家又分到了李端家。凭李端家的日子,是无论如何也不可能把这两百亩地卖出去的,也就没有人觊觎。现在李家居然要卖地,而且还是能种出碧粳米的上等良田!要是别人知道,肯定会疯抬地价,想办法把这五十亩田弄到手里的。相比卖地,郁棠更想知道李家为什么要卖这五十亩地。

郁文立马就心动了,他道:"开价多少?"

吴老爷唏嘘地伸出四根手指。

郁文一愣,试探着道:"四十两一亩?"

吴老爷点头,叹道:"开出了天价。"

郁文皱了皱眉。临安城的地价,上等的良田最多八两,有时候遇到特殊情景,会卖到十两或是十二两一亩,十五两一亩的几乎都没有。四十两一亩,只可能是暴发户买永业田了。难怪要找吴老爷。一般的人家还真拿不起。当然,现在的他也能拿得出来。可花这么多银子买五十亩地,最要紧的是,李家的二百亩地是连在一起的,卖出来的五十亩地是挨着李家的地的,有个什么水源或是虫害的争执,容易不清不楚地说不明白,不好管理。

郁文问吴老爷:"那你的意思?"

吴老爷道:"我觉得四十两太贵了些。看能不能讲到三十两一亩。我拿四十亩,你拿十亩。你我都不至于捉襟见肘,到时候互相也有个照应。"

主要还是能互相有个照应吧?郁棠想着,心里跃跃欲试。有点想报复般地把地弄到手,又觉得把地弄到手了肯定又会牵扯不断,有点麻烦。最主要的是,她觉得父亲也好,吴老爷也好,敢买这地最主要的原因是他们觉得投到江潮那里的股份能赚大钱。到时候财大气粗,吴家有做官的姐夫,郁文本身是秀才,李家宗房就算是想找他们的麻烦,李端家就算是事后后悔,他们也有财力和李家周旋。

郁文和吴老爷还真是这么想的。但郁文胆小,他犹豫道:"这样的地价,一般人家肯定是买不起的,我们要不要再等一等?先打听清楚了李家为什么要卖地。"他是算准了李家要脸,不会去求裴家。

吴老爷无奈道:"这个道理我何尝不知道?可我问遍了能问的人,都没打听出李家为何要卖那五十亩地。"

郁文毕竟有功名在身，有些消息，特别是读书人家之间的消息，如果想知道，比吴老爷容易打听到。这也许是吴老爷为什么会怂恿着郁文买地的另一个原因。

郁文点头。两人相视而笑。笑容里都颇有点你知我知的志同道合。

在郁棠的眼里，这就是狼狈为奸了，但这狼狈为奸，她非常喜欢。

郁棠甚至主动起身吩咐双桃："天气这么热，快去端碗冰镇了的绿豆汤进来。"

双桃应声而去。

吴老爷就笑着对郁文道："你们家姑娘越发地长进了，可惜我们家小子和你们家姑娘年纪不相当。"

郁文笑着摆手，正要谦逊几句，就看见吴老爷家的总管白着脸闯了进来，嘶声喊着："老爷，郁老爷，不好了，江老爷那边出事了！"

吴老爷是个十分精明的人，要不是这样，他也不会挣下这么大的家业了。他虽然相信郁文，相信自己的眼睛，可毕竟是第一次和江潮打交道，江潮说得再好，他也会留个心眼。家里的大总管就是他派出去盯着江家的。江家那边但凡有一点点风吹草动，他都会立刻就知道。

因而他一听见大总管的话，立刻"腾"地一下就站了起来，脸色比他们家的大总管还要难看："江老爷那边出事了？出了什么事？你别说半句话！好好地给我说清楚了。"

郁文心里也发慌起来。他和吴老爷交好，自然也不止一次和这位大总管打过交道。这位大总管不仅为人忠厚老实，而且办事沉稳，像这样咋咋呼呼的样子，他是一次也没有见过的，何况他的话还涉及和他们合伙做生意的江潮。

吴老爷站了起来之后，他也神色紧张地站了起来，道："大总管，江老爷那边出了什么事？"

吴家的大总管深深地吸了一口气，咽了口口水，心情看着平复了一些，这才道："我不是一直在苏州吗？可从大前天开始，我就没有看见江老爷了。之前我还以为江老爷去了宁波。可我这心里始终觉得不踏实，就想办法打听了一番。江老爷的确是去了宁波，但江老爷之前押给宋家的祖田，宋家却拿出来套现。我想着是不是宋家对江老爷不满，特意在这个时候出江家的丑，就悄悄去了趟江老爷押船的当铺。结果……"

他哭丧着脸，一副说不出口的样子。

吴老爷和郁文两人的脸色顿时更加难看了，同时急急地问道："结果呢？"

大总管眼神微黯，有些艰难地道："结果四天前，江老爷已经把活当换成了死当！"

活当，可以在约定的时候把东西赎回来。死当，就是签了死契，就算以后有钱，也不能再赎回来，而且，死当比活当的价格要贵三分之一都不止。

郁文眼前发黑，一下子跌坐在了身后的太师椅上。

吴老爷摇摇晃晃的，却比郁文要强一些，扶着桌角很快就站定了，疾声地问大总管："那江家的人呢？他娘、他妹子可还在苏州？"

"都在！"大总管苦涩地道，"而且看那样子，她们还不知道江潮不在苏州了。我不好打扰妇孺，什么话也没有说，报了您和郁老爷的大名，只说是去拜访江老爷……"

吴老爷此时心里五味杂陈，一时间都不知道说什么好了，只是本能地点头，道："不说也好，免得家里人担心。不管和江家有什么恩怨，我们也不能欺负人家孀居的老太太。一码事归一码事。这件事你做得对。"

大总管垂着头，低声道："我之后去了江老爷的铺子，还有他平时去的地方，都没有看见他。铺子里的伙计还有酒肆、茶馆里的小二也说，有好几天都没有看见江老爷了。我又隐秘地打听了一通，入股江老爷海上生意的人家，都把银子交给了江老爷……我寻思着，我们要不要去趟宁波府……"

"去！"吴老爷听着，突然间好像回过神来，狠狠地道，"反正宁波府离我们不远，我们也不差这点路费，无论如何我们得弄清楚了，他到底有没有去宁波？去宁波都干什么去了？若是个误会，我给他赔不是。"

可如果不是误会呢？那就是江潮拿着他们入股的银子跑了？！郁棠胸口像被堵了块大石头似的，半晌都说不出话来。梦中，江潮是个成功守信的商人，怎么到了她这里就全都变了呢？到底是她看错了人还是因为她的介入，事情和梦中有了极大的变故呢？

郁棠嘴角翕合，想问问吴老爷，又不知道该从何问起。

正当她斟酌说辞的时候，双桃一声惊呼："太太，您怎么了？"

大家的目光立马落在了陈氏的身上。

陈氏不知道什么时候昏了过去，身子正往下滑。

"姆妈！"郁棠三步并作两步，一下子就扶住了陈氏。

郁文也吓得脸色煞白，一面帮郁棠搂着陈氏，一面去捏陈氏的人中，一面捏着还一面害怕地喃喃道："你可别吓我了，你这好不容易养好了身子骨，你要是有个三长两短的，我可怎么办啊！"

郁棠更是懊恼不已。她怎么忘了她母亲还在场，只顾着去计较生意的得失，却忘记了照顾母亲的感受。

他们家投了六千两银子，这可是笔巨款。很多人一辈子都没有见过六百两银子。

她忙对父亲道："姆妈多半是受了刺激，您快把姆妈抱回内室，双桃，你去请个大夫过来。"

吴老爷也醒悟过来，着急地道："惠礼，你们家姑娘说得对。你快带了弟妹下去休息，人是活的，生意是死的，可不能因为生意的事让弟妹受了罪。我们急着赚钱，不就是想让家里的人都能过上好日子吗？"

郁文很是感激，把陈氏抱进了内室，又倒了杯热茶让郁棠喂着陈氏，他这才去了外面等大夫。

吴老爷正在外面焦急地等着郁文，见他出来，立刻迎上前去，道："生意固然重要，弟妹的身体更重要。苏州那边的事你就暂时别管了，我亲自走一趟。马上就到中秋节了，怎么也得把中秋节过了再说。"

郁文又是愧疚又是感激，给吴老爷行了个揖礼，惭愧地道："吴世兄，都是我连累了你。"

"你说的这是什么话？"吴老爷佯装生气地道，"合伙是我愿意的，况且做生意原本就有亏有盈。你就好好在家里照顾弟妹好了，一有什么消息我立刻就告诉你。"

郁文羞惭地把吴老爷送出了门。之后请大夫、抓药、熬药，忙了一下午。等到陈氏喝了药，在郁棠的安抚下心情慢慢平静下来，已到了掌灯时分。

陈氏素来敬重丈夫，虽然出了这样大的事，但陈氏想着一家人还平平安安地在一起，心里就没有那么难受了。她叫陈婆子去拿了自己的妆奁递给了郁文，温声道："你也别着急，我这里还有些首饰和二百两银票，都是平时你给我的，你先拿去应应急。"

郁文哪里好意思接妻子的体己，忙道："这句话应该我跟你说才是。那笔银子虽然多，但我之前说了，是意外之财，就当我们没得好了，哪里用得着你拿了体己银子贴补我的？快收好了，家里不缺你这点银子。"一时间还有些后悔没有把舆图的事告诉妻子，否则妻子也不会这样担心了。

郁文犹豫间，郁博一家人过来了。这可真是应了好事不出门，坏事传千里的老话了。郁文这边刚出了事，郁博那边立刻就知道了。

王氏和相氏去了内室安慰陈氏，郁博板着脸坐在郁文的上首，道："你比我聪明，你的事我向来是不管的。这次你可得给我说老实话，你有没有欠外面的债？"又道："咱家那铺子虽然赚不了多少银子，可到底也比你靠着田庄的收益要强一点。吴老爷的银子，我想办法帮你还了。你那边，先列个先后出来，你要是还不上，我再想办法慢慢帮你还！"

这就是认定郁文还欠着外债。压根不相信他之前所说的什么意外之财。

偏偏这个时候郁文更不好跟兄长明说了。他窘然地道："阿兄，我也是这么大的人了，做事多多少少也是有点分寸的。那笔银子真的是笔意外之财，至于说吴老爷的银子，我和吴老爷之间也有个说法，你就不用担心了，好好地做你的生意好了。"

"一家人不说两家话。"王氏不知道什么时候从内室出来了，神色有些疲惫地依在内室的门口，道，"之前小叔也说赚了银子分我们家一半的。如今生意亏了，自然也要算我们家一半的。我们虽然一时拿不出来，可大贴小补的，也会帮你把银子还上的。小叔你就不要和我们客气了。你这日子不好过，你阿兄和我也不能自己吃肉喝汤。那还是什么兄弟？"

郁文很感动，可真不需要兄长拿银子出来，他只好求救般地朝郁远望去，指望着郁远能帮他说两句好话。

郁远哭笑不得。一个谎言往往需要更多的谎言去圆。原本为了家里安然隐瞒了舆图的事，此时却成了不能说的秘密。可来的时候他爹就把他给训斥了一顿，他还指望着叔父帮他说话呢，他哪里劝得动父亲？

三天之后，吴老爷风尘仆仆地从宁波赶了回来，他过家门而不入，直奔郁家。

"是王老板那里出了事。"他连口茶都没来得及喝，和郁文站在天井里就说起了这次打听到的情景，"王老板不是从他的老东家那里自立的门户吗？他那老东家的两个儿子估计怕王老板夺了他们家的生意，联起手来陷害王老板，把王老板的三个儿子都下了大狱。王老板一狠心，拿重金保了儿子之后，卖了船带着一家人跑了，之前入股的银子也一起卷跑了。江老爷是最早感觉到不对劲的，立刻就赶到了宁波府，可还是晚了一步。他如今也是焦头烂额地守在宁波府，看能不能拿回点东西抵点债。"

郁文听了唏嘘不已，道："那也是没有办法的事！"之前的愤怒、担心、害怕瞬间释怀。他没有看错人、信错人就行了。

吴老爷也是这么想的，道："之前我们也是看好了江老爷这个人才入股的，现在出了这样的事，也不能全怪江老爷。我看我们也不要着急，看看之后江老爷有什么打算再说。"

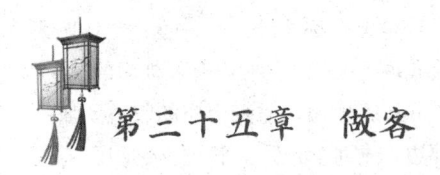

第三十五章　做客

两人商量好之后也不急了，反而讨论起江潮这件事来。

吴老爷道："江老爷到底还是经历的事少了点，只知道王老板要自立门户，却没有防着王老板原来东家的两个儿子。这也算是吃一堑长一智了。好在是江老爷还年轻，以后有的是机会，于他未必不是件好事。"

郁文直点头，道："江家孤儿寡母的，现在的日子肯定不好过。说起来我们和他也有些香火缘分，我寻思着，中秋节是不是送点中秋节礼去。"

208

"你这主意好！我怎么就没有想到呢！"吴老爷称赞过后还感慨道，"大家都夸郁兄宅心仁厚，我之前不以为意，如今看来，还是我有眼不识金镶玉，怠慢了郁兄！"

"吴兄哪里的话！"郁文红着脸应着。等吴老爷走后，他吩咐阿茗封了十两银子、一套文房四宝、两匹新出的真紫色素面杭绸送去了吴老爷那里，准备和吴老爷的节礼一起，由吴家的大总管送去苏州江家。

郁棠自听到江潮的生意有了变故之后就一直有点懵然。江潮怎么会上当受骗？梦中，他可是出了名的精明。难道这就是成功之前要受的磨难？郁棠心中有些不安。因为她，如今和梦中已经有了很大的变化。比如卫小山的死……就是受了她的连累。梦中的江潮虽然是个成功的大商贾，可谁又敢保证江潮如今没有受到她预知带来的影响呢？郁棠很是不安，暗中庆幸还好江潮人品过硬，没有撂挑子走人，不然她怎么向父亲和阿兄等人交代！可见有些事是不能只凭着梦中的经验的。

郁棠叹着气，在母亲面前却半点不显，只是尽心尽力地在母亲身边侍疾。陈婆子等人更是惊弓之鸟，生怕陈氏又和从前一样，十天里有八天卧病在床，家里的人连大声说话都怕惊吓了陈氏，全都围在陈氏身边服侍着，谁还有心思去做月饼。

直到螃蟹铺子里的伙计来家里给他们送之前订好的螃蟹，郁棠和郁文这才惊觉他们竟把给裴府送中秋节礼的事给忘了。

"看我这脑子！"郁文直拍脑袋，问郁棠，"那月饼你能做不？不能我就赶紧找了人去杭州城买点新式的月饼回来送人。"

送去裴家的节礼当然不能只送月饼，但月饼肯定是不能少的。陈氏前几天被吓着，郁文生怕她再有个三长两短的，盯着她休息还来不及，怎么会让她继续做月饼。

郁棠苦笑，道："我哪会这些？"

郁文也不犹豫了，道："我这就去问问看谁家这两天有人去杭州城，请人带几盒五芳斋的月饼回来。"

郁棠应诺，送了父亲出门。只是还没等到他们家把中秋节礼送去裴府，裴宴先来了。

不过，裴宴仍是没有进门，而是把轿子停在了他们家后门的巷子里，让阿茗私下里来找郁棠："我们家老爷就在外面等着，有几句话想问问郁小姐。"

正巧这几天郁文跑吴家跑得勤不在家，陈氏又喝了药歇下了，郁棠想了想，回屋去换了身衣裳就去见了裴宴。

裴宴坐在轿子里，见郁棠出来才下的轿。

他一下轿，就仔细地打量了郁棠一眼。郁棠穿了件崭新的湖绿色素面杭绸褙子，乌黑的青丝整整齐齐地绾了个双螺髻，髻边各簪了串茉莉花，看着朴素无华，却因一张脸白净莹润而显得这身打扮干净又利落，如那刚刚吐绿的树芽般清新自然。

他在心里点了个头，等郁棠上前行了礼，这才道："你这几天都在家里吗？"

郁棠半晌没有回过神来。裴宴这是要干什么？他怎么会和自己说这么家常的话？这样的开场白，也不知道后面接着什么话，她顿时有些紧张，甚至忘记了回话。

裴宴看出她有些紧张了，不免有些困惑她为何紧张。他奇怪地看了郁棠一眼，继续道："李家要卖地的事你知道吗？"

郁棠点了点头："知道！"她不仅知道而且还寻思着怎么给李家落井下石呢！结果江潮那边出了事，她也没有心思去管李家的事了。

此时裴宴提起来，她不免有些遗憾，道："可惜我家里有点事，不然还准备把这件事闹得大家都知道，让他们家在临安城再也抬不起头来呢！"到了卖祖产的地步，可见李家是有多缺钱。就算他们家不买，逼着李家把田卖给裴家也不错啊。免得他们李家总以为自己高人一等，总在裴家背后捣鬼，想取裴家而代之。

裴宴目不转睛地望着郁棠，好像她脸上有朵花似的，弄得郁棠很不自在，忍不住擦了擦面颊，小心翼翼地问道："三老爷，难道我脸上有脏东西？"

"那倒没有！"裴宴应着，不由又看了郁棠一眼。她脸上何止没有什么东西，反而像新剥的鸡蛋似的，白里透红，看着就让人喜欢。

那你看我做什么？郁棠不解地望着裴宴。

裴宴看得明白，扬了扬眉对郁棠道："你不是想看着李家倒大霉吗？怎么，这次李家倒霉了，你居然一点动静都没有？"

郁棠气结。她在裴宴心目中就是这样的形象吗？郁棠瞪了裴宴一眼。

裴宴不以为意，觉得郁棠就是在他面前要面子罢了。想一想，他觉得之前郁棠在他面前八卦李家的时候活力四射，生机盎然的样子，看着还挺有意思的。

他不由笑道："既然你不想知道，那我就走了。"

走就走，说得好像她不巴着他就不能知道李家出了什么事似的！郁棠心里冷笑。

没想到裴宴说走就走，撩了轿帘就要上轿。郁棠有些傻眼。难道他来就是跟她说这些的？

郁棠不由上前几步，"嗳"了一声。

背对着她的裴宴嘴角连他自己都没有察觉到地翘了翘，停顿了几息，摆好了脸色这才转过身来，不言不语地望着郁棠。

郁棠脑子突然就转过弯来。裴宴敢这么说，李家的变故肯定只有他知道，至少在临安城内，只有他一个人知道。

郁棠就觉得自己和裴宴赌这个气简直是糊涂了，加之她早领教过裴宴的傲气，索性也不讲那么多虚的，道："三老爷，李家出了什么事？他们家怎么会想着要卖祖产？"

她不是个矫情的人，既然要求裴宴，就诚心诚意地求，姿态放得很低。

裴宴觉得，自己愿意和郁小姐聊天，很大一部分原因可能是因为郁小姐比较识时务，从来不在他面前端架子。他也就无意继续捉弄郁棠，道："李大人升了通政司左通政之后，官场应酬日渐增多。林家因为舆图的事被彭家不喜，被笔买卖套住了，一时没有那么多银子资助李家。你去年那么一闹，又把李家那个养着黑户的庄子给端了，李家没有那么多银子拿去京城。卖其他的产业既卖不出多的钱来，又容易引起李家宗房和乡亲邻居们的猜疑，这才拿出五十亩种碧粳米的上等水田来悄悄地卖了。"

也就是说，李家继和顾家闹翻了之后，又和彭家闹翻了。郁棠欢欣鼓舞，眼睛都比平时明亮了几分。

裴宴暗中笑了笑。他就知道，郁小姐听说了肯定会喜形于色。

"不过，李家最多也就会卖这五十亩地了。"裴宴提醒郁棠，"等李大人在京城待久了，自会有放印子钱的人上门，他们家也就能缓过气来了。"

裴宴说这话是什么意思？是让她趁机下手吗？那她应该从哪方面着手呢？郁棠心里没有半点的算计。

裴宴却只是提醒她，至于郁家怎么做，那就不关他的事了。

他道："我听说沈先生帮你们家弄了些沙棘树的树苗，都种活了吗？"

郁棠忙道："都种活了。请来的那个种树的师傅手艺不错，人也忠厚。"

裴宴颔首，道："那你们家出了什么事？"既不是种树出了问题，还有什么事能让郁小姐连李家的热闹也不看了？

郁棠寻思着要不要把这件事告诉裴宴——告诉吧，怕裴宴会出手相帮，那他们家欠裴宴的恩情可就还也还不清了；不告诉吧，纸总归是包不住火的，怕裴宴从别人那里听说了，觉得他被怠慢，心生不快，觉得郁家不知好歹。这些念头在她脑海里闪过，裴宴已因她的迟疑眼中闪过些许的愠色。算了，还是告诉裴宴好了。宁愿欠着他的人情，她不想让他生气。裴宴生气，不是那么容易哄好的。

郁棠立刻道："是我阿爹……"她把入股江潮海上生意的事一五一十地全部告诉了裴宴。

裴宴惊讶地望着郁棠，好一会儿都没有说话。怎么这位郁小姐就像个炮仗似的，他一不留神就不知道她什么时候炸了。之前她不愿意以舆图入股那些豪门大家，他还以为她知道了海上生意不好做，知难而退了。谁知道事情却是在这里等着他！这下好了，一共也就那么两万多两银子，手都还没有捂热乎，一下子就没了六千两，不是，还有吴老爷的一千两，一共是七千两。裴宴都不知道说什么好了。

郁棠也觉得有点丢脸，主要是这个事有她的份。她羞惭地低了头，声音弱弱地道："江潮这个人应该还是不错的，我们两家也算是旗鼓相当，谁也不会坑谁。只是这次大意了，我想，若是有机会，江潮肯定会东山再起的。"

这样的郁棠裴宴从来没有见过，情绪低落，就像株被狂风暴雨吹打过的花似的，蔫蔫的。裴宴看着心里就觉得有些不舒服。

他还是喜欢看她神采奕奕的样子，特别是她说别人八卦时两眼熠熠生辉，双颊艳若桃李，连眼睛里都流淌着喜悦的模样，明亮、耀眼，仿若冬日里的一缕阳光，让人看着就生出几分欢喜来。

这也许就是为什么他看到节礼名单时，会把郁家的名字移到了另一本账册上的原因，甚至在听到李家出事的时候，还在猜测郁小姐如果听说了会不会像上次似的跑到他那里去幸灾乐祸。

当然，他知道自己这么想是不对的。但郁小姐只是个小姑娘，还是个养在深闺，也许只读了一本《孝经》的女子，也就不用像要求那些士林的学子那样要求她了。

谁知道李家的事已经悄悄传开了，郁小姐那边却还是一点动静也没有。他当时还让阿茗去查郁家的中秋节礼送来了没有，寻思着郁小姐也许会趁着来他们家送节礼的时候找他八卦一番。不承想他们家的节礼把郁家安排在了第一批，早就送了过去，郁家的回礼到今天还没有送过来。

裴宴想着也许每家的礼数不一样，有很多人家就喜欢眼看着要过节了才送礼，以显诚意。他也就暂时把这件事抛到了脑后。直到他今天去拜访沈善言，出县学的时候无意间看到了卫小川，他突然间就来了兴致，专程走了趟郁家，这才知道郁家出了这样大的事。谁还有心思去送节礼！难怪他还没有收到郁家的回礼。

裴宴想着，又好气又好笑。气的是都到了这个节骨眼上郁棠还帮着那个叫什么江潮的人说话，好笑的是她低头站在这里，没有了平时的半点飞扬，怕是生平第一次这样低头吧！

"行了，这件事我会去问问的。"他道，"马上要过中秋节了，你高高兴兴地陪着家里人过节就行了。宁波府那边，我们家也有些小生意，到时候我让人打听打听，看王家还有没有剩下些什么，到时候让他们先补了你们家。"

裴家在宁波也有生意？郁棠抬头望着裴宴，眨了眨眼睛。怎么到处都有他们家的生意啊？哪里没有他们家的生意呢？

裴宴心里却想，风险大，收益才大。何况吴家入股是吴老爷自己愿意，郁家根本可以不用管他。但他了解像郁老爷这样的人，宁可自己吃亏，不会让别人受损失。加上拍卖舆图的银子是白得的，花起来不心疼，手面就更大方了。可他也不想想，原本就没有什么家底，还想把姑娘留在家里招女婿，不多存点银子，怎么可能招到好一点的女婿？郁文也不是个靠谱的。

裴宴长长地吐了一口气，有点替眼前的女孩子担心，这要是被家里的父兄耽搁了，多可惜啊。

郁棠不过是想向裴宴解释一番，好让他原谅自家没有及时给裴家回礼，怎么也没有料到这事又扯到裴宴身上去了。

她忙道:"这又不是什么好事,您就别插手了。江老爷既然承诺了追回来的银子会最先还给我们家,肯定就会还给我们家的。我们等等再说。"

这么相信这个江潮?裴宴不置可否。如果江潮能退一部分银子给郁家固然最好,如果只是为了敷衍郁家,让郁小姐买个教训也行。

他道:"既是如此,那我就先回去了。等郁老爷回来了,我有空再来拜访他。"

郁棠能感受到裴宴的善意。虽然他说话大部分的时候都不好听,心意却是好的。她自然是谢了又谢,送了裴宴上了轿子,直到轿子抬出了后巷,看不到踪影了,她这才回家。只不过一回家,她就急急忙忙地跑去了陈婆子那里:"我们家给裴家准备的节礼可都准备好了?阿爹说了什么时候送过去吗?"

陈氏若是身体不好,家里的这些事惯例交给陈婆子。

陈婆子正在切参片,准备给陈氏炖一只老母鸡补身体。闻言她笑着把切好的参片放进了手边的青瓷小碗里,这才笑着道:"老爷说,那澄心纸太难得了,用什么回礼都还不了裴家的这份节礼,干脆送些月饼、布料之类寻常的东西过去好了。这次太急了,就算是花心思,一时也想不出还什么礼好。只能等到春节的时候再好好准备节礼了。"

也是,她姆妈还病着呢。郁棠连连点头,看着父亲把四匣子各式各样的月饼和两匹缂丝的料子放到了礼盒里,让郁远送去了裴府。缂丝不稀罕,但价比黄金,这礼送得虽说看起来平常,但也算有诚意了。

陈氏歇了几天,加上并不是看重钱财的人,很快就能下床了,开始操持起中秋节的事。

郁文就和陈氏商量,今年是不是请了吴老爷来家里过节,还道:"我平时看他豪气爽快,喜欢结交朋友,帮助乡邻,就觉得他除了书读得少一点,人还算不错。没想到他是个真正视钱财如粪土的,这次一起做生意,我才发现原来身边还有个值得我结交的人,可见我平时还是轻瞧了他。"

陈氏抿了嘴笑,道:"要不怎么说路遥知马力,日久见人心呢!"

两人正说着,吴老爷满脸唏嘘地来找郁文:"还好你提出来给江家送点中秋节礼,你猜怎么着?我们家大总管去送节礼的时候,正巧遇到苏州府的几个泼皮趁着江老爷不在家,欺负他们家里只有个寡母,在江家撒泼呢!"

郁文听了怒道:"怎么还有这样的人?有什么事去找江老爷说去,见人家儿子不在家就跑去欺负一个孀居的老太太算是怎么一回事?那后来怎么样了?有没有报官或请了江家的亲戚朋友来帮一把?"

吴老爷叹气:"报官也没有用。听我们家的大总管回来说,那帮泼皮就是知府侍妾的娘家兄弟指使去的,我寻思着,知府的侍妾多半也卷了进去。还好江家姑奶奶就嫁在附近,我们家大总管正为难的时候江家的姑奶奶赶了过去,把江老安人接到了自己家去。"

郁文听着也不免很是感慨，并道："越是这个时候我们越不能逼着江老爷还钱。"

吴老爷颔首。

两人说了会儿话，郁文邀请吴老爷一家过来过中秋节，还指着养在家里的螃蟹道："今年我们就摆螃蟹宴。"

吴老爷竟然是个极喜欢吃螃蟹的，立刻就高兴地应下了，道："茶酒你就别管了，到时候我带过来。五十年的女儿红，还是我姑母出生那会儿埋下的。"

郁文喜得眼睛都眯成了一道缝，回到房间里却和陈氏商量："我想我们家投的那笔银子就算了，人家孤儿寡母的，我们也不缺这几个银子，大家都不容易。"

陈氏道："我们家的事你做主就行。"又奇怪道："刚才吴老爷在的时候你怎么不和吴老爷商量呢？"

郁文道："我们家的银子是我们家的事，吴老爷的银子是吴老爷的事。要是我刚才这么和吴老爷说了，吴老爷不管心里怎么想，只能顺着我应下，我岂不是为难他？这就不是朋友所为了。"

陈氏迭声称赞。

郁棠知道后心情复杂，但喜悦还是占了上风。她抽空回了趟老宅，去山上看了看树苗，见树苗长势喜人，赏了王四和看林的各一两银子过中秋节，带了半车的花生回来。

到了中秋节这天，陈氏早早地就催着郁棠起了床，两人一起准备晚上中秋节的酒宴，郁家门口却来了个带着小厮的男子求见郁文。

他不过二十三四岁的年纪，高高的个子，穿了件很体面的枣红色祥云纹五蝠团花直裰，白净的面庞，英挺的五官，身姿挺拔，只是眼睛里布满了红血丝，看上去十分疲惫。

他亲自上前叩了门，自称是苏州府的江潮。

开门的是阿茗，就算没有谁专程跟他说，他也多多少少听说过了些家里的变故，闻言脸色大变，失礼地把人丢在门外就朝院里跑去，一面跑，还一面高声喊道："老爷，老爷，苏州府的江老爷来了。"

郁文正和陈氏商量着等会儿中秋节酒宴用什么器皿，听了神色一愣，好一会儿才反应过来是谁来了。

听到动静的郁棠却先跑了出来，道："江老爷？是那个和阿爹一起做生意的江老爷吗？"

阿茗有些激动地点头，道："他说他姓江。"

郁文忙道："快请！快请！"又盼咐双桃："你去跟隔壁的吴老爷说一声，就说苏州府的江老爷过来了。"

双桃应声而去。

郁文亲自去迎了江潮进来。郁棠和陈氏则躲在厅堂旁的屏风里窥看。

江潮进来就朝着郁文深深地作了一揖，红着眼睛道："我回去后听家母说了，若不是您和吴老爷，家母恐怕就要受辱了。大恩不言谢，请受我一拜。"说完就要给郁文行大礼，被郁文一把拽住，忙道："你不用这样客气。不管是谁遇到这样的事都会伸手相助的。况且救人的是吴家的大总管，与我没有什么关系。"

江潮摇头，好像有千言万语却不知道怎么说好。

郁文体贴地略过了这个话题，关切地道："老安人可曾受了惊吓？现在如何了？你怎么突然来了临安？"今天可是中秋节啊！

江潮白净的面孔浮上一层红，低声道："这不快到中秋节了吗？我寻思着怎么也得来给您和吴老爷道个谢，谁知道船坐错了，到临安已经是八月十五了。"

郁文不疑有他，热情地拉着他道："那就先在我这里住下。今天还约了吴兄一起吃螃蟹，他那里还有五十年的女儿红。我们呢，今天只谈风月，不谈生意。有什么为难、不好的事，等过了中秋节再说。"

江潮眼睛都红了。

郁文高声喊了阿苕去帮江潮收拾客房。江潮连声道谢。

阿苕带着江潮的小厮退下。郁文这边问起宁波府王老板的情况。

江潮神色沮丧，道："王老板也是被逼得没有办法了。他东家的小儿子突然间攀上了浙江学政家的小舅子，官府对这件事睁只眼闭只眼的。从前觉得只要我努力，怎么也能攒点家当。如今才知道，攒点家当不是那么容易的。"

天下太平已久，豪门大户屹立百年甚至从前朝起就称霸一方的不在少数，新人想冒头，就会和这些人争利，要想成功，天时地利人和缺一不可。

郁文明白他的未尽之言，叹着气安抚他："你也别泄气，三十年河东，三十年河西，豪门世家败落的也很多。"

江潮点头道："要不然，我也不敢拼着这口气想搭上这门生意了。"谁都知道海上生意不好做，可若是能杀出一条路来，以后就是一本万利的生意，不过几年就能跻身富豪之列，以后的事就好办了。

两人说着话，阿苕悄悄进了郁棠和陈氏避身的屏风后，小声道："太太，小姐，那江老爷连个行李也没有。"

陈氏大惊失色，望着郁棠道："这，这怎么办？"

郁棠猜测，江潮多半是被追债的人堵着不能落脚，没有办法，才来临安试一试的。不过，有些事她爹都不在乎了，她也没什么好计较的。

她拉着陈氏出了厅堂，站在屋檐下悄声对母亲道："既然阿爹已经决定帮江老爷，我们也别让阿爹为难，不如装作不知道，拿些银子给江老爷置办几身衣服，不声不响地把他送走好了。"

郁棠不知道梦中江潮有没有遇到这样的事，但从这些日子的所作所为看来，江潮倒没有辜负他梦中的名声。那他就不可能总躲在临安。他肯定还会出去想办法翻身的，他们又何必做那小人。

梦中，她落难的时候也有很多人帮她，她也应该与人为善，力所能及地帮帮别人才是。

陈氏觉得郁棠说得有道理，去开了妆奁给阿苕拿了银子。

郁文对此一无所察。可自打进了这个厅堂心弦就绷得紧紧的江潮却看得明白。

屏风后面有人，如果不是郁家的女眷就是刚刚在此和郁老爷说话的朋友。领他进来的小厮去安置他的客房了，此时却去了屏风后面，十之八九是发现他没有行李去请屏风后的人示下，那屏风后面的人应该就是郁太太了。

只是不知道那位郁太太是穿着墨绿色八幅裙的还是穿着白色挑线裙的？穿白色挑线裙的，多半是丫鬟。郁家应该已经发现他的狼狈了。郁老爷是会寻个借口把他赶出去呢，还是会如他期待般收留他几天呢？江潮心里乱七八糟的，面上却不显地低头喝着茶。

吴老爷得了信很快就赶了过来，因为有了江潮，他们原本准备两家人一起在院子里赏月、喝酒、吃螃蟹的安排被打乱了，变成了吴老爷、郁文、郁博、郁远、江潮和吴老爷的两个儿子在前面的天井里赏月、喝酒、吃螃蟹，郁家和吴家的女眷在后院开了一桌。

吴太太也知道入股失败的事，之前一直没有机会和陈氏聚一聚，此时不免拉了陈氏的手说起这件事来："舍得舍得，没有舍，哪有得？何况这家业原本就是他们男人挣下来的，挣钱的时候我们跟着笑呵呵的，这赔了银子，他们心里也难过，就更不能说风凉话了。我以为只有我是这样的，没想到弟妹比我心更宽，还请我们家来吃螃蟹，我敬弟妹一杯。"说完，端了面前的金华酒。

郁棠不由对吴太太刮目相看。她这番话分明是要劝解陈氏。郁棠从前只觉得她是个八面玲珑、长袖善舞之人，没想到她还有这样的胸襟气度，难怪人人都喜欢请了她去做全福人。

她服气地敬了吴太太一杯酒。吴太太却逮着她开始说起她的亲事来。郁棠如坐针毡。

王氏呵呵地笑，为侄女解围："她的事不急，最要紧的是找个合心意的。"

吴太太笑盈盈地点头，见相氏只是坐在那里喝茶吃月饼，热心地夹了只螃蟹放到了相氏的碗里，道："你也尝尝，这螃蟹可买得真好，蟹肥肉美，很难得。"

相氏闻言，却求助般地望向王氏。

王氏眼角眉梢都洋溢着喜悦，道："多谢吴太太了，只是我这儿媳妇这些日子要注意饮食，螃蟹性寒，不敢吃。等到了明年的这个时候，我请大家吃螃蟹宴。"

吴太太讶然，但很快就和王氏一样喜上眉梢，连声说着"恭喜恭喜"，道着"明年的这个时候您可别忘了"。

"一定，一定！"王氏春风满面，相氏却有些不好意思地低下了头。

郁棠看得一头雾水。陈氏这才笑着摸了摸女儿的头，道："傻瓜，你马上要做姑姑了。"

郁棠恍然大悟。难怪郁远欲言又止，难怪大伯母来家里借布……郁棠"哎呀"一声，嗔怪相氏："阿嫂也不告诉我一声。"

相氏脸红得更厉害了，赧然道："刚刚三个月……"

梦中，郁远一直都没有子嗣。她眼眶一湿，端起酒杯就要敬相氏。

陈氏笑着夺了郁棠的酒杯，笑道："你这丫头，糊涂了，你阿嫂这个时候怎么能喝酒，早知道就应该再过些日子告诉你的。"

吴太太等人哈哈大笑。郁棠却破天荒地多喝了几杯，回房的时候脚步都有些不稳了。

江潮却是酒醉心明，回到客房连喝了两杯浓茶，人终于清醒了一些，立刻问还忙着继续给他沏茶的小厮："郁家人都说了些什么？"

小厮忙道："没说什么。还奉他们家太太之命给老爷拿了几身衣裳和二十两银子过来了，说是给老爷过节用的，我也得了一两银子打赏。"

果然是厚道人家。江潮长长地吁了口气。这些日子被人追债，怕连累了母亲，连家也不敢回，甚至没钱给郁家和吴家送些节礼。这个恩情，只能以后再报了。他想起屏风后面一绿一白的裙裾。都是心善之人。他模模糊糊地想着，也不知道自己是什么时候睡着的，第二天醒来的时候天色大亮不说，还已经日上三竿，小厮正无聊地坐在他床前发呆。

"阿舟。"他喊了小厮一声。

阿舟吓了一大跳，立刻站了起来，道："老爷，您还好吧？郁老爷一大早就过来了，见您还歇着，就没有叫醒您。只说让您醒了之后用过早膳就去书房，他和吴老爷在书房等您。"

江潮揉了揉太阳穴，这才想起郁文昨天在酒席上邀请他去逛临安城。看样子他起来得太迟了。宿醉的滋味不好过，江潮洗完脸，用了早膳，直到走在去郁文书房的路上才觉得慢慢清醒过来。

郁文和吴老爷决定陪着江潮先去趟昭明寺，再去天目山。江潮哪有心情去玩乐，可盛情难却，最终还是坐着吴家的马车往昭明寺去。

路上，吴老爷给他讲临安城的名胜古迹和一些奇闻趣事，其中就提到了裴家的那株老梅树："……老一辈人说和昭明寺的那棵悟道松是一道的，不过一个在东一个在西，是我们临安城最古老的两棵树了，但说不清是真是假。"

郁文笑道："多半是那些文人雅士杜撰的，这说法我还是第一次听说。"

江潮却心中狂跳，连声音都变得有些尖锐："你们说的，不会是裴家吧？小梅巷裴家？就是那个一门三进士的裴家！听两位兄长的口气，好像和他们家有些交情？"

吴老爷愕然，道："我说的正是小梅巷裴家。我们和裴家乡里乡亲的，肯定认识。可要说熟，那肯定是郁老爷比我熟。他们都是读书人，郁老爷家的铺子开张，裴三老爷还曾亲自道贺。"

这可真是柳暗花明又一村！江潮按捺不住心中的激动，道："两位兄长可算是救了我一命。"

吴老爷和郁文面面相觑，江潮已激动地道："之前那王老板的东家小儿子不就是因为搭上了浙江学政才让王老板弃家舍业的吗？我就一直寻思着能不能走走宁波知府的路子。两位兄长刚才的话提醒了我，我们与其舍近求远去找那宁波知府，还不如请了裴家三老爷出面。"

吴老爷和郁文只听了个半懂。两人又交换了一个眼神。

吴老爷斟酌地道："你的意思，是让我们求裴家的三老爷出面帮着打官司？难道裴家和宁波知府有什么交情不成？"

这都是小事，他们怕的是，江潮这次突然来临安，原本就是为了向裴宴求助。他们为人处世是厚道，却不是傻瓜，不想被人当枪使！

江潮这段时间夜不能寐，精神疲惫，自然就没有了之前眼观六路、耳听八方的洞察力，何况他刚刚发现了一个也许能拯救他的办法，难免有些激动，也就没有察觉到吴老爷问他时隐隐流露出来的小心翼翼和试探。

"不，不，不。"他兴奋地道，"王老板出事，不就是因为官官相护吗？做生意有时候就这样，没有官府的人庇护会生出很多的麻烦来。我之前是知道临安城小梅巷裴家的，但也只是知道他们家一门三进士，了解的却不多。直到去年，宋家有船被扣在了淮安。你们应该知道我们苏州府的宋家吧？他们家也是几代官宦，是我们苏州府最显赫的豪门大家了。你们想想，这样的人家船都被扣在了淮安，肯定是因为犯的事比较大，说不定还是通了天的大事。他们家求的就是你们临安城的裴家。我当时听得惊讶了很久。我知道江南四大姓，你们杭州城就占了三家，可这四大姓里是没有裴家的，我平日里也没有放在心上。后来宋家的事解决了之后，我就仔细地打听了一下裴家。没想到裴家几乎是代代都有人出仕，还名声不显，这就厉害了。"

代代有人出仕吗？郁文和吴老爷都没有注意到。这么仔细一想，裴家好像真的每代都有人做官的，只是裴家人做官也好，中了进士也好，很少会大张旗鼓地庆贺，反而是无论哪房添丁了，都会摆流水席。

在他们的记忆里，裴家三兄弟都中了进士，老太爷是举人，裴家应该是一门三进士……实际上，裴家这一代还有一位进士，是裴家的旁枝、裴老太爷堂兄裴毅的儿子，叫裴望来着。不过，裴毅不理事。裴望中了进士之后很快就去了河南那边做官，因隔着房头，裴老太爷死的时候裴望并没有回来。裴老太爷的丧礼上裴毅从头到尾是一句话也没有说。裴宴接手裴家的时候，他更是像不存在似的，以至于临安城的人对他们这一房都没有什么印象。

吴老爷和郁文不由都有些汗颜。他们一个临安人，居然要个苏州人提醒才想起来。

但他们毕竟是本地人。郁文不禁道："裴望我记得比裴家大老爷要大好几岁，而且比裴家大老爷还早几年中了进士，之后就一直在外面做官，也不知道现在是什么品阶，在什么地方做官？但他有个儿子我记得很清楚，只比我们家姑娘大半岁来着。他那个儿子出生的时候在小梅巷的巷口撒过钱，那天正巧我陪着拙荆去梅溪河旁的铺子买针线。拙荆还感叹，说这孩子会投胎，到了裴家，还摸着肚子说不知道怀的是姑娘还是小子来着。"

江潮两眼发亮，道："裴家的这位裴老爷如今在保定府做知府。"

吴老爷和郁文大吃一惊。保定知府虽然只是个四品的知府，但保定府地理位置特殊，是南北进京的必经之地。在外放的官吏中，保定知府是离京城最近，也是最容易提拔为京官的知府。朝中虽有非庶吉士不入阁的说法，但若有谁能打破这个说法，那肯定是能做保定知府的人。

临安城不仅没有这位裴老爷的消息，反而处处都在抬举李家那位原先在日照为知府的李意。

郁文神色微肃，道："我要是没记错，裴毅裴老爷从前好像也做过知府，后来听说是不适应辖治地区的气候，大病一场，差点没命了，这才致仕回乡养病的，且自那以后就再也没怎么在外走动，就连钱塘书院请他去做山长他都断然拒绝了。我那个时候还年轻，刚刚过了县试，还没取得秀才的功名，还曾经和同窗议论过，说要是裴毅裴老爷能去钱塘书院做山长，我们这些临安城的读书人想进书院岂不是比别人便利？他拒绝了山长之职后，大家还曾猜过他是不是卧病在床，命不久矣。"

没想到他比裴老太爷活得还久！不对，裴家的这位毅老太爷到底是死是活，他们还真不太清楚。郁文看了吴老爷一眼。

吴老爷显然和郁文想到一块去了。他忙道："还在！裴家老太爷去的时候我在丧礼上亲眼见过他。看着头发都白完了，可精神还挺好的，没有拄拐杖，走路也还挺好的。"

江潮道："他们家也太低调了，我一时竟然没有想到他们家。"

吴老爷和郁文此时想想，突然对裴家敬畏起来。裴家这可是真正的世家大族，造福乡梓不说，还谦逊低调有涵养，的确非等闲人家可比。那，他们这样去打扰人家不太好吧？吴老爷和郁文又交换了一个眼神。

这次是郁文先开口了："裴家的几位老爷还在守孝，我们为这些事向裴家求助……"

江潮如同三九寒冬被淋了盆冷水，瞬间蔫了下去，道："我也知道，他们家和宋家还是姻亲呢。我在苏州城找人入股，宋家一直不太高兴，觉得我夺了他们家的生意。裴家怎么可能帮我们？"

裴家和宋家是姻亲吗？在吴老爷的印象里，两家的来往好像不怎么密切。

他好奇地道："裴家和宋家是什么姻亲？"

郁文道："裴家老安人和宋家的老安人是姨表姐妹。"

吴老爷和江潮目光炯炯地朝他望过来。

郁文这才惊觉，临安城知道裴家和宋家是姻亲的好像不太多。他这也算是无意间闯了个祸吧？

郁文暗中苦笑，忙道："我也是听人说的，不知道是真是假。"

江潮道："是真的！我和宋家的一个管事关系不错，他告诉我的。"

他还知道，宋家老安人和裴家老安人虽是姨表姐妹，但两人相差近二十岁。宋家老安人出阁的时候，裴家老安人还没有出生，两人感情并不深。后来好像还发生过什么事，两家有了罅隙，早些年来往只是面子情。后来裴老安人的三个儿子都陆续中了进士，宋家这边却只有个子弟在外做官，宋家低头奉承，两家才渐渐又有了来往。就算是这样，宋家出了事，裴家一出面，还是把人和船都给捞了出来。

"朝廷有人好办事啊！"他长长地叹了口气。

吴老爷和郁文都没有接话。

江潮这才感觉到两人的态度有些推诿。他暗暗苦笑。欠了两人那么多的银子，这两位既没有向他逼债，又救了他母亲，如今还收留了无处可去的他，他已经欠了两位很大的人情，再逼着他们去引荐裴家的人，就是他的不对了。他再想想其他办法好了。

江潮思忖着，转移了话题，问起了昭明寺的来历来。吴老爷和郁文齐齐露出了笑容。三个人不管心里怎么想，一路说说笑笑地在昭明寺游玩了一天。下山的时候，三人已经开始称兄道弟起来。

等回到郁家，江潮疲倦地先回客房休息去了，吴老爷却趁郁文送他出门的时候拉着他在门口说事："郁老弟，你跟我说实话，你是怎么知道裴家和宋家是姻亲的？我在临安城大小也算是个人物了，却从来没有听说过。"

郁文面露犹豫。

吴老爷立刻道："你也别拿糊弄江老弟的那一套糊弄我，我可不是他那种什么也不知道的小毛头。"

郁文摸了摸头，不知道怎么说好。

吴老爷索性道："我也不逼你了，你只告诉我，你和裴家三老爷的关系如何？若是为了王家的事去求三老爷，他会不会见我们？"

郁文如释重负，实话实说："我真不知道！三老爷这个人吧，看着年轻，实际上是很有点脾气的。我从来没有这样麻烦过他。"

拍卖舆图，他觉得裴家也是可以从中获利的，所以才敢求上门去。但这件事，裴家再插手，就纯粹是帮忙了。他也不知道自己有没有这个面子。

"难道你想帮江老弟牵这个线？"郁文道，"商人重利轻别离……"

吴老爷摇头，压低了声音道："这也是双赢的事嘛！我觉得十有八九我们的钱是要不回来了，但江老弟这个人你是知道的，能说会道，特别容易打动人。如果把他引荐给裴三老爷，说不定柳暗花明又一村，他能借着裴家的势再站起来呢！"

说来说去，还是想把之前投入的钱再让江潮赚回来。若这件事只涉及他自己，郁文肯定不会答应，但他害得吴老爷损失了一大笔银子，吴老爷又这样求他，他不得不考虑这件事是否可行。

"要不，我试试？"郁文迟疑道，"我也不知道裴三老爷会不会答应。"

能试试就有机会。吴老爷大喜，道："人家三老爷能接手裴家，还能让裴家所有人都没个声响，那就不是个面人！就算是个面人，那也是个笑里藏刀的。你别以为我是为了那几个银子，我主要是想和三老爷多走动走动。"

没事都得找点事，何况现在是真有事。

郁文能理解他的心情，不住地点头。

吴老爷叮嘱他道："这件事你先别跟江老弟说，三老爷愿意见我们了再跟他说。"说完，还朝着郁文使了个眼色。

郁文以为他是怕丢面子，实际上吴老爷是想误导江潮，让江潮觉得他们和裴宴的关系很好，以后好让江潮把他们投的银子再想办法赚回来。

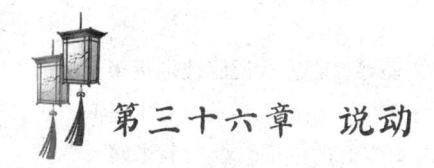

第三十六章　说动

郁家的拜帖送到裴宴手里的时候，裴宴正在水榭的书房练字。

秋风吹过，垂柳叶子纷纷坠落在湖里，几条锦鲤探出头来，追逐着漂浮的柳叶。

他打开拜帖随意地瞥了一眼，问送拜帖的小厮："郁家还说了什么没有？"

小厮垂着眼睑，恭敬地道："没说什么，只说想明天来拜访您。"

裴宴点了点头，重新拿起湘妃竹的湖笔，淡淡地道："去跟大总管说一声，让他安排安排。"

小厮应声而去。给裴宴磨墨的阿茗犹豫了半晌，轻声道："三老爷，您明天不去查账了吗？要不要我去跟陈先生说一声？"

陈先生叫陈其，是裴宴正式掌管裴府之后，从外面聘请的一位账房先生。如今管着裴府的账目。

裴宴眼也没抬，道："不用，阿满知道怎么办的。"

阿茗"哦"了一声，又埋头磨墨。

三老爷每天要写两千个小楷，刚开始的时候一天下来他手都抬不起来，如今慢慢习惯了，反而觉得很轻松了。

青竹巷，郁文得了回信去请了吴老爷过来："明天我们要不要一块儿去？"

吴老爷心中暗暗惊讶。昨天晚上他还和城中一位姓黄的乡绅一起喝酒了，黄老爷为秋收的事想求见裴宴，裴宴却说要查账，如果事情不急，让黄老爷去见裴大总管。郁文却今天刚递了拜帖，明天就能进府了。可见郁文和裴家走得比他想的要近多了。

他又想起郁家铺子开业时候的情景。裴宴是亲自到场恭贺了的。吴老爷不动声色地打量郁文。还是那副温文尔雅的书生模样。他之前难道是小瞧了郁文？小瞧了郁家？

吴老爷摸了摸脑袋，道："明天我就不和你一道去了。没有旁人，你们也好说话。"

郁文有点不好意思去见裴宴。裴宴帮他们家那么多，结果银子拿到手里还没有捂热就没了六千两。明天吴老爷不在场也好，免得他想给裴宴赔个不是却不好开口。

翌日，郁文雇了顶轿子就去了裴府。郁棠知道后不免抱怨："阿爹去裴府也不说一声，我们昨天做的花生酥比上次的还要好吃。"

陈氏直笑，道："那明天让阿茗再跑一趟裴府。"

郁棠点头。

裴宴以为郁文是为了那六千两银子而来，还寻思着怎么说服他别指望宁波那边能退回多少损失。谁知道郁文却说起江潮来："人还挺不错的，有上进心，也诚信守诺。想让我帮着牵个线来拜见您。我也不好拿您的主意，这不，就来问一声。"提起那六千两银子，只说是辜负了他的一片好心，自己不是做生意的料，估计没这偏财运，还道："您看，拍卖舆图虽是意外之财，可转眼间就没了。"言词间颇为豁达。

裴宴刮目相看，道："江潮要见我做什么？"

郁文也坦诚以告："说是想让您给宁波知府那边打个招呼，可我觉得，他多半还是想认识认识您。还说起您家里的事，我们这些本地人都把望老爷给忘记了。"

裴宴嘴角抽了抽。不是外人忘了裴望，而是裴家有意淡化他的存在。

"我知道了。"他道，"既然求到你这里来了，乡里乡亲的，不见也不好。你就让他过个四五天再来见我。我这几天要去杭州城查个账。"然后说起上次见郁棠的事："她有没有跑去李家看热闹？"

郁文赧然。他和吴老爷还想背着裴家买了李家的田，没想到人家裴三老爷早就知道。

"看热闹？"郁文心虚，一时也不知道怎么回答裴宴，干笑道，"怎么看热闹？他们的田是私底下找人卖的，她总不能跑到李家门前去围观吧？而且就算她去，李家大门紧闭，也没什么好看的啊！"

裴宴奇怪地看了郁文一眼。李家的热闹难道就在大门口杂耍吗？难怪郁家的事得郁小姐出面，郁文虽然是个秀才，可看这样子，估计读书读得都有点迂腐了，估计和他说什么都费劲。

裴宴懒得和郁文继续说下去，端了茶。郁文不好多逗留，起身告辞。

裴宴当天下午就去了杭州城。江潮只好在郁家等裴宴回来。郁文和吴老爷做东，带着他到处游玩了一番。可惜临安城只有这么大，远一点的地方又不敢去，不过两三天，就没什么新鲜的地方可去了。

江潮常年在苏浙两地奔波，也算是小有见识，临安的风景虽好，却称不上独步天下。他心里又惦记着几天之后和裴宴的见面，也无意继续游玩，索性道："连着爬了几天山，我这腿都开始打战了，还比不上两位兄长体力好。惭愧！惭愧！"

吴老爷闻言知雅意，哈哈笑道："我们也是强弩之末，舍命陪君子。既然江老弟这么说，那我们就歇两天，正好等裴三老爷回来。"

江潮在郁文家歇下，在心里仔细地琢磨着见了裴宴要说些什么话，怎么样才能打动裴宴，让裴宴觉得他是个有用之才。像这样的机会，可能在他一生中只会有这么一次。心里七七八八地推算了一整天，到了下午不免有些头昏眼花的，想着马上要用晚膳了，他带着小厮阿舟往厅堂去。

路过天井，他看见一个年约十六七岁的小姑娘，穿了件银红色素面杭绸褶子，白色的挑线裙子，头发乌黑，皮肤雪白，正指使着郁家的那个婆子和丫鬟在装匣子，一面装，还一面道："小心点！边边角角都不能折了，他那个人，最最讲究不过，要是看到边角折了，多半会以为是放了好几天的，连尝都不会尝一口。"

江潮的目光就落在那些匣子上。一看就是装点心的匣子。白白净净，连个字和花纹都没有。送礼，应该是用红匣子装着吧？这种匣子，像是……祭祀的时候用的。他不由多看了几眼。

那小姑娘转过身来。

他看见了一副好面孔。一双眼睛翦水般，黑白分明，清澈明亮。嘴角噙着笑，欢快得像只围着花朵的蜜蜂。

"这位是……郁小姐？"他低声问阿舟。

阿舟踮着脚看了一眼就笑了起来，欢快地道："嗯，是郁家的大小姐。她可会做点心了，做的花生酥特别好吃。前两天阿苕给了我一颗。"

郁小姐长得很漂亮。江潮想着，他这样站在这里毕竟不合适，正要转身离开，郁棠的目光无意间扫了过来。

这个人就是江潮啊！郁棠暗暗地打量了他两眼。

长得挺英俊的，不过和江灵不太一样。一个瘦小羸弱，一个却高大自信。或许这是男子和女子的不同？郁棠寻思着，朝江潮礼貌地点了点头。

江潮忙朝着郁棠行了个揖礼，离开了天井，快步去了厅堂。

郁文不在。江潮低声问阿舟："知道郁小姐在做什么吗？那些点心是送到哪里的？"

阿舟笑道："是郁小姐做的花生酥，送去裴府的。听说裴府的三老爷很喜欢吃。上次裴家的总管来送中秋节礼的时候，还特意提了一句。郁家收了新花生，郁小姐就专程做了这花生酥送过去。"

江潮"哦"了一声。郁家和裴家的关系居然这么好！他再见到郁文的时候，又热情了几分，并向郁文确认起裴宴的性情来："我打听了一些，可大家也说不清楚，好像是说裴家三老爷从前不怎么在临安，是裴老太爷去了之后，这才接手了裴家，在临安长住的。听说他有点喜怒无常，是真的吗？"

郁文闻言眉头紧锁，不悦地道："你听谁说裴三老爷喜怒无常？这全是造谣！裴三老爷侠义热肠，和裴老太爷一样，很愿意帮人。只不过他年纪轻轻的，还有几分锐气而已……"

江潮心不在焉地听着他赞扬裴宴，并不十分相信。裴宴要真是这样的人，那郁小姐为何连个装点心的匣子都那么仔细？郁老爷要不就是在为裴宴脸上抹粉，要不就是根本不了解裴宴。他脑海里突然浮现出郁棠那双含笑的大眼睛。或许，郁小姐知道得更多？

他心中一动，道："郁兄，我看见郁小姐正在准备送给裴府的点心，您可知道裴三老爷喜欢吃甜的还是吃咸的？我去裴府的时候，送些什么东西既不失礼又能给裴三老爷留下深刻的印象？"

郁文轻咳了两声，还真不好帮他出主意。

"我去问问家里的人，"他道，"我平时都不怎么管这些事的！"

江潮笑着道了谢，朝着阿舟使了个眼色。

等用了晚膳回到客房，阿舟悄声地告诉江潮："郁老爷刚才给您列的单子，是去问的郁小姐。"

果然如他直觉的一样。那他要不要找机会和郁小姐说几句话呢？

江潮在屋里来来回回走了大半夜，最终还是把准备送给裴宴的礼单托郁文给郁棠看看。

郁文没有多想，把单子给了郁棠。

雪涛纸两刀，李家徽砚两方，吴家湖笔两匣子，胡家花香墨锭两套，柳芳斋的黄杨木镇纸一对……全是文房四宝里难得一见的珍品。

郁棠笑道："不是说江老爷连换洗的衣服都没有了吗？怎么还能这么大手笔地往裴家送东西？"

"可见他宁愿没吃没喝都留着余力随时准备翻身呢！"郁文感慨道，"所以阿爹才想帮帮他啊！"又道："你每次送的东西我看裴三老爷都挺喜欢的，你就好好帮他看看礼单好了。刚刚阿苕回来说，裴家的管事接到咱们送的花生酥，就直接拿去了内宅。"

"啊！"郁棠面露喜色，"真的吗？我们家的花生酥被送去了后院？"那就是说，不仅裴宴觉得好吃，还让家里人都尝了。

郁文点头，眼角眉梢也都是笑，道："阿苕这个鬼机灵，还专程打听了一通。据说，自裴三老爷掌家以来，这还是他第一次往后院送吃食。"

郁棠道："那是不是以后我们往裴家送东西都可以加上花生酥了？"这样，也就能少伤些脑筋了。往裴家送东西既要新奇还要有诚意，真是太难了。

"嗯！"郁文也很高兴，道，"这可真是青出于蓝而胜于蓝。你姆妈的点心做得好我是知道的，没想到你跟着你姆妈，点心也做得这么好了。"

郁棠抿了嘴笑，不准备向父亲解释这花生酥的来历。就让他误会是她母亲教的好了。

郁文叹息道："你姆妈的身体越来越好，咱们家也越来越像个样子了。"

郁棠笑眯眯地应"是"，重新拿了江潮的礼单，道："我们两家不一样。我们家女眷受裴家诸多恩惠，走的是通家之好的路子。江老爷有求于裴家，走的是举贤荐能的路子，送的礼肯定大不相同。您让我给江老爷出主意，说不定好事变坏事呢！我看，要送什么东西，还是请江老爷自行斟酌的好。不过，我瞧着这份礼单面面俱到的，就算是让我来拟，也拟不出比这更好的礼单了。"

以郁文的眼光看来，这份礼单也挑不出任何的毛病，不过是江潮拜托，他怕有什么疏忽的地方，因而才拿过来给郁棠看看的。

"那我就跟他这么说好了。"郁文拿着礼单就去了江潮那里。

江潮听了，笑着向郁文道了谢，心里却琢磨着，原来郁家是和裴家走的通家之好的路子，难怪要送吃食之类的小东西了。可见郁家和裴家的交情不一般，否则不会想也不可能想到和裴家走通家之好的路子了。

他不由庆幸，当初觉得郁文是读书人，没有吴老爷那么看重钱财，选了郁家而不是吴家落脚……

可等他真正见到裴宴，已是八月底了。他足足等了裴宴快半个月。

裴宴见他的时候神色间还有些疲惫，可以看得出来，裴宴说一回来就见他果然是真的在第一时间见了他。江潮把郁家又高看了一眼。

裴宴说话喜欢开门见山，何况江潮也不足以让他委婉。

江潮给裴宴行过礼后，两人分主客坐下，裴宴立刻道："听说你要见我，可是为了宁波府王家的案子？这案子我已经派人去打听过了。王家的儿子的确犯了事，并非冤枉。虽说民不举官不究，可这案子已经移送到大理寺了，再翻案恐怕不太容易。你来找我，我也没有太多的办法。"

江潮听了却在心里苦笑。恐怕不是没有办法，只是他江潮不值得裴家费这么大的力气去帮着翻案吧？可他这一生受到的白眼远比别人想象的多，况且裴宴这样的怠慢对他来说也不值一谈。

他恭敬地道："王老板的那个案子，我也仔细听过了，知道错在王家，不敢让裴老爷帮着做那颠倒黑白的事。我来见裴老爷，是有其他事相求。"

裴宴挑了挑眉，看江潮的目光多了几分正色。说实话，他还真的去打听了宁波府王家的案子。宁波知府知道这件事与他们裴家有关，当时就苦笑连连，说去大理寺翻案他是没办法的，可若是裴宴能把案子打回来重审，他还是愿意重审的。

裴宴觉得打回来重审不是什么难事，重要的是王家也有错。让他去帮着王家翻案，他就不乐意了。他甚至想，大不了那六千两银子由他私下补给郁家好了。只是杭州府那边的事拖了他后腿，让他一时没来得及办这件事。不承想这个江潮还真有点本事。不管接下来他想干什么，至少这样的说辞引起了他的注意，就是个不错的人才。他现在，手里就是缺人。

江潮见开局没有出错，心中微定，继续笑着道："三老爷想必知道我做海上生意之事。我之所以敢做这门生意，一来是我家世代跑船；二来是我这些年来都在做宁波府那边的生意，对海上生意非常了解，我甚至亲自跑过一次苏禄，对线路、码头甚至什么时候会遇到海风，如果遇到了海风到哪里避风都知道得一清二楚。"

裴宴已经猜到他要说什么了。他不由坐正了身子。有点意思了。这个江潮，自己赔得一塌糊涂了，还能不卑不亢地跑到他这里来诓他。是个人才！难怪郁文和吴老爷不过只是见了他一面，就立刻被他打动，投了银子不说，在他血本无归的时候还愿意继续帮他。

裴宴微微倾身，眼底闪过一丝笑意，道："你想说什么？"

江潮咬了咬牙，道："我想裴三老爷支持我做笔海上生意。这个季节，可是海上最风平浪静的时候，要是再拖下去，就只能等到明年了。您既然知道宁波府的事，肯定也知道王老板不是不愿意做这门生意，是因为我们本钱太小，经不起折腾。可您不一样！您不仅掌管着裴家，您自己名下也有大笔的私产。就算不以裴家的名义，凭您自己，也能做得起海上的买卖。"

连他自己名下有私产都打听清楚了。裴宴笑道："那你知不知道我们裴家和宋家是姻亲。我凭什么帮你？"

郁文也好奇不已，他一面给江潮续着茶水，一面问江潮："你当时是怎么回答的？你又是怎么知道宋家和裴家不和的？"

此时江潮已经从裴府回来了。他背心全是汗，湿漉漉的衣衫，非常不舒服。只是他一进门就被早早等在天井的郁文拽到书房问话，还没来得及更衣，只好先忍着，道："郁兄知道裴家和宋家是姻亲，却不知道他们两家有什么罅隙？"

郁文还真不知道。他支支吾吾的半晌也没有说出个所以然来。

江潮不禁怀疑郁家和裴家的关系。他正寻思着自己要不要告诉郁文，就看见双桃进来奉茶。他心中一动，观察着双桃的动静。

双桃奉过茶之后，就收了茶盘，静悄悄地站到了落地罩的帐子后面，不留心的人，根本觉察不到她在屋里。

江潮明白这是郁家小姐让双桃来打听消息的。

他心中一动，道："郁兄是临安人，我以为你们都知道的。没想到宋家和裴家的官司，你们还要从我这里听说。"

郁文讪讪然地笑了笑。

江潮倒是一副知无不言、言无不尽的模样，道："宋家老安人和裴家老安人因是他们钱家嫁得比较好的姑娘，因而裴家老安人刚嫁到临安的时候，两家走得还是比较近的。不过那时宋家有四五个子弟在外面做官，裴家只有个望老爷中了进士，相比之下裴家自然没有宋家显赫。加上宋家在苏州府，裴家在临安，日子一长，宋家对裴家不免有时候会有些怠慢。据说两家不和，是从宋家大爷成亲的时候开始的。裴家老安人带了裴家三位老爷去苏州府吃喜酒。裴大老爷为了一篇文章和宋家大爷的几位同窗起了口角，后来还动起手来。其中一位还被裴家二老爷给打了。"

郁文目瞪口呆。

江潮道："原本这也不是什么事。大家都是十七八岁的年纪，说是打了，不过是被揍了几拳，大人们各自呵斥一顿也就过去了。偏偏宋家大爷是个护短的，又自视甚高，带着几个随从把裴二老爷给堵在夹道里打了。裴二老爷吃了亏，裴三老爷就领着裴家带过去的几个护院把宋家大爷的新房给砸了。这下就不好收场了。结果，裴老安人也不是个吃素的，比宋家更护短。丢了两千两银票给宋家，连喜酒都没有喝，当天就带着三个儿子回了临安。宋家派了人来理论，裴老安人把三个儿子护得紧紧的，不仅不道歉，还扬言，要是宋家不把打人的随从交出来，宋、裴两家就不必走动了。"

郁棠杏目圆瞪，问双桃："打人的是裴二老爷不是裴三老爷？"

双桃道："我听得清楚。打人的是裴二老爷，砸新房的是裴三老爷。"

那为什么大家都说裴二老爷是个老实忠厚、孝顺守礼之人？

双桃继续道："宋家和裴家就这样没什么来往了。后来裴家三位老爷都中了进士，宋家却一日不如一日。裴家二老爷成亲的时候，宋老安人亲自来临安给裴家道贺，这件事才算是揭了过去。"

"所以江潮就利用了这一点，求到了裴三老爷面前？"郁棠喃喃地道，"他甚至答应了江潮，拿出银子来给江潮投资，让江潮重新买条船，跑宁波到苏禄的海上生意。"

双桃道："裴三老爷还没有答应，只说到时候会想一想的。"

就算是想一想，江潮也很厉害了。从前裴宴可是说过，不做海上生意的。是什么原因让他改变了主意？以她对裴宴的了解，他并不是个容易改变主意的人。

郁棠想到之前顾昶的拜访和裴宴的迟归……难道是裴家出了什么变故不成？郁棠有些担心，琢磨着要不要去见见裴宴。毕竟裴宴帮她良多，她好歹有梦中的经历，若是能帮得上裴宴的忙，那就太好了。

只是没等到郁棠去拜访裴宴，裴家的人先来拜访郁家了。

来的人是三总管胡兴。他十分殷勤，坐在郁家的厅堂里眉飞色舞地对郁文和陈氏道："……我们老安人，可不是一般的内宅妇人。那年毅老太爷病了，他们家里的事都是我们老安人帮着安排打点的。自老太爷去了，我们家老安人就闭门谢客，就是大太太娘家的舅奶奶过来，我们家老安人也只是见了一面。如今却说要接你们家姑娘进府去坐坐，这可是多少人求都求不来的恩典，你们可得叮嘱郁小姐好好捯饬捯饬，我们家老安人最喜欢漂亮小姑娘了！"

郁文很是意外。

陈氏则是喜得都不知道说什么好了。

郁棠的婚事到今天也没有个着落，裴家作为临安城最显赫的家族，若是郁棠能得了裴老安人的青睐，必定会声名远扬，对她的婚事十分有利。

"多谢胡总管了。"因常带了杨御医过来给她问诊，陈氏和胡兴颇熟，说起话来也就没有寻常人家的拘谨，"我们必定不会辜负了胡总管的一番厚爱。您先坐会儿，我这就让人去备酒席，让我们家老爷和您好好喝两盏。"

陈氏示意陈婆子去准备些礼品等会儿送给胡兴。

胡兴连连摆手，道："我们也都不是外人，郁太太和我不必这么客气。我奉了老安人之命，正准备去佟大掌柜那里一趟，结果在门口遇到了正要来给你们家送信的管事，我就主动请缨，跑了过来。我那边还有事呢，等忙完了这一阵子，再找个机会来专程拜访郁老爷。"

他寻思着，要是郁小姐这趟进府得了老安人的眼缘，郁家和裴家就要走动起来了，他到时候无论如何也要来讨个喜，和郁家的关系，也得更近一层才行。

郁文听着笑道："听胡总管的口气，您如今难道是在老安人面前当差了？"

胡兴听着笑得眼睛眯成了一条缝："您可真是火眼金睛。这不，前几天帮着老安人办了几件事，老安人瞧着还行，就让我专门在她老人家面前当差了。佟大掌柜不是管着临安城的当铺吗？过几天就是宋大太太的生日了，老安人让我去看看他那边有没有什么稀罕玩意儿，准备拣两件送过去。"

郁文不好留他，亲自送了他出门。

陈氏那边却立马欢喜地准备起来，跑去郁棠那里说了胡兴的来意，拉着她就要去银楼："得去看看有没有新式样子的首饰买几件，还得买几件衣裳。我可是听说了，那钱家也是世代官宦，是江南四大家之一，要不是裴老太爷长得实在是英俊，钱家长辈也不会瞧中裴老太爷了。当年，老安人可是低嫁。"

郁棠哭笑不得。

梦中，她刚刚开始接触李家的三姑六眷的时候也很紧张，后来发现，有时候你越是平常心，越容易融入周遭的环境。

不过，裴宴那个人那么重视仪容，她这又是第一次正式去裴府拜访裴家的女眷，是得好好打扮打扮才行，这也是敬重裴老安人。只是她去裴家的那天早上，突然下起了雨，天气有些阴沉。她特意选了一件银红色柿蒂纹镶嫩黄色襕边的褙子，白色的立领小衣，钉着莲子米大小的珍珠做扣子，正好和她耳朵上坠着的一对珍珠耳环相呼应，头上则戴了对嫩黄色的并蒂莲绢花。打扮好的郁棠更显得亭亭玉立，肤光如雪，让黯淡的厅堂都变得明亮起来。

陈婆子不停地称赞："我们小姐就是得好好打扮打扮，你们看，这一打扮，真像仙女下凡似的。"

陈氏抿了嘴直笑，显然很赞同陈婆子的说法。

郁棠望着镜中抹了粉的自己，有片刻的恍惚。她从来没有这样打扮过，也没有机会像现在这样仔细地照过镜子，没想到她还真的挺漂亮的。难怪梦中顾曦知道李端对她心怀不轨后每次看她的眼神除了恨意还带着几分嫉妒。

但爱美是女子的天性。

她打扮得漂漂亮亮的，自己看着都欢喜，何况是旁人。

郁棠坐在梳妆镜前，看母亲给她抹上了蔷薇色的口脂，觉得自己的脸更显白净了。

她抬起头来冲着母亲笑。

陈氏就慈爱地摸了摸她的头，温声道："轿子已经准备好了，进去的时候记得要谨言慎行。老安人若是赏了什么，你就大大方方地接下来，大不了我们以后再还礼。问你话呢，你就有一说是一，有二就是二，宁可让人觉得老实可欺，也不能油腔滑调的，轻浮失礼。知道了吗？"

郁棠连连点头，眼眶中水光浮现。梦中，母亲没能活到教导她这些时候。如今她有母亲、父兄护着，一定能走得很顺利。她搂了母亲的腰，怕把粉擦到母亲的衣裳上，没敢把头埋在母亲怀里，只是轻轻地靠在了母亲身边。

陈氏又叮嘱双桃："包袱里是小姐的换洗衣裳和首饰，你要看牢了。别到小姐要换衣裳的时候连个准备都没有，让裴家的人笑话。要少说话，多听多看。你既然跟着小姐进裴府，就是小姐的脸面，也是我们郁家的脸面，做错了事，人家会说郁家而不是说你双桃。"

"我知道!"双桃就差发誓了,绷着脸道,"我一定不会让裴家人轻瞧的。"

郁棠道:"你别紧张,平时怎样去裴家就怎样。以诚待人就是最好的。"

双桃应诺,却还是一点没有放开,反而比刚才更紧张了。

郁棠失笑,由阿苕护着,带着双桃去了裴家。

因为是去拜见裴老安人,轿子一路到了垂花门才停下。来迎接她的居然是个熟人——她来拜祭裴老太爷时曾经接待过她的计大娘。计大娘和佟大掌柜还是儿女亲家。郁棠看着就更觉得亲切了。

她甜甜地喊了声"计大娘"。

计大娘原本肃然而立的,见到她时嘴角就微微地翘了翘,等听到郁棠喊她,不由就露出个笑脸来,低声道:"郁小姐,您随我来。"

"嗯!"郁棠应着,不禁小声道,"计大娘您现在是在老安人屋里当差吗?"

计大娘点头,道:"老太爷去世后,老安人放了一些人出去。我家几辈都在裴家当差,肯定是要留在裴府的。老安人就让我在她老人家屋里当了个管事的娘子。"也就是说,因为服侍着老安人,裴家的老少爷们见她也都得恭恭敬敬的了。

"哎呀!恭喜您!"郁棠替她高兴。

计大娘朝她笑了笑,觉得郁家这位小姐性子真是好,说话行事温温柔柔不说,还总是笑盈盈的,让人看着就欢喜,比家里几位小姐的性子可好多了。

难怪三老爷有意无意地总在老安人面前提到这位郁小姐,还让她们这些身边服侍的怂恿着老安人接了郁小姐到府里来玩。老安人看了肯定喜欢。

因有熟悉的人,又悄声说着话,一刻钟的路程郁棠觉得眨眼就过去了。

她们停在一座五间阔的大屋前,站在糊着白绢的黑漆窗棂前等着,自有小丫鬟撩了白色的锦缎夹板帘子进去通禀。

很快就有个穿着漳绒比甲的白胖婆子笑眯眯地出来迎她:"是郁小姐吧?我是老安人屋里的陈大娘,老安人一直等着您呢,快随我进去。"

郁棠见那婆子手上戴了个荷梗粗的金镯子,猜她多半是老安人屋里有脸面的婆子,笑着道了谢,随着她进了屋。

这还没有到寒冬季节,老安人的屋里已经烧起了火炕,迎面一阵热气扑过来,郁棠额头立刻出了汗。

计大娘忙提醒她:"披风给我,走的时候问我要就是了。"郁棠忙脱了披风,随着陈大娘进了东边的次间。

东边的次间和稍间打通了,是个两间的敞厅。四周靠墙的多宝阁上全摆着书,正中一张罗汉床,铺着猩红的坐褥。罗汉床的左边是一口青花瓷的大缸,养着睡莲和锦鲤,缸前站着个穿着青色素面杭绸褙子的女子,身材高挑纤细,头发乌黑,欺霜赛雪的手上端着个甜白瓷的小碗,正在给缸里的鱼喂食。

几个丫鬟低眉顺目、悄无声息地立在墙角，郁棠进来的时候居然没有发现。

"是郁家的小姐过来了！"听到动静的女子转过身来。

郁棠吓了一大跳。那女子长得和裴宴有五六分相似，一双眼睛炯炯有神，明亮得有些锐利，看她的时候仿佛能把她的五脏六腑都看清楚似的，让人在她面前有种无所遁形的战战兢兢。

这就是裴老安人？！郁棠嘴角微张，表情显得有点傻。

就这气势，虽然眼角和额头都有了细纹，可看上去最多也就四十来岁，一点也不像有裴大老爷这么大的儿子，更看不出是个孀居的老太太。

她是怎么做到的？！郁棠觉得自己梦中还是个望门寡，都没有裴老安人活得精神、明白。

裴老安人看着就笑了笑。果然很有意思。难怪他儿子明里暗里算计着把这小姑娘叫进府里来陪她了。

她身边的丫鬟看着倒是喜庆，可那喜庆也不知道什么时候是真的，什么时候是假的。府里的几个小丫头模样儿生得好，说话也伶俐，可就是太会看眼色，想奉承她还自恃身份，倒不如身边的丫鬟让人觉得轻快。

老安人把手上的小碗递给了身边服侍的小丫鬟，接过陈大娘递过来的热帕子擦了擦手，道："坐下来说话！"

坐下来说话吗？可这哪有凳子？坐在罗汉床上吗？不怎么合适吧！

郁棠在那里纠结着，已有小丫鬟端了个黑漆枣红绒面的绣墩进来。

她脸有点红，给老安人……不是，裴宴母亲这个样子，实际是让她没办法和"老安人"的称谓联系到一块儿的，可喊裴太太、裴夫人，也不对，裴老太爷好像只有个举人的功名，不能称夫人……但裴大老爷是在工部侍郎任上死的，工部侍郎是正三品。难道他就没有给母亲请封？再不济，也应该是个四品的孺人吧？

郁棠不知道自己满脸的挣扎，还在那儿微微屈膝，行了个福礼，半坐在了绣墩上。

老安人却看得有趣。这小姑娘，七情六欲虽不至于全上脸，有心人一看还是能看得清楚明白的。难怪遐光觉得她有趣，见她总是一个人闷闷不乐，叫了这小姑娘进府给她解闷。

老安人在罗汉床上坐下，陈大娘亲自奉了茶点。

她就抬了抬端着茶盅的手，道："你尝尝，前几天信阳那边送过来的秋茶，看喜不喜欢？"

郁棠喝了一口。就是普通的茶叶味，尝不出是什么茶，但回味甘醇，茶气清香，应该是好茶。

屋里的气温有点高，她又喝了一口。

老安人见了却笑道："怎么样？觉得好喝吗？"

当然要说好喝！郁棠的话都到了嘴边，突然想起来时母亲的叮嘱，再看看老安人通身的气派，估计她不知道的东西还多着呢，在老安人面前卖弄，接得上这句话，未必就能接得住下句话，就算是侥幸接住了下句话，那再下一句呢？

她决定还是顺心而为。

"挺好喝的。"郁棠规规矩矩道，"回甘醇厚。不知道是什么茶，我对茶不是太了解。"

老安人有点意外，但看她一副老实样儿，暗中领首，笑道："信阳送过来的，自然是信阳毛尖。这是秋天刚摘下来的茶，就是俗称的秋露茶。"

郁棠对这些是不太懂的。从前家里待客也就是龙井、碧螺春、庐山云雾之类的，其他的茶她都不熟悉。裴家富贵，历代都有子弟出仕，肯定是什么地方的特产都见识过，何况老安人出身豪门世家，见识更是不凡。

她顿时生出请教之心，恭敬地道："信阳只出毛尖吗？"

老安人被问得噎了一下。信阳是不是只产毛尖这一种茶她也不知道。但能送到他们家的茶，应该只有毛尖了吧？这小姑娘是故意挑她的刺呢，还是真不懂？

老安人睃了郁棠一眼。大大的杏眼黑白分明，明亮得像星子，忽闪忽闪的，还真是一副好奇的模样。

老安人有些不自在地咳了一声，道："这得问问胡兴他们。我这些年来喝的，只有毛尖。"

那是自然。要送当然是送最好的东西了。郁棠诚恳地点头。

老安人觉得话题不应该再围着他们家的事打转了，不然太被动，遂道："听说你很会做点心，都擅长做些什么点心？"

郁棠脸色一红，道："是我姆妈很会做点心，我也就是在旁边胡乱搅和罢了，不敢当老安人夸奖。"

老安人微愣，道："上次送来的花生酥不是你做的吗？我吃着觉得还行。"

郁棠有些心虚。花生酥是她做的，可并不是她想出来的，不过是梦中吃过，又听别人说了做法，回去仔细研究了良久才有了如今的手艺。

"那花生酥是我做的。"她脸色微红，"可这火候什么的，却是我姆妈在旁边帮忙看着做出来的。"

老安人就有点失望了。

她把人叫来可不真的是为了吃几颗花生酥。要知道，她甚至不必说，只要流露出想吃花生酥的意思，自有大把的人巴结奉承，会有人捧了花生酥请她品尝。她特意见郁棠，一来是儿子委婉地怂恿，她想让儿子安心；二来也是不再做宗妇之后，孀居在这和鸣堂，日子突然安静下来，她一时不怎么习惯，想找人说说话。可如今见了郁小姐，却发现这位郁小姐除了一张脸是真好看，不管是说话还是性情都没有什么特别让人惊艳的地方。

那就喝杯茶、赏些东西让人领了回去好了。老安人思忖着，问起郁棠平时在家里都做些什么，书读到哪里了，父母身体可还安康之类的家常话。

郁棠一一笑着答了。那笑容，眉眼舒展，显得特别甜美，越看越好看，家里的几个小姑娘还真比不上。就是姻亲里头，也是头一份了。只是漂亮的姑娘容易寻，有头脑的姑娘就不怎么容易遇得到了。

老安人微微地笑，想着再怎么也是儿子推荐给她的人，她无论如何也得找点值得夸赞的地方夸一夸，让郁小姐在仆妇面前长长脸面，以后来裴府能让人高看一眼。

她一眼就看见了郁棠头上的漳绒并蒂莲绢花。

"这花倒别致。"老人家笑道，"是从苏州买的吗？还是如今临安城也卖苏式的绢花了？"

郁棠就笑着摸了摸鬓边的绢花，道："这是我自己做的。不过，却是仿的苏式的样子。老安人真是好眼光。"

"哦！"老安人突然间就来了兴致，道，"没想到你居然还有这样一双巧手。"

她自己绣个帕子都绣不好，就特别喜欢手巧的小姑娘。

郁棠不好意思地道："也不算是什么巧手，不过是闲着无事的时候打发时间的。"说完，她试探地道："您要是觉得好看，我回去给您做几朵好了。不知道您喜欢什么颜色，什么样式的，我还会做蜜蜂、蝴蝶之类的，能停在花上，要不要我单独给您做几个，还可以挂在衣襟上，我感觉也挺有意思的。"

"你居然还会做这些？"老安人惊喜道，"挂在衣襟上？怎么个挂法？"

郁棠就细细地向她解释："像蜻蜓，可以做得像真的一样大小，然后用些玻璃珠子做了眼睛，绡纱做了翅膀，再坠上流苏，当个饰物挂在衣襟上。"

老安人听了非常感兴趣，道："你除了会做这些，还会做什么？"

郁棠笑道："头上戴的基本上都会做，我还给我姆妈做过一条镶着宝石花的额帕。"

孀居的人是不能打扮得太华丽的，但只要是爱美之人，就不可能完全不打扮。

老安人道："那你就给我做几朵素色的绢花吧！过几天是九九重阳节，家里的几个小辈都会过来给我问安。"说完，她想起今天已经是九月初五了，怕是来不及了，又笑道："十月初一之前给我就行了。我到时候会和启明、遐光两兄弟去昭明寺给他们的父亲做场法事。"说完，她眼底微黯，几不可闻地叹了口气。

郁棠跟着眼眶微酸。梦中，她和李竣没什么感情，在李家守寡的时候想起李竣早逝，都会替李竣的父母感叹。老安人和裴老太爷在一起生活了三十几年，生了三个儿子，这会儿想起亡故的丈夫，心里不知道怎么难受呢！

她忙道："我没事的时候就喜欢做绢花，家里还有几朵快要完成的。我让人先拿来给您看看。等过了重阳节，我再给您新做几个好了。"

郁棠为了应景，之前就做了好几个墨绿色和粉色的菊花，粉色不适合，墨绿色老安人应该可以戴吧！她在心里琢磨着。

老安人已道："你要是没空呢，就让家里仆妇送过来好了。你要是有空呢，就带着绢花到我这儿来坐坐，陪着我说说话。"

郁棠恭敬地应了，想着遐光是裴宴的字，那启明应该就是裴家二老爷裴宣的字了。不知道十月初一的道场他们能不能也去给裴老太爷上炷香。

她在裴府陪着老安人说了会儿话，见有婆子进来请老安人示下，忙起身告辞。

老安人也没有留她，让她做好了绢花就进府，并指了计大娘："你以后有事就找她。"

郁棠恭声应了，随着计大娘出了老安人住的院落。计大娘这才露出欢喜的神色对她道："郁小姐真是难得，我们家老安人这么多年邀过谁家的小姑娘进府？你回去了，记得跟你姆妈说一声。"以后郁棠不管做什么都有人帮衬了。

郁棠主要是走裴宴的路子走习惯了，闻言并没有往其他事上想，以为计大娘只是单纯为她能讨了老安人喜欢而高兴，笑着向计大娘道了谢，回去就跟陈氏说了。

陈氏喜得不知道如何是好，连声催促她去把做好的绢花都拿出来，尽量挑些素净颜色的送到裴家去。又找了裁缝到家里，给郁棠做了好几件素净的衣裳，还道："第一次去人家家里做客穿得隆重些是敬重，若是常来常往，却是要入乡随俗，去见老安人就不好穿得太鲜艳了。"

郁棠觉得老安人和裴宴一样，都不是怎么好亲近的人，自己能无意间因为绢花被老安人看重，说不定什么时候就失宠了，倒不用为这件事特意去做衣裳。但陈氏不听，觉得就算是过些日子老安人的新鲜劲过了，多做几件衣裳换着穿，总归是好的。她也不和母亲辩解，只要母亲高兴就行了！

郁棠从放绢花的匣子里挑了几朵样式比较好看的，重新换了个剔红漆的圆口匣子装着，去了裴府。